AF441342

Struktur Organisasi Ikhwanul Muslimin

Karakteristik, Tujuan, Dan Masa Depan

Tentang

Pusat Penelitian dan Penasihat TRENDS

Pusat Penelitian dan Penasihat TRENDS adalah lembaga penelitian independen yang didirikan pada tahun 2014 dan berfokus untuk mengeksplorasi masa depan dalam aspek strategis, politik, dan ekonomi, serta melacak berbagai masalah global. Lembaga ini juga bertujuan untuk menganalisis peluang dan tantangan di berbagai tingkat geopolitik serta variabel potensial yang dimilikinya, seiring mencoba menemukan jawaban dan penjelasan yang ilmiah dan objektif yang akan berkontribusi dalam memengaruhi tren peristiwa, dengan mempertimbangkan aspek analisis, kritik, dan pandangan ke depan.

Untuk mencapai tujuan ilmiahnya, lembaga ini menawarkan studi yang bijaksana dengan dimensi pandangan ke depan, dan menawarkan alternatif terbaik untuk membantu para pembuat keputusan mengetahui perkembangan regional dan internasional secara lebih dalam, serta memanfaatkan peluang yang muncul. Lembaga ini juga memantau tren dan perubahan strategis, ekonomi, regional dan internasional, dan memprediksi dampaknya di masa depan, sesuai dengan kontrol ilmiah yang diakui secara internasional dalam kelembagaan think tank dan penelitian ilmiah paling bergengsi.

Ringkasan Organisasi

- Struktur organisasi Ikhwanul Muslimin datang sebagai perwujudan dari visi, prinsip, dan landasan intelektual yang berpusat pada pesan umum yang ditetapkan oleh pendirinya, Hasan Al-Banna, yang menegaskan gagasan inklusivitas kelompoknya, karena kelompoknya adalah paduan "dakwah Salafi, sistem (manhaj) Sunni, hakikat Sufistik, badan politik, gagasan sosial, kelompok olahraga, asosiasi ilmu budaya, dan unit ekonomi", karena konstruksi ini disertai dengan struktur kelembagaan, organisasi, dan administrasi tujuan kelompok, serta menerjemahkannya di lapangan, baik di dalam maupun di luar Mesir, terutama yang berkaitan dengan tema "menghidupkan kembali kekhalifahan dan pengakuan dunia".

- Struktur organisasi; dengan struktur kelembagaan dan administratifnya sangat penting bagi para pemimpin Ikhwanul Muslimin, karena ini adalah alat utama dalam menerjemahkan prinsip-prinsip dan gagasan kelompok di satu sisi, dan melaksanakan proyek politiknya untuk mendapatkan kekuasaan dan pemberdayaan masyarakat di sisi lain.

- Peran mursyid dan badan afiliasinya telah memperoleh posisi sentral dan dominan dalam struktur organisasi kelompok itu, dan ciri umum dari setiap mursyid dan sifat dari peran mereka dalam melaksanakan proyek umum Ikhwanul Muslimin tecermin dalam konstruksi ini. Gedung administrasi tingkat bawah (kantor, komite, departemen) sangat penting dalam mengelola organisasi, karena dapat meningkatkan fleksibilitas dan kemampuannya dalam beradaptasi, terutama di saat krisis.

- Aparat Khusus (an-nizham al-khash) tetap menjadi pilar terpenting dari struktur organisasi Ikhwanul Muslimin sejak didirikan hingga saat ini, mengingat sifat dari peran penting yang dimainkannya dalam menentukan keputusan yang menentukan kelompok di satu sisi, yang menjadi sebab asal mula munculnya organisasi dan kelompok ekstremis dan teroris di sisi lain.

- Meskipun dari segi struktur organisasi dan administrasi menunjukkan bahwa Ikhwanul Muslimin dilembagakan, metode pelaksanaan urusan kelompok tersebut cenderung bersifat individu dan pribadi, mursyid dan pemimpin tertinggi selalu mendominasi pengambilan keputusan. Misalnya, Dewan Syura, meskipun berada di posisi yang lebih tinggi dalam kaitannya dengan struktur organisasi dan hierarki Ikhwanul Muslimin serta menikmati kekuasaan besar, kekuasaan ini tetap dibatasi dan tunduk pada mursyid 'am, sehingga dewan ini tidak lain adalah fasad atau bentuk yang bertujuan untuk meningkatkan citra kelompok ini di Barat dan memberi kesan percaya pada demokrasi modern.

- Perkembangan struktur organisasi dan administrasi Ikhwan merupakan cerminan hubungan antara mereka dengan pemerintahan Mesir yang secara berturut-turut tidak sejalan karena terdapat kesamaan antara kedua presiden, mendiang Presiden Gamal Abdel Nasser, yang masa jabatannya diperpanjang dari tahun 1954 hingga awal tahun 1970-an; dan presiden saat ini. Abdel Fattah Al-Sisi, yang memulai pemerintahannya dari Juni 2014 hingga sekarang. Hubungan (kedua presiden) ini bercirikan benturan dan konflik, dan hasil yang paling menonjol dari hubungan ini adalah pengurangan struktur organisasi dan administrasi Ikhwan, serta mengurangi kemampuan Ikhwan untuk menggerakkan dan memobilisasi massa secara signifikan. Sementara itu, permulaan dua periode kepemimpinan mendiang Presiden Muhammad Anwar Sadat dan Muhammad Hosni Mubarak memiliki kesamaan dalam menangani Ikhwanul Muslimin, yang dicirikan oleh keterbukaan, fleksibilitas, kerja sama, dan hasil yang paling menonjol adalah keberhasilan Ikhwan dalam membangun kembali struktur organisasi dan administratifnya dengan cara yang hebat, yang menjadikannya sebuah partai yang berpengaruh di kancah politik dan sosial. Di penghujung era Mubarak, hubungan antara Ikhwan dan pemerintah berubah bentrok, tindakan pengamanan dan hukum yang menjadi imbas dari konflik tersebut membawa Ikhwan kembali ke lingkaran pelarangan dan ilegalitas.

- Sementara struktur organisasi dan administrasi Ikhwanul Muslimin dicirikan oleh beberapa aspek kekuatan seperti kontinuitas, kohesi, dan adaptasi, di sisi lain mereka memiliki banyak ketidakseimbangan, beberapa di antaranya terkait dengan konflik antara pimpinan dan generasi baru dari kalangan pemuda, serta terkait dengan pengendalian anggota an-nizham al-khash, selain dari ambiguitas konsep mereka tentang negara-bangsa. Selain itu, proses promosi dalam struktur organisasi ini berlangsung berdasarkan pertimbangan kekeluargaan dan afinitas, dan oleh karena itu struktur ini gagal menemukan kader-kader yang berkualitas yang mampu mengelola urusan kenegaraan pada tahun di mana kelompok tersebut berkuasa di Mesir (2012-2013).

- Menelaah hipotesis kekuatan dan kelemahan struktur organisasi Ikhwanul Muslimin, terungkap bahwa terdapat manifestasi kekuasaan yang derajatnya bervariasi sesuai dengan variabel sosial, politik dan organisasi dalam Ikhwanul Muslimin, serta banyak kekurangan dalam mengelola krisis dan tantangan yang dihadapi kelompok ini sejak awal hingga pascarevolusi ke-30. pada Juni 2013.

- Revolusi 30 Juni 2013 merupakan tahapan penting dalam sejarah Ikhwanul Muslimin karena menyebabkan guncangan besar dalam struktur organisasi dan administratif mereka, yang saat ini berada dalam lingkaran setan stagnasi, kejumudan, dan kekosongan, yang terwujud dalam munculnya celah dan ketidaksepakatan antara para pemimpin tentang masa depan Ikhwan, dan bagaimana mereka dapat membangun kembali organisasi tersebut. Tidak ada indikasi bahwa organisasi tersebut dapat berkumpul kembali, mengingat jamaknya isolasi yang mereka alami di dalam dan luar negeri.

- Selama tahun-tahun mereka berkuasa, Ikhwanul Muslimin di Mesir mengikuti contoh eksperimen Partai Keadilan dan Pembangunan Turki (AKP) dalam mengendalikan sendi-sendi negara. Hal ini juga diilhami oleh pengalaman Pengawal Revolusi Iran dalam membangun layanan keamanan yang sejajar dengan negara.

CONTENTS

CONTENTS

CONTENTS

CONTENTS

CONTENTS

Struktur Organisasi Ikhwanul Muslimin Karakteristik, Tujuan, Dan Masa Depan

Pengenalan Umum

Ikhwanul Muslimin sering digambarkan sebagai gerakan paling berpengaruh di antara gerakan Islam, karena berhasil menyebarkan cabangnya di puluhan negara, meskipun terdapat larangan atau pembatasan yang diberlakukan sepanjang sejarah organisasi tersebut berdiri selama lebih dari sembilan dekade.

Mungkin selamatnya organisasi ini dari upaya pelemahan atau pembatasan peran adalah karena alasan struktural, organisasional, dan mobilitas, yang memungkinkan mereka memanfaatkan peluang yang diberikan oleh pemerintah Mesir untuk bekerja dengan cara yang dapat mengamankan persebaran dan kelangsungannya; demi melakukan apa yang tidak dapat disediakan oleh negara pada tingkat layanan sosial, perawatan medis, sekolah, dan fasilitas lainnya yang berkontribusi dalam membangun basis pengikut dan pendukung yang luas.

Ikhwanul Muslimin mampu melawan beberapa kali upaya pembubaran oleh pemerintah Mesir, misalnya upaya pembubaran Ikhwan pada tahun 1948 yang nyatanya tidak mampu menghentikan praktik kegiatan mereka, karena mereka tetap berkegiatan secara sembunyi-sembunyi. Upaya pembubaran ini tidak menyurutkan langkah mereka, dengan fakta bahwa pada Mei 1951 mereka berhasil memobilisasi demonstrasi lebih dari tiga ribu anggota dalam waktu kurang dari satu hari, dari berbagai kantor cabangnya di Mesir.[1]

Beberapa peneliti berpendapat bahwa struktur organisasi Ikhwanul Muslimin telah memungkinkan mereka untuk melawan upaya negara untuk melenyapkan organisasi tersebut. Kondisi ini juga memberikan mereka peluang untuk memobilisasi dukungan, karena struktur organisasi yang kompleks dan eksklusif, didasarkan pada ketaatan, kepatuhan, kesetiaan, dan kepercayaan mutlak

---

1. Muhammad Chami, *SUMBER DAN KEGIATAN ORGANISASI IKHWANUL MUSLIMIN MESIR*, https://bit.ly/2pvnSC0, hlm. 337.

dalam kepemimpinan, menjadikan sistem Ikhwan sebagai keyakinan yang sangat memengaruhi jiwa para pengikutnya, bukan sekadar instruksi, perintah, dan sistem.

Ciri yang menonjol dalam kerja-kerja Ikhwanul Muslimin adalah ketundukan individu pada nilai-nilai kolektif dan emosi melalui hierarki kelompok, serta fokus pada kelebihan anggotanya karena kontribusi mereka pada dampak perubahan fiqihal, doktrinal, dan sosial untuk kalangan diri mereka sendiri dan masyarakat tempat mereka berasal melalui kontak langsung dengan orang-orang di lingkungan sosial yang berbeda dan kompleks, misalnya dengan adanya pertemuan di kafe, rumah, dan masjid untuk membahas masalah agama, keluhan sosial, dan perkara politik.

Melalui keterangan di atas, Ikhwanul Muslimin telah menjadi sebuah gerakan populer yang mampu melakukan aksi kolektif, berambisi politis, mampu tumbuh pesat, berpindah dari Ismailia ke Kairo, dan menjadi aktor penting dalam kancah publik Mesir hanya dalam empat tahun sejak pendiriannya. Berpindah ke Kairo, Ikhwan berekspansi dengan membuka hingga 300 kantor pada tahun 1938, dan mencapai sekitar 2.000 kantor pada tahun 1949, jika dibandingkan dengan tahun 1930 saat mereka hanya memiliki lima kantor.[2]

Ikhwanul Muslimin telah menggunakan sumber daya organisasi sebagai saluran untuk merekrut anggota dan simpatisan, terutama di kalangan masyarakat kelas bawah dan menengah; struktur organisasinya memungkinkan berlangsungnya kegiatan mereka, bahkan ketika dibubarkan secara resmi lebih dari satu kali, mereka mampu beradaptasi dengan sebagian besar tantangan. Berdasarkan hal tersebut, *mursyid 'am* Ikhwan berperan sebagai kepala struktur organisasi, dan di tempat kedua terdapat *maktab al-irsyad* (semacam majelis khusus petinggi organisasi—pen.) yang terdiri dari 13 anggota. *Mursyid* berhak memilih satu atau lebih perwakilan dari *maktab* tersebut. Kemudian terdapat Dewan Syura Umum yang terdiri dari 30 orang.[3]

---

2.   Lihat: Federico Gaon, *Hasan Al-Banna: Reformis atau Fundamentalis?* https://bit.ly/3O24oSV, hlm. 22.

3.   Lihat: Sarah Tonsy, *Wilayah dan Pemerintahan: Republik Arab Mesir di antara Dua Aktor Politik Historis*, 2017, https://bit.ly/33J9PIE.)

Dengan demikian, struktur organisasi Ikhwan dicirikan oleh otoritas yang sangat terpusat, diwakili oleh para penyokong *mursyid* yang secara langsung mengontrol sebagian besar anggota. Selain itu, sistem rekrutmen dan promosi internal Ikhwan berlangsung selama lima hingga delapan tahun agar seseorang menjadi "saudara Muslim" sepenuhnya, di mana mereka yang ingin menjadi anggota diawasi secara ketat sehubungan dengan loyalitas kelompok; mereka mendapat pengajaran tentang sistem pemikiran ala Ikhwan, sehingga sistem yang kompleks ini menghasilkan anggota yang berkomitmen, mengakui tujuan dan prinsip kelompok, serta memungkinkan bagi para pemimpinnya untuk memobilisasi anggota mereka sesuai keinginan.

Tercatat bahwa struktur organisasi Ikhwan dicirikan dengan fleksibilitas dan kemampuan untuk beradaptasi dengan kondisi gerakan, khususnya dalam mentransfer arahan dan keputusan di berbagai tingkat organisasi secara cepat, untuk kemudian diterima para anggota dengan kepatuhan penuh. Kelompok ini mengadopsi metode kerja dalam unit-unit kecil yang memungkinkan mereka untuk berkumpul dengan cepat. Konsep tersebut memiliki kekuatan tersembunyi yang mengesankan. Oleh karena itu, Ikhwanul Muslimin bertumpu pada pembangunan struktur organisasinya yang bermetode pengorganisasian klaster, sebagaimana dalam sistem aparatur swasta yang bertumpu pada pembentukan kelompok-kelompok kecil yang tidak saling mengenal, guna memberikan derajat kerahasiaan yang semaksimal mungkin bagi kegiatannya, dengan jumlah anggota yang dapat dikenali dan dikontak oleh anggota *an-nizham al-khash* Ikhwan maksimal sebanyak delapan orang.[4]

Pada saat yang sama, struktur organisasi dan administrasi Ikhwanul Muslimin hadir sebagai perwujudan visi, prinsip, dan fondasi ideologis kelompok tersebut yang berpusat pada pesan umum yang ditetapkan oleh sang pendiri, Hasan Al-Banna, yang menegaskan gagasan inklusivitas kelompok mereka sebagai "dakwah Salafi, sistem (manhaj) Sunni, hakikat Sufistik, badan politik, gagasan sosial, kelompok olahraga, asosiasi ilmu budaya, dan unit ekonomi".

---

4. Untuk detail lebih lanjut tentang munculnya Ikhwanul Muslimin, silakan merujuk ke: Hamada Mahmoud Ismail, *Hasan Al-Banna dan Ikhwanul Muslimin antara Agama dan Politik 1928-1949* (Kairo: Dar Al-Shorouk, 2010).

Prinsip dan fondasi intelektual dan ideologis Ikhwan tecermin dalam struktur organisasi dan administrasi dengan aspek-aspek berikut:

Pertama: prinsip universalitas Islam sebagai sistem yang terintegrasi, yang terwujud dalam komponen-komponen struktur organisasi dan administrasi dengan berbagai level yang meliputi berbagai tingkatan, seperti kantor, departemen, komite, dan unit-unit yang telah ditugaskan untuk melaksanakan banyak tugas guna mewujudkan filosofi Ikhwan bahwa Islam adalah sistem kehidupan yang terintegrasi, dan bangunan sistem ini didirikan dengan banyaknya layanan bagi anggota masyarakat di bidang pendidikan, dakwah, industri, pengembangan sosial, hubungan eksternal dan lain-lain.

Kedua: jihad atau perlakuan secara paksa demi melangsungkan dan memperbesar organisasi. Prinsip jihad adalah konsep dan pilar utama dalam pemikiran dan praktik Ikhwanul Muslimin selama beberapa dekade, dan tidak ada bukti lain selain slogan yang mereka kemukakan: "Tuhan adalah tujuan kita, Rasulullah adalah pemimpin kita, Alquran adalah konstitusi kita, jihad adalah jalan kita, dan kematian di jalan Allah adalah cita-cita tertinggi kami," yang jelas menegaskan status jihad, karena hal-hal semacamnya merupakan kewajiban utama yang terus diupayakan Ikhwan secara politis demi merekrut anggotanya. Sejak beberapa tahun awal berdirinya Ikhwan, organisasi tersebut menaruh perhatian pada aspek kemiliteran jihadis dalam struktur organisasi, dan aparat "khusus" (*an-nizham al-khash*) atau "rahasia" bagi kelompok tersebut diejawantahkan untuk kepercayaan anggota atas urgensi perebutan kekuasaan demi perwujudan maslahat, kekokohan struktur organisasi dan administrasi. Banyak peneliti gerakan politik Islam sepakat bahwa hierarki dalam struktur organisasi Ikhwan sangat mirip dengan hierarki militer, karena kelompok ini berusaha mengubah para pendukungnya menjadi blok manusia bersatu yang lepas dari rasa merdeka (merasa tertindas—pen.) dan setuju untuk bersatu dengan aspirasi kepemimpinan; mungkin inilah yang menjelaskan ketertarikan kelompok ini sejak awal dalam menanamkan budaya ala prajurit dalam jiwa dan pikiran anggotanya, serta melatih mereka dengan tempaan olahraga fisik; dengan tujuan mempersiapkan mereka untuk aksi bersenjata, dan dibentuklah lembaga-lembaga dan penyelenggaraan kegiatan dengan nama-nama yang berkonotasi militer, seperti: "Brigade" dan "Ranger".

Ketiga: internasionalisme dan konsep kepemimpinan dunia. Sejak tahun-tahun pertama Ikhwan berdiri, Hasan Al-Banna sangat ingin memastikan bahwa pilar kesetiaan di antara Ikhwanul Muslimin identik dengan tujuan akhir dan sasaran kelompok itu, yaitu untuk mencapai pemerintahan Islam dan kepemimpinan dunia melalui seluruh cara yang tersedia, termasuk lewat pertempuran dan perang. Pilar ketiga dari kesetiaan adalah "karya" tentang perlunya "membebaskan tanah air dengan membersihkannya dari semua otoritas asing—yang tidak Islami—politik, ekonomi, atau spiritual, dan mereformasi pemerintah hingga benar-benar Islami. Jika gagal, maka berikan nasihat dan bimbingan, dan jika masih gagal, berpisahlah dan menjauhlah, karena tidak ada namanya ketaatan kepada makhluk demi kemaksiatan terhadap Sang Pencipta."[5] Ikrar setia juga termasuk ketentuan bahwa pemerintahan global seluruh dunia harus diwakili dalam "memulihkan entitas internasional umat Islam, dengan membebaskan tanah airnya, menghidupkan kembali kejayaannya, mendekatkan budayanya, dan menyatukan kehormatannya, sehingga semua ini mengarah pada pemulihan kekhalifahan yang hilang dan persatuan yang didambakan."[6]

Kelompok ini telah bekerja untuk mencapai tujuan tertingginya dengan mengembangkan struktur organisasi dan administrasi sejak tahun-tahun pertama pendiriannya, yang juga berkembang di negara-negara tetangga (Palestina, Suriah, Sudan, Yordania, Irak) lalu ke sebagian besar negara Arab dan Islam, kemudian ke Eropa dan seluruh dunia. Struktur organisasi mereka hadir sebagai realisasi dari tujuan ini. Pada tahun-tahun pertama ekspansi, fokus mereka berada di tataran internal dan pada kerangka organisasi yang merealisasi tujuan mereka, seperti Biro Administratif, komite, dan departemen; dan ketika kelompok tersebut berkembang dan mulai menyebar di tataran masyarakat dengan berbagai komponennya, gagasan mendirikan organisasi internasional Ikhwanul Muslimin memunculkan alat komunal untuk mencapai tujuan utama mereka demi menghidupkan kembali kekhalifahan Islam dan

---

5.   *Risalah at-Ta'lim*, situs Wikipedia Ikhwanul Muslimin, di link berikut: https://bit.ly/2meCPXL.
6.   Ibid.

mewujudkan "kepemimpinan dunia" yang tidak mengakui negara-bangsa modern atau perbatasan tanah air, tetapi didasarkan pada kesetiaan dan penyerahan diri—konsep abad pertengahan yang menyebar di zaman kegelapan dan tidak lagi sesuai dengan persyaratan kehidupan modern.

Pemaknaan hukum dan organisasional dari orientasi kebangsaan Ikhwanul Muslimin hadir melalui banyak regulasi dan anggaran dasar khusus kelompok tersebut. Sebagai contoh, Regulasi 1948 mengkhususkan satu bab penuh dengan nama Bab Komunikasi dengan Dunia Islam, yang mencakup seperangkat prinsip umum seperti pembebasan tanah air Islam dari setiap penguasa asing dan memegang teguh persatuan dan kerja sama antarnegara Arab dan Islam serta kerja sama demi kebebasan penuh bagi masing-masing negara Islam; dan pembentukan pemerintahan Islam untuk aspek keagamaan dan kenegaraan di negara-negara tersebut; juga pembentukan unit politik Islam. Sedangkan Regulasi 1982 merujuk pada organisasi internasional milik Ikhwanul Muslimin, karena mendefinisikan sifat hubungan antara kelompok induk di Mesir dan negara-negara lain, terutama yang berkaitan dengan keharusan pimpinan negara untuk mematuhi keputusan komando umum di Mesir yang diwakili oleh *Mursyid 'Am* Ikhwan, Kantor *Irsyad 'Am* dan Dewan Syura Umum.

Keempat: pemerintahan dan kesetiaan. Ini adalah salah satu prinsip dan dasar terpenting yang memengaruhi struktur organisasi dan administrasi Ikhwanul Muslimin, terutama yang berasal dari ide-ide ahli teori Ikhwan, Sayyid Quthb, yang percaya bahwa salah satu syarat dari kalimat tauhid adalah dengan mengakui tauhid ketuhanan, dan dengan merumuskan keseluruhan sistem ekonomi agar sesuai dengan standar Islam, sehingga kurikulum pendidikan, informasi, intelektual, budaya, etika dan perilaku harus sesuai dengan konsep Islam. Inilah yang mendorongnya untuk menggambarkan masyarakat Muslim sebagai masyarakat *jahiliyyah* dan menyamakan mereka dengan masyarakat Buddha dan komunis. Ide-ide ini diperuntukkan sebagai motivasi penyebaran ideologi ekstremis yang diadopsi oleh banyak kelompok dan organisasi ekstremis yang menggunakan kekerasan untuk memaksakan gagasan yang mereka punya agar dapat mengakar kuat di masyarakat.

1. Tujuan Penelitian

Kajian ini akan mengidentifikasi bagaimana Ikhwan secara internal membagi diri dan membangun struktur organisasinya, bagaimana informasi mengalir dari Kantor *Irsyad* ke semua badan dan anggotanya di berbagai cabang, serta bagaimana mendidik pengikutnya dengan prinsip "ketaatan dan kepatuhan".

Kajian ini juga berupaya untuk mengekstrapolasi perkembangan struktur organisasi dan administrasi kelompok dari awal hingga setelah revolusi 30 Juni 2013, untuk mengetahui kekuatan dan kelemahan yang menjadi ciri struktur ini, karena merupakan pilar utama proyek sosial dan politik kelompok tersebut.

Kajian ini meliputi uraian tentang struktur organisasi Ikhwanul Muslimin dan analisisnya, dan apa yang menjadi fokus kelompok pada tingkat disiplin organisasi, serta mengikuti tugas dan peran kerangka organisasinya yang bertujuan untuk memperkuat aspek administrasi pusat.

Kajian ini akan berfokus pada Ikhwanul Muslimin di Mesir sebagai induk dari berbagai gerakan politik Islam di negara-negara Arab dan Islam, dan pada premis bahwa kasus ini akan memunculkan model berupa kelompok yang menggabungkan karakter ideologis dan dinamis dengan aspek organisasi, dan keberlangsungannya bergantung pada struktur organisasi yang bercirikan karakteristik nan kompleks, memungkinkan mereka untuk beradaptasi dan melangsungkan aktivitas selama lebih dari sembilan dekade, terlepas dari langkah-langkah keamanan dan batasan hukum yang dihadapinya.

2. Rumusan Masalah

Kajian ini akan menjawab beberapa pertanyaan, di antaranya:

- Bagaimana struktur organisasi Ikhwanul Muslimin memengaruhi kelangsungan kegiatannya meskipun ada larangan dan penuntutan?

- Bagaimana bisa struktur kepemimpinannya berhasil mendominasi urusan dan tren dalam organisasi, serta mencapai konsep utama dari struktur organisasi berdasarkan manut buta, alias "ketaatan dan kepatuhan"?

- Apa tugas dan tanggung jawab eksekutif dan administrasi mereka jika merujuk sesuai aturan?

- Bagaimana individu dapat dipilih untuk direkrut menjadi anggota Ikhwanul Muslimin, dan apa persyaratan keanggotaan yang harus dipenuhi?

- Apakah struktur organisasi Ikhwan mampu mengatasi tantangan yang dihadapinya selama beberapa dekade?

- Bagaimana perpecahan dalam struktur organisasi Ikhwan yang terjadi setelah revolusi 30 Juni 2013 akan memengaruhi masa depan organisasi dan proyek politiknya?

3. Metodologi Penelitian

Kajian ini mengadopsi metodologi terintegrasi dengan bertumpu pada sejumlah pendekatan, antara lain: pendekatan analitis / eksplanatori yang menggali alasan-alasan tersembunyi di balik proses sosial yang kompleks, saling terkait, atau multi-segi dalam struktur organisasi Ikhwanul Muslimin, serta pendekatan deskriptif yang menyoroti fenomena yang dimaksud. Dari berbagai aspek dan dimensinya, kajian ini juga mengandalkan metode sejarah dalam menelusuri asal muasal kelompok dan tahapan yang dilaluinya, demi mengekstrapolasi implikasi peristiwa masa lalu yang dialami kelompok tersebut dan bagaimana hal tersebut memengaruhi struktur organisasi dan administratifnya saat ini melalui berbagai sumber dan pernyataan saksi mata tentang peristiwa tersebut, seperti ensiklopedia, artikel surat kabar, biografi, dan media lainnya seperti film atau rekaman audio.

4. Hipotesis Penelitian

Penelitian ini berupaya menguji sejumlah hipotesis umum, yaitu:

- Faktor sosial merupakan variabel yang menarik yang diadopsi oleh Ikhwanul Muslimin dalam memfasilitasi proses rekrutmen dan mobilisasi dalam masyarakat yang menderita kemiskinan, marginalisasi, dan penyakit sosial, serta pentingnya pemimpin dalam membingkai isu-isu sosial di berbagai tingkatan dengan memobilisasi pengikut dan menjalankan aktivitasnya dalam berbagai kerangka organisasi dan administrasi.

- Transformasi sosial, politik dan ekonomi yang disaksikan Mesir pada bagian akhir dari sepertiga awal abad kedua puluh membuka mata Ikhwan untuk mengadopsi aktivitas yang dinamis, serta kerangka organisasi dan bangunan administratif yang memfasilitasi penetrasi ke dalam masyarakat.[7]

- Karisma yang dinikmati Al-Banna dan keyakinan mutlak yang ia miliki menyebabkan pengaruhnya meningkat terhadap para anggota Ikhwan dan pembentukan prinsip kepatuhan dan ketaatan sebagai prinsip terpenting yang mengatur kerja organisasi.[8] Hal ini tecermin dalam struktur organisasi dan administrasi mereka yang semakin mendekati ciri-ciri otoriter, yang terbukti dalam strukturnya yang berupa hierarki birokrasi, terdiri dari sistem *check and balances* yang ketat dan konstan yang memperkuat dominasi kepemimpinan atas berbagai sendi kelompok mereka.

- Sentralitas yang membingkai pekerjaan Ikhwanul Muslimin menyatu dalam karakteristiknya yang serupa dengan karakteristik organisasi Marxis, terlepas dari perbedaan dalam konteks tujuan perubahan sosial, karena Ikhwan berfokus pada disiplin organisasi yang merupakan kriteria utama untuk mengevaluasi kinerja individu, berupa perampasan hak administratif anggotanya dengan bentuk penangguhan keanggotaan hingga pemberhentian dengan alasan yang tidak

---

7. Untuk informasi lebih lanjut lihat:

   D. Meyer dan S. Tarrow (eds.), *Menuju Masyarakat Gerakan? Politik Kontroversial untuk Abad Baru,* (Rowman dan Littlefield, Boulder: CO, 1998).

8. Lihat: Thorsten Hoffmann, *IKWHANUL MUSLIMIN MESIR: MENCIPTAKAN MODERASI DI LINGKUNGAN OTORITARIAN,* https://bit.ly/2nTmJUF, h. 22.)

---

intelektual. Di sisi lain, Ikhwanul Muslimin tampak sebagai gerakan yang terdesentralisasi dalam formasi sosial dan politiknya, khususnya dalam proses pengambilan keputusan eksekutif, yang secara jelas terwakili saat melaksanakan urusan administrasi sehari-hari dengan para pemimpin mereka di penjara.[9]

- Tidak seperti gerakan Islam lainnya yang berfokus pada perubahan masyarakat dari bawah dengan memerangi sekularisme, Westernisasi atau imperialisme, Ikhwanul Muslimin yang mencontoh gerakan fasis Eropa pada tahun 1920-an selalu mempertahankan pendekatan *top-down* untuk berubah, dengan maksud membangun gerakan yang kuat untuk mengontrol negara dan pengelolaannya sesuai dengan ideologi Ikhwan yakni "Islamisasi kehidupan", dan ingin membangun Aparat Khusus dalam struktur organisasi dan administrasi untuk menjadi lengan militer dalam melaksanakan proyek politiknya.

- Seringkali sulit bagi para peneliti gerakan sosial dan partai untuk menetapkan batasan yang jelas di antara mereka, karena keduanya berkontribusi untuk mengekspresikan tuntutan dan preferensi warga negara. Partai-partai, dengan program politik dan partisipasinya dalam pemilu, berusaha untuk mendapatkan kekuasaan. Sementara gerakan sosial fokus pada pemenuhan tuntutan kelompok masyarakat, dan mereka mungkin pada suatu saat akan berubah menjadi sebuah aksi politik.[10]

- Pengendalian para pemimpin Ikhwan generasi lama, membuat mereka menyesuaikan struktur organisasi sesuai dengan minat mereka, dan mencegah akuntabilitas atau kritik terhadap kebijakan mereka atau memperebutkan hegemoni mereka atas organisasi, terutama dengan desakan para pemimpin ini untuk menjadikan prinsip pendengaran dan kepatuhan sebagai kerangka pengorganisasian dan pemerintahan untuk struktur organisasi dan administrasi.

- Ikhwanul Muslimin menyadari pentingnya suatu struktur organisasi untuk melembagakan kegiatannya dan mencapai tujuannya, karena mengasumsikan adanya distribusi kewenangan dan kompetensi, selain itu salah satu indikator

---

9. Michael Young, *The Ikhwan Fell, But It Remains*, Carnegie Middle East Center, 6 Mei 2019, di: https://bit.ly/2n48ewy

10. Lihat: Hanspeter Kriesi, *Gerakan Sosial dalam Interaksi dengan Partai Politik*, Oktober 2018, https://bit.ly/2Z73uHy, hlm. 4.

terpenting untuk mengukur efektifitas suatu gerakan / atau organisasi adalah struktur organisasinya, yang berkontribusi dalam penyelesaian masalah komunikasi dan interaksi internal melalui jalur organisasi. Ini didefinisikan di satu sisi, dan di sisi lain mekanisme organisasi memperkuat hubungan praktis dan memberikan pekerjaan karakter kelembagaan yang memberikan kredibilitas pada program di semua tingkatan.

- Ada kegagalan yang disengaja di pihak Ikhwanul Muslimin untuk tidak menggambarkan struktur organisasi dan administrasinya, dan secara jelas mendefinisikan sifat kompetensinya, terutama yang berkaitan dengan tingkat yang lebih tinggi dan Aparat Khusus, yang memungkinkannya untuk membuat perjanjian rahasia dengan rezim yang berkuasa, yang memberikan kebebasan bergerak.

5. Penelitian Sebelumnya

Terlepas dari banyaknya literatur yang berhubungan dengan Ikhwanul Muslimin, sangat sedikit dari literatur tersebut yang fokus pada struktur organisasi dan administrasi mereka yang merupakan pilar utama proyek Ikhwan. Bahkan studi yang berhubungan dengan analisis keorganisasian Ikhwan tidak membahasnya secara mandiri, namun lebih berupa pandangan mengenai masa depan kelompok tersebut, terutama setelah peristiwa yang disebut "Musim Semi Arab" pada akhir tahun 2010. **Berikut adalah kajian terpenting dalam konteks ini:**

- Hosam Tamam, seorang peneliti gerakan Islam, meneliti dengan judul: **"Transformasi Ikhwanul Muslimin: Disintegrasi Ideologi dan Akhir Organisasi"**[11] dan menangani banyak masalah kontroversial terkait dengan kemunculan Ikhwanul Muslimin, termasuk sifat struktur organisasi dan administratifnya yang muncul sebagai cerminan dari ideologi kelompok tersebut karena bersifat hierarkis dan tertutup. Kajian ini berpendapat bahwa transformasi yang memengaruhi proyek Ikhwanul Muslimin dan kepindahannya dari utopia negara kekhalifahan menjadi serapan realitas negara-bangsa juga tertangkap dari *leverage* atau kerangka organisasinya, terutama organisasi global Ikhwanul Muslimin yang didirikan dan ditetapkan menjadi penggerak politik untuk realisasi proyek Islam kelompok tersebut, yaitu "impian negara kekhalifahan Islam". Studi ini menarik perhatian pada pergeseran yang terjadi dalam strategi rekrutmen Ikhwan dari fokus awalnya pada

---

11.   Hosam Tamam, *The Transformations of the Muslim Brotherhood: The Disintegration of the Ideology and the End of the Organization*, (Cairo: Madbouly Library, 2010).),

kelas miskin dan marjinal menjadi fokus pada kelas menengah dan pengusaha, yang menyebabkan melemahnya kehadiran organisasi tersebut di kelas miskin.

- Kajian "Ikhwan Diaspora: Sebuah Pengantar Studi Organisasi Internasional".[12] Berfokus pada organisasi internasional Ikhwanul Muslimin dan menyoroti aspek lain dari kelompok tersebut, yaitu "oportunisme dan kemanfaatan politik." Agar organisasi tersebut hadir di luar negeri dan merintis cabangnya, organisasi tersebut tanggap atas tekanan dan paksaan yang dikenakan oleh negara-negara yang mereka duduki, sehingga menyebabkan ketergantungan pada pihak luar dan ketergantungan pada pendukung baru. Studi ini juga mengungkap kasus-kasus yang dilakukan oleh Ikhwan secara global dengan berbagai cabangnya adalah untuk kepentingan Turki, dan bukan demi kepentingan bangsa di negara. Studi ini membahas konteks historis keberadaan Ikhwanul Muslimin dan cabang-cabangnya di Amerika Serikat, Amerika Latin, Eropa, Australia dan Korea Selatan, serta interaksi mereka yang menguntungkan dengan isu-isu masyarakat Muslim di dalamnya, serta upaya tindakan "yang seolah legal", juga menghindari gagasan integrasi untuk memberikan peluang politik bagi organisasi internasional mereka demi keuntungan semata.

- Studi "Ikhwan Setelah Kejatuhannya: Penataan Ulang dan Pemanfaatan Aliansi".[13] Ini berkaitan dengan transformasi dan konflik paling menonjol yang dialami oleh Ikhwanul Muslimin, Jamaah Islamiyah dan arus ekstremis di Mesir selama tahun 2017-2018, terutama dugaan mengenai konflik internal dan eksternal antarsayap Ikhwanul Muslimin yang berlatar belakang ideologis, menyusul penurunan bertahap aktivitas kelompok tersebut pascarevolusi 30 Juni. Pentingnya studi ini terletak pada fakta yang mengungkap peran para pemimpin Ikhwanul Muslimin dalam mendirikan organisasi teroris yang berusaha menyerang Mesir, termasuk ISIS, dengan menelusuri kesaksian-kesaksian yang melibatkan *Mursyid* Mustafa Mashhour dalam membangun aksi militer sejak peristiwa seni militer pada tahun 1947, melalui organisasi Baitul Maqdis dan "Wilayat Sinai" setelah Revolusi 30 Juni 2013.

---

12. Sekelompok peneliti, *The Diaspora Ikhwan: An Introduction to the Study of International Organization*, (Dubai, Al-Mesbar Center for Studies and Research, 2019).
13. Sekelompok peneliti, *The Ikhwan After the Fall: Reconfiguring and Exploiting Alliances*, (Dubai, Al-Mesbar Center for Studies and Research, 2019).

- Studi Abdurrahman Ayyash, **"Organisasi Kuat dan Ideologi Lemah: Jalan Ikhwan di Penjara Mesir Setelah 30 Juni"**.[14] Studi ini menegaskan pentingnya organisasi Ikhwan dan peran di dalamnya serta kemampuannya yang luar biasa dalam mengumpulkan kontradiksi yang mencakup spektrum ideologis, wilayah, dan generasi yang berbeda. Organisasi adalah pelindung utama dari perpecahan atau perpecahan kelompok. Namun, studi tersebut menemukan, bagaimana pun, bahwa konfrontasi luar biasa mereka dengan negara terakhir kali, yang terjadi setelah penggulingan mendiang Presiden Ikhwan Mohamed Morsi, menyebabkan melonggarnya cengkeraman organisasi pada anggota kelompok, dan inilah yang jelas menyebabkan kemunculan sejumlah besar disparitas yang sebelumnya tertahan dalam tubuh Ikhwanul Muslimin.

- Studi Dr. Haitsam Muzahim, **"Ikhwan Muslim dari Organisasi Rahasia hingga Presidensi Mesir 1928-2012"**,[15] di mana ia menjelaskan beberapa karakteristik yang berbeda dari struktur organisasi Ikhwanul Muslimin dan sifat hubungan antara tingkatan yang berbeda sebagai relasi antara anggota kelompok dengan kepemimpinan yang diwakili oleh *Mursyid 'Am*, didasarkan pada prinsip ketaatan dan kepatuhan yang termasuk dalam sumpah setia mereka yang disepakati oleh seluruh anggota. Struktur organisasi Ikhwan terdiri dari dua tingkat: Dewan Pendiri dan Biro Bimbingan (*Maktab al-Irsyad*) yang berperan sebagai markas besar organisasi, dilengkapi formasi administratif, sistem "famili", departemen teknis, dan komite dakwah. Karena sifat ideologi kelompok yang religius, ada aspek spiritual dalam hubungan antara pemimpin dan anggotanya, dan sulit untuk menghindari efek aspek ini dalam praktik demokrasi di dalam gerakan mereka. Faktor usia dalam organisasi tersebut juga menimbulkan faktor pemisahan tingkat keorganisasian dan kepemimpinan. Jadi, Ikhwan menyerupai tatanan masyarakat: di mana orang tua diposisikan di atas para pemuda, dan laki-laki di atas perempuan.

- Studi Youmna Suleiman, **"Struktur Institusional Ikhwanul Muslimin: Sebuah Pendekatan Analisis"**,[16] yang membahas beberapa aspek evolusi struktur organisasi Ikhwan dari awal berdiri hingga masa setelah Revolusi 30 Juni 2013, terutama terkait pembentukan partai politik sebagai lengan politik kelompok

---

14. Abdurrahman Ayyash, *Organisasi Kuat dan Ideologi Lemah: Jalur Ikhwan di Penjara Mesir Setelah 30 Juni*, Mubadarah Al-Ishlah Al-Arabi, Makalah Riset, 29 April 2019, di tautan berikut: https://bit.ly/2IUQvqy.

15. Haitsam Muzahim, *The Muslim Brotherhood from the Secret Organization to the Presidency of Egypt (1928-2012)*, Majalah Sho'on Al-Awsat, Beirut, Volume (22), Issue (142), 2012.

16. Youmna Soliman, *The Institutional Structure of the Muslim Brotherhood: An Analytical Approach*, The Egyptian Institute for Studies, 4 Februari 2017, melalui tautan berikut: https://bit.ly/2NLw62T]

mereka, yaitu Partai Kebebasan dan Keadilan, bersama dengan beberapa lembaga sosial seperti badan amal terkenal yang berafiliasi dengan kelompok tersebut dalam satu atau lain cara. Studi tersebut selanjutnya menyatakan bahwa kelompok tersebut melanjutkan pekerjaannya dengan struktur kelembagaan sebelumnya, tetapi dengan cara yang lebih bebas dan lebih dinamis dari sebelumnya, sehingga mereka dapat berpartisipasi dalam pemilihan parlemen melalui partai baru dan membentuk blok parlemen dengan suara mayoritas, serta Dewan Syura juga mengikuti pola tersebut hingga mencapai kursi kepresidenan dengan kemenangan kandidatnya Mohamed Morsi.

- Studi Dr. Ahmed Abd Rabbo, **"Tiga Skenario Masa Depan Ikhwanul Muslimin"**,[17] di mana ia percaya bahwa struktur organisasi mereka, yang lebih tepatnya bersistem eksklusif, adalah salah satu penyebab terpenting kegagalan Ikhwan, terutama setelah Revolusi Januari 2011. Ikhwan adalah organisasi yang "cair" dan tak jelas kondisi keuangannya di satu sisi, kontrol yang hampir sepenuhnya atas Partai Kebebasan dan Keadilan di sisi lain, serta ketidakjelasan pusat pengambilan keputusan membuatnya menjadi entitas yang paralel dengan negara.

- Studi yang diterbitkan oleh Meir Amit Intelligence and Terrorism Information Center tentang **"Struktur Organisasi dan Sumber Pendanaan Ikhwanul Muslimin"**[18] menjelaskan bahwa Ikhwanul Muslimin sangat ingin membangun struktur organisasi yang pertama kalinya bercirikan fleksibilitas untuk beradaptasi dengan tantangan yang berasal dari lingkungan Mesir, serta desentralisasi melalui pembentukan jaringan kantor dan badan administratif yang luas tersebar di berbagai provinsi di Mesir.

- Studi Ashraf al-Sharif yang diterbitkan oleh Yayasan Carnegie dengan judul **"Ikhwanul Muslimin dan Masa Depan Politik Islam di Mesir"**[19] yang menyimpulkan bahwa Ikhwanul Muslimin telah mengalami guncangan besar setelah Revolusi 30 Juni yang menggulingkan kekuasaan Ikhwan, setelah adanya tindakan yang diambil

---

17. Ahmed Abd Rabbo, *Tiga Skenario Masa Depan Ikhwanul Muslimin*, diedit oleh Dr. Muhammad al-Sayyid Said, *Masa Depan Apa yang Menanti Ikhwanul Muslimin?* Issue (65-66), (Kairo, Institut Studi Hak Asasi Manusia Kairo, 2013).

18. Struktur Organisasi dan Sumber Pendanaan Ikhwanul Muslimin, Meir Amit Intelligence and Terrorism Information Center, 10 Juli 2011, https://bit.ly/2qoeOJ7.

19. Ashraf El-Sherif, *The Muslim Brotherhood and the Future of Political Islam in Egypt*, Carnegie Middle East Center, 21 Oktober 2014, https://bit.ly/2k1aZO6.

---

oleh Pemerintah Sementara Mesir untuk melemahkan kelompok tersebut. Mereka dilarang pada September 2013, kemudian dianggap sebagai organisasi teroris pada bulan Desember di tahun yang sama.

- Studi peneliti Barbara Zollner berjudul **"Surviving Repression: How Egypt's Muslim Brotherhood Has Carried On"**[20] yang memaparkan masa depan Ikhwanul Muslimin secara umum setelah Revolusi 30 Juni 2013. Ia menjelaskan bahwa ketika Presiden Abdel Fattah El-Sisi memegang tampuk kekuasaan di Mesir pada tahun 2014, sebuah fase baru dimulai dalam penanganan Ikhwanul Muslimin. Pemerintah mengambil banyak langkah yang bertujuan untuk menyerang struktur organisasi dan kelembagaan kelompok tersebut. Rezim As-Sisi sadar bahwa dengan melenyapkan struktur mereka yang berfokus pada aspek kekuasaan seputar kerangka elitis yang membuat keputusan strategis dan meneruskannya ke organisasi yang lebih luas, melalui instruksi yang mengalir dari atas ke bawah, dapat menyebabkan disintegrasi dan keruntuhan Ikhwan.

- Studi Annette Ranko dan Muhammad Yaghi, tentang **"Ekstremisme dan Perpecahan Struktural dalam Ikhwanul Muslimin di Mesir"**[21] membahas dampak dari tindakan yang diambil oleh rezim As-Sisi terhadap struktur organisasi dan kelembagaan Ikhwanul Muslimin, serta pembagian kelompok tersebut menjadi dua blok, dan setiap bloknya memiliki struktur organisasi yang independen dan pendapat yang berbeda tentang bagaimana menghadapi situasi saat ini.

Terlepas dari banyak aspek yang dibahas pada studi sebelumnya, seperti yang ditunjukkan di atas, mereka tidak menaruh fokus utama pada struktur organisasi dan administrasi kelompok, meskipun ada kepentingan sentral yang diwakilinya untuk kelompok dan proyeknya untuk mencapai kekuasaan dan perluasan di luar negeri (demi impian tegaknya kekhalifahan Islam). Melacak dampak lingkungan politik dan sosial yang pada titik tertentu mendorong organisasi tersebut untuk melakukan penyesuaian dalam struktur organisasi dan administrasi.

---

20. Lihat: Barbara Zollner, *Surviving Repression: How Egypt's Muslim Brotherhood Has Carried On*, Carnegie Middle East Center, 11 Maret 2019, https://bit.ly/2kpFNYT.

21. Annette Ranko dan Mohamed Yaghi, *Extremism and a Structural Divide in the Muslim Brotherhood in Egypt*, The Washington Institute for Near East Policy, 5 Maret 2019, di tautan berikut: https://bit.ly/2jZH7kX.

6. Rancangan Penelitian

Berdasarkan uraian di atas, penelitian ini dibagi menjadi pendahuluan, tujuh bab, dan kesimpulan.

Bab pertama, berjudul "Metodologi dan Kerangka Teoretis", membahas presentasi dari metodologi yang digunakan dan diadopsi, serta pendekatan paling menonjol yang memungkinkan memberikan analisis yang komprehensif dan akurat dari fenomena tersebut.

Bab kedua, berjudul "Struktur Organisasi Ikhwanul Muslimin: Urgensi dan Ciri Umumnya," berkaitan dengan penjelasan tentang pentingnya sentral organisasi dari sudut pandang para pemimpin kelompok, serta fitur umum terpenting yang membedakannya.

Bab ketiga, bertajuk "Evolusi Struktur Organisasi Ikhwanul Muslimin .. dari Awal Berdiri pada 1928 hingga Revolusi 30 Juni 2013," mengikuti tahapan perkembangan Ikhwan melalui tahapan kronologis mulai dari hari-hari pertama berdiri hingga organisasi tersebut dibubarkan pada tahun 2013 dengan klarifikasi pada masing-masing tahapannya.

Bab keempat, berjudul "Mursyid 'Am Ikhwanul Muslimin dan Badan Organisasi yang Berhubungan Langsung Dengannya," membahas bagaimana *mursyid* menciptakan pola identitas kolektif yang membuat anggota "berhutang" kesetiaan dan ketaatan, serta menyoroti sifat peran *mursyid* dalam mengembangkan struktur organisasi dan peraturan yang mereka tambahkan pada kerangka yang ada.

Bab kelima, berjudul "Biro Administratif dan Komite Pusat dalam Struktur Organisasi Ikhwanul Muslimin," membahas tentang Biro Administratif kelompok tersebut dan berbagai pembagiannya, mulai dari wilayah, kemudian cabang, kemudian keluarga; dan bagaimana komunikasi antara mereka, basis massa, dan pimpinan; juga berhubungan dengan komite dan departemen pusat yang mengatur operasi mobilisasi, perekrutan dan dukungan, serta mengawasi aktivitas kelompok ke banyak arah.

Bab keenam, berjudul "Menelaah Hipotesis Kekuatan-Kelemahan Struktur Organisasi Menurut Pendekatan Teoritis dan Metodologis," memberikan materi komprehensif tentang struktur organisasi yang memperhitungkan berbagai aspek yang menjadi sandaran setiap gerakan untuk bertahan hidup dan berkelanjutan, baik itu kepemimpinan, birokrasi, perilaku, atau sosial.

Bab ketujuh, berjudul "Struktur Organisasi Ikhwanul Muslimin antara Kontinuitas dan Perubahan: Visi Masa Depan," meramalkan kemungkinan adanya modifikasi pada struktur organisasi Ikhwan setelah menganalisis kekuatan dan kelemahan mereka, serta memeriksa kriteria kekuatan organisasi yang diakui, yaitu kohesi, kontinuitas, dan adaptasi.

Adapun simpulan, berkaitan dengan simpulan studi dan temuan yang telah dicapai sehubungan dengan jawaban atas pertanyaan studi dan pengujian hipotesis utama yang muncul.

BAB I

METODOLOGI DAN KERANGKA TEORI

Pendahuluan

Ikhwanul Muslimin telah bekerja sejak didirikan pada tahun 1928 demi membangun basis sosial dari berbagai kelompok masyarakat. Kelompok tersebut mengambil posisi sebagai oposisi atas rezim-rezim yang berkuasa, meskipun kerja sama yang terjadi di antara mereka terjadi dalam banyak tahap didasarkan pada fleksibilitas dan pragmatisme yang menjadi ciri kelompok tersebut dalam mencapai tujuannya, serta berangkat dari kesadaran pemerintah Mesir akan pentingnya peran yang dapat dimainkan Ikhwan dalam menghadapi beberapa arus yang merebak luas, terutama jihadis dan takfiri, di masyarakat.

Ikhwanul Muslimin telah menyadari fakta ini dan menggunakan peluang ini untuk memaksimalkan keuntungan politiknya, yang diterjemahkan dalam gagasan yang dikemukakan oleh peneliti Carrie Rosefsky Wickham tentang kemampuan gerakan politik dan sosial untuk mendapatkan keuntungan dari perkembangan di masyarakat dan memanfaatkannya demi keuntungan mereka. Gerakan ini berjalan di atas aturan dan norma lingkungan politiknya, yang pada akhirnya tecermin dalam perilaku. Menurut gagasan ini, Ikhwanul Muslimin telah menyerap perkembangan politik yang telah terjadi di Mesir dan bekerja demi mendapatkan keuntungan darinya tanpa membuat perubahan nyata dalam pendekatan ideologis atau kerangka dinamisnya, karena mereka mempraktikkan kebohongan politik dalam praktiknya, baik terhadap masyarakat maupun penguasa.[22]

Kemungkinan besar, Ikhwanul Muslimin sebagai kelompok yang terorganisir, dalam wacana internalnya menekankan keterikatan khusus dengan para individu melalui portal penggunaan agama sebagai alat untuk mempromosikan bahasa yang sama dengan seluruh masyarakat, dengan

---

22.   Lihat: Carrie Rosefsky Wickham, *The Causes and Dynamics of Islamist Auto-Reform*, ICIS International 6, No. 2, Winter 2006, hlm. 6-7.

---

harapan hal ini nantinya akan mendukung aspirasi politiknya. Dalam pengertian yang sama, Ikhwanul Muslimin tertarik untuk menyatukan para anggotanya di bawah satu payung tujuan dan mekanisme kerja, guna membentuk perilaku organisasi mereka melalui serangkaian interaksi yang terorganisir untuk mengonsolidasikan rasa kepemilikan bersama pada organisasi dan kepatuhan pada ajaran dan prinsipnya.

Oleh karena itu, persepsi sebagian masyarakat menggambarkan bahwa Ikhwanul Muslimin adalah sebuah kelompok primer dan sederhana[23] yang tampaknya memiliki kekurangan, karena komunikasi langsung antaranggotanya dan pertemuan mereka yang bersifat tatap muka, selain sikap, keinginan, dan tujuan serupa yang ingin mereka capai bersama. Selain itu, karakteristik umum di antara anggota Ikhwan, seperti minat, nilai, latar belakang sosial, dan hubungan kekerabatan, mendorong lebih banyak kohesi dan keterikatan sosial menggunakan bahasa kelompok yang diungkapkan dengan redaksi "kami" untuk merujuk pada perilaku kolektif yang membingkai kelompok ini dari kelompok lain.[24]

Tidak diragukan lagi, patriarkisme yang diwujudkan oleh pendiri Ikhwan, Hasan Al-Banna, dalam hubungannya dengan anggota kelompok, terwakili dalam struktur organisasi dan dominasi atas proses pengambilan keputusan, serta penekanannya pada dua elemen "kepatuhan dan ketaatan" yang muncul sebagai nilai dan tradisi kelompok, serta dalam sarana pendidikan dan pendidikan sosial mereka bekerja membentuk budaya dan gaya kepribadian Ikhwan. Hal ini tentu membatasi generasi Ikhwanul Muslimin dan membuat mereka tidak dapat meninggalkan lingkaran sempit kelompok tersebut demi meningkatkan afiliasi anggota dengan kelompok, yang mana tingkat prioritasnya diletakkan di atas kewarganegaraan dan kesetiaan kepada negara.

---

23. Lihat: Ammar Fayed, *Apakah Tindakan Keras terhadap Ikhwanul Muslimin Mendorong Mereka Melakukan Kekerasan?* 2016, https://brook.gs/2Z4eCoP.

24. Lihat: Matthew A. McIntosh, *The Sociology of Social Groups and Organization*, 8 Maret 2018, https://bit.ly/2TQIa4h.

Oleh karena itu, Ikhwanul Muslimin dapat membentuk organisasi yang kohesif, di mana persyaratan keanggotaannya sangat ketat karena aspek keanggotaan mereka memerlukan periode indoktrinasi antara lima hingga delapan tahun, dan baru setelahnya anggota dapat memperoleh keanggotaan penuh. Struktur organisasi mereka, dengan hierarki yang koheren, memungkinkan kantor dan departemen memainkan peran dinamis yang fleksibel, dan proses pengambilan keputusan penting tetap berada di tangan lingkaran kepemimpinan atas, yang dapat dianggap sebagai "dapur keputusan". Namun demikian, Ikhwan telah bekerja dalam struktur negara yang sudah ada dan tertarik untuk membangun jaringan dukungan masyarakat guna meningkatkan posisinya melalui kendali penuh atas anggotanya agar memungkinkan mobilisasi mereka pada saat-saat tertentu.

Dedikasi yang menjadi ciri hubungan antara pimpinan Ikhwan dan anggotanya menimbulkan pertanyaan tentang sifat indoktrinasi ideologis yang mereka terima, serta sumpah setia dan ketaatan kepada *Mursyid 'Am* sebagai ketua organisasi. Namun, komitmen para anggota terhadap prinsip dan aturan yang ditetapkan oleh Hasan Al-Banna menjamin adanya aturan yang dibedakan oleh loyalitas dan kesetiaan, serta tidak semata bergantung pada *Mursyid* selama krisis. Di sini, program perekrutan berkontribusi pada kelangsungan jaringan anggota dengan badan-badan organisasi lainnya yang berkontribusi pada kohesi struktur organisasi kelompok.[25]

Ikatan keluarga dan hubungan pribadi memastikan pembentukan jaringan mereka yang relatif tertutup dan memastikan keandalan dan kerahasiaan pertukaran informasi mereka sebagai pengaman terhadap potensi infiltrasi dan paparan. Sebagai contoh kekompakan jaringan kelompok tersebut, perwakilan organisasi di Inggris, Abdullah Al-Haddad, adalah anak dari anggota Biro Bimbingan, Essam Al-Haddad, dan saudara dari Jihad Al-Haddad yang bekerja sebagai juru bicara media organisasi setelah Revolusi 25 Januari 2010.[26]

---

25.   Lihat: Barbara Zollner, *Surviving Repression: How Egypt's Muslim Brotherhood Has Carried,* op.cit.
26.   Ibid.

Dalam konteks bab ini, pendekatan yang berbeda akan digunakan untuk menjawab pertanyaan kajian, **dan pendekatan-pendekatan terpentingnya adalah:**

1-1 PENDEKATAN KELEMBAGAAN- INSTITUTIONAL APPROACH

Pendekatan ini didasarkan pada adaptasi organisasi atau kelompok terhadap tantangan dan kinerja optimal dari fungsi organisasi, atau dalam menghadapi potensi tantangan dan risiko yang mereka hadapi, serta kohesi mereka dalam menghadapi perpecahan internal dan kesinambungannya.

Menurut Samuel Huntington,[27] ada empat kriteria penting untuk mengukur derajat pelembagaan suatu kelompok atau organisasi, yaitu: Kemampuan Beradaptasi, Kompleksitas, Otonomi, dan Koherensi. Kriteria ini dapat diterapkan pada struktur organisasi dan administrasi Ikhwanul Muslimin untuk memperjelas sifat kompleksitas dan interaksi antara pimpinan, struktur eksekutif, dan basis massa populer, serta sejauh mana pengaruh kelompok tersebut hadir dalam masyarakat, dan bagaimana kemampuannya beradaptasi, mandiri dan berubah.

Pada saat yang sama, salah satu sumber kekuasaan yang paling menonjol diasumsikan memiliki suatu organisasi atau lembaga diukur dengan usia kronologisnya, yang berbanding lurus dengan kemampuannya untuk berubah dan beradaptasi. Misalnya, meningkatnya masalah yang dihadapi oleh sebuah kelompok atau organisasi dalam kurun waktu yang lama membuatnya lebih mampu beradaptasi dengan perubahan. Namun, organisasi berpengalaman sekalipun belum tentu dapat beradaptasi, yang mana akan diukur antara generasi lama dan baru dalam struktur organisasi Ikhwanul Muslimin, untuk melihat sejauh mana kesesuaian atau perbedaan mereka pada isu-isu tertentu, serta efeknya pada kohesi kelompok dan struktur organisasi.

---

27. Lihat: Samuel P. Huntington, *Political order in changing societies, Seventh printing* (New Haven and London, Yale University Press, 1968), hlm.194.

1-2 PENDEKATAN BIROKRASI- THE BUREAUCRATIC APPROACH

Pendekatan ini berkaitan dengan pemaparan pekerjaan dan manajemen organisasi dalam hal struktur dan hierarki organisasi mereka yang relevan pada apa yang diusulkan oleh sosiolog Jerman Max Weber, untuk menunjukkan pengaruh Organisasi Birokrasi dalam menjalankan aktivitasnya dan berkomunikasi dengan para anggotanya sesuai dengan aturan dan prosedur yang ketat.[28]

Weber mengidentifikasi tiga jenis otoritas dalam organisasi: tradisional, karismatik, dan legal-rasional; dan menganggap bahwa otoritas birokrasi adalah cara paling rasional untuk melakukan kontrol vital atas anggota dalam suatu organisasi, terutama karena organisasi tersebut memiliki hierarki otoritas, tenaga kerja khusus, prinsip, aturan, regulasi yang menjadi kesatuan, personel administrasi yang terlatih, dll. Hierarki dalam organisasi mewakili garis otoritas yang jelas yang memungkinkan individu atau anggota untuk mengetahui manajer atau pemimpin yang bertanggung jawab langsung kepadanya, di mana hal ini menegaskan pentingnya otoritas birokrasi dalam pengelolaan organisasi atau kelompok mana pun.[29]

Dalam pengertian yang sama, model birokrasi mengasumsikan bahwa orang tertinggi dalam organisasi atau kelompok memiliki kekuasaan terbesar, dan orang terendah memiliki kekuasaan terkecil. Sedangkan untuk proses pengambilan keputusan terjadi setelah informasi diteruskan dari peraturan ke tingkat menengah sampai ke otoritas yang lebih tinggi, sehingga keputusan diambil lalu dikirim kembali ke hierarki vertikal paling bawah.

Dengan demikian, pendekatan manajemen birokrasi memperjelas sifat kepemimpinan Ikhwan dan hierarki dalam struktur organisasi dan administrasi mereka, yakni cara penginformasian yang terkait dengan keputusan mengalir

---

28. Lihat: Max Weber, *Economy and Society*, diedit oleh Guenther dan Claus Wittich, Berkeley, Los Angeles, London, University of California Press, 1978, hlm. 311-339.

29. Lihat: Ahmed Mahfooz, THE THEORY OF BUREAUCRACY OF MAX WEBER... MERITS AND DEMERITS, https://bit.ly/2Mwy33H, hlm. 2.

---

secara efektif dari atas ke bawah, dan bagaimana pekerjaan dan tugas yang ingin diselesaikan dibagikan ke orang-orang di tingkat yang lebih rendah di struktur organisasi dengan tujuan pengelolaan mencakup komite teknis, departemen dan unit khusus administratif.

Karakteristik Pendekatan Birokrasi

Pendekatan ini juga akan membahas tradisi legitimasi otoriter yang berlaku dalam struktur organisasi kelompok dan kesucian tradisi yang didirikan sejak awal berdirinya kelompok tersebut yang bersumber dari prinsip ketaatan dan kepatuhan, serta konsekuensi komitmen untuk melaksanakan instruksi dan arahan tanpa perlu lagi berdiskusi dengan pimpinan kelompok. Inilah yang membuat Ikhwan bermodel serupa miniatur rezim diktator-totaliter.

1-3 PENDEKATAN PELUANG POLITIK- POLITICAL OPPORTUNITY APPROACH

Pendekatan ini bermula dari fokus pada peluang-peluang yang muncul dari keterbukaan sistem politik kepada kelompok-kelompok yang aktif dalam masyarakat, atau dalam arti lain penyebaran suatu kelompok dalam masyarakat dan peningkatan kemampuannya dalam memengaruhi interaksi. Menjalankan peran politik tidak terlepas dari margin gerakan yang diberikan oleh sistem di satu sisi, sementara peluang-peluang eksternal muncul dari lingkungan regional dan internasional di sisi lain.

Pendekatan ini menunjukkan bahwa keberhasilan atau kegagalan organisasi / gerakan sosial dipengaruhi utamanya oleh peluang politik yang tersedia bagi mereka, baik dari sistem maupun lingkungan eksternal, dan sejauh mana kemampuan mereka untuk menggunakan peluang tersebut, baik dalam membangun kembali struktur organisasi dan administratif mereka atau dalam mewujudkan proses perubahan dalam masyarakat.[30] Oleh karena itu, eksploitasi peluang politik mendorong Ikhwanul Muslimin untuk membuat amandemen terhadap anggaran dasar dasarnya yang terkait dengan struktur organisasinya demi memanfaatkan keterbukaan rezim-rezim pemerintahan Mesir berturut-turut, seperti yang terjadi setelah "Revolusi 25 Januari 2011" untuk memaksimalkan keuntungan politiknya sampai benar-benar mampu meraih kekuasaan pada tahun 2012 setelah memenangkan pemilihan parlemen dan presiden, sementara kekuatan lain, partai dan kelompok yang tidak memiliki kemampuan untuk memobilisasi atau menggalang, atau bahkan mendistribusikan layanan sosial, mengorganisir demonstrasi dan mengelola upaya efektif untuk mendesak pemilih untuk memberikan suara mereka, namun gagal.[31]

---

30. Lihat: Ashley Crossman, *Political Process Theory*, 13 Februari 2019, https://bit.ly/2qtFSuO.).

31. Eric Trager, Nancy Youssef, Michael Donne, *The Rise and Fall of the Muslim Brotherhood in Egypt*, The Washington Institute for Near East Policy, November 2016, di tautan berikut: https://bit.ly/2ZiHIwH]

1-4 PENDEKATAN SOSIOLOGI ORGANISASI- ORGANIZATIONS SOCIOLOGY APPROACH

Pendekatan ini mengasumsikan adanya hubungan yang fleksibel antara organisasi atau kelompok dengan lingkungan tempat kemunculannya, baik secara ekonomi maupun sosial yang tecermin dalam kinerja organisasinya. Pada saat yang sama, setiap organisasi harus mempertimbangkan perubahan, perkembangan dan krisis yang mungkin muncul setiap saat dan memiliki strategi yang jelas untuk menghadapinya.[32]

Pendekatan ini memungkinkan pembaca memelajari struktur organisasi Ikhwanul Muslimin dari perspektif masyarakat, mengenai perwujudan kemampuannya menembus ke dalam masyarakat melalui serangkaian kegiatan dan alat ekonomi, amal dan suka rela yang berkontribusi untuk memaksimalkan dukungan sosialnya, serta fokusnya pada beberapa kelas sosial, seperti kelas bisnis dan menengah umum, karena mereka dapat mendukung kekuatan organisasi dan keuangan kelompok.

1-5 PENDEKATAN PERILAKU ORGANISASI- ORGANIZATIONAL BEHAVIOR APPROACH

Pendekatan ini menekankan untuk memelajari perilaku, sikap dan kinerja personal dalam organisasi atau kelompok. Pada tingkat mikro, pendekatan ini berfokus pada individu dan kelompok atau organisasi serta menekankan topik-topik seperti ciri-ciri kepribadian (perbedaan individu), sikap dan motivasi personal untuk bertindak, memimpin, membentuk kelompok dan mengambil keputusan.[33] Pada level makro, gambaran besar organisasi diperlakukan sebagai unit dasar analisis, yang berfokus pada isu-isu struktur. Struktur organisasi atau kelompok serta bagaimana mekanisme dan kelembagaannya bekerja dengan

---

32.   *Sosiologi Organisasi*, https://bit.ly/2U2REcu.

33.   Lihat: Robert Dailey, *Organizational Behavior*, Edinburgh Business School, Heriot-Watt University, https://bit.ly/2kPMnb0, hlm. 2-3.

---

memerlukan perhatian pada bidang psikologi individu (kepribadian dan persepsi), psikologi sosial (interaksi individu), psikologi industri (pekerja), ilmu politik (kekuasaan dan pengaruh), antropologi (sistem), budaya dan ekonomi (insentif dan transaksi).[34]

Pendekatan ini juga mendapatkan konsepnya dari teori antropologi dan sosiologi untuk mengidentifikasi sifat dan perilaku kelompok manusia, serta komposisi, persaingan atau kerja sama dengan organisasi lain. Oleh karena itu, pendekatan ini akan menganalisis perilaku Ikhwanul Muslimin, baik di tingkat kepemimpinan atau basis massa, serta bagaimana para anggota termotivasi untuk mengerahkan kinerja organisasi dan gerakan yang maksimal, karena terlihat bahwa kelompok ini sangat bergantung pada struktur organisasinya yang bergantung pada hubungan kekeluargaan dan famili, karena ini adalah salah satu elemen terpenting dari kesinambungan organisasi dan koherensinya.

1-6 PENDEKATAN STRUKTURAL FUNGSIONAL- FUNCTIONAL STRUCTURAL APPROACH

Pendekatan ini memeroleh sumber intelektual umumnya dari pendapat sekelompok sosiolog tradisional dan kontemporer yang muncul khususnya dalam masyarakat kapitalis Barat karena berkaitan dengan memelajari bagaimana sebuah kelompok atau organisasi telah memungkinkan adanya pelestarian stabilitas internal dan kelangsungannya melalui zaman, interpretasi kohesi sosial dalam masyarakat, dan inilah hal-hal yang diwakili dalam gagasan sosiolog Barat pelopor seperti August Comte, Emil Durkheim, dan Herbert Spencer, serta pendapat banyak sosiolog Amerika kontemporer seperti Talcott Parsons, Robert Merton, dan pelopor lain dari generasi kedua sosiolog kapitalis, yang pendapatnya meluas hingga akhir tahun '70-an, di abad ke-20.[35]

---

34. Robert Dailey, ibid.

35. Hassan Emad Makary, Leila Hussein Al-Sayyid, *Communication and its Contemporary Theories*, (Cairo: The Egyptian Lebanese House, 2006), hlm. 124-125.

Pendekatan ini bertumpu pada dua konsep dasar dalam analisis dan interpretasi, yaitu "struktur" dan "fungsi". Struktur sosial adalah himpunan hubungan sosial yang tetap dan permanen yang menghubungkan anggota masyarakat yang memainkan peran tertentu dan menempati posisi sosial tertentu, sehingga membentuk kelompok sosial ganda dalam masyarakat. Dalam pengertian yang sama, ini merupakan pendekatan kemasyarakatan yang tidak hanya mementingkan individu, tetapi lebih merupakan visi sosiologis yang bertujuan untuk menganalisis dan memelajari struktur masyarakat di satu sisi, dan fungsi-fungsi yang dilakukan oleh struktur-struktur ini di sisi lain. Artinya, struktur ini tidak terbentuk secara sembarangan karena mempunyai fungsi yang akan dipenuhi, dan setiap struktur sosial mempunyai fungsi untuk dijalankan. Masyarakat adalah sekumpulan fungsi yang bercirikan harmoni dan keseimbangan. Radcliffe-Brown berpendapat bahwa dimensi fungsional dan struktural merupakan pilar penting untuk mengevaluasi keefektifan kelompok atau organisasi mana pun.[36]

Emil Durkheim dianggap sebagai orang pertama yang menggunakan teori fungsional dalam mengevaluasi kinerja kelompok dan organisasi, karena ia percaya bahwa kelompok yang dapat membentuk sekumpulan nilai-nilai bersama berkontribusi untuk memperkuat persatuan dan kohesi anggota mereka dan mampu melangsungkannya secara terus-menerus.[37] Konsep konstruktivisme mengacu pada sistem hubungan internal konstan yang mendefinisikan fitur-fitur penting dari setiap entitas, apakah itu kelompok atau organisasi, dan sejauh mana kemampuannya melaksanakan tugas dan perannya, baik dalam melayani anggotanya atau masyarakat secara umum.[38]

Menurut pendekatan ini, sangat mungkin untuk menganalisis karakteristik organisasi yang membingkai pekerjaan Ikhwanul Muslimin karena mereka

---

36. Nikola Timashev, *Sociology Theory, Its Nature and Development*, diterjemahkan oleh Mahmoud Odeh dkk. (Alexandria: University Knowledge House, 1999), hlm. 405.

37. Fahmi Salim Al-Ghazwi, *Pengantar Sosiologi* (Amman: Dar Al-Shorouk untuk Penerbitan dan Distribusi, 2006), hlm. 85.

38. Untuk informasi lebih lanjut, lihat: Samir Hegazy, *Dictionary of Contemporary Literary Criticism Terminology* (Cairo: Madbouly Library, 1990).

---

tunduk pada hukum dan kontrol struktural yang mengontrol pembangunan hubungan yang menyatukan berbagai tingkat struktur organisasi dari atas ke akar rumput, dan dalam menganalisis fungsi apa yang dilakukan oleh struktur dan unit organisasi, serta bagaimana semua peran didistribusikan di antara mereka guna mencapai saling ketergantungan dan integrasi antarunit struktur organisasi pada berbagai tingkatannya.

1-7 PENDEKATAN MASYARAKAT SIPIL- CIVIL SOCIETY APPROACH

Para pakar politik dan sosiologi percaya bahwa perbedaan harus diciptakan di antara masyarakat sipil dan kegiatan ekonomi. Cohen dan Arato, misalnya, menilai bahwa masyarakat sipil adalah keseluruhan rangkaian interaksi kelembagaan dan kemasyarakatan yang diatur untuk urusan kehidupan, yang dapat dianggap dari sudut lain mewakili bidang sosial dan budaya dari hubungan manusia sehari-hari, dan bahwa kerja sama dan solidaritas antarindividu seringkali dipandu oleh norma, nilai, dan tradisi budaya yang berlaku di masyarakat.[39]

Menurut pendekatan ini, evaluasi suatu kelompok atau organisasi bergantung pada perannya dalam masyarakat, karena merupakan salah satu kekuatan masyarakat sipil yang berperan efektif dan berpengaruh dalam memenuhi kebutuhan anggota masyarakat, baik melalui pendukung serikat pekerja atau lembaga amal dan sosial lainnya. Faktanya, Ikhwanul Muslimin telah berusaha sejak awal untuk menjadi salah satu kekuatan masyarakat sipil yang aktif, karena sangat bergantung pada kerja dan amal suka rela untuk meningkatkan penyebarannya di masyarakat. Jaringan dan organisasi sosial yang didirikan oleh suatu kelompok dan memberikan layanan mereka kepada anggota masyarakat, terutama kelompok miskin dan terpinggirkan, memungkinkannya untuk memperluas dan menembus struktur masyarakat, kemudian menerapkannya pada tahap-tahap selanjutnya untuk memperoleh keuntungan politik.

---

39.   Lihat: Egbert Harmsen, *Islam, Civil Society and Social Work Muslim Voluntary Welfare Associations in Jordan between Patronage and Empowerment*, https://bit.ly/2MDqubB, hlm. 37.

1-8 PENDEKATAN KEPEMIMPINAN PERILAKU- BEHAVIORAL LEADERSHIP APPROACH

Pendekatan ini didasarkan pada keyakinan bahwa kepemimpinan efektif yang berpengaruh membutuhkan beberapa keterampilan dasar: keterampilan teknis, sosial, dan konseptual. Keterampilan teknis mengacu pada pengetahuan pemimpin tentang profesionalisme kerja kepemimpinan dan cara pengelolaannya, sedangkan keterampilan sosial mengacu pada kemampuan untuk berinteraksi dengan individu lain. Keterampilan konseptual memungkinkan pemimpin untuk memunculkan ide-ide untuk mengelola organisasi atau kelompok dengan mudah tanpa ada komplikasi. Oleh karena itu, topik kepemimpinan menjadi sangat penting di tingkat studi sosial dan politik, karena perannya dalam proses pengambilan keputusan, memobilisasi upaya, mengarahkan, serta menindaklanjuti urusan. Di pertengahan akhir abad ini, studi tentang kepemimpinan bergeser dari studi tentang sifat kemanusiaan ke arah studi tentang perilaku. Naylor mencatat bahwa minat pada perilaku pemimpin mendorong perbandingan sistematis antara gaya kepemimpinan otoriter dan demokratis. Kelompok yang beroperasi dengan cara otoriter berhasil dengan baik selama pemimpinnya hadir, namun, anggota kelompok tersebut cenderung tidak puas dengan gaya kepemimpinan dan sikapnya yang bermusuhan. Dalam kelompok demokrasi, upaya anggotanya terus berlanjut meski pemimpinnya tidak ada, dan anggota kelompok tersebut memiliki perasaan yang lebih positif karena adanya tradisi dan standar kerja organisasi.[40]

Alasan munculnya pemimpin berbeda-beda, bisa dengan cara pengangkatan formal, dipilih atau ditunjuk dalam kapasitas informal, atau secara alami muncul dari interaksi situasi tertentu dan keinginan kelompok, atau dari kinerja formal yang tengah dibutuhkan; pengaruh yang dilakukan oleh kepemimpinan berasal dari kemampuan untuk memengaruhi orang lain dan bukan berasal dari otoritas formal, melainkan dari karakteristik pribadi seperti bakat, kehadiran dan daya

---

40.　Lihat: Rose Ngozi Amanchukwu, Gloria Jones Stanley, Nwachukwu Prince Ololube, A Review of Leadership Theories, Principles and Styles and They Relevance to Educational Management, 2015, https://bit.ly/30zwULS.

tarik pribadi, yang merupakan warisan, meskipun ada juga yang memang diperoleh melalui sesuatu.

Kepemimpinan Karismatik

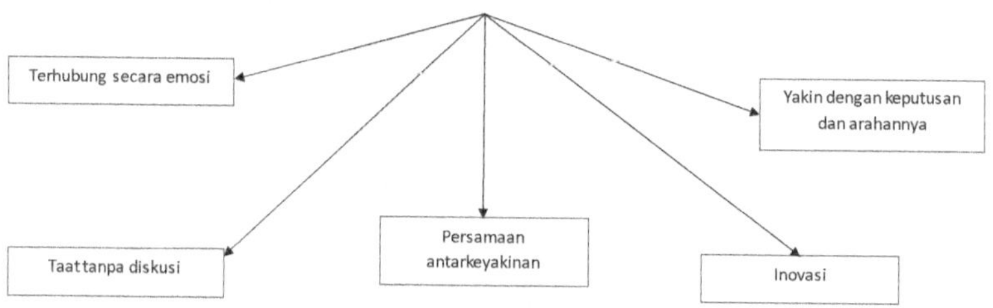

Menurut pendekatan ini, kepemimpinan karismatik pendiri Ikhwanul Muslimin, Hasan Al-Banna, memiliki pengaruh besar dalam memperkuat kelompoknya; mereka menerima kepemimpinannya secara mutlak dan tidak perlu mempertanyakannya lagi; para anggota patuh terhadap ide-ide ideologisnya, dan percaya pada kemampuannya untuk mencapai tujuan. Di sisi lain, lemahnya karisma dan tidak adanya kualitas kepemimpinan dari beberapa *mursyid* pada tahap-tahap selanjutnya memengaruhi kekuatan dan kohesi kelompok, seperti yang akan dijelaskan secara rinci nanti.

1-9 PENDEKATAN PERTUKARAN SOSIAL- SOCIAL EXCHANGE APPROACH

Pendekatan ini muncul pada akhir tahun '50-an abad ke-20 dan merupakan reaksi terhadap teori struktural dan fungsional, sehingga pembaHassannya tidak dimulai dari penjelasan mengenai fenomena sosial dari aksioma struktural dan faktor fungsional yang berkaitan dengan bagian dan fungsi struktur sosial, tetapi lebih mengandalkan interpretasinya pada analisis interaksi dan pertukaran berdasarkan proses memberi dan menerima antarkelompok kecil dan besar di masyarakat.[41]

---

41. Abdullah Muhammad Abdul Rahman, *Economic Sociology*, (Alexandria: House of Knowledge, 2003), hlm. 117-118.

Gagasan di balik pendekatan pertukaran sosial diwujudkan dalam kebutuhan untuk mencapai keseimbangan antara apa yang organisasi atau kelompok berikan kepada anggotanya di satu sisi, dan apa yang diberikan kelompok atau organisasi kepada masyarakat tempat mereka berada di sisi lain, karena keseimbangan antara memberi kedua objek ini mengarah pada tercapainya keadilan dalam masyarakat.

Berdasarkan pendekatan tersebut maka Ikhwanul Muslimin dipandang jeli dalam segi struktur organisasi, serta melalui unit-unit administrasi dan kepanitiaan khusus, memberikan dukungan dan kepedulian kepada para anggotanya, dengan alasan hal ini diperlukan untuk menjaga loyalitas dan kohesi organisasi sebagai kelompok yang berinteraksi dengan kebutuhan masyarakat secara langsung. Banyak institusi di daerah miskin yang telah didirikan memberikan pelayanan di bidang kesehatan dan pendidikan bagi kelompok miskin dan terpinggirkan, sebagai bentuk ketajaman mereka dalam memperkuat ikatan dengan masyarakat, karena berkaitan dengan pencapaian keadilan dalam masyarakat.

1-10 PENDEKATAN ORGANISASI MANDIRI- SELF-ORGANIZATION APPROACH

Pendekatan ini dimulai dari asumsi bahwa sebuah sistem mereproduksi dirinya sendiri dengan mempertimbangkan kembali kerangka kerja dan peraturan internalnya.[42] Menurut pendekatan ini, setiap sistem, kelompok, atau lembaga memiliki kemampuan untuk mengatur dirinya sendiri. Jika mereka mampu mengembangkan struktur organisasinya, maka mereka akan mampu mengimbangi variabel internal dan eksternal demi mencapai tujuannya.

Pendekatan ini memungkinkan penafsiran perkembangan dalam struktur organisasi dan administrasi Ikhwanul Muslimin, dari awal berdirinya hingga setelah 30 Juni 2013, sebagai upaya kelompok untuk mengembangkan sendiri struktur organisasi dan administratifnya setiap kali ada kebutuhan untuk itu.

---

42.   Lihat: Christian Fuchs, *Organisasi Mandiri Gerakan Sosial*, 11 Mei 2006, https://bit.ly/2Zaa154.

Studi ini akan bergantung pada sepuluh pendekatan ini, karena setiap pendekatan dapat memberikan penjelasan tentang kompleksitas dan hierarki struktur organisasi dan administrasi Ikhwanul Muslimin. Menghasilkan visi holistik dan komprehensif dari struktur ini, dari perspektif historis, sosial, politik, birokrasi, kinetik, perilaku, kepemimpinan, psikologis dan administratif, memungkinkan untuk menjawab pertanyaan yang diajukan oleh studi ini, serta dapat berdiri di atas kekuatan dan kelemahan yang menghalangi struktur organisasi ini demi mengeksplorasi prospek masa depannya.

BAB II

STRUKTUR ORGANISASI IKHWANUL MUSLIMIN - URGENSI DAN KARAKTERISTIK UMUMNYA

Pendahuluan

Ikhwanul Muslimin adalah organisasi politik-agama terbesar, terkuat, dan paling berbahaya dari semua organisasi dalam sejarah Islam kontemporer. Ikhwan muncul di Mesir pada tahun 1928, di tangan Hasan Al-Banna, sebagai kelompok dakwah "reformis komprehensif"[43], dan dengan cepat menyebar ke luar perbatasan Mesir, terutama di Syria (1942), Yordania, Sudan (1945), dan Palestina (sebelum 1948) sebelum mereka kemudian menyebar ke seluruh dunia,[44] untuk menjadi sebuah organisasi internasional *par excellence*. Struktur organisasinya—yang telah dipersiapkan dan dikembangkan oleh Hasan Al-Banna secara bertahap dengan mempertimbangkan tingkat pertumbuhan kelompok di satu sisi dan mengingat tujuan yang dinyatakan dan tersembunyi di sisi lain—secara efektif membantu tidak hanya dalam kecepatan penyebaran dan ekspor ideologinya, tetapi juga dalam adaptasinya terhadap transformasi sosial dan penyerapan guncangan yang dihadapinya, serta pemanfaatan peluang untuk memperkuat gerakannya hingga mencapai kekuasaan setelah apa yang dikenal sebagai "Revolusi Musim Semi Arab" di Tunisia dan khususnya di Mesir, negara asalnya, dari Juni 2012 hingga 3 Juli 2013.

2-1 URGENSI STRUKTUR ORGANISASI DALAM PEMIKIRAN PARA PEMIMPIN IKHWANUL MUSLIMIN

Struktur organisasi—di mana pendiri organisasi tersebut, Hasan Al-Banna, terinspirasi oleh pengetahuannya tentang rahasia, organisasi revolusioner dan

---

43. Lihat: *Risalah Konferensi Kelima*, di link: https://bit.ly/2F4PhjQ.
44. Mereka menjangkau lebih dari 72 negara di enam benua, lihat: "Ikhwanul Muslimin", di link: https://bit.ly/2Nxh68H.

---

partai, dan mungkin dari tarikat Syadziliyah,[45] atau juga struktur kelembagaan Masonik[46]—dengan kepentingan khusus bagi organisasi, sehingga "tujuannya selalu dan tidak pernah berpindah dari mempertahankan organisasi, karena organisasi adalah wadah satu-satunya yang mampu mengusung ide, metode, dan sarana, selain untuk mencapai tujuan.[47]

Dalam hal ini, Dr. Rafiq Habib, salah satu pimpinan Ikhwanul Muslimin menjelaskan apa yang dimaksud dengan struktur organisasi dan kelembagaan Ikhwanul Muslimin, karena merupakan struktur yang tepat dan disiplin, berdasarkan banyak formasi sub kelembagaan, yang didasarkan pada pembagian kerja, serta bentuk kelembagaan administratif, seperti yang lain. Lembaga, tetapi didasarkan pada komitmen dan disiplin yang tinggi, atas dasar komitmen religius dan keyakinan, yang menjadikan komitmen sebagai kewajiban bagi anggota, dan ciri-ciri organisasi ini dianggap sebagai salah satu komponen kekuatan kelompok dan kelangsungannya selama beberapa dekade terakhir.

Itulah mengapa bekerja untuk membangun organisasi yang kuat adalah hal yang sangat penting bagi para pemimpin Ikhwan, karena pendirinya sendiri, Hasan Al-Banna, percaya bahwa tujuan utama organisasi adalah untuk menerapkan prinsip-prinsip dan ide-ide kelompok di lapangan, serta berupaya untuk mendirikan sebuah organisasi yang bertanggung jawab memulihkan keislaman masyarakat umum, di Mesir dan negara-negara Arab dan Islam lainnya, kemudian pembentukan kembali persatuan Arab dan Islam, dan pada tahap selanjutnya adalah pembentukan Negara Khilafah Islam. Dalam segi organisasi, dengan struktur dan lembaganya yang semuanya bekerja pada perubahan politik, sosial dan ekonomi, berarti bahwa organisasi dalam pemikiran Al-Banna terkait dengan proses perubahan, dan kekuatan organisasi itulah yang melindungi proses perubahan, dan tanpa kehadiran organisasi, sebuah organisasi akan berubah menjadi kerja dakwah murni dan penyeruan gagasan, tanpa memikul tanggung jawab untuk

---

45. Hamada Mahmoud Ismail, sumber sebelumnya, hlm. 66.

46. Yasser Helmy El-Shaer, *The Black History of the Group between Hasan Al-Banna's Yudaism and the Masonry of the Ikhwan* (Cairo, House for Publishing and Distribution, 2018), hlm. 144-153.

47. Untuk detail lebih lanjut tentang aspek ini, silakan merujuk ke: Muhammad Habib, *Kenangan Dr. Muhammad Habib: Tentang Kehidupan, Dakwah, Politik dan Pemikiran* (Kairo, Dar Al-Shorouk, 2012).).

---

mengimplementasikan gagasan tersebut di lapangan, serta membiarkan ide tersebut tumbuh di antara masyarakat hingga ada sosok yang hadir untuk mengimplementasikannya, di mana artinya bahwa organisasi di sini menjalankan fungsi perubahan. Secara politis, sebuah bangsa membutuhkan seseorang untuk melakukannya dan melunasinya.[48]

Judul video: Live with Dr. Mahmoud Hussein, Sekretaris Jenderal Ikhwan pada hari jadinya yang ke-90

Pada tautan berikut: https://www.youtube.com/watch?v=ZzfdrzpFO2c

Struktur organisasi Ikhwanul Muslimin mencerminkan visi politik pendirinya dan para pemimpin setelahnya, yaitu pembentukan kekhalifahan Islam dan penerapan hukum Islam menurut pandangan kelompok tersebut. Ikhwanul Muslimin selalu percaya pada realisasi gagasan mencapai kepemimpinan dunia.

https://www.youtube.com/watch?v=ZzfdrzpFO2c

Pentingnya organisasi dalam pemikiran Ikhwanul Muslimin terbukti dalam surat-surat Hasan Al-Banna, yang menekankan pentingnya peran organisasi dalam memimpin reformasi kemasyarakatan. Kehadiran organisasi yang kuat merupakan kebutuhan untuk kemenangan akhir proyek peradaban Islam[49] yang merupakan cara untuk mencapai impian mereka yakni menghidupkan kembali Khilafah Islam, terutama karena kelompok tersebut—seperti yang ditunjukkan oleh literaturnya—tidak percaya pada konsep negara-bangsa, sebagaimana yang diwasiatkan Al-Banna yang tidak memercayai gagasan tentang tanah air, dan percaya bahwa seorang Muslim di negara bagian di benua Asia lebih baik dan lebih kekal daripada seorang Kristen di Mesir, misalnya, dan Kristen ini tidak berhak bertempat di tanah air atau di negaranya, dan ini adalah ajaran Al-

48. Rafiq Habib, *The Ikhwan and the Organization*, Surat Kabar Al-Wasat (Tunisia), 8 Februari 2018.

49. Untuk lebih jelasnya tentang urgensi organisasi dalam pemikiran pendiri Ikhwan, Hasan Al-Banna, Anda dapat merujuk ke: Hasan Al-Banna, *Majmu'ah ar-Rasa-il al-Imam Hasan Al-Banna*, (Kairo, Dar Al-Da'wah, 1984).

Banna, yang ia setujui dalam "Risalah untuk Dakwah Kita" di mana ia menekankan bahwa perbedaan antara patriotisme Ikhwan dan patriotisme orang lain adalah karena Ikhwan mendefinisikan patriotisme dengan keyakinan dan bukan oleh batas geografis: "Ikhwan menganggap setiap tempat di mana seorang Muslim adalah tanah air bagi mereka yang memiliki kesucian dan kesuciannya, perlunya kesetiaan padanya dan jihad demi dirinya."[50]

Di sisi lain, Ikhwan adalah organisasi yang mengoordinasikan pergerakan massa dalam struktur tertentu, di mana massa membutuhkan aksi yang terorganisir untuk dapat menghadapi hambatan yang mereka hadapi. Oleh karena itu, massa menjadi kekuatan nyata dalam pendekatan Ikhwanul Muslimin, dan organisasi menjadi sarana pertama dan sentral yang mencapai kekuatan massa, dengan kata lain, organisasi memainkan peran kepemimpinan kolektif massa yang mendukung proyek Ikhwanul Muslimin. Oleh karena itu, Ikhwanul Muslimin ingin agar struktur organisasi dan administrasi menjadi wadah bagi seluruh bangsa, membuka pintunya bagi semua, dan mencoba memasukkan keseluruhannya meskipun terdapat sub-perbedaan.[51]

Urgensi organisasi juga hadir dalam pemikiran dan visi para pemimpin Ikhwanul Muslimin pasca-Hasan Al-Banna, di mana para *mursyid* dan para pemimpin utamanya, seperti yang akan dijelaskan nanti, terus mengembangkan struktur organisasi sebagai dasar pelaksanaan proyek Ikhwan dan aplikasi pemberdayaannya di masyarakat. Ikhwan era Umar Al-Tilmisani telah membuat lompatan kuantum dalam membangun kembali struktur organisasi kelompok, yang mampu memimpin proses pembangunan organisasi hierarkis yang ketat. Mengingat organisasi yang ketat ini nyata adanya dan menjadi satu-satunya jaminan eksistensi kelompok sebagai imbas dari keputusan administratif rezim Nasser untuk membubarkannya secara permanen pada tahun 1954, Ikhwan menjadi organisasi keagamaan terkuat di Mesir pada akhir tahun '70-an dengan "menelan" sebagian besar organisasi Islam baru yang menjadi pengganti organisasi, khususnya Jamaah Islamiyah di kampus-kampus Mesir - organisasi

---

50. *Risalah Hasan Al-Banna ... Perintah untuk Menaklukkan dan Menghancurkan Dunia*, Q-Post, 7 April 2019, melalui link berikut: https://bit.ly/2m0ZeYo.

51. Rafiq Habib, *The Ikhwan and the Organization's Strategy*, 11 Agustus 2010, melalui link berikut: https://bit.ly/2mfdrkl].

---

kemahasiswaan yang berkembang pesat - setelah para pemimpin kelompok berhasil membujuk majelis kepemimpinan yang dipimpin oleh Abdel Moneim Abul-Fotouh untuk bergabung.[52]

Di era mendiang Presiden Muhammad Hosni Mubarak, para pemimpin Ikhwan terus berupaya untuk mengonsolidasikan kekuatan struktur organisasi. Dalam hal ini, nama pemimpin Khairat el-Shater tampil sebagai yang terpenting dari para pemimpin tersebut. Ia memiliki peran menonjol dalam mengembangkan struktur organisasi Ikhwanul Muslimin,[53] di mana ia digambarkan oleh banyak peneliti gerakan politik Islam sebagai "orang kuat Ikhwan", mengingat perannya berbahaya, cerdas, dan nyaris tidak dikenali dalam tubuh organisasi dan sendi-sendi pentingnya, terutama yang berkaitan dengan aspek keuangan, di mana uangnya bercampur dengan uang organisasi; ia naik dalam hierarki organisasi hingga menjadi wakil *mursyid* pertama dan menjadi orang kuat yang memiliki semua kunci organisasi dan sumber pembiayaannya, Inilah yang oleh beberapa orang dianggap sebagai preseden dalam sejarah Ikhwan. Tidak pernah terjadi dalam sejarah Ikhwan adanya seorang pengusaha yang naik ke lingkaran kekuasaan yang sempit di mana kekuasaan Ikhwan bergantung, setidaknya sebagian, pada aktivitas keuangannya. Mungkin peran terbesar El-Shater terletak pada kenyataan bahwa ia dipercaya oleh mendiang *mursyid* Ikhwan, Mustafa Mashhour, untuk melaksanakan "rencana pemberdayaan" untuk organisasi tersebut, yang belakangan ditemukan pada tahun 1992 oleh dinas keamanan Mesir, lalu ia diadili.[54] "Rencana pemberdayaan" ini dikenal di media pada saat itu sebagai kasus "Salsabil", dan rencana ini, yang disusun dalam tiga belas makalah, dipandang sebagai dokumen paling berbahaya dalam sejarah Ikhwanul Muslimin, yang sama sekali bersifat rahasia, terutama karena terkait dengan rencana kelompok tersebut untuk merebut kekuasaan, Karena arti "pemberdayaan", sebagaimana yang tertulis dalam dokumen tersebut secara harfiah, "... adalah keinginan untuk mengemban tugas di masa depan dan memiliki kemampuan untuk mengatur urusan negara." Ini tidak akan terwujud—

---

52. Hossam Tammam, *"Ikhwanul Muslimin... Godaan Organisasi!"*, Website Observatorium Islam, tanpa tanggal, melalui link berikut: https://bit.ly/2In8ZjI.

53. Khairat el-Shater dijuluki "Manusia Besi dalam Ikhwanul Muslimin". Ia adalah wakil *mursyid* kedua pada masa kepemimpinan Muhammad Mahdi Akif dan wakil *mursyid* pertama pada masa kepemimpinan Mohamed Badi', dan ia ditangkap pasca-Revolusi 30 Juni 2013.

54. Tamer Wagih, *"Khairat Al-Shater... Jalan Menuju Pemberdayaan Dimulai dengan Uang dan Organisasi,"* surat kabar Al-Masry Al-Youm (Kairo), 8 Mei 2012, di tautan berikut: https://bit.ly/31OtENt.

—sebagaimana ditegaskan dalam dokumen tersebut—tanpa rencana komprehensif yang menempatkan perhitungan keperluan Ikhwan untuk menembus ke dalam lapisan vital masyarakat dan lembaga-lembaga yang efektif sambil berpegang pada strategi khusus dalam menghadapi kekuatan sosial lain dan menghadapi kekuatan dunia luar.[55]

Judul video: Khairat Al-Shater dan kata-kata berbahaya tentang anggota Ikhwanul Muslimin.

Di link berikut:

https://www.youtube.com/watch?v=bFCiZ_vmlP c

- Ir. Khairat Al-Shater, Wakil Pembina Umum, menjelaskan kualitas yang harus dimiliki anggota Ikhwanul Muslimin dan mendefinisikannya dalam dua komponen: pertama, kekuatan struktur psikologis anggota kelompok; dan kedua, kekuatan struktur organisasi.

https://www.youtube.com/watch?v=bFCiZ_vmlPc

Sebagai buntut dari Revolusi 25 Januari 2011, Khairat el-Shater muncul kembali dan menjalankan perannya setelah dibebaskan dari penjara dan bekerja untuk membangun kembali struktur organisasi Ikhwan, karena ia melihat peluang untuk memberdayakan organisasi dan Ikhwan negara Mesir.[56] El-Shater juga mengungkapkan visinya tentang sifat peran yang dimainkan struktur organisasi dalam menerjemahkan tujuan kelompoknya, ketika ia menekankannya dalam klip yang diposting di YouTube[57] pada Maret 2012 bahwa kekuatan struktur

---

55. Untuk detail lebih lanjut tentang dokumen ini, Anda dapat merujuk ke: *The Empowerment Plan 1992 .. Al-Shater Plans to Dominate Egypt*, Islamic Movements Portal, 19 Januari 2015, melalui tautan berikut: https://bit.ly/2Ix9V4Y. Untuk detail lebih lanjut tentang visi pemberdayaan Ikhwanul Muslimin dalam masyarakat, Anda dapat merujuk ke: Sameh Eid, *"The Muslim Brotherhood: Empowerment between Theory and Practice"*, situs web Pusat Studi dan Penelitian Al-Mesbar 27 Mei 2019, melalui tautan berikut: https: // bit.ly/2IoZJLY.

56. Tamer Wajih, *"Khairat El-Shater ... Jalan Menuju Pemberdayaan Dimulai dengan Uang dan Organisasi,"* sumber yang disebutkan sebelumnya.

57. Untuk menyaksikan wawancara ini, yang mengungkapkan visi Khairat El-Shater tentang pentingnya struktur organisasi grup, Anda dapat merujuk ke tautan berikut: https://www.youtube.com/watch?v=bFCiZ_vmlPc

organisasi Ikhwan sangat bergantung pada ketaatan dan kepatuhan oleh semua konfigurasi struktur ini, serta komitmen terhadap keputusan yang dibuat untuk menjaga kohesi organisasi. Pada bagian yang sama, ia menekankan perlunya relasi antaranggota organisasi dilandasi ketaatan, kepercayaan dan Ikhwan, mengacu pada komitmen organisasi yang berarti komitmen partisan partai dan kelompok politik lain.

Pada link berikut: http://vid.alarabiya.net/2016/01/07/Shater71/Shater71___Shater71_Video.mp4

- Sebuah pertemuan di mana Khairat Al-Shater mengungkapkan rencana kelompok untuk mendapatkan kekuasaan dan mendirikan kekhalifahan. Shater percaya bahwa Hasan Al-Banna mendirikan Islam sebagaimana Nabi, semoga doa dan damai Allah besertanya, mendirikan Islam; dan percaya bahwa Ikhwanul Muslimin adalah kelompok dan bukan partai karena partai adalah model Barat dan kelompok adalah model Islam, mengutip ucapan Umar Ibn al-Khattab, semoga Tuhan meridhoi dia, "Tidak ada agama tanpa kelompok, atau kelompok tanpa imam."

http://vid.alarabiya.net/2016/01/07/Shater71/Shater71___Shater71_Video.mp4

Visi sifat peran organisasi yang seringkali melebihi peran negara ini menjelaskan bentrokan yang terjadi antara Ikhwanul Muslimin, pemerintah Mesir, serta beberapa kekuatan dan arus politik, yang tampak jelas setelah Revolusi 25 Januari 2011 ketika Ikhwan berusaha untuk memberdayakan anggotanya di lembaga-lembaga negara Mesir, dalam kerangka yang disebut "Ikhwan bangsa".

2-2 CIRI-CIRI UMUM DARI STRUKTUR ORGANISASI IKHWANUL MUSLIMIN

Organisasi Ikhwan didasarkan pada referensi ideologis tertutup yang bekerja demi mempertahankan dan memastikan penyebarannya dengan mengadopsi struktur kelembagaan yang terorganisir secara ketat yang dicirikan oleh karakter dualitas "internasional/regional", "rahasia/terbuka", "militer/sipil", dan "kontemporer/otentik." Terlepas dari karakter publik kelompok tersebut, keterkaitan di dalamnya didasarkan pada budaya ketaatan dan subordinasi, serta tumpang tindih antara agama dan organisasi pada tingkat pekerjaan administratif. Menurut peraturan regional untuk organisasi Mesir, Ikhwan menjalankan tugas eksekutif dan pelaksananya berasal dari Dewan Syura terpilih. Lembaga-lembaga ini, selain dewan syura provinsi dan Biro Administratif gubernur, dianggap sebagai "badan utama".[58] Struktur organisasi mereka juga mencakup lembaga yang melaksanakan tugas lapangan dan berbagi fungsi secara geografis, meliputi wilayah dan cabang yang dianggap sebagai unit administrasi terendah dalam hierarki administrasi kelompok, dan terakhir famili (al-usrah) yang dipimpin oleh seorang ketua. Lembaga-lembaga ini diatur dalam hal pengangkatan pengurus dan penetapan tanggung jawabnya sesuai dengan persyaratan dokumen organisasi dan peraturan internal kelompok.

Selain pengaturan tanggung jawab administratif yang hierarkis-vertikal, mulai dari pembimbing umum (mursyid 'am) hingga famili (usrah), struktur organisasi Ikhwan mencakup pengaturan fungsional horizontal yang mencakup komite dan divisi untuk membawahi berbagai bidang minat dan aktivitas grup. Tujuan dari fungsi tersebut adalah agar dapat menetapkan

---

58. Lihat: *"The General Regulations of the Muslim Brotherhood (Mei 2009)"*, Pasal (1), Wikisource, di link: https://bit.ly/2nMVDhD

   -   Padahal, sistem umum Ikhwanul Muslimin (Anggaran Dasar) menyebutkan dalam Pasal 9 bahwa badan utama Ikhwanul Muslimin terdiri dari: *Mursyid 'Am* (Pembimbing Umum), Biro Bimbingan Umum, dan Dewan Pendiri. Lihat: *"The General Order of the Muslim Brotherhood"*, Pasal 9, situs Ikhwan Wiki, di tautan: https://bit.ly/2kwhbO9

   -   Sementara itu, anggaran dasar internasional Ikhwanul Muslimin membatasi "badan administratif utama Ikhwanul Muslimin" pada tiga badan utama: *Mursyid 'Am* (Pembimbing Umum), Biro Bimbingan Umum, dan Dewan Syura Umum. Lihat: *"The General Order of the Muslim Brotherhood (1994),"* Pasal 11, Wikisource, di link: https://bit.ly/2lTnStS.

peraturan yang diperlukan untuk seluruh komite, kegiatan departemen, dan berbagai proyek,[59] yang dapat dikatakan sesuai dengan definisi Hasan Al-Banna mengenai ide kelompoknya yang merepresentasikan "dakwah Salafi, metode Sunni, hakikat sufistik, badan politik, grup olahraga, asosiasi ilmiah dan budaya, perserikatan ekonomi, dan gagasan sosial" menemukan penerapannya dalam struktur organisasi kelompok ini. Perlu dicatat dalam konteks ini bahwa "komite dan divisi yang masuk sebagai bagian dari markas besar tidak terbentuk atau mengkristal sekaligus, tetapi dibentuk, dilipatgandakan dan divariasikan dengan perkembangan peristiwa dan keadaan dan kapan pun dibutuhkan formasi baru."[60]

Hal yang mencolok tentang struktur organisasi Ikhwan adalah bahwa keanggotaan di dalamnya diatur menurut hierarki berikut[61]:

Al-Muqarrib, Al-Muhib: Ini adalah derajat orang-orang yang baru bergabung dengan organisasi, dianggap saudara yang terikat dengan pertemuan anggota, gagasan, dan aktivitasnya.

Al-Muntasib, An-Nashir: Ini adalah tingkat awal keanggotaan dengan syarat dan kewajiban terminim.

Al-'Amil, Al-Munfidz, Al-Mujahid: Ini adalah derajat kedua keanggotaan, di mana anggota telah memenuhi kualifikasi kesalehan, ketaatan, dan semangat juang, dan derajat ini memberinya hak untuk mempraktikkan kepemimpinan dalam organisasi.

An-Naqib: Ini adalah tingkat keanggotaan reguler yang lebih tinggi, di mana seorang anggota Ikhwan yang mendapatkan derajat ini akan memiliki hak mendidik, melatih, mengambil sumpah setia, memunculkan pemimpin, berpartisipasi dalam membuat keputusan besar dan mengetahui rahasia organisasi di mana dibutuhkan kepercayaan besar pada pimpinan.

---

59.   Peraturan Internal Umum Ikhwanul Muslimin (12 Rajab 1367 H, bertepatan dengan 21 Mei 1948 M), Pasal (32), Wikisource, di tautan: https://bit.ly/2opwedY

60.   Hamada Mahmoud Ismail, sumber yang disebutkan sebelumnya, hlm. 78.

61.   Yasser Helmy Al-Shaer, sumber yang disebutkan sebelumnya, hlm. 149-150.

Ar-Rukn: Merupakan salah satu pangkat tertinggi dari kepemimpinan organisasi, yang mana pengembannya dicirikan dengan kualitas spiritual khusus, yaitu jujur, amanah, tablig, cerdas, dan menahan diri untuk taat dengan hal yang baik.

Ad-Da'i: Derajat tanggung jawab yang lebih tinggi dalam organisasi ini, pengembannya dicirikan dengan banyaknya ilmu dan perilakunya yang baik.

Al-Ustadz: Tingkat keanggotaan tertinggi, dicirikan dengan statusnya sebagai Pembimbing Umum, Wakil Pembimbing Umum, dan sebagai pemimpin beberapa aksi Islam yang terkemuka.

Adapun syarat untuk setiap tahapan dan jangka waktu yang dibutuhkannya ditentukan dalam peraturan pergerakan internal sesuai dengan keadaan masing-masing negara. Adapun sistem di mana para anggota Ikhwan diorganisir di dalam organisasi, tak lain bersistem kekeluargaan sesuai dengan sistem "lingkaran" bagi mereka yang dekat dengan gerakan namun belum setia.

Judul Video: Daqiqa | Zainab Al-Ghazali, salah satu pejabat kelompok, berbicara tentang kesetiaannya kepada "Hasan Al-Banna" dan mengklaim bahwa dia adalah salah satu Sahabat.

Pada tautan berikut:

https://www.youtube.com/watch?v=BMVX__hyOXE

- Organisasi Akhawat Muslimat adalah organisasi paling berbahaya hingga saat ini.
- Pengikut Hasan Al-Banna secara konsisten menyejajarkannya dengan status nabi, dan Zainab al-Ghazali, anggota Ikhwanul Muslimin, menyejajarkannya dengan Rasul, semoga Tuhan memberkatinya dan memberinya kedamaian.
- Zainab Al-Ghazali berbaiat kepada Hasan Al-Banna, menyebutnya sebagai orang suci yang bersinar terang dari tangannya.

https://www.youtube.com/watch?v=BMVX__hyOXE

Menurut beberapa orang, hierarki ini menyerupai pangkat dalam militer, misalnya pangkat *Al-Muhib* yang merupakan derajat prakeanggotaan dalam organisasi, diberikan kepada mereka yang menghadiri manuver politik yang dijalankan Ikhwan serta menghadiri sesi pelajaran dan kegiatannya; dan orang-orang seperti ini termasuk dalam sistem "keluarga" dan sistem "melingkar" yang menyatukan semua orang yang dekat dengan gerakan, namun belum berjanji setia padanya. Adapun pangkat *An-Nashir* adalah untuk mereka yang tergabung dalam kelompok, tetapi masih berada di tingkat keanggotaan pertama, dan kadang disebut "taruna atau tim yunior", dan ini adalah tingkat afiliasi dengan kondisi dan tugas terminim. Di peringkat kedua dari keanggotaan resmi adalah pangkat *Al-Munfidz*, posisi yang memiliki hak untuk menjalankan sub-kepemimpinan dalam organisasi setelah membuktikan kecintaan pada kerja-kerja gerakan, kepatuhan buta, dan kemampuan jihadnya. Setelah itu, anggota Ikhwan akan dipromosikan ke pangkat *An-Naqib*, yang merupakan tingkat keanggotaan reguler tertinggi, berhak mendidik, melatih, mengambil sumpah setia, menemukan calon pemimpin, berpartisipasi dalam membuat keputusan besar dan mengetahui rahasia organisasi. Lamanya waktu promosi ini ditentukan dalam peraturan internal rahasia sesuai dengan keadaan masing-masing negara. Setelah itu, tingkatan yang lebih tinggi dimulai, termasuk *Ar-Rukn*, salah satu tingkatan yang lebih tinggi dari para pemimpin organisasi, dan siapapun yang mencapainya akan terlihat memiliki sifat-sifat orang suci. Ada juga pangkat *Ad-Da'iyah* yang diberikan kepada mereka yang berprestasi di bidang ilmu syariah dan penerbitan fatwa. Dan pada akhirnya, adalah pangkat *Al-Ustadz* sebagai simbol tingkat keanggotaan tertinggi, dan hanya pembimbing umum, wakilnya, dan elit terkemuka dari para pimpinan Ikhwan saja yang dapat mengatribusikannya.[62]

Jelas terlihat bahwa kekuatan struktur organisasi, meskipun terlihat jelas pada tingkat inklusivitas kerja organisasi dalam berbagai kegiatan (dakwah, media, politik, sosial, serikat buruh, amal, olahraga, hubungan masyarakat, dsb.) dan kelompok sosial (kewanitaan, pelajar, buruh, ulama, dsb.) serta mendefinisikan fungsi, tujuan, identitas ideologis dan sarana serta sistem keanggotaan yang diikuti, juga metode untuk mengatasi perbedaan antaranggotanya, dan

---

62.   Khaled Al-Ghanami, *"Ikhwani" Tapi Tak Mengerti*, Al-Ittihad Newspaper (Abu Dhabi), 15 Juli 2019, di link berikut: https://bit.ly/31Pyj1J.

distribusi peran serta tugas di antara unit-unit administratifnya, karena mereka tidak memiliki kekuatan yang sama pada tingkat hubungan individu dengan kekuatan pada tingkat kepemimpinan, atau bahkan pada tingkat hubungan antara elemen-elemen kepemimpinan, terutama selama krisis.

Oleh karena itu, struktur organisasi Ikhwan tidak berada pada level kekuatan menantang yang membuatnya rentan terhadap ketidakseimbangan dan jatuh ke dalam risiko kehancuran total. Hal inilah yang terjadi pada organisasi tersebut setelah kepergian sang pendiri pada tahun 1949, karena terus melawan upaya penghancuran menjelang masa-masa sulit yang dilalui kelompok itu (konflik al-Sukari tahun 1947, keputusan pembubaran pada tahun 1948, insiden Mansheya tahun 1954, masalah organisasi tahun 1965, dan penggulingan kekuasaan Morsi 2013) yang menegaskan bahwa Ikhwanul Muslimin tetap menjadi sandera atas arahan pribadi para pemimpin kelompok dengan mengorbankan kerangka struktural dan organisasinya.

Oleh karena itu, kita dapat berbicara tentang sejumlah ciri yang membedakan struktur organisasi Ikhwanul Muslimin, yang merangkumnya sebagai berikut:

2-2-1 PERSONALISASI INSTITUSI DAN KEPUTUSAN

Organisasi Ikhwan tunduk pada manajemen perorangan dan bukan pada program kelembagaan sesuatu yang mengekspos organisasi ini pada guncangan kekerasan lebih dari sekali sebagai akibat dari kerangka kerja organisasi dan konflik internal, serta hal-hal jelas yang terjadi selama periode transisi yang dialami kelompok tersebut, seperti kematian pembimbing dan pengganti terpilihnya serta fase kebangkitan kembali setelah pembimbingnya keluar dari penjara. Meskipun Ikhwanul Muslimin memiliki struktur organisasi yang mengatur regulasi dan peraturan dalam mengatur hubungan antar lembaganya dan menunjukkan bagaimana mengambil keputusan dan memilih tokoh senior, termasuk pembimbing umum, banyak kesaksian dari dalam Ikhwan yang menegaskan dominasi karakter pribadi dalam kerja kelembagaan organisasi, hingga salah satu wakil Ikhwan, Dr. Khamis Hamida pada persidangan tahun 1954, meneriakkan,

"Pembina adalah segalanya, sedangkan sisanya hanyalah etalase,"[63] sebagai referensi yang jelas untuk kontrol markas atas organisasi dan tata kelolanya.

Tindakan yang diambil untuk memilih penerus Hasan Al-Banna sehari setelah pembunuhannya pada 12 Februari 1949 merupakan ujian nyata bagi soliditas struktur organisasi Ikhwan, mengingat beratnya perbedaan yang memengaruhi masalah suksesi dan pelanggaran serupa terhadap aturan internal kelompok, keputusan pengganti Al-Banna ditunda untuk jangka waktu lebih dari dua tahun, yaitu hingga 19 Oktober 1951, tanggal di mana Hassan Al-Hudhaibi dipilih sebagai pembimbing umum Ikhwan meskipun ia bukan anggota Dewan Pendiri.[64] Ia adalah pembimbing yang terkait (dengan Ikhwan) dan dalam rencana pemilihannya, Muhammad Al-Ghazali mengatakan, "'Anggota Biro Bimbingan yang lemah dan pemarah' membawa orang asing ke kelompok itu untuk memimpinnya, seakan-akan diyakini bahwa di balik nominasi ini terdapat kendali atas lembaga secara global dan rahasia, demi mengalihkan perhatian aktivitas keislaman yang baru tumbuh," namun kenyataannya jauh melenceng menjadi pencemaran nama baik sang pembimbing baru dan menuduhnya sebagai antek Freemasonry. Ia mengatakan, "Kami telah mendengar banyak kabar tentang afiliasi sejumlah Mason, termasuk Hassan Al-Hudhaibi sendiri, berafiliasi ke dalam Ikhwan."[65] Namun, Al-Ghazali menghapus paragraf-paragraf ini dari edisi bukunya pasca-1963.

63.　Lihat: *The Minutes of the 1954 Trials, Part Two,* hlm. 23. Dinukil oleh Abdullah Al-Nafisi, *"The Muslim Brotherhood in Egypt: Trial and Error,"* dalam *The Islamic Movement: A Future Vision - Papers in Self-Criticism* (Kuwait: Afaq for Publishing and Distribution, 2012), hlm. 235.

64.　Pasal 10 dari peraturan internal Ikhwanul Muslimin yang dikeluarkan pada tahun 1948 menetapkan syarat-syarat untuk memilih pembimbing umum, termasuk "menjadi anggota Dewan Pendiri dan telah bergabung selama lima tahun." Pasal 11 menambahkan, "Pembina umum dipilih dari para anggota Dewan Syura pada rapat yang dihadiri oleh setidaknya empat per lima dari anggota badan ini. Yang bersangkutan harus memiliki tiga perempat suara dari hadirin. Jika rapat tidak dihadiri jumlah resmi, maka rapat ditunda ke tanggal lain yang tidak kurang dari dua minggu dan tidak lebih dari sebulan sejak tanggal rapat pertama, serta persentase yang ditentukan pada rapat pertama, yakni jumlah hadirin dan orang yang disepakati harus hadir dalam rapat ini, dan jika jumlah resmi tidak hadir dalam rapat ini, maka akan ditunda untuk kedua kalinya, dan panitia harus menentukan tanggal rapat lain dalam periode yang sama dengan yang sebelumnya, sambil mengumumkan tugas yang akan mereka lakukan, dan bahwa pertemuan berikutnya akan dilangsungkan dengan benar, terlepas dari jumlah hadirin, dan pilihannya benar disepakati oleh mayoritas tiga perempat hadirin. Lihat: *"The Bylaws of the Muslim Brotherhood (1948),"* situs Wiki Ikhwan, di tautan: https://bit.ly/2nKpqaQ.

65.　Muhammad al-Ghazali, *Ikon-ikon Kebenaran dalam Perjuangan Islam Kontemporer Kita* (Kairo: Dar al-Kutub al-Hadithah, 1963), hlm. 264. Disebutkan di dalamnya: "Pensiunan Mayor Jenderal Husam Sweilam menulis tentang adanya hubungan rahasia antara Ikhwan dan Freemasonry," 19 Juli 2017, situs Al-Wafd, di tautan: https://bit.ly/2nBvGlI.

Pengalaman kepemimpinan Hassan Al-Hudhaibi di organisasi (dari 19 Oktober 1951 sampai 11 Agustus 1973) memberi kita bukti terbaik bahwa kepemimpinannya berkutat tidak hanya di seputar pelanggaran organisasi atas isu-isu dan peraturan yang terkait dengan suksesi, tetapi juga validitas pembimbing atas penculikan oleh elemen-elemen Aparat Khusus yang "menggunakan kesempatan penjara untuk mengatur kembali anggota mereka dan berbagi kekuasaan. Tanggung jawab di antara komunitas."[66] Sedangkan Al-Hudhaibi lekas mengambil—untuk bertindak selaku unsur *an-nizham al-khash* (Aparat Khusus)—kesempatan haji pada tahun 1973, dan ia pun mengadakan pertemuan pertama yang membesarkan Ikhwan, di Makkah Al-Mukarramah sejak tahun 1954, menghasilkan keputusan terkait restrukturisasi Dewan Syura untuk mewakili semua *'amil* Ikhwan dan pembentukan komite keanggotaan mereka sendiri, oleh karena kehadiran sejumlah besar dari mereka di luar negeri, terbentuklah Komite Kuwait, Komite Qatar, Komite Emirat, dan tiga Komite Arab Saudi, tetapi dengan meninggalnya Al-Hudhaibi, "... terabaikanlah semua keputusan yang disepakati di Konferensi Makkah."[67]

Setelah kepergian Al-Hudhaibi, orang-orang dari Aparat Khusus yang tetap dalam organisasi, dipimpin oleh Mustafa Mashhour, Ahmed Hassanein, Kamal Al-Sananiri, Ahmad Al-Malt, Haji Hosni Abdel-Baqi, dan lainnya, mengemban tugas untuk membangun kembali Ikhwan dan mengendalikan kepemimpinannya dari formasi terakhir Biro.

Bimbingan, Dewan Pendiri kelompok, atau dari beberapa yang masih hidup. Sebaliknya, mereka menghilang ketika ada pemilihan pembimbing secara rahasia, dan terpilihlah seorang pembimbing yang berbeda-beda namanya, di antara mereka ada yang mengatakan bahwa yang terpilih adalah Ir. Hilmi Abdul Majeed, wakil Othman Ahmed Othman di perusahaan kontraktor Arab; dan ada pula yang mengatakan bahwa yang terpilih adalah Sheikh Zaki Ibrahim dari Helwan. Dan mereka meminta Ikhwan untuk membaiatnya. Namun, banyak dari anggota Ikhwanul Muslimin menolak baiat ini dan mengeluarkan pernyataan

---

66. Abdullah Al-Nafisi, *"The Muslim Brotherhood in Egypt: Trial and Error"* dalam *The Islamic Movement,* sumber sebelumnya yang disebutkan, hlm. 234,

67. Sumber sebelumnya, hlm. 233-234.

---

berjudul: "Pembimbing Rahasia yang Tidak Diketahui Menakhodai Organisasi Menuju Hal yang Tidak Diketahui."[68]

Judul Video: Hadhratul Mawathin bersama Sayyed Ali | Pertemuan Berapi-api bersama Dr. Mukhtar Nooh - Mengungkap Kebohongan Ikhwan

Pada tautan berikut:

https://www.youtube.com/watch?v=JXvefiT5Ec8

- Mukhtar Nooh, mantan pejabat Ikhwan, menjelaskan bahwa Umar al-Tilmisani, pembimbing ketiga Ikhwanul Muslimin, terkejut dengan kembalinya organisasi rahasia khusus yang mencopot anggotanya dan mencoba berbalik melawannya.

- Sadat menetapkan syarat bagi Umar al-Tilmisani untuk kembalinya Ikhwan, termasuk: tidak boleh terlibat menjadi anggota organisasi bawah tanah dan golongan Quthb dari Ikhwan, khususnya Mahmoud Ezzat dan Khairat al-Shater.

https://www.youtube.com/watch?v=JXvefiT5Ec8

Para Ikhwan dari "Aparat Khusus" bersendirian dalam masalah ini dan menggantikan semua lembaga yang sah dari kelompok tersebut, dan mereka berhasil membentuk "biro bimbingan ala kalangan mereka"[69] dengan bantuan seni permainan dan metode mengelak, bahkan salah satunya, Ahmad Al-Malt, dalam jawabannya kepada Abdel-Qader Helmy ketika ditanya tentang validitas pembicaraan populer mengenai keinginan Al-Hudhaibi dari kelompok ini "untuk mengisi kekosongan, mengumpulkan Ikhwan, menyatukan barisan, dan

---

68. Lihat: Abu Al-Ela Madi, *"Mr. Mustafa Mashhour (2) - Personalities I Know (1977-2017)"*, 9 Desember 2018, situs web Wasat Party, di tautan: https://bit.ly/2QJY9lI.

Perlu dicatat fakta bahwa penulis (Abu Al-Ela Madi), yang merupakan anggota Dewan Syura Ikhwan sebelum ia keluar pada tahun 1995, tidak mengetahui nama sebenarnya dari pembimbing rahasia tersebut; ia memberikan gambaran tentang ketatnya kerahasiaan yang masih menyelimuti sebagian masa lalu kelompok tersebut bahkan di antara para intelektual dan pemimpin politiknya.

69. Abdullah Al-Nafisi, *"The Muslim Brotherhood in Egypt: Trial and Error,"* referensi yang disebutkan sebelumnya, hlm. 234-235.

mengembalikan keberadaan Ikhwan," katanya, "Saudaraku, bagaimana jika kita berbohong demi mencapai kebaikan bersama?"[70]

Untuk keluar dari kesulitan yang meliputi pembimbing rahasia, anggota Aparat Khusus memutuskan untuk menunjuk Umar Al-Tilmisani pada pertemuan di Kairo pada tanggal 30 dan 31 Desember 1976 dan 1 Januari 1977 sebagai pembimbing *(mursyid)* Ikhwanul Muslimin tanpa mengacu pada Dewan Pendiri atau pasal-pasal Anggaran Dasar, yang meskipun mereka memilihnya, sangat menderita karena tengah diblokade dan ditekan berbagai pihak. Mereka "mengeluarkan arahan atas nama aturan Ikhwan yang bertentangan dengan instruksinya". Mengenai hal ini, orang-orang terdekat Ikhwan menceritakan bahwa ketika Kamal Al-Sananiri menanyakan alasan pengutipan instruksi ke arah pelaksanaan peraturan yang dijalankan dengan cara yang berbeda, dijawab, "Perubahan terjadi berdasarkan pendapat pimpinan, dan ketika Al-Tilmisani mengetahuinya, ia terkejut," karena ia mendapati dirinya sebagai kepala pimpinan. Al-Sananiri memahami bahwa kepemimpinan adalah unsur yang dapat memutuskan apa yang diinginkan, "atau unsur Aparat Khusus tengah mendominasi biro bimbingan," dan ia berkata bahwa ia akan membuktikannya. Ia memanggil salah satu anggota Ikhwan yang bekerja di majalah "Al-Dakwah" dan diskusi di markas majalah, ia bertanya kepadanya, "Jika Ustadz Al-Tilmisani mengeluarkan perintah kepada Anda dan saya mengeluarkan perintah lain yang bertentangan kepada Anda, siapa yang akan Anda patuhi?" Pria itu menanggapi, "Kata-kata Andalah yang akan kulakukan, Saudara Kamal." Al-Tilmisani heran dan menyembunyikan masalah tersebut, menyembunyikan kepahitannya, dan menyadari bahwa itu hanyalah topeng belaka.[71]

Mirip dengan metode pemilihan Al-Tilmisani dan Hudhaibi, orang-orang Ordo Khusus terus melanggar peraturan internal dengan menunjuk Muhammad Hamed Abu al-Nasr sebagai pembimbing baru setelah kematian Al-Tilmisani pada 22 Mei 1986. Ia adalah seorang pria yang tidak memenuhi karakteristik

---

70. Ahmed Ban, *The Muslim Brotherhood and the Plight of Homeland and Religion,* (Kairo: Al-Mahrousa Center, 2015), hlm. 166-167.).

71. Abdullah Al-Nafisi, "Ikhwanul Muslimin di Mesir: Percobaan dan Kesalahan", sumber yang disebutkan sebelumnya, hlm. 236-237.

---

kepribadian pemimpin dan "tidak memiliki visi politik dan kemampuan untuk berekspresi dalam berpendapat dan kurang mampu melakoni wawancara pers.[72]

Muhammad Habib, mantan wakil pembimbing Muhammad Mahdi Akef (2004-2010), juga berbicara tentang pendapat Mustafa Mashhour saat ia menjadi mentor, meskipun ia memujinya dan menggambarkannya sebagai "orang yang paling konsultatif daripada saudara-saudaranya." Sebagai contoh, ia menyebutkan bahwa ketika Biro Administratif menolak untuk berpartisipasi dalam Pemilihan Majelis Rakyat yang akan diadakan pada akhir 1999, bertentangan dengan pendapat pribadinya, ia akhirnya "memaksakan kewajiban atas Ikhwan untuk mencalonkan diri."[73]

https://www.youtube.com/watch?v=dHK5tOApOKM

Keluhan Muhammad Habib tidak berhenti sampai di sini, karena ia menuduh Ikhwanul Muslimin mencurangi dan memanipulasi pemilihan Dewan Pembina dan Pembimbing Umum, pada dua penyelenggaraan terakhir selama tahun 2010, yang membawa Mohamed Badi', seorang pembimbing umum, terdorong untuk mundur dari jabatannya; dan ia menyesali adanya krisis selama periode Muhammad Mahdi Akef, Mustafa Mashhour, dan Al-Hudhaibi, dan bertindak lebih jauh dengan menuduh Akef menyerahkan kendali kelompok itu kepada saudara iparnya dan paman dari anak-anaknya, Dr.

---

72.   Sumber sebelumnya, hlm. 238-239.

73.   Lihat: *"The Muslim Brotherhood and Ascension to the Abyss (1)"* Muhammad Habib, mantan wakil pembimbing, mengungkapkan dalam memoarnya tentang bagaimana Mahmoud Ezzat mengontrol kelompok dengan "kebohongan dan arogansi" (1), sumber yang disebutkan sebelumnya.

Mahmoud Ezzat,[74] yang mana lebih memengaruhi hubungan pribadi alih-alih hubungan administratif.[75] Ia juga mempresentasikan pengamatannya terhadap kinerja Mahmoud Ezzat selama masa jabatannya sebagai Sekretaris Jenderal, pada periode 2004-2010, dikatakan bahwa ia mencampuri "setiap hal kecil dan besar yang terkait dengan pekerjaan divisi organisasi, yang menyebabkan kebingungan," dan bahwa ia merampas kewenangan Biro Bimbingan untuk mengeluarkan Instruksi, bahkan ke beberapa anggota kantor. "Ia bekerja sambil mengirimkan informasi ke divisi organisasi yang tidak disepakati pejabat Biro Bimbingan, dan mengirim surat ke Ikhwan di luar negeri tanpa sepengetahuan Biro Bimbingan."[76]

2-2-2 KEDAULATAN ORGANISASI ATAS KELOMPOK DAN INDIVIDU

Mungkin karakteristik yang paling penting dari struktur organisasi kelompok ini adalah kedaulatan kelompok atas kesadaran dan hati nurani individu, dengan mengorbankan identitas dan pilihan pribadinya. Ini adalah kenyataan dan kepastian dalam keorganisasian Ikhwan yang dibuktikan oleh ciri, teks, dan materi dalam beberapa aspek, yang kami daftar sebagai berikut.

Sifat rahasia yang diasosiasikan dengan aktivitas Ikhwan secara berlebihan seringkali memengaruhi keputusan dan dokumen organisasi yang menentukannya; juga hal yang menghalangi anggota untuk mengetahui dan mempraktikkan haknya sesuai kebutuhan. Kerahasiaan seputar perilaku Ikhwan terus berlanjut tanpa ada yang terungkap hingga tahun 2010, misalnya tanggal

---

74. "Mantan wakil pembimbing organisasi, Dr. Muhammad Habib memberi tahu detail penipuan pemilu internal Ikhwan dan eskalasi yang 'mencurigakan'" oleh Issam Al-Erian, 28 Februari 2015, situs web Al-Shorouk, di tautan: https://bit.ly/2k7w74W.

75. Ketergantungan pada hubungan pribadi dengan mengorbankan aturan administratif bukanlah hal baru bagi Ikhwan, dan tentang hal ini Barbara Zollner menulis, "Hubungan pribadi penting dalam Ikhwan. Ada banyak contoh ikatan famili yang mengikat anggota bersama. Ikatan ini menciptakan jaringan yang relatif tertutup dan memastikan bahwa hubungan tersebut tetap ada. Sarana pertukaran yang dapat diandalkan ada pada saat yang sama merupakan jaminan terhadap potensi infiltrasi dan eksposur. Misalnya, perwakilan organisasi di Inggris, Abdullah Al-Haddad, adalah putra dari anggota Biro Bimbingan, Essam Al-Haddad, dan saudara laki-laki Jihad Al-Haddad yang bekerja sebagai juru bicara media." Barbara Zollner, *"Bertahan Meskipun Ditindas: Bagaimana Ikhwanul Muslimin Mesir Melawan dan Bertahan?"*, 18 Maret 2019, Carnegie, di https://bit.ly/2nBNSv8.

76. *"The Muslim Brotherhood and the Rise to the Abyss (1)"* Muhammad Habib, mantan wakil pembimbing, mengungkapkan dalam memoarnya tentang bagaimana Mahmoud Ezzat mengontrol kelompok dengan "kebohongan dan arogansi" (1), sumber yang disebutkan sebelumnya.

---

pengaktifan Majelis Syura dan pengumuman peraturan organisasi pada sesi sumpah setia kepada Mohamed Badi', pembimbing kedelapan Ikhwan.[77]

Hak anggota dibatasi sesuai dengan ketentuan peraturan anggaran dasar, bahkan hampir saja hak-hak untuk dicalonkan dan dipilih tanpa mengacu pada hak-hak lain yang dijamin oleh peraturan administratif di divisi sosial, seperti hak untuk mengajukan banding, hak untuk menuntut perubahan peraturan, hak untuk membahas strategi, meminta pertanggungjawaban pejabat, dan segala aturan alternatifnya dianggap merangkul tindakan disipliner yang berarti ada konsekuensi berupa pengusiran dari organisasi, yang dalam persepsi para anggotanya organisasi tersebut menempati posisi komunitas Muslim yang berjalan di jalan yang benar, sebagaimana Pasal (6) dari Sistem Umum Ikhwanul Muslimin (1994) menyatakan: "Jika anggota gagal dalam beberapa tugasnya, atau mengabaikan hal-hal berkenaan dengan hak-hak dakwah, tindakan pidana yang diperlukan dapat diambil terhadapnya, menurut sistem pidana negaranya, yang juga termasuk pembebasan keanggotaan."

Judul video: **Risalah At-Ta'lim - Rukun Baiat - Rukun Jihad.** **Pada tautan berikut:** https://www.youtube.com/watch?v=kqRQB7kOVsQ - Jihad dianggap sebagai pilar dasar kesetiaan kepada Ikhwanul Muslimin dan pilar utama ideologinya. Perintah Hasan Al-Banna menekankan jihad karena ini adalah pilar keenam Islam. - Hasan Al-Banna mengaitkan pilar jihad dengan Rasul (SAW), mengatakan: "Barangsiapa mati dan belum pernah berperang, dan tidak pernah berniat untuk berperang, maka ia akan mati secara jahiliyah."	

https://www.youtube.com/watch?v=kqRQB7kOVsQ

77. Abdel Moneim Mahmoud, "Ikhwan, dari Baiat Pemakaman hingga Ikrar Baiat pada Rawda," 16 Oktober 2010, situs web Masress, di tautan: https://bit.ly/2nB2FGt].

Ikrar kesetiaan yang diterima oleh pembimbing dari anggota organisasi membebankan pada individu (anggota) yang menjanjikan ketaatan buta dan subordinasi kepada kepemimpinan tertinggi (pembimbing). Serangkaian tugas dan kewajiban moral yang membelenggunya dapat membuatnya berada dalam posisi tidak taat kepada Tuhan jika ia berpikir untuk melawan keputusan kelompok atau menyatakan keberatan kepada mereka, seperti yang dikatakan Al-Banna dalam ajarannya yang termasuk sepuluh pilar sumpah setia, "Ini adalah pesan saya kepada para anggota Ikhwan yang percaya pada tekad dan kesucian ide mereka, bahwa mereka hidup dengannya, atau mati di jalan-Nya; bagi Ikhwan, ini hanyalah aspek dari kata-kata, dan itu bukanlah seumpama pelajaran yang dihafal, tetapi instruksi yang harus dilaksanakan. Adapun bagi mereka yang tak melakukannya, maka ia memiliki tempat di jajaran para pemalas, karena selalu ada ruang bagi pemalas dan orang yang hanya bermain-main," dan untuk keadaan semacam ini, ia menyatakan, "Tiadalah hubungan antara kami dan Anda (...) dan Tuhan akan menghisab Anda kemalasan itu dengan seberat-beratnya hisab."[78]

Berdasarkan hal tersebut di atas, Ikhwan tidak berusaha untuk membingkai individu saja, akan tetapi juga "merumuskan" para anggota agar kembali sesuai dengan tujuannya untuk membawa timbal balik yang komprehensif dalam riwayat organisasi dalam tingkat sistem, persepsi, nilai, perilaku, selera, dan gaya hidup[79] dengan menautkannya ke dalam manhaj, karena itu dipandang sebagai pendekatan yang tepat sebab "setiap Muslim harus percaya bahwa pendekatan ini sepenuhnya dari Islam dan bahwa setiap kekurangannya adalah kekurangan dari ide Islam yang benar.[80] Setiap individu menjalani proses reformulasi, dan lebih tepatnya, proses cuci otak, dengan merangsang hasrat religius dengan mengikuti konsep "golongan kemenangan" yang mengadopsi pendekatan kenabian. Dalam kasus kelompok ideologis, seperti halnya dengan Ikhwanul Muslimin, "golongan

---

78. Hasan Al-Banna, *Risalah "At-Ta'lim"*, situs Ikhwan Wiki, di link: https://bit.ly/2meCPXL

79. Tujuan Ikhwan, seperti yang ditulis Hasan Al-Banna, "... terbatas pada pembentukan generasi baru pemeluk ajaran Islam yang benar, bekerja untuk mewarnai umat dengan karakter Islami yang utuh dalam semua aspek kehidupannya." Hasan Al-Banna, *Risalah "Manhaj Ikhwanul Muslimin"*, dalam *"Rasa-il Al-Imam Asy-Syahid Hasan Al-Banna"*, situs Ikhwan Wiki, di link: https://bit.ly/2kzrjWf.

80. Lihat: *The Third Ikhwan Conference (1935)*, dinukil oleh Ali Abdel Halim Mahmoud, *Methods of Education on the Muslim Brotherhood*, sebuah studi analitik sejarah, ed. 4 (Mansoura: Dar Al-Wafa for Printing, Publishing and Distribution, 1990), hlm. 70.

---

kemenangan" direduksi menjadi kepemimpinan, dan dengan demikian yang terakhir ini menjadi tujuan tertinggi dan teladan bagi individu karena mengompensasikannya untuk keluarga, persahabatan, sekolah, dan para guru ... ini sepenuhnya tecermin dalam perkataan pendiri kelompok, Hasan Al-Banna. "Kepemimpinan dalam dakwah Ikhwanul Muslimin memiliki hak seorang ayah yang terhubung hatinya, Ustadz dengan kesaksian ilmiahnya, Syekh dengan pendidikan spiritualnya, pemimpin berdasarkan kebijakan umum dakwahnya, dan dakwah kami menyatukan semua makna ini, dan kepercayaan pada kepemimpinan adalah segalanya demi mencapai keberhasilan dakwah."[81]

Judul video: Para Islamis - Ikhwanul Muslimin dan Hasan Al-Banna **Pada tautan berikut:** https://www.youtube.com/watch?v=pjGChZhJgOE - Issa Salah, sejarawan Mesir dan pemimpin redaksi surat kabar Kairo, dalam program "Para Islamis, Ikhwanul Muslimin dan Hasan Al-Banna", menjelaskan bahwa surat-surat Al-Banna tidak memiliki dimensi teoretis yang dalam dan merupakan pidato umum dengan dimensi politik. - Hasan Al-Banna, berfokus pada penyatuan, pengorganisasian dan penggerak, bukan berteori, menciptakan sesuatu yang baru dalam berteori, atau memperbarui pemikiran Islam. - Hasan Al-Banna menegaskan dalam ceramahnya bahwa Ikhwanul Muslimin tidak memiliki batas geografis karena merupakan pendekatan ketuhanan.	

https://www.youtube.com/watch?v=pjGChZhJgOE

Selain itu, Pembimbing Umum, sebagai ketua organisasi, menikmati "posisi yang bagus di hati dan pikiran Ikhwan ... posisi ini secara terus menerus dan permanen dipelihara dengan memperdalam budaya taat, patuh dan percaya

---

81. Hasan Al-Banna, *Risalah "At-Ta'lim"*, sumber sebelumnya.

kepada pemimpin di antara individu."[82] Oleh karena itu, mengumpulkan semua kekuasaan dalam organisasi tidaklah menimbulkan keberatan dari para anggota, karena mereka "bersumpah setia kepadanya (pembimbing umum) atas dasar taat dan patuh, sehingga dirinya (pembimbing umum) akan menjadi dominan atas anggota, dan setiap anggota berkomitmen di hadapannya untuk sepenuhnya taat."[83] Sebaliknya, ketaatan merupakan prasyarat bahkan sebelum individu memasuki organisasi, dan Hasan Al-Banna menegaskan kondisi ini dengan mengatakan bahwa orang yang ingin bergabung "harus memiliki akhlak yang baik, reputasi yang baik, perilaku yang solid, siap untuk patuh sepenuhnya dan melaksanakan perintah yang diberikan kepadanya."[84]

Sebagai imbalan atas pemberian karakter penyucian ini terhadap kepemimpinan dan penggambaran yang ideal di sekitarnya, bahkan dalam kasus di mana kehadiran pemimpin bersifat formal, peran individu direduksi menjadi tugas-tugas eksekutif dan pelengkap, karena anggota berperan seperti seorang prajurit yang patuh dan percaya dengan kepemimpinannya. Itulah mengapa Al-Banna berkata, "Saya menginginkan kepercayaan: kepastian prajurit akan kepercayaan kepada pemimpin dalam segala efisiensi dan ketulusannya, jaminan mendalam yang menghasilkan cinta, penghargaan, rasa hormat, dan kepatuhan.[85] Maka dalam konsep "kepemimpinan yang tegas dan dapat diandalkan" dibuat Al-Banna menjadi sarana untuk mencapai kemenangan, Ikhwan "memiliki ketaatan dan di bawah panji mereka bekerja".[86] Inilah yang memperkuat karakteristik "prajurit"[87] di antara para anggota organisasi, di mana hal ini bertentangan dengan peraturan yang

---

82. *"The Muslim Brotherhood and the Rise to the Abyss (1)"* Muhammad Habib, mantan wakil pembimbing, mengungkapkan dalam memoarnya ... bagaimana Mahmoud Ezzat mengontrol kelompok dengan "kebohongan dan arogansi" (1), 9 Februari 2015, sumber yang disebutkan sebelumnya.

83. Tariq Al-Bishri, *Gerakan Politik di Mesir,* Edisi ke-2 (Kairo: Dar Al-Shorouk, 2002), hlm. 130.

84. Hasan Al-Banna, *"Tadzkirah al-Da'i",* majalah bulanan Al-Ikhwan, Edisi 9, tanpa tanggal, dari Rifaat al-Saeed, *Hasan Al-Banna: Kapan ... Bagaimana ... dan Mengapa?* Cetakan 10 (Damaskus: Dar Ath-Thali'ah Al-Jadidah, 1997) hlm. 99.

85. Hasan Al-Banna, *Risalah "Al-Ta'lim",* sumber sebelumnya.

86. Hasan Al-Banna, *Risalah "Da'watuna",* dalam *"Rasa'il Al-Imam Asy-Syahid Hasan Al-Banna",* sumber sebelumnya.

87. Hasan Al-Banna berbicara tentang sifat prajurit dan menjadikannya aspek keempat dari dakwah Ikhwan, dengan atribut kesederhanaan, bacaan, doa, dan moralitas. Lihat: Hasan Al-Banna, *"Risalah al-Ta'alim",* rujukan sebelumnya.]

---

berlaku di lembaga sipil yang memberikan hak kepada anggota untuk berekspresi, menolak, dan menentang.

2-2-3 IDENTITAS MESIR

Ikhwanul Muslimin didirikan hanya empat tahun setelah penghapusan sistem Khilafah Islam dan seruan dari para ulama dan politisi di sejumlah negara dunia Islam untuk menghidupkannya kembali, yang mana mungkin Hasan Al-Banna tidak jauh dari gaung tersebut, terutama karena Mesir pada masa Raja Fouad sedang mengekspresikan ambisi yang tidak terkendali demi memulihkan kekhalifahan dan menjadikan Kairo ibu kotanya.

Dalam konteks ini, Hasan Al-Banna bekerja dengan caranya sendiri untuk menghimpun para diaspora Islam dengan merumuskan kembali konsep-konsep yang berkaitan dengan negara modern dalam terang visi ideologisnya.[88] Tentang universalitas dakwah,[89] ia menjadikannya kunci untuk membangun hubungan harmoni antara anggota negara-negara Islam, kelompok, dan masyarakat, serta menyebarkan ide-idenya di tengah masyarakat sebelum para penggantinya bekerja sebagai pimpinan organisasi untuk memperdalam pengalaman organisasi mereka di luar Mesir dan menyebarkan sumpah setia untuk memasukkan proyek-proyek mereka di tempat mereka berada, dan dengan demikian peletakan struktur organisasi yang diperlukan untuk apa yang disebut organisasi internasional Ikhwan, serta

---

88. Dari situ, ia berkata: "(dan sistem Islam) dalam hal ini tidak peduli dengan bentuk atau nama ketika aturan dasar ini dipenuhi, tanpanya, aturan itu tidak sah; dan ketika mereka menerapkan aplikasi yang menjaga keseimbangan dan tidak membuat beberapa dari mereka mendominasi yang lain, keseimbangan ini tidak dapat dipertahankan tanpa hidupnya hati nurani dan perasaan sejati. Dengan kesucian ajaran-ajaran ini, dan dalam melestarikan dan mempertahankannya, demi kemenangan di dunia ini dan keselamatan di akhirat, yang diungkapkan dalam terminologi modern (kesadaran nasional), kedewasaan politik, (pendidikan nasional), atau beberapa istilah ini, dan semuanya disebabkan oleh satu fakta, yaitu kepercayaan pada validitas sistem; dan demi merasakan manfaat dari pelestariannya ... sebagai teks saja tidaklah bisa membangkitkan seluruh bangsa, seperti halnya hukum yang tidak menguntungkan jika hakim yang adil dan tidak memihak tidak menerapkannya." Hasan Al-Banna, *Risalah "Nizham Al-Hukm"*, termasuk dalam *"Rasa'il Al-Imam Asy-Syahid Hasan Al Banna"*, referensi sebelumnya.

89. Al-Banna menulis: "Mengenai universalitas: atau kemanusiaan, itu adalah tujuan tertinggi kami dan tujuan akhir kami, serta simpulan dari tautan dalam rantai reformasi. Untuk bergabung, dengan melupakan persatuan, semua ini dapat membuka jalan bagi supremasi gagasan global dan penggantinya dengan gagasan populis nasional yang diyakini orang-orang sebelumnya, dan mereka harus percaya pada keyakinan ini agar "sel-sel" asli ide ini berkumpul, maka perlu bagi mereka untuk meninggalkannya agar kelompok-kelompok besar terbentuk, dan demi mencapai harmoni ini sebagai kesatuan terakhir. Lihat: Hasan Al-Banna, *"A New Phase in the Muslim Brotherhood's Call"*, situs Ikhwan Wiki, di tautan: https://bit.ly/2lGBYyJ

---

peraturan internal umum Ikhwanul Muslimin menegaskan bahwa hubungan antara kepemimpinan kelompok di Mesir dan cabang-cabangnya di luar negeri memastikan bahwa "Ikhwanul Muslimin di setiap tempat memiliki satu badan yang merancang dakwah, mengumpulkannya berdasarkan aturan dan diarahkan ke Biro Bimbingan, lalu dibagi menurut tempat dan negara menjadi beberapa regional yang masing-masing dianggap sebagai unit administratif yang diawasi oleh Dewan Administratif yang dipilih oleh Majelis Umum Ikhwanul Muslimin di regional tersebut.[90] Ini jelas menegaskan bahwa kelompok tersebut tidak mengakui logika negara modern dan melanggar budaya politiknya sendiri, terutama karena sumpah setia kepada pembimbing bertabrakan dengan konsep kesetiaan dan kedaulatan di negara masing-masing (tempat cabang mereka berada).

Awal dari organisasi internasional Ikhwan, yakni pada tahun 1944, adalah pembentukan "Departemen Komunikasi Dunia Islam", sebelum tugasnya kemudian berangsur-angsur berkembang dari tingkat komunikasi ke koordinasi, kemudian pengawasan menjadi subordinasi melalui persyaratan mekanisme sumpah setia yang didasarkan pada paksaan untuk bergantungnya organisasi Ikhwan regional tertentu atau cabangnya di luar negeri kepada organisasi regional Mesir. Jika ikrar kesetiaan pada tingkat individu menguduskan budaya ketaatan buta kepada pembimbing, maka hal itu dapat memperkuat ikatan saling ketergantungan terhadap Ikhwan Mesir di tingkat nasional, yang mana mereka akan menikmati serangkaian hak istimewa yang tidak tersedia pada pihak lain, sehingga hanya merekalah satu-satunya yang memiliki posisi Pembina dan Pembimbing Umum, sementara di negara lainnya hanya disebut sebagai Pengamat Umum, atau Kepala Kantor Eksekutif; dan Ikhwan Mesirlah yang satu-satunya memiliki Biro Bimbingan, di mana Ikhwan negara lain hanya memiliki Kantor Eksekutif.

Pengalaman Ikhwan Sudan memberi kita model yang kuat untuk memelajari hubungan antarorganisasi tingkal lokal dan internasional dalam keorganisasian Ikhwan, sebagaimana mendiang Hassan al-Turabi yang mengambil alih kepemimpinan Gerakan Islam di Sudan yang diwakili oleh Front Piagam Islam

---

90. Peraturan Internal Umum Ikhwanul Muslimin (12 Rajab, 1367 H, bertepatan dengan 21 Mei 1948 M), Pasal (40), Wikisource, di tautan: https://bit.ly/2mRBxIX.

pada tahun 1964, di mana diketahui bahwa hubungan antara Ikhwan Mesir dan Sudan secara spontan dimulai sekitar tahun 1950, tetapi hal-hal terus berkembang menjadi "hubungan terdekat dalam mengadopsi literatur Ikhwan Mesir sebagai referensi dan pengalaman sebagai model, karena dakwah dan organisasi secara definitif sebagian besar didasarkan pada model Mesir". Pimpinan gerakan di Sudan juga disebut "pengamat umum" sesuai dengan apa yang diterapkan di cabang internasional Ikhwan, tetapi "pembingkaian untuk hubungan kepemimpinan organisasi tidak muncul di sana." Selama tahun 1960-an, masalah tersebut jelas-jelas dikenali, dan kerangka kerja untuk hubungan itu ditetapkan dalam pembentukan "kantor eksekutif" bersama Ikhwanul Muslimin. Secara keseluruhan, pandangan orang-orang Sudan—yang juga diamini oleh orang-orang Irak—ini semua didasari sebagai hubungan koordinasi dan kerja sama, bukan hubungan yang mengikat dan komitmen. Namun, pada tahun '70-an, Ikhwan Mesir menawarkan konsep "untuk kembali ke hubungan penyatuan" yang mana organisasi di berbagai negara agar tunduk pada "kepemimpinan di Mesir sesuai dengan peraturan organisasi yang lama." Sebaliknya, masalah menjadi lebih buruk dan renggang setelah "organisasi global Ikhwanul Muslimin di bawah kepemimpinan Mesir membutuhkan janji setia dan integrasi organisasi penuh (...) lalu kemudian—ketika sebuah golongan terbatas memisahkan diri dari Ikhwanul Muslimin—mencaplok para pembangkang. Setelah itu, pada tahun '80-an, Ikhwan Mesir bersikeras mengisolasi orang-orang Sudan dari organisasi yang terkoordinasi dan bersatu di bidang ekspatriasi di negara-negara Arab dan Eropa.[91]

Al-Turabi dengan jelas menegaskan penolakannya terhadap "sistem subordinasi dan kesetiaan sentral sebagai pendekatan utama untuk hubungan gerakan Islam," di mana ditunjukkan bahwa istilah "janji setia" digunakan dalam konteks itu "sebagai analogi kesetiaan politik penuh kepada seorang imam yang berdaya sultan (...) dan analogi ini seringkali menyiratkan bahwa masalah itu semuanya adalah isyarat dari sang imam tanpa perlunya musyawarah oleh para pengikutnya (karena dipandang tidak perlu).[92]

---

91.   Hassan Al-Turabi, *"The Global Dimension of the Islamic Movement" The Sudanese Experience*, dalam *The Islamic Movement: A Future Vision - Papers in Self-Critique* (Kuwait: Afaq for Publishing and Distribution, 2012), hlm. 82-84.

92.   Sumber sebelumnya, hlm. 90. Tercatat bahwa meskipun al-Turabi menolak hegemoni Mesir atas cabang Ikhwan internasional, ia juga mengadopsi mentalitas "eksklusif" yang ia tudingkan kepada

Pemikir Islam Abdullah Al-Nafisi menegaskan bahwa gagasan organisasi internasional Ikhwanul Muslimin yang diajukan dengan terobosan yang dihasilkan dari hengkangnya Abdel Nasser dan keluarnya Ikhwanul Muslimin dari penjara, secara hukum diterjemahkan menjadi "Tatanan Umum Ikhwanul Muslimin" yang dikeluarkan pada tanggal 29 Juli 1982, namun pemiliknya ingin mencapai tujuan tertentu, yaitu demi menghidupkan kembali kelompoknya di dalam Mesir melalui dukungan material dan moral dari Ikhwanul Muslimin di luar negeri, lalu memulihkan Ikhwanul Muslimin demi mengambil inisiatif dalam memimpin aktivitas Islam di kancah internasional setelah mereka kehilangannya karena krisis yang mereka alami. Kamal Al-Sananiri berhasil mencapai tujuan pertama Ikhwan di wilayah teluk dan jazirah pada umumnya, dan tahun 1977 dan setelahnya merupakan titik awal dalam hal ini, meskipun ada keberatan dari Ikhwan di beberapa negara, seperti Sudan dan Tunisia, tentang masalah baiat.[93]

Namun, perwujudan penaklukan tidak terbatas pada mekanisme kesetiaan saja, tetapi juga pada lokasi markas, dan di sini Al-Nafisi melihat dalam ketentuan Pasal 1 "Tatanan Umum Ikhwan" untuk menjadikan Kairo "sebagai markas utama pimpinan, juga penegasan bahwa kepemimpinan kegiatan Islam di tingkat internasional harus dilimpahkan ke Ikhwan Mesir dan kepemimpinannya," Meskipun sebagian besar aktivitas kepemimpinan kelompok "berlangsung di luar Mesir". Ia menambahkan bahwa terlepas dari "ekspansi aktivitas Islam di dunia saat ini" dan "kehadiran sejumlah besar orang berpengalaman, berjabatan, dan bertalenta dalam pemikiran, kepemimpinan, media, politik dan ekonomi di luar Mesir," kita dapat menemukan kecenderungan yang kuat dalam "organisasi internasional Ikhwanul Muslimin dalam menegaskan kepemimpinan Ikhwan Mesir."[94]

Selain sumpah setia dan lokasi markas, Al-Nafisi juga menyoroti perkara keanggotaan lembaga kepemimpinan dalam organisasi tersebut untuk mengonfirmasi kecenderungan kepemimpinan Ikhwan di Mesir, terutama di

---

mereka dengan menyebut blok yang ia upayakan untuk menentang organisasi Ikhwan sebagai "Kongres Populer Islam Arab" yang didirikan pada tahun 1991, sebuah masalah yang menimbulkan keraguan perwakilan Iran di blok itu karena adanya kata "Arab".

93. Abdullah Al-Nafisi, *The Muslim Brotherhood in Egypt: Trial and Error,* sumber yang disebutkan sebelumnya, hal. 241-242.

94. Sumber sebelumnya, hlm.. 244.

---

tingkat Dewan Syura, di mana ia melihat bahwa Mesir diwakili oleh bobot yang luar biasa dibandingkan dengan negara-negara lainnya. Pembimbing Umum adalah pemimpin organisasi Mesir dan delapan dari tiga belas anggota Biro Bimbingan Umum adalah orang Mesir, dan sebagai tambahannya adalah perwakilan Arab Saudi dan Qatar yang dianggap saudara Mesir yang dinaturalisasi berdasarkan kebangsaan kedua negara, yang membuat "bobot Mesir dalam Dewan Syura Umum sangatlah jelas—13 dari total 38 anggota— dan ini adalah persentase yang sangat besar dibandingkan dengan jumlah perwakilan negara-negara besar seperti Syria dan Aljazair, yang tidak sepadan dengan visi untuk memerhatikan keterwakilan regional yang seimbang sebagaimana dimaksud dalam Pasal 19 Ketertiban Umum. Ia juga mencatat bahwa "negara-negara teluk dan jazirah juga diwakili oleh bobot yang jauh melebihi kepentingan mereka." Namun, alasannya di sini adalah karena "kebutuhan uang dari organisasi internasional Ikhwan," sebab bendahara organisasi internasional Ikhwan adalah warga negara Kuwait (asal Irak, berasal dari Basra), yang memiliki budaya sederhana, memenuhi syarat dan asal negara. Selain itu, tujuh perwakilan dari Arab Saudi, Qatar, Emirat, Bahrain dan Kuwait selalu dipekerjakan dalam proses pengumpulan dana untuk organisasi internasional Ikhwan, selain dari kontribusi daerah yang diwakili di Dewan Syura, dan situasi ini sangat menguntungkan kepemimpinan Ikhwanul Muslimin di Mesir, "jadi kami merasa sangat ingin menenangkan beberapa elemen utama dalam organisasi Ikhwan di teluk dan jazirah dengan mengundang mereka ke Mesir untuk memberikan beberapa pelajaran dan ceramah, bisa dikatakan, untuk mendalami materi kepemimpinan di sana.[95]

2-2-4 KEAGUNGAN MILITERISME

Islam, seperti yang terlihat dalam literatur Ikhwanul Muslimin, dianggap sebagai pesan yang komprehensif dan inklusif, sebagaimana didefinisikan oleh Hasan Al-Banna dengan "Al-Qur'an dan pedang," selain sebagai "keyakinan dan ibadah, bangsa dan kebangsaan, agama dan negara, spiritualitas dan tindakan."[96] Oleh karena itu, dapat dikatakan bahwa organisasi Ikhwan telah dirancang sejak awal

---

95. Abdullah Al-Nafisi, sumber yang disebutkan sebelumnya, hlm. 251-252.

96. Hasan Al-Banna, *"Islam Ikhwanul Muslimin,"* Risalah Konferensi Kelima Tahun 1953, situs Ikhwan Wiki, di link: https://bit.ly/2lFq5sl.

pada tingkat hubungan kepemimpinan dengan al-Qaeda, dengan mensimulasikan organisasi-organisasi militer untuk mentransformasikan para pendukung menjadi sebuah blok manusia yang bersatu dan terpisah dari rasa kemerdekaan serta dapat menyatu dengan aspirasi pimpinan, sehingga dapat memberikan kekuatan besar untuk mempertahankan tujuannya. Bukan rahasia lagi bahwa kelompok tersebut telah menetapkan slogan untuk dirinya sendiri yang mengekspresikan semangat "prajurit" dari program-programnya, dengan kalimat "Tuhan adalah tujuan kami, Rasulullah adalah pemimpin kami, Al-Qur'an adalah konstitusi kami, jihad adalah jalan kami, dan kematian di jalan Allah adalah aspirasi tertinggi kami."

Kelompok ini juga tertarik, sejak awal berdirinya di Ismailia, untuk menanamkan budaya tentara dalam jiwa dan pikiran anggotanya, dan untuk melatih mereka dalam seni pagar fisik guna mempersiapkan mereka untuk aksi bersenjata.[97] Maka, didirikanlah institusi dan kegiatan yang terorganisir dengan nama-nama dengan konotasi militer, seperti *katibah* (brigade) yang merupakan kelompok yang lebih besar dari pada famili (*usrah*) yang mana dianggap sebagai perkumpulan organik kecil,[98] dan *rihlah* (perjalanan) yang memungkinkan "para peserta bebas bergerak, menyergap, berlatih dan sabar untuk mengerahkan upaya dan menanggung kelaparan dan kehausan[99] yang berkembang dalam bentuk tim *jawwalah* (berkeliling), di mana mereka memiliki peraturan dan tradisi berpakaian dan fungsi yang termasuk dalam kategori divisi militer modern, kemudian *mu'askar* (kamp), di mana "kamp dianggap sebagai perluasan dan penerapan sistem gerakan dalam sejarah organisasi yang berekspansi dan aplikatif untuk sistem *jawwalah*."[100]

---

97. Tujuan ini hadir dalam niat Al-Banna yang berbicara kepada para anggota Ikhwan dengan mengatakan, "Pada saat di antara kalian - Ikhwanul Muslimin - berjumlah tiga ratus batalion lengkap, secara psikologis dan spiritual, dengan iman dan keyakinan, secara intelektual dengan sains dan budaya, dan secara fisik dengan pelatihan dan olahraga. Dan sekarang, mereka memintaku agar aku membersamai kalian menyeberangi lautan, dan aku bersama kalian juga akan menyerbu ke langit." Hasan Al-Banna, *"Message of the Fifth Conference,"* dalam *"Letters of Martyr Imam Hasan Al-Banna"*, ibid.

98. Ali Abdel Halim Mahmoud, *Metode Pendidikan untuk Ikhwanul Muslimin: Sebuah Studi Sejarah Analitis,* sumber yang disebutkan sebelumnya, hlm. 219.

99. Sumber sebelumnya, hlm. 245.

100. Sumber sebelumnya, hlm. 262.

Kelompok tersebut juga mendirikan kelompok aparat militer yang kemungkinan besar dibentuk pada tahun 1939 sebagai organisasi paralel dengan ketertiban umum yang diumumkan, dipimpin oleh Saleh Ashmawy, sebelum Abd al-Rahman al-Sindi mengambil alih pada tahun 1941 untuk menggantikan Mahmoud Abdel-Halim, di mana dikenali dengan nama "aparat rahasia" yang baru terungkap pada 1984 dalam kasus mobil *Jeep*. Ia menjalani strukturnya sendiri yang bersifat khusus seperti adanya suatu ritual rahasia saat melakukan sumpah setia di rumah salah satu pemimpinnya, di mana terdapat seorang anggota yang berada di depan seorang pria bersorban putih yang menggenggam sebuah mushaf Alquran dan pistol, di sebuah ruangan yang gelap, menurut catatan yang akurat tentang hal ini.[101]

Sejumlah bacaan tentang orientasi gerakan Ikhwanul Muslimin, berdasarkan kesaksian yang identik dari dalam organisasi Ikhwan, telah menganggap Aparat

---

101. Ustadz Ahmed Adel Kamal menggambarkan ritus kesetiaan yang ia berikan kepada Aparat Khusus dengan mengatakan bahwa itu dilakukan di hadapan Abd al-Rahman al-Sindi, yang kami tahu adalah orang utama dalam organisasi dan "setelah ia memberi tahu kami tentang sistem dan tujuannya serta mendokumentasikan kesiapan kami, Abdul Rahman memanggil saya sendirian, jadi saya bangkit bersamanya, dan ketika saya mulai melangkah ke ruangan berikutnya, ia memegang tangan saya dan saya terkejut karena ada di dalam kegelapan total dan di sekitar saya tercium aroma dupa dan parfum oriental, kemudian ia mendudukkan saya di tanah. Pada ikrar kesetiaan ini saya tempatkan diri saya pada pelimpahan kepemimpinan, mendengarkan, mematuhi perintahnya dalam kesulitan, kemudahan, stimulasi dan paksaan, berjanji untuk menyembunyikan (rahasia) dan menghabiskan darah dan uang. Saya mengulurkan tangan saya dan meletakkannya di atas Al-Qur'an dan pistol, dan ia meletakkan tangannya di atas tangan saya, dan tanpa melihat orang itu, jelas dari suaranya bahwa ia adalah Ustadz Saleh al-Ashmawi. Kemudian Abdurrahman bangkit dan mengambil tangan saya dalam kegelapan, di mana saya masih tidak melihat apa-apa, jadi kami melangkah ke pintu kamar, ke ruang pertama yang terang. Lalu saya duduk di sana, hampir tidak melihat apa pun karena masalah intensitas cahaya untuk sementara waktu, sementara Abdul-Rahman membawa saudara kami Abdul-Majeed dan melakukan sumpah serupa, lalu ia kembali dan menjemput Taher, lalu bersumpah setia juga, lalu kembali. Pada malam itu juga Ahmed memberi kami nomor rahasia yang harus kami tangani alih-alih nama kami, jadi saya mendapat nomor 16, Abdul Majeed nomor 17 dan Taher nomor 18, lalu kami pulang ke rumah kami dan kebahagiaan kami sejak itu tidaklah sama dengan kebahagiaan di dunia. Ustadz Ahmed Adel Kamal, *An-Nuqath Fawqa Al-Huruf: Ikhwanul Muslimin wa An-Nizham Al-Khash*, Edisi ke-2 (Kairo: Al-Zahraa untuk Media Arab, 1989), hlm.137-138.

Ritual ini berbeda dengan ikrar publik yang ditentukan oleh Pasal (16) pada peraturan organisasi Ikhwanul Muslimin yang diubah pada tahun 1351 H./1932 M, sebagai berikut: "Cara berbaiat: orang yang berbaiat duduk di depan orang yang membaiat sebagaimana duduk pada salat menghadap kiblat, dengan mata tertutup dalam kemurnian total, kemudian keduanya dalam hati memohon kebesaran Tuhan Yang Maha Kuasa dan ke haribaan Rasul SAW serta kebesaran sang pembimbing, kemudian dibacakanlah lafal baiat yang diulang oleh orang yang berbaiat, kemudian membaca pasal mengenai baiat (QS. An-Nahl: 91 dan QS. Al-Fath: 10), kemudian berdoa kepada Allah atas orang yang dibaiat dalam hati, lalu diizinkan membaca *wirid* dan *wazhifah* (serangkaian potongan pasal untuk doa—pen.) Ikhwan, kemudian dibimbing membaca dua kalimat syahadat, bersalawat ke atas Nabi SAW, demikianlah baiat usai, lalu anggota bertanda tangan di atas sebuah gambar, dan gambar itu kemudian disimpan bersama kertasnya. Lihat: "Anggaran Dasar Ikhwanul Muslimin .. Anggaran Dasar 1932 M, Anggaran Dasar Organisasi Ikhwanul Muslimin yang diubah pada tahun 1351 H atau 1932 M", situs Ikhwan Wiki, di tautan: https://bit.ly/2IJrHle.

Khusus sebagai komponen sentral dan kerangka tertinggi dalam struktur organisasi Ikhwanul Muslimin, di mana keanggotaannya hanya terbuka untuk elit Ikhwan dari divisi ketertiban umum, dan dalam konteks ini Rifaat Al-Saeed menunjukkan bahwa meskipun Ikhwan memiliki peringkat keanggotaan, selama konferensi ketiga pada tahun 1935, oleh asisten saudara, saudara sepelatihan, kemudian saudara mujahid, saudara mujahid yang terakhir "tidak menentukan posisi bagi dirinya di dalam peta organisasi terbuka mereka yang menunjukkan bahwa para *mujahidin* telah terorganisir di jalur khusus.[102] Aparat Khusus bukanlah sebuah struktur yang independen dari sistem umum; sebaliknya, ini adalah afiliasi tertinggi dalam hierarkinya, dan ini juga dipahami oleh seorang Ikhwan Suriah, Saeed Hawwa, yang membedakan antara dua tingkat kepemilikan dalam organisasi Ikhwan ketika ia berbicara tentang *Risalah At-Ta'lim* yang memaparkan bahwa "siapa pun yang tidak mengetahui risalah ini tidak akan memahami dakwah Ikhwanul Muslimin, dan siapa pun yang tidak memahaminya, maka ia bukan bagian dari Ikhwanul Muslimin, meskipun ia membawa lambang dan mengklaim namanya.[103]

Ini menjelaskan protes Muhammad Farid Abd al-Khaliq pada tahun 1984 terhadap keputusan Mustafa Mashhour untuk mengedarkan "Risalah at-Ta'lim" ke seluruh anggota Ikhwan, berbeda dengan Hasan Al-Banna, yang niatnya hanya terbatas untuk anggota Aparat Khusus secara eksklusif. Keputusan Mustafa Mashhour menyiratkan kesibukan internal dalam mengisi kamus kepribadian Ikhwan "dengan istilah kepatuhan, ketaatan, ketentaraan, jihad dan kosakata lainnya tentang tentara dan gerakan militer."[104]

2-2-5 DOMINASI IDEOLOGI

Struktur organisasi Ikhwanul Muslimin telah mempertahankan strukturnya, terlepas dari celah-celah yang dihadapinya dan pelanggaran yang telah lama

102. Rifaat Al-Saeed, Hasan Al-Banna: Kapan ... Bagaimana ... dan Mengapa? Sumber yang disebutkan sebelumnya, hlm. 185.

103. Saeed Hawwa, *In the Horizons of Teachings: A study of the horizon of Professor Al-Banna's advocacy and the theory of movement in it through the message of teaching, a purpose systematic study of construction* (dn, dt), hlm. 8.

104. Ahmad Ban, *The Muslim Brotherhood and the Plight of the Homeland and Religion,* sumber yang disebutkan sebelumnya, hal 182.

menjadi pilihan laku para pejabatnya, dan ini tidak semata hanya karena operasi "penghindaran, penipuan, kebohongan, dan prasangka",[105] serta apa yang dipraktikkan oleh pimpinan untuk memastikan keberlanjutan organisasi, tetapi juga karena dominasi pertimbangan ideologis dengan mengorbankan kontrol administratif. Hegemoni ini diperkuat berkat tumpang tindih antara dimensi administratif kelompok dan referensi ideologisnya,[106] sesuatu yang membuatnya mampu menyerap guncangan dan bersinar kembali setelahnya.

Judul Video: Dr. Rami Al-Ali dalam News and Analysis: "Ikhwan mendahulukan ideologi di atas struktur politik organisasi."

Pada tautan berikut:

https://www.youtube.com/watch?v=7Y6kdobCd9g

- Kelompok Ikhwanul Muslimin memosisikan ideologi di atas struktur politik organisasi.

- Dominasi ideologi memungkinkan agama digunakan untuk memperbaiki kekalahan yang dialami organisasi dan mengisi celah dan retakan yang melanda konstruksinya. Pekerjaan ini memberi kemungkinan bagi organisasi untuk menggunakan ideologi untuk mengompensasi kegagalan organisasi, dan karena ideologi Ikhwanul Muslimin didasarkan pada emosi dan bukan pada alasan dan sentimen agama yang akan menggantikan visi strategis dalam perencanaan dan manajemen, seperti dalam perbedaan antara benar dan salah, tetapi antara hak dan batil.

https://www.youtube.com/watch?v=7Y6kdobCd9g

Dominasi ideologi memungkinkan agama digunakan untuk memperbaiki kekalahan yang dialami organisasi dan mengisi celah dan jurang yang menghalangi konstruksinya. Hal ini memunculkan kemungkinan bagi organisasi

---

105. Lihat: *"The Muslim Brotherhood and Ascension to the Abyss (1)"* Muhammad Habib, mantan wakil pembimbing, mengungkapkan dalam memoarnya ... bagaimana Mahmoud Ezzat mengontrol kelompok dengan "kebohongan dan arogansi" (1), sumber yang disebutkan sebelumnya.

106. Kita dapat melihat tumpang tindih ini, misalnya, pada tingkat kombinasi dalam organisasi antara nomenklatur Barat (pencalonan, pemilihan, sekretaris jenderal, sekretaris, dsb.) dan konsep tradisional (kesetiaan, pembimbing, syura, dsb.), serta pembentukan organisasi yang peduli dengan pembayaran zakat dan penyelenggaraan haji.

untuk menggunakan ideologi demi mengompensasi kegagalan organisasi, dan karena ideologi Ikhwanul Muslimin didasarkan pada emosi dan bukan pada alasan, stereotipe, dan sentimen agama yang akan menggantikan visi strategis dalam perencanaan dan manajemen, seperti dalam perbedaan antara benar dan salah, tetapi antara yang hak dan yang batil. Dengan kembali ke berbagai krisis yang telah diketahui kelompok dan yang hampir melanda keberadaannya, kami menemukan bahwa faktor ideologis yang didasari oleh sentimen agama yang menggugah dapat memberikan kompensasi kepada lembaga-lembaga administratif dalam mencari solusi yang diperlukan, dan dengan demikian dapat mengabaikan aturan yang diatur dalam peraturan internal yang menyelesaikan perselisihan tanpa mengabaikan peluang yang diberikan oleh kondisi jumud. Politik adalah demi membenarkan keputusan sepihak.

<table>
<tr><td colspan="2">

Judul video: Ikhwanul Muslimin dan Kekuatan Mobilisasi Ideologi

di tautan berikut: https://westminster-institute.org/events/j-michael-waller

- Kekuatan mobilisasi ideologi adalah sesuatu yang tidak dapat dipahami oleh pemerintah terlepas dari siapa yang menguasai politik dan siapa yang memegang jabatannya.
- Ikhwanul Muslimin dan kekuatan mobilisasi ideologinya bertindak sebagai penggerak untuk menciptakan tekad seperti yang baru saja kita dengar untuk bergerak dan melakukan sesuatu.

</td><td>

</td></tr>
<tr><td colspan="2">

https://westminster-institute.org/events/j-michael-waller

</td></tr>
</table>

Sebaliknya, emosi merupakan faktor pendorong munculnya organisasi Ikhwan yang tidak mengungkapkan kebutuhan politik atau sosial tertentu, karena kemunculannya spontan dan diwujudkan dalam tindakan dakwah otomatis. Mengenai hal ini, Hasan Al-Banna menceritakan tentang gagasan Ikhwanul Muslimin dengan mengatakan bahwa hal itu praktis terwujud untuk pertama kalinya dalam jiwa empat orang, yaitu: "Hamid Askari, Ahmed Al-Sukkari,

Ahmed Abdel Hamid, dan Hasan Al-Banna di Kairo (semasa belajar di Dar Al-Uloom)." Namun sebelum saat itu "(hanya berupa) pembicaraan personal dan munajat kerohanian—saya berbicara kepada diri saya sendiri secara rohani, dan saya mungkin juga dapat mengarahkannya kepada banyak orang di sekitar saya." Ini terjadi sebelum ia pindah ke kota Ismailia, di mana ia diangkat sebagai guru pada tahun 1927 bertemu dengan Hafez Abdel Hamid, Ahmed Al-Hosari, Fouad Ibrahim, Abdel Rahman Hasballah, Ismail Ezz, dan Zaki Al-Maghribi, yang mengatakan kepadanya bahwa "kami ingin menawarkan kepada Anda apa yang kami miliki sehingga kami dapat membebaskan Anda dari ketergantungan dengan kuasa Allah. Kaulah yang bertanggung jawab di depan-Nya atas kami, dan atas apa yang harus kami lakukan." Ia menjawab mereka, "Syukur kepada Allah, berkatilah niat baik ini, dan berikan kami kesuksesan untuk perbuatan baik yang menyenangkan-Nya dan bermanfaat bagi orang lain. Kita harus bekerja dan atas-Nyalah segala kesuksesan, maka seyogianyalah kita berbaiat kepada Allah agar menjadikan dakwah kita tertuju kepada Islam secara sungguh, yang padanya kehidupan tanah air dan kemuliaan umat." Kemudian muncul masalah penamaan ketika seseorang bertanya, "Kita akan sebut diri kita apa? Apakah kita akan berbentuk asosiasi, klub, metode, atau persatuan untuk mengambil bentuk resmi?" Al-Banna menjawab, "Bukan ini atau itu. Kita berdakwah dengan berbagai bentuk dan format, biarkan pertemuan kita menjadi dasarnya: ide, moral, dan proses. Kita adalah saudara dalam melayani Islam, jadi kita adalah "Ikhwanul Muslimin". Hadir secara tiba-tiba, berlalu dengan sebuah hasil, dan lahirlah Ikhwanul Muslimin dari keenam orang tersebut, yang berkutat dalam pemikiran ini, gambaran ini, dan nama ini."[107]

Akibatnya, garis besar organisasi adalah sentimen religius—diperkuat oleh tumpang tindih antara agama dan organisasi—yang berpusat pada konsep "kembali ke kemurnian agama" yang masih mengkristal di benak Banna dan sejumlah sahabat awalnya yang berbagi kesederhanaan hidup dan berpikir. Dengan menyusun dan merancang organisasi sesuai dengan pertimbangan intelektual yang fleksibel. Semangat juga akan memainkan perannya dalam memperluas organisasi di luar negeri pula. Dalam hal ini, al-Turabi mengatakan bahwa hubungan antara Ikhwan Sudan dan Mesir selama tahun 1950-an berada di bawah pengaruh "perasaan emosi sesama Ikhwan", dan menambahkan bahwa di tengah emosi Ikhwan yang intens, pemimpin Ikhwan di Sudan disebut

---

107. Hasan Al-Banna, *Memoirs of the Call and the Preacher* (Kuwait: Afaq Library, 2012), hlm. 85.

sebagai "pengamat umum". Ini mirip dengan apa yang berlaku dengan cabang Ikhwan di seluruh dunia.[108] Al-Nafisi juga menegaskan hal yang sama dengan berbicara tentang keberhasilan kepemimpinan Ikhwanul Muslimin dalam berkomunikasi dengan Ikhwanul Muslimin di luar negeri dan menjalin hubungan dengan mereka "melalui daya tarik emosional yang disebabkan oleh prinsip-prinsip Islam tentang dukungan, sokongan, dan kerja sama".[109]

Ada keyakinan di antara banyak orang bahwa kekuatan organisasi di Ikhwanul Muslimin bukan pada efektivitas birokrasi, mengingat maraknya budaya ketaatan dan subordinasi dan tidak adanya transparansi dan kritik personal, tetapi lebih pada konten ideologis di mana kelompok itu didirikan dan tetap menjadi dasar program dan aktivitasnya, dengan menekankan aspek emosional seperti nilai-nilai Ikhwan, penyangkalan diri, menghindari langkah setan, dan cinta kepada Allah.

Hal yang membantu faktor ideologis pada kinerja organisasi dalam menjalankan tugasnya dalam membangun dan memperluas kelembagaannya, memperbaiki kerusakan organisasi dan mengurangi dampak perpecahan yang terjadi, adalah penundukan individu pada budaya agama yang terfokus yang memengaruhi kolektivitas pada individu dan moral atas materi. Kelompok ini juga ingin memiliki komponen ulama, cendekiawan, penceramah, dan pengkhotbah yang terlatih dalam seni retorika dan keterampilan persuasif. Ini digunakan untuk mempertahankan dan memperkuat budaya tersebut karena beguna dalam memainkan peran sebagai mediator untuk menyatukan sudut pandang yang berbeda atau beragam dan untuk menyatukan elemen-elemen yang tersebar. Inilah yang terjadi selama krisis baru-baru ini. Hal itu masih dialami oleh organisasi Ikhwan yang diwakili oleh perselisihan antara gerakan Muhammad Kamal, anggota Biro Bimbingan yang terbunuh pada awal Oktober 2016, dengan mantan Sekretaris Jenderal Ikhwan, Mahmoud Ezzat. Saat itu Yusuf al-Qaradawi didorong untuk menggunakan karisma religiusnya di dalam kelompok untuk mengusulkan solusi kompromi yang memungkinkannya bangun kembali secara organisatoris.[110]

---

108. Hassan al-Turabi, *The International Dimension of the Islamic Movement, "the Sudanese Experience"*, sumber yang disebutkan sebelumnya, hlm. 82.

109. Abdullah Al-Nafisi, *The Muslim Brotherhood in Egypt: Trial and Error*, sumber yang disebutkan sebelumnya, hlm. 241-242.

110. Yusuf al-Qaradawi yang tidak memiliki status organisasi apapun di dalam tubuh Ikhwan, menjadi penengah selama tahun 1995 untuk membujuk para pendukungnya agar membentuk Partai Wasat agar membatalkan keputusan mereka demi menjaga persatuan organisasi.

2-2-6 TIDAK ADANYA DEMOKRASI DALAM PENGELOLAAN ORGANISASI

Hal ini terutama disebabkan oleh kendali pembimbing atas proses pengambilan keputusan dan kesempatan menikmati kekuasaan dan kepemimpinan tanpa pertanggungjawaban apa pun, dan ini merupakan produk dari sistem kesetiaan yang diadopsi oleh Ikhwan dalam merekrut anggotanya, serta budaya ketaatan dan kepatuhan yang tertanam di dalamnya. Ikrar setia/baiat merupakan salah satu landasan dasar untuk menyelesaikan keanggotaan dalam kelompok, di samping perlunya mengasimilasi pilar-pilar kesetiaan atas kepemilikan identitas sebagai anggota aktif dalam kelompok, yang merupakan pintu masuk menuju jaminan akan subordinasi gagasan, tujuan, dan metode pendidikan internal kelompok, serta memperkuat cara penenteraman untuk menegaskan kesetiaannya kepada kepemimpinannya.[111]

Judul Video: Risalah At-Ta'lim - Rukun Baiat - Rukun Taat **Pada tautan berikut:** https://www.youtube.com/watch?v=wFyEc-Bda_8 - Kepatuhan adalah pilar penting dalam sistem baiat Ikhwanul Muslimin, karena itu memperkuat kepatuhan anggota terhadap perintah. - Abd al-Latif Muhammad Adam, seorang anggota kelompok itu, dalam pidatonya mengakui bahwa sistem dakwah mereka adalah spiritual sufi dan militer secara formal.	
 https://www.youtube.com/watch?v=wFyEc-Bda_8	

Dan salah satu peneliti mencatat bahwa Hasan Al-Banna adalah orang yang mengukuhkan ide "bersumpah setia" dalam organisasi, setelah ia mengambilnya dari Abdel-Wahhab Al-Hasafi dan dipengaruhi oleh

---

111. Ba Bakr Faisal Ba Bakr, *Mengkritik Konsep Kesetiaan di Kalangan Ikhwanul Muslimin (1)*, Al-Hurra TV, 14 Februari 2018, melalui tautan berikut: https://arbne.ws/2o0ZJzL.

konservatisme metode Sufi Syadzili yang ia yakini.[112] Selain itu, Al-Banna "adalah orang yang menetapkan sepuluh syarat untuk pengambilan sumpah setia untuk bekerja dengan pendekatan Ikhwan."[113] Dalam risalah ajarannya kepada pendiri komunitas, Hasan Al-Banna menjelaskan sepuluh rukun kesetiaan, yaitu: "pengertian, ketulusan, kerja, jihad, pengorbanan, ketaatan, ketabahan, ketidakberpihakan, persaudaraan, dan amanah".[114] Selain itu, masing-masing pilar tersebut memuat sejumlah nilai-nilai keislaman dan keorganisasian yang melengkapi untuk mencapai ikrar setia dengan cara yang terbaik, terutama sejak adanya rumusan pilar-pilar tersebut dan pengaturannya. Hal tersebut dilakukan dengan tujuan untuk memperkuat sistem birokrasi kelompok dalam hal kepatuhan, loyalitas, disiplin, dan potensi tantangan. Ikrar baiat termasuk pilar penting dalam hal memperkuat kekuatan kelompok, terutama poin yang dilampirkan pada pilar keenam, yaitu ketaatan, yang dibuktikan oleh pendiri, Hasan Al-Banna, yang mengatakan: "Saya menginginkan ketaatan: patuh pada masalah apa pun dan segera melaksanakannya dalam kesulitan, kemudahan, stimulasi dan paksaan."[115] Selain memperkuat sistem masyarakat administratif yang misinya bekerja untuk kebaikan bersama, berdakwah, membimbing, dan membangun fasilitas yang bermanfaat.[116] Hal yang wajib datang pada pilar keenam, ketaatan, yang bertujuan untuk memperkuat kekuatan kelompok, terutama karena poin tersebut menetapkan prinsip pelaksanaan pada anggota:[117] itu adalah tahap jihad tanpa henti dan kerja terus menerus untuk mencapai tujuan, ujian, dan bukan penderitaan. Hanya mereka yang jujur yang akan mampu dengan sabar melaluinya, dan kesuksesan dalam tahap ini hanya dijamin oleh kesempurnaan ketaatan, dan untuk ini generasi pertama Ikhwanul Muslimin bersumpah setia pada tanggal 13 April 1940 M."[118] Oleh karena itu, peran kesetiaan adalah untuk memperkuat kekuatan organisasi kelompok,

---

112. Lihat: Ahmad an-Najmee, *Al-Ikhwaan Al-Muslimoon*, Madeenah, 12 Mei 2005, https://bit.ly/2VJW5tv.
113. Ibid.
114. *Risalah At-Ta'lim*, situs resmi Ikhwanul Muslimin, Ikhwan Wiki, https://bit.ly/2meCPXL]
115. Ibid.
116. Ibid.
117. Ibid.
118. Ibid.

mengontrol perilaku anggota dan mengarahkan mereka dengan bentuk yang dituju oleh organisasi.[119]

Hampir ada kesepakatan di antara banyak peneliti bahwa konsep kesetiaan dengan sepuluh pilarnya tidak sejalan dengan prinsip-prinsip pilihan bebas dan musyawarah demokratis, di mana anggota berubah menjadi "prajurit setia" yang siap melaksanakan semua perintah dan instruksi setelah baiat dilakukan. Pada tingkat organisasi, ikrar dapat menahbiskan subordinasi penuh anggota kelompok dan pimpinannya yang diwakili oleh pembimbing atau pengamat umum yang telah disumpah setia, serta menegakkan asas dengar pendapat dan ketaatan sebagai dasar untuk membentuk hubungan antara anggota dan pembimbing. Perintah selalu datang dari atas ke bawah, sekalipun ada lembaga organisasi yang lebih tinggi yang membahasnya. Perintah dari divisi seperti Biro Bimbingan atau Dewan Syura, atau anggaran dasar keanggotaan kelompok itu dianggap bukan bagian dari musyawarah itu, melainkan serupa alat untuk melaksanakan perintah.[120]

Judul Video: Risalah At-Ta'lim - Rukun Baiat - Rukun Jihad
Pada tautan berikut:
https://www.youtube.com/watch?v=kqRQB7kOVsQ

- Ikhwanul Muslimin mengakui bahwa mereka akan berperang dengan menggunakan senjata sampai hukum Tuhan diterapkan, dan ini adalah konfirmasi yang jelas dari gagasan jihad dan perjuangan kelompok ini serta hubungannya dengan slogan kelompok tersebut meskipun ada penolakan dari beberapa pemimpinnya.

- Jihad memiliki bentuk yang berbeda-beda, seperti pertarungan lisan, pena, tangan dan perkataan kebenaran, dan bentuk tertinggi jihad adalah berperang.

- Ikhwanul Muslimin menganggap bahwa jihad dipaksakan oleh Tuhan pada umat Islam, dan Tuhan memilih mereka untuk itu atas umat-umat lainnya, dan memilih mereka untuk melakukan tugas jihad.

https://www.youtube.com/watch?v=kqRQB7kOVsQ

119. Ba Bakr Faisal Ba Bakr, dalam *Mengkritik Konsep Kesetiaan di Kalangan Ikhwanul Muslimin (1),* sumber yang disebutkan sebelumnya.

120. Ba Bakr Faisal Ba Bakr, sumber sebelumnya.

Bahaya baiat tidak terbatas pada masalah ini. Sebaliknya, hal itu mungkin dapat melegitimasi penggunaan kekerasan, karena salah satu usaha paling berbahaya yang dilakukan oleh seorang anggota adalah ungkapan "Saya akan mempersembahkan usaha saya, uang saya, dan darah saya demi Tuhan." Ini menyebabkan anggota terlibat dalam penggunaan kekerasan dan pertumpahan darah sesuai dengan arahan yang dikeluarkan oleh pembimbing dan pemimpin organisasi, dan ini tidak dibuktikan dengan pengingkaran Hasan Al-Banna terhadap anggota kelompok yang melakukan pembunuhan Konselor Al-Khazindar, yang pada saat itu mengatakan kalimatnya yang terkenal, "Mereka bukan saudara dan mereka bukan Muslim!"[121]

Ikrar setia kepada Ikhwanul Muslimin dengan sepuluh pilarnya merupakan indikasi yang jelas dari ketiadaan demokrasi dalam mengelola struktur organisasi kelompok, karena berbentuk pengabdian dengan kesetiaan penuh, memiliki dan tunduk kepada pembimbing; mungkin ini dapat menjelaskan sebagian dari alasan kegagalan aturan praktis Ikhwanul Muslimin di Mesir, tempat hegemoni itu berada. Pembina dan Biro Bimbingan sangat jelas posisinya bagi (alm.) Presiden Ikhwan Mohamed Morsi, yang tidak memiliki kekuatan untuk mengambil keputusan apa pun tanpa mengacu pada amar tersebut, oleh karena itu—menurut uraian banyak orang—ia bukanlah presiden semua orang Mesir, karena kesetiaannya kepada pembimbing membuatnya menjadi pengikut yang hanya melaksanakan perintah yang datang kepadanya tanpa diskusi atau berbagi pendapat tentang itu.

---

121. Ibid.

BAB III

EVOLUSI STRUKTUR ORGANISASI IKHWANUL MUSLIMIN SEJAK DIMULAINYA TAHUN 1928 HINGGA REVOLUSI 30 JUNI 2013

Pendahuluan

Struktur organisasi adalah salah satu fondasi yang menjadi fokus Ikhwanul Muslimin sejak didirikan pada tahun 1928, berdasarkan keyakinannya akan pentingnya struktur organisasi, karena merupakan alat utama untuk mencapai visi dan tujuan utama dalam mencapai "kepemimpinan dunia", seperti tujuan pendirinya, Hasan Al-Banna. Oleh karena itu, Ikhwan memberikan perhatian yang luar biasa untuk bekerja membangun struktur organisasi yang kuat dan koheren untuk membantunya mencapai tujuan, dan pada awalnya berfokus pada kerangka sosial yang memungkinkannya untuk menembus struktur masyarakat, sebagai persiapan untuk mempraktikkan tindakan politik di tahap selanjutnya.

Lanjutan .. Bab Tiga:
Evolusi struktur organisasi Ikhwanul Muslimin

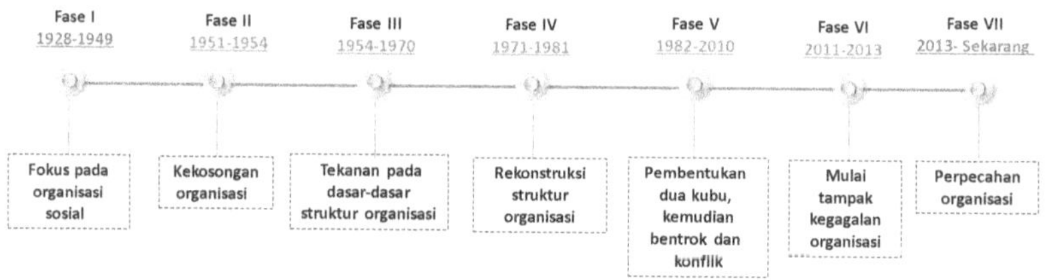

Tempat sentral yang ditempati organisasi dalam ideologi Ikhwanul Muslimin dan sifat peran yang dimainkannya dalam masyarakat adalah alasan utama di balik konflik dengan pemerintah Mesir secara berturut-turut yang menyadari bahwa kelompok tersebut berusaha untuk menembus ke dalam masyarakat dan mengambil peran negara, serta menggantikannya dalam banyak hal. Ini menjelaskan upaya pemerintah untuk membatasi Ikhwan dan memberlakukan lebih banyak pembatasan pada struktur organisasinya selama beberapa dekade terakhir.

Oleh karena itu, bab ini akan **menguji hipotesis berikut:** perkembangan yang terjadi dalam struktur organisasi Ikhwanul Muslimin—positif atau negatif—merupakan cerminan dari sifat hubungan antara kelompok dan pemerintah Mesir berturut-turut, sifat persepsi dan perannya dalam masyarakat, serta jumlah margin gerakan yang diizinkan pemerintah dalam masyarakat; semakin besar margin, maka kelompok ini akan semakin mampu mengembangkan struktur organisasi dan kelembagaannya serta semakin mampu memperkuat ikatannya dengan berbagai lembaga masyarakat, begitu pula sebaliknya, seperti yang akan dijelaskan pada bab kajian ini.

Pada saat yang sama, pandangan fungsional beberapa pemerintah Mesir terhadap Ikhwanul Muslimin dalam berbagai periode memengaruhi dalam satu atau lain hal dari struktur organisasi dan administratifnya, dan ini terbukti pada masa pemerintahan (alm.) Presiden Muhammad Anwar Sadat dan Muhammad Hosni Mubarak. Muslim, setidaknya di tahun-tahun awal, dianggap sebagai penyangga terhadap kelompok-kelompok komunis, dan itulah sebabnya mereka mengabaikan banyak praktik mereka yang bertujuan untuk menembus masyarakat, sementara rezim Mubarak memandang mereka pada masa-masa awal pemerintahannya memiliki peran dalam memerangi organisasi ekstremis dan jihadis yang merupakan ancaman bagi keamanan dan stabilitas di Mesir selama periode ini; dan pada tahap selanjutnya, rezim mengizinkannya untuk berpartisipasi dalam pemilihan parlemen, demi menahan tekanan Amerika yang menyerukan reformasi setelah peristiwa 11 September. Pandangan fungsional kelompok ini memungkinkannya untuk dengan jelas mengembangkan struktur organisasi dan administratifnya pada masa pemerintahan Sadat dan Mubarak, sehingga ada yang menyebut periode sejarah dari tahun 1972 hingga akhir tahun '80-an sebagai masa keemasan Ikhwanul Muslimin dan sebagai "pembentukan kedua" bagi kelompok tersebut, mengingat kemampuannya untuk membangun kembali struktur organisasinya dan penciptaan kerangka kerja baru yang sejalan dengan tujuan sosial dan aspirasi politiknya.

Meskipun dibayangkan bahwa Revolusi 25 Januari 2011 merupakan kesempatan bagi kelompok tersebut untuk mengembangkan struktur organisasi dan administratifnya, namun hal itu mengungkapkan ketidakseimbangan yang diderita kelompok tersebut, serta ketidakmampuannya untuk mengimbangi persyaratan fase baru, lalu datanglah Revolusi 30 Juni 2013 yang menjadi pukulan telak bagi kelompok tersebut, terutama struktur organisasinya yang tampaknya tidak mampu memahami perubahan yang terjadi, serta kembali menyinggung pertanyaan-pertanyaan di masa lalu tentang kemampuan kelompok ini untuk beradaptasi dan menjaga kohesi yang sebenarnya telah dipertanyakan oleh banyak orang, terutama para ahli di literatur politik Islam.

Bab ini akan memantau ciri-ciri perkembangan struktur organisasi dan administrasi Ikhwanul Muslimin sejak awal berdirinya hingga tahap setelah 30 Juni 2013, kemudian evaluasi kekuatan struktur ini dan faktor-faktor kelemahan yang dihadapinya, mengingat betapa pentingnya hal itu bagi proyek sosial, politik dan ekonomi komunitas.

3-1 TAHAPAN PENGEMBANGAN STRUKTUR ORGANISASI DAN ADMINISTRASI IKHWANUL MUSLIMIN

Struktur organisasi dan administrasi Ikhwanul Muslimin melewati banyak tahapan artikulasi, yang pada intinya mewujudkan sifat hubungan antara pemerintah Mesir di satu sisi dan kekuatan sosial-politik di sisi lain, **dan dalam konteks ini tahapan terpenting dari kelompok ini dapat dirujuk sebagai berikut:**

3-1-1 FASE PERTAMA: KEMUNCULANNYA PADA 1928 HINGGA 1949 — FOKUS PADA ORGANISASI SOSIAL

Ketika Hasan Al-Banna mendirikan Ikhwanul Muslimin di Mesir pada tahun 1928, kelompok ini tercatat sebagai organisasi Islam yang komprehensif sesuai dengan konstitusi yang berlaku saat itu, yakni Konstitusi Tahun 1923 dan Undang-Undang yang mengatur hal tersebut, sehingga kelompok tersebut merupakan badan dakwah, pendidikan, dan sosial yang mampu mendirikan berbagai perusahaan. Visi komprehensif Hasan Al-Banna ini disengaja dan didasarkan pada filosofi yang percaya bahwa dasar untuk membangun organisasi yang kuat membutuhkan pekerjaan utama untuk mengembangkan dan mereformasi sistem sosial sebelum memodifikasi sistem politik, karena amandemen yang terakhir bergantung pada reformasi pertama, kemudian perhatian diarahkan terutama kepada "bangsa" dan bukan kepada "kekuasaan".[122] Mungkin ini menjelaskan mengapa Hasan Al-Banna berfokus pada tahun-tahun awal pembentukan kelompok tersebut untuk menyusup ke masyarakat Mesir dan membangun hubungan yang kuat dengan kelompok yang berbeda dengan memerhatikan organisasi yang bersifat sosial yang memberikan layanan kepada kelompok masyarakat miskin dan terpinggirkan.

Struktur Organisasi Dewan Direksi Ikhwanul Muslimin sesuai Peraturan Tahun1930

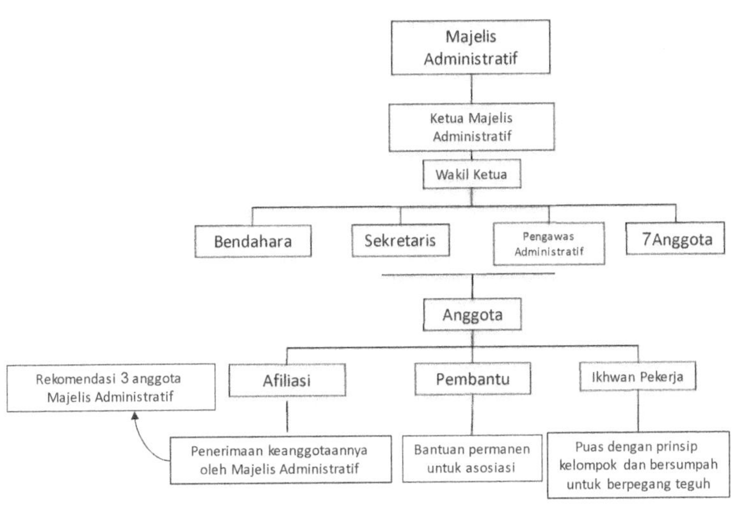

122. Untuk lebih jelasnya tentang aspek ini, Anda dapat merujuk ke: Rafiq Habib, *A Vision of the Political Future of the Muslim Brotherhood*, dalam naskah yang diedit oleh Amr Al-Shobaki, *The Crisis of Ikhwanul Muslimin* (Cairo: Al-Ahram Center for Political and Strategic Studies, 2009), hlm.27-28.

Jelas bahwa struktur organisasi dan administrasi Ikhwanul Muslimin berpusat pada tahun-tahun awal, khususnya selama periode antara 1928 dan 1932, di sekitar pemikiran sang pendiri, Hasan Al-Banna, dan hal ini sebagian besar diwujudkan dalam anggaran rumah tangga Ikhwanul Muslimin yang dikeluarkan di Ismailia pada tahun 1930, yang menegaskan bahwa asosiasi ini tidak ada hubungannya dengan pekerjaan politik, karena Pasal ke-2 menyebutkan: "Asosiasi ini sama sekali tidak terkena urusan politik." Pasal 15 menekankan bahwa urusan politik tidak boleh dibeberkan dalam rapat majelis.[123] Dari sudut pandang ini, kelompok ini mulai membangun struktur organisasi dan administratifnya sejak awal tahun '30-an, setelah bekerja untuk membangun basis populer di antara kelompok-kelompok sederhana pekerja, petani dan guru, dan membentuk Biro Bimbingan Umum Ikhwanul Muslimin berdasarkan keputusan Majelis Syura Umum di Ismailia pada tahun 1933, di mana musyawarah tersebut dianggap sebagai konferensi pertama Ikhwan yang membahas aspek organisasi kelompok.[124] **Gambar sebelumnya menunjukkan struktur organisasi dewan administratif Ikhwanul Muslimin menurut anggaran dasar lembaga tahun 1930.**

Pada tahun 1934, anggaran dasar pertama dirancang untuk mengatur bentuk administrasi dan organisasi kelompok ini.[125] Namun, sebenarnya awal pembangunan struktur organisasi mengkristal dalam konferensi ketiga Ikhwan pada bulan Maret 1935, yang membahas masalah-masalah organisasi, seperti kondisi keanggotaan, tanggung jawab, dan otoritas tertinggi kelompok, dan ditentukanlah badan-badan administratif organisasi pada konferensi tersebut, yaitu: Pembimbing Umum - Biro Bimbingan Umum - Dewan Syura Umum - Deputi Daerah dan Departemen - Deputi Cabang - Dewan Syura Pusat - Konferensi Distrik - Delegasi Kantor - Tim Perjalanan - Tim Kewanitaan;[126] yang mana dijelaskan di bab kedua dari penelitian ini.

---

123   Untuk detail lebih lanjut tentang daftar ini, Anda dapat merujuk ke: *The Official Encyclopedia of the History of the Muslim Brotherhood*, Ikhwan Wiki, *the First Law of the Muslim Brotherhood in Ismailia*: http://goo.gl/DlaOOj.

124. Abdel Rahim Ali, *The Muslim Brotherhood from Hasan Al-Banna to Mahdi Akef* (Cairo: Al-Mahrousa Center for Publishing, Press Services and Information, 2004), hlm. 35-39.

125. Hamada Mahmoud Ismail, sumber sebelumnya, hlm. 23-26.

126. Sistem Internal Ikhwanul Muslimin, Pasal (21). Untuk detail lebih lanjut tentang keputusan konferensi ketiga Ikhwanul Muslimin, Anda dapat merujuk ke: *Ikhwanul Muslimin dari Pendirian hingga Solusi*, di tautan berikut: https://bit.ly/2kabiGh.

Kelompok tersebut mengambil langkah-langkah keorganisasian yang konkret dalam konferensi kelima pada tahun 1939, di mana Hasan Al-Banna menetapkan tujuan kelompok dan sifat pekerjaannya sebagai "dakwah Salafi, metode Sunni, hakikat sufistik, organisasi politik, kelompok olahraga, asosiasi ilmiah dan budaya, perserikatan ekonomi, dan gagasan sosial", yang menegaskan inklusivitas pemikiran kelompok ini dan apa-apa yang meliputinya yang berupa ragam aspek kehidupan individu. Selain itu, pada tahap ini juga terjadi transisi dari tahap dakwah agama ke partisipasi aktif dalam kehidupan politik Mesir. Pada tahun 1939, Al-Banna mengumumkan organisasinya sebagai partai dengan mendeklarasikannya sebagai badan politik.[127] Dalam konfirmasi yang jelas bahwa kelompok tersebut telah mengadopsi proyek politik sejak tahun-tahun awalnya, dan memiliki niat yang nyata untuk mendapatkan kekuasaan, menurut apa yang diumumkan Hasan Al-Banna dalam tajuk rencana edisi pertama "Majalah Al-Nazir" pada Mei 1938, ketika ia mengatakannya secara eksplisit[128]: "Sampai saat ini, Ikhwan, kalian belum pernah berselisih dengan partai atau organisasi, sama seperti saat kalian belum bergabung dengan mereka. Hari ini, kalian akan berseteru dengan mereka semua yang berkuasa dan sesiapa yang di luarnya, yang akan menjadi perselisihan yang parah jika mereka tidak menanggapi kalian dan mereka mengambil kendali Islam sebagai metode ikutan dan yang diusahakan ... baik dengan kesetiaan atau permusuhan."

Dengan Hasan Al-Banna mengumumkan masuknya ia ke dalam aksi politik, kelompok tersebut mulai bekerja untuk membentuk kelompok loyalis di dalam angkatan bersenjata, kepolisian, dan pengadilan. Selain pembentukan aparat khusus pada tahun 1940 yang muncul sebagai sayap militer kelompok dan berbeda dalam tujuan pembentukannya, para pemimpin kelompok tersebut mengatakan bahwa hal itu adalah untuk melawan pendudukan Inggris di terusan dan berpartisipasi dalam jihad Palestina, dan beberapa pemimpin aparat yang meninggalkannya mengatakan bahwa unit itu didirikan sebagai sayap militer untuk menjangkau kekuasaan.[129] Namun, yang pasti aparat khusus

---

127. Abd al-Rahim Ali, *Ikhwanul Muslimin dari Hasan Al-Banna hingga Mahdi Akef,* sumber yang disebutkan sebelumnya, hlm. 35-39.

128. Hasan Al-Banna, Majalah *Al-Nazir* Edisi 1, 30 Mei 1938, melalui link berikut: https://bit.ly/2m7TXhJ

129. Abu Al-Ela Madi, *The Organizational Status of the Muslim Brotherhood Movement,* Al-Jazeera Net, di tautan berikut: https://bit.ly/2ktAurh.

---

atau Orde Rahasia itu memang berbentuk sayap militer bagi kelompok tersebut, karena rekam jejak mereka dalam banyak pembunuhan politik dan aksi-aksi ledakan selama periode ini, yang paling menonjol di antaranya adalah pembunuhan Perdana Menteri Mahmoud Fahmi Al-Naqrashi karena keputusannya untuk membubarkan organisasi, pembunuhan Hakim Khazindar, serta percobaan peledakan Pengadilan Banding untuk menyingkirkan bukti dan dokumen yang disita dalam apa yang dikenal sebagai "kasus Jeep", yaitu file yang menunjukkan keterlibatan mereka dalam kasus kekerasan dan percobaan pembunuhan terhadap Ketua Parlemen dan Perdana Menteri Ibrahim Abdel Hadi.[130]

Konferensi kelompok tersebut pada tahun 1945 merupakan titik balik paling jelas dalam pawai kelompok menuju aksi partisan dan partisipasi politik, ketika para kepala organisasi Ikhwan wilayah dan markas jihad memutuskan dalam pertemuan mereka untuk mengubah nama kelompok dari "Jemaah Ikhwanul Muslimin" menjadi "Otoritas Ikhwanul Muslimin Umum" sebagai istilah keorganisasian di saat itu yang identik dengan istilah "partai" di zaman kita sekarang. Kelompok itu juga mengusulkan dalam konferensinya pada tahun 1945 tentang proyek untuk mendirikan negara Islam di setiap negara alih-alih proyeknya untuk mendirikan kekhalifahan Islam yang diusulkan pada tahun 1939; dan pengaruh kelompok tersebut menyebar di berbagai provinsi di Mesir dan pada partisipasinya dalam urusan publik. Ketika kelompok tersebut meminta Perdana Menteri Mesir pada saat itu, Ali Maher, untuk tidak memasuki Perang Dunia II dan untuk membatasi bantuan yang diberikan kepada Inggris sesuai dengan apa yang diatur dalam Perjanjian 1936.[131]

Dengan keterlibatan Ikhwanul Muslimin dalam aksi politik, ketergantungannya pada Aparat Khusus mulai meningkat dalam menargetkan lawan, yang menyebabkan munculnya hubungan yang menegang antara Hasan Al-Banna dan banyak pemimpin politik pemerintah dan partai yang menuduh bahwa ia tidak dapat mengontrol sistem internal organisasinya dan kemampuannya

---

130. Untuk detail lebih lanjut tentang operasi yang dilakukan oleh Aparat Khusus, silakan merujuk ke: Ahmed Adel Kamal, *Points Above the Letters: The Muslim Brotherhood and the Special Order* (Kairo: Zahraa untuk Media Arab, 1987).

131. Abd al-Rahim Ali, *Ikhwanul Muslimin dari Hasan Al-Banna sampai Mahdi Akef,* sumber yang disebutkan sebelumnya, hal 35-39.

dalam membatasi dorongan dari dalam. Didasari pembunuhan banyak tokoh politik dan peradilan mendorong pemerintah untuk mengambil keputusan untuk membubarkan kelompok tersebut, menangkap sebagian besar Biro Bimbingan dan beberapa pemuda yang mengikuti Aparat Khusus, kemudian mulai menekan Al-Banna dengan meminta nama-nama pemegang senjata dan lokasi radio rahasia yang dimiliki oleh Aparat Khusus ini, meski mereka bersikeras bahwa semua pertemuan dan upaya tidak untuk mengetahui semua detail yang terkait dengan Aparat Khusus. Pada 12 Februari 1949, Hasan Al-Banna dibunuh, dan halaman terpenting dari sejarah Ikhwanul Muslimin ditutup.[132] Karena kelompok tersebut dihentikan dan dibubarkan, penguasa dari Partai Wafd yang dibentuk pada awal 1950-an bekerja secara terbuka memulihkan pekerjaan Ikhwanul Muslimin pada tahun 1951.[133]

Berdasarkan uraian di atas, ciri umum dari struktur organisasi Ikhwanul Muslimin selama berdiri dicirikan dengan kompleksitas tingkat organisasi yang memungkinkan kelompok tersebut untuk menarik berbagai jenis elemen, yang kebanyakan dari mereka berangkat dengan dasar "dakwah" damai yang menyeru masyarakat untuk mengikuti ajaran Islam, dan beberapa berasaskan jihadisme yang muncul selama keterlibatannya dalam "tahapan jihadis" untuk menjadi anggota Aparat Khusus, Ikhwanul Muslimin menerjemahkan mentalitas ini ke dalam aksi membangun organisasi dan struktur multi-level, yang seringkali bercirikan dualisme.[134] Mungkin ini menjelaskan kontradiksi yang muncul dalam pidato resmi organisasi, serta posisinya yang mengalami banyak masalah pada tahap ini.

3-1-2 FASE KEDUA: 1949-1954 — KEKOSONGAN ORGANISASI

Ini adalah tahap setelah kematian Hasan Al-Banna, ketika Ikhwan mengalami kekosongan organisasi, dan hal itu berlanjut tanpa memilih pembimbing baru

---

132. Untuk detail lebih lanjut tentang perkembangan tahap penting dalam sejarah organisasi ini, Anda dapat merujuk ke: Muhammad Al-Demerdash, *Political Islam from the Year of the Community to the Community Rule* (Kairo: Dar Sama untuk Penerbitan dan Distribusi, 2015), hlm. 274-281.

133. Nabil Abdel Fattah, *The Religious Status Report in Egypt,* Edisi Keempat, (Kairo: Al-Ahram Center for Strategic Studies, 1995), hlm. 164-165.

134. Amr El Shobaki, *Setelah jatuhnya Morsi, masa depan apa yang menanti kelompok itu?* Dalam penyuntingan Dr. Muhammad al-Sayyid Said, *"Masa depan apa yang menanti Ikhwanul Muslimin?"* Issue 65-66, (Cairo: Cairo Institute for Human Rights Studies, 2013), hlm. 17-31.

---

sampai tahun 1951 ketika Hassan Al-Hudhaibi terpilih, dan fase ini berlanjut sampai tahun 1954, ketika terjadi bentrokan antara rezim mendiang Presiden Gamal Abdel Nasser dan Ikhwanul Muslimin yang terjadi setelah itu. Periode rekonsiliasi keduanya berumur pendek. Tetapi yang mengejutkan adalah bahwa periode pertama Revolusi 23 Juli 1952 menampilkan semacam harmoni antara Pasukan Pembebasan yang dipimpin oleh Gamal Abdel Nasser dan Ikhwanul Muslimin. Keputusan untuk membubarkan semua pihak, kecuali Ikhwanul Muslimin, dan menganggapnya sebagai "asosiasi dakwah agama," juga dibukanya kembali penyelidikan atas pembunuhan pendiri gerakan, Hasan Al-Banna, dan menangkap mereka yang dituduh melakukan pembunuhan tersebut dan menjatuhkan hukuman yang berat terhadap mereka, dan mengampuni para tahanan Ikhwan. Namun, dengan rencana mendiang Presiden Gamal Abdel Nasser untuk melancarkan proses pembangunan dan penguatan hubungan luar negeri Mesir, hubungan baik antara ia dan Ikhwanul Muslimin tidak berlangsung lama.[135] Beberapa bulan setelah revolusi, Abdel Nasser menolak permintaan Ikhwan tentang perlunya menyerahkan keputusan revolusi atas saran mereka. Abdel Nasser berkata, "Saya tidak akan membiarkan Anda semua mengubah kami menjadi orang primitif." Ini menandai awal dari konflik keduanya, dan pada Januari 1954, Dewan Komando Revolusi mengeluarkan keputusan untuk membubarkan Ikhwanul Muslimin.[136] Ikhwan mulai melawan Abdel Nasser dan begitu pula sebaliknya, Abdel Nasser mulai mengejar dan memantau semua aktivitas mereka, sampai masalah tersebut mencapai klimaksnya pada tanggal 26 Oktober 1954, ketika Abdel Nasser menjadi sasaran percobaan pembunuhan saat menyampaikan pidato massal di kota Alexandria, dan penembaknya ditangkap, teridentifikasi sebagai anggota Aparat Khusus Ikhwan.[137]

Ciri umum periode ini adalah adanya kekosongan organisasi yang sangat diderita kelompok tersebut, bukan hanya karena kendali Aparat Khusus semata, akan tetapi karena Ikhwan sangat bergantung pada individu dan bukan pada

---

135. Untuk detail lebih lanjut tentang perkembangan tahap ini dalam sejarah Ikhwanul Muslimin, dan dampaknya terhadap struktur organisasi grup, Anda dapat merujuk ke: Ikhwanul Muslimin antara Abdel Nasser dan Sadat, di tautan berikut: https://bit.ly/2IDpuaP.

136. Rehab al-Din al-Hawari, *"Keputusan untuk membubarkan Ikhwanul Muslimin bukanlah yang pertama .. tapi yang terakhir,"* 2 September 2013, di link: https://bit.ly/2nOu3gA.

137. Untuk detail lebih lanjut tentang bagian ini, silakan lihat: Memoar Ali Ashmawi, *Sejarah Rahasia Ikhwanul Muslimin* (Kairo: Dar Al-Hilal, 1993), hlm. 17.

tubuh organisasi, dan ketika Hasan Al-Banna dibunuh, kelompok tersebut tidak dapat mengelola dan menjalankan urusan internalnya.[138]

3-1-3 FASE KETIGA, 1954-1970 — FONDASI STRUKTUR ORGANISASI TERGEMPUR

Pada tahap ini terdapat eskalasi rezim Nasser melawan Ikhwanul Muslimin, hingga berlanjut sampai kematiannya pada September 1970; ciri umumnya adalah rezim yang terus membatasi kekuasaan Ikhwanul Muslimin dan berusaha untuk mempreteli struktur organisasinya, terutama Orde Rahasia yang ada di belakang Ikhwan yang tengah berupaya untuk membunuhnya.[139] Sebagaimana dilihat oleh Abdel Nasser bahwa kondisinya saat itu sudah matang untuk memusnahkan Ikhwan, terutama mengingat maraknya perpecahan di antara para pemimpinnya, serta keretakan yang berkaitan dengan beberapa sayap dan elemennya, pembagian pimpinan dan persatuan pendapat di dalamnya yang merupakan peluang yang tidak datang dua kali, apalagi setelah Abdel Nasser menyiapkan opini publik untuk menerima gagasan pembubaran Ikhwan.[140] Tahap ini berdampak besar pada sisi organisasi kelompok, karena sekali lagi mereka harus beralih ke cara kerja klandestin, setelah organisasi secara keseluruhan terancam oleh rezim, dan dengan demikian kelompok tersebut sepenuhnya melanjutkan praktik kerja organisasi rahasia selama tahap ini.[141]

3-1-4 FASE KEEMPAT: 1971-1981 — REKONSTRUKSI STRUKTUR ORGANISASI

Dengan wafatnya Presiden Gamal Abdel Nasser dan pengangkatan kekuasaan kepada Presiden Muhammad Anwar Sadat sebagai penggantinya, fase baru dalam sejarah Ikhwanul Muslimin dimulai, di mana kelompok tersebut berusaha untuk

---

138. Untuk detail lebih lanjut tentang bagian ini, silakan merujuk ke: Usama Al-Ghazali Harb, *Partai Politik di Dunia Ketiga*, No. (117), (Kuwait: A World of Knowledge, National Council for Culture, Arts and Literature, 1987), hlm. 5.

139. *Memoirs of Ali Ashmawi*, sumber yang disebutkan sebelumnya, hlm. 17.

140. Zakaria Suleiman Bayoumi, *Ikhwanul Muslimin antara Abdel Nasser dan Sadat, dari Mansheya ke Al-Mina 1952-1981*, 9 April 1987, di tautan berikut: https://bit.ly/2lDpuaP.

141. Untuk detail lebih lanjut tentang aspek ini, Anda dapat merujuk ke: Amr Al-Shobaki, *Setelah jatuhnya Morsi*, sumber yang disebutkan sebelumnya, hlm. 17-31.

---

membangun kembali struktur organisasi dan administratifnya yang mengalami pukulan besar selama fase sebelumnya.[142] Dengan dikeluarkannya para pemimpin Ikhwan dan anggotanya dari penjara pada awal era Presiden Sadat pada tahun 1971, gagasan untuk dimulainya kembali kegiatan tersebut mulai menghantui banyak dari mereka. Namun salah satu hal yang menjanggal adalah berkumpulnya anggota Biro Bimbingan eks-tahanan dengan anggota Dewan Pendiri yang masih hidup, karena kedua belah pihak adalah pihak yang sah dalam memimpin kelompok dan mengambil keputusan mengenai reorganisasi atau pengaktifan kembali; tetapi yang terjadi justru sebaliknya, terutama setelah meninggalnya Pembina Kedua, Hassan Al-Hudhaibi, pada tahun 1973, para pimpinan aparat khusus bertemu untuk membicarakan tentang pembenahan situasi organisasi yang mengalami kebingungan terhadap kepemimpinan organisasi yang sah, antara anggota Dewan Pendiri atau anggota Biro Bimbingan sebelum organisasi dibubarkan pada 1954, mereka kemudian berencana mengadakan pemilihan pembimbing secara rahasia dan meminta para anggota Ikhwan untuk berbaiat, yang mana ditolak oleh mayoritas mereka, baik yang ada di dalam Mesir, negara-negara teluk, maupun Arab Saudi. Dan setelah penolakan ini, para pejabat organisasi menghadap Umar Al-Tilmisani dan memintanya untuk menjadi pembimbing dengan alasan bahwa banyak anggota Biro Bimbingan yang masih hidup sudah berusia lanjut, sehingga pada akhirnya keputusan ini diterima secara luas oleh semua pihak.[143]

Video telah dihapus dari laman YouTube

https://www.youtube.com/watch?v=uB-yhBxpHT0

---

142. Untuk detail lebih lanjut tentang sifat hubungan antara mendiang Presiden Muhammad Anwar Sadat dan Ikhwanul Muslimin, silakan lihat: Ahmed Salama, *Muhammad Anwar Sadat dan hubungannya dengan Ikhwanul Muslimin*, di tautan berikut: https://bit.ly/2k4Xwo2.
143. Abu Al-Ela Madi, *Status Organisasi Gerakan Ikhwanul Muslimin*, sumber yang disebutkan sebelumnya.

Umar Al-Tilmisani, pembimbing umum ketiga dari kelompok tersebut, dapat menggunakan kesempatan yang diberikan oleh rezim Presiden Muhammad Anwar Sadat untuk mulai membangun kembali struktur organisasi Ikhwanul Muslimin, sampai-sampai ia menyusun rencana lima puluh tahun yang disebut "perjalanan dalam langkah paralel" untuk menyusup ke kegiatan ekonomi, politik dan sosial, serikat, sekolah dan universitas, dengan tujuan menghindari bentrokan dengan rezim lewat memperkuat kehadiran Ikhwan tersebut di masyarakat dan berbagai lembaganya. Umar Al-Tilmisani adalah orang pertama yang menyampaikan gagasan pembentukan partai politik kepada pejabat organisasi sehubungan dengan keputusan negara yang mempertahankan keputusan untuk membubarkan kelompok tersebut. Dengan gagasan ini, Al-Tilmisani melampaui prinsip Ikhwan tradisional yang didirikan oleh pendiri Hasan Al-Banna dengan dasar penolakan keberpihakan. Pada tahun 1986, dan ia menggunakan anak-anak generasi '70-an yang diperbarui dalam menulis program politik dengan nama "Partai Syura". Setelah kematiannya, putra-putri generasi ini mengulangi upaya tersebut untuk kedua kalinya dengan nama yang berbeda, "Partai Reformasi".[144]

Rencana "perjalanan dalam langkah paralel" yang diadopsi oleh penasihat ketiga organisasi ini telah berkontribusi dalam membangun kembali struktur organisasi dan administratifnya, yang telah dicirikan oleh sentralisasi yang kuat, koherensi organisasi, dan telah menggabungkan pekerjaan terbuka dan terselubung. Organisasi ini juga telah berkembang sesuai dengan rencana dalam kegiatan politik, ekonomi, dan sosialnya, misalnya dengan bentuk beragam lembaga sosial (sekolah, proyek layanan, badan amal, rumah sakit, dll.). Perkembangan dalam struktur organisasi dan perluasan terkait dalam aktivitas organisasi memperkuat kekuatan sejati mereka dan menambahkan dua karakter ke dalamnya. Yang pertama adalah basis organisasi yang solid dan saling berhubungan, dan yang kedua adalah basis sosial luas yang selalu dianut grup selama bentrokan intermiten dengan negara selama tahun-tahun pemerintahan Mubarak.[145]

---

144. Hussam Al-Haddad, *Umar Al-Kajian .. Mujaddid Shabab Al-Jamaa,* 22 Mei 2019, di link berikut: https://bit.ly/2k9cDNj.

145. Ammar Fayed, *Akankah penghapusan aktivitas sosial Ikhwanul Muslimin di Mesir akan mendorong kelompok tersebut untuk melakukan kekerasan?* Brookings Institution, 23 Maret 2016, tersedia di: https://brook.gs/2E7wSSa.

Judul video: Presiden Sadat Menjatuhkan Topeng Ikhwanul Muslimin

Pada tautan berikut:

https://www.youtube.com/watch?v=tEHYPAZdJNw

- Mantan Presiden Anwar Sadat menjelaskan dalam pidatonya tentang keseriusan Ikhwanul Muslimin, yang membuatnya melarang dan menahan para pemimpin dan anggotanya.

- Sadat menjelaskan bahwa ideologi Ikhwanul Muslimin didasarkan pada pemerintahan dan penilaian oleh apa yang telah diturunkan Tuhan, dan menolak hukum buatan manusia.

- Sadat berkata: "Kekerasan dalam pemikiran Ikhwanul Muslimin adalah keyakinan akan adanya benturan yang tak terhindarkan dengan otoritas kafir, masyarakat jahiliyyah dan penghakiman atas mereka."

https://www.youtube.com/watch?v=tEHYPAZdJNw

Hubungan antara rezim Sadat dan Ikhwan terus membaik dan beranjak ke arah positif hingga ditandatanganinya perjanjian damai dengan Israel pada tahun 1979, yang mulai menyebabkan ketegangan hubungan kedua belah pihak, sehingga Presiden Sadat pada bulan Agustus 1979 mengarahkan kritik keras terhadap Ikhwanul Muslimin dan menuduhnya melakukan sabotase, perburuhan, memicu perselisihan sektarian dan menghasut mahasiswa, hingga kemudian banyak pemimpin Ikhwan ditangkap yang dikenal sebagai bagian dari penangkapan massal September 1981, yang berakhir dengan pembunuhan Sadat dalam insiden parade pada Oktober 1981.

3-1-5 FASE KELIMA: ERA MUBARAK, 1981-2010 — PERGANTIAN ANTARA KETERBUKAAN DAN KONFRONTASI

Periode mendiang Presiden Mesir Mohamed Hosni Mubarak merupakan periode terlama dalam hidup Ikhwanul Muslimin, di mana terdapat banyak perubahan dan transformasi yang memengaruhi struktur organisasi dan administrasinya. Selama periode tersebut, kelompok tersebut memasuki proses politik dan demokrasi hingga mampu membentuk kekuatan oposisi politik pertama di Mesir, serta meraih kemenangan yang jelas dalam serikat pekerja dan lembaga pendidikan yang menghasilkan kemenangan 20% kursi Majelis Rakyat pada tahun 2005 bagi Ikhwan. Struktur organisasi kelompok tersebut juga mengalami perkembangan yang luar biasa. Pada tahun-tahun pertama pemerintahan Mubarak, kelompok tersebut ingin memperkuat kehadirannya dalam serikat dan federasi profesional, mahasiswa di universitas Mesir, dan membangun aliansi dengan banyak kekuatan politik, termasuk partai liberal.[146]

Tetapi yang mengejutkan adalah bahwa situasi kelompok, dan dengan demikian evolusi dalam struktur organisasi dan administrasi, selama era Mubarak tidak berjalan dengan kecepatan yang sama, tetapi terdapat tahapan dengan ciri-ciri yang berbeda-beda, yang dapat dijelaskan sebagai berikut:

3-1-5-1 FASE PERTAMA ERA MUBARAK (PEMBENTUKAN KEMBALI KELOMPOK), yang berlangsung dari tahun 1981 hingga akhir tahun '80-an, dan para ahli dalam literatur politik Islam menyebutnya sebagai "tahap fondasi kedua" Ikhwanul Muslimin, karena menetapkan aturan baru dan kerangka organisasi yang memungkinkannya melakukan penetrasi ke dalam masyarakat, hidup berdampingan secara terbuka dan damai dengan negara dan internal lembaganya, kelayakannya untuk berpartisipasi dalam politik, dan untuk memenangkan kursi di Parlemen.

Ikhwanul Muslimin tidak ragu-ragu untuk mengambil kesempatan yang diberikan oleh rezim Mubarak untuk membangun kembali organisasinya, terutama setelah akhir penangkapan September 1981 dan berakhirnya rezim Sadat yang berbalik melawan kelompok tersebut (seperti yang terjadi dengan sebagian besar kekuatan politik) di hari-hari terakhirnya. Pada tahun 1982, tahun di mana para pemimpin dan kader Ikhwanul Muslimin dibebaskan dari penjara, permulaan baru dimulai dengan membangun kembali organisasi Ikhwanul Muslimin di atas fondasi yang didasarkan pada keterbukaan dan

---

146. Diaa Rashwan, *Ikhwanul Muslimin setelah Mashhour, saksi studi politik dan strategis,* tanpa tanggal, di link berikut: https://bit.ly/2n4puBZ.

---

penolakan kerahasiaan sampai batas tertentu, dan interaksi dengan masyarakat melalui berbagai kerangka organisasi dan publiknya, termasuk serikat pekerja, partai politik dan federasi. keluarga dan klub mahasiswa untuk anggota fakultas, hingga berpartisipasi dalam pemilihan parlemen, dan mencoba untuk berintegrasi ke dalam institusi sosial, terutama institusi yang utama. Kelompok ini telah bekerja untuk meningkatkan kehadiran politik dan sosialnya setelah menyelesaikan banyak masalah yang tertunda tanpa jawaban yang jelas, terutama yang terpenting adalah dipisahkannya pekerjaan klandestin, penerimaan prinsip multi-partai, dan keputusan partisipasi politik sebagai satu-satunya cara untuk secara bertahap mereformasi organisasi. Kelompok ini juga mengumumkan penolakannya terhadap kekerasan sebagai sarana untuk mencapai tujuan, dan menunjukkan wajahnya yang konsiliatif dalam menghadapi rezim pemerintah dan berbagai arus politik. Kelompok ini juga mulai menerapkan rencana untuk memperluas segmen masyarakat Mesir dengan mengandalkan masjid, daerah perkotaan dan pedesaan, juga pola pengaruh tradisional dan agama untuk mengembalikan popularitasnya. Ketika Mubarak mendekati Yayasan Al-Azhar untuk mendapatkan legitimasi agama, kelompok tersebut juga melakukannya dengan wacana dan simbol di tengah masyarakat Mesir.[147]

Banyak penelitian yang menunjukkan bahwa sepuluh tahun pertama pemerintahan Mubarak sangat mirip dengan awal mula pemerintahan mendiang Presiden Anwar Sadat dalam menghadapi Ikhwanul Muslimin, terutama karena rezim Mubarak sedang berusaha untuk mendapatkan legitimasi rakyat dan tampaknya ingin terbuka dengan berbagai kekuatan dan arus, termasuk Ikhwanul Muslimin, untuk fokus menghadapi gerakan Islam ekstremis seperti "Kelompok Jihadis" dan "Kelompok Islamis" yang menjadi kesempatan bagi Ikhwan untuk melakukan penetrasi ke dalam institusi masyarakat Mesir yang secara praktis dimulai selama periode Sadat, yang memungkinkan kelompok tersebut untuk "memaksakan" kehadirannya dan memperluas pengaruhnya di lembaga dan sektor kemasyarakatan, seperti

---

147. Untuk detail lebih lanjut tentang bagian ini, silakan merujuk ke: Hala Mustafa, *Negara dan Gerakan Oposisi Islam Antara Penenangan dan Konfrontasi di Era Sadat dan Mubarak* (Kairo: Pusat Penelitian, Pelatihan, Informasi dan Penerbitan Al-Mahrousa, 1995), hlm. 299.

Majelis Rakyat, asosiasi profesi, perhimpunan mahasiswa di universitas, dan perhimpunan anggota fakultas.[148]

Judul video: In Focus - Ikhwan dan Mubarak

Pada tautan berikut:

https://www.youtube.com/watch?v=SKIhupoxfTc

- Ikhwanul Muslimin melalui pemilihan anggota parlemen bekerja sama dengan Partai Wafd, yang merupakan mantan saingannya, yang dikonfirmasi oleh pembimbing ketiga, Umar al-Tilmisani, pada konferensi yang diadakan di Alexandria pada tahun 1984, dan mencatat fokus slogan mereka pada kembalinya Mesir yang Islami.

https://www.youtube.com/watch?v=SKIhupoxfTc

Dr. Abdel Moneim Abul-Fotouh, salah satu pemimpin sempalan Ikhwan, menegaskan bahwa di tahap ini memang terdapat banyak lompatan kualitatif dalam pengembangan struktur organisasi kelompok, seperti yang ia katakan dalam memoarnya: "Hal pertama yang menyibukkan kami setelah keluar dari penjara pada September 1982 adalah mulai mengatur ulang Ikhwan. Kembali dan perhatian pada konstruksi internal, terutama karena rezim Mubarak tidak menutup pintu langsung di hadapan Ikhwan, karena aktivitas kami terus kuat hingga akhir tahun '80-an, dan kami yakin bahwa era Sadat tidak akan kembali dengan keterbukaan dan kebebasan dalam bekerja dan organisasi politik, dan itu telah terjadi. Kelompok kami disebut "Kantor Mesir" untuk membedakannya dari organisasi Ikhwan regional di luar Mesir, dan kami menyusun rencana untuk membagi negara Mesir menjadi beberapa sektor, kemudian kami mulai mengatur Biro Administratif grup di semua provinsi Mesir yang dibagi menjadi beberapa wilayah dan divisi, dengan fokus pada pendalaman dan penguatan

---

148. Untuk detail lebih lanjut tentang sifat hubungan antara rezim Mubarak dan Ikhwanul Muslimin, lihat: Hisham Al-Awadi, *Perjuangan atas Legitimasi .. Ikhwanul Muslimin dan Mubarak 1982-2007* (Beirut: Center for Arab Unity Studies, 2009), hlm. 93-96.

organisasi serta meletakkan aturan administratif yang mencakup efektivitas, efisiensi, dan keselarasan formasi dan hierarki, dan ini adalah tindakan yang mengambil jatah kerja terbesar dari aktivitas grup dan bertahun-tahun tindak lanjut dan kerja keras yang berkelanjutan. Tidaklah datang tahun 1987 sampai organisasi mengkristal dan muncul dalam bentuknya yang besar dengan sistem administrasi yang stabil untuk menopang. Sementara itu, ada upaya paralel dalam mengatur grup di tingkat eksternal setelah kantor Mesir mengambil tanggung jawab atas negara Mesir di bawah pengawasan Dr. Ahmed Al-Malt, Mustafa Mashhour—semoga Tuhan mengasihani ia—mengabdikan dirinya untuk berorganisasi di luar Mesir, jadi ialah yang melakukan upaya terbesar dalam membangun dan menata organisasi internasional. Dan ia membuat daftar penyelesaian yang dikeluarkan pada Mei 1982, para Ikhwan paling terkemuka yang berkontribusi dalam membangun organisasi internasional dan merevitalisasi pekerjaannya adalah Ustadz Muhammad Mahdi Akef, (alm) mantan pembimbing, Ir. Khairat Al-Shater, dan Dr. Mahmoud Ezzat, dan mereka semua meninggalkan Mesir sebelum dan setelah penangkapan September 1981, dan mereka lanjut di luar negeri sampai tahun 1986."[149]

Dalam iklim seperti ini, wajar jika Ikhwan mengembangkan struktur internal organisasi dalam hal peraturan dan menata kembali bagian-bagian di dalamnya, guna mengimbangi perkembangannya di dalam masyarakat, seiring dengan dibentuknya departemen pengembangan yang peduli dengan pengembangan struktural dan pelatihan kader, dan kelompok juga mengadopsi beberapa peraturan administratif untuk menetapkan kerangka acuan bagi tingkat struktural. Mereka mengeluarkan daftar pertamanya di era ini pada tahun 1982, yang mengatur struktur administrasi pekerjaan di dalamnya, karena bagian-bagian pekerjaan di dalam kelompok berkembang sejalan dengan perubahan yang terjadi selama periode itu, jadi sekitar sembilan departemen dibuat dalam organisasi, yaitu Departemen Penyebaran Dakwah, Departemen Kebaikan, Departemen Pandu Remaja, Departemen Kesiswaan, Departemen Universitas, Departemen Kepegawaian, Departemen Kewanitaan, Departemen Hubungan Luar Negeri, Departemen Profesional, Departemen Politik, dan Departemen

---

149. Untuk detail lebih lanjut tentang aspek ini, silakan merujuk ke: Hussam Tamam, *Memoar Abdel Moneim Abul Fotouh: Seorang Saksi Sejarah Gerakan Islam di Mesir 1970-1984* (Dar Al-Shorouk: Kairo, 2010), hlm. 117-127.

Pembangunan; beberapa departemen termasuk komite khusus, seperti: Komite Keuangan, Komite Sejarah, dan Komite Ulama, yang bertanggung jawab untuk memastikan bahwa pandangan dan posisi politik gerakan sesuai dengan ketentuan syariah. Departemen lain juga dibentuk untuk mengatur peran politik baru yang dijalankan oleh Ikhwanul Muslimin di Parlemen, sehingga Komite Media dibentuk dalam komponen bagian politik, yang membuatnya lebih seperti lembaga intelektual yang berkepentingan untuk melakukan dan mengoordinasikan studi yang menangani berbagai masalah dan perkembangan politik. Departemen tersebut juga termasuk komite parlemen yang mencakup anggota parlemen Ikhwan yang bergabung di Parlemen. Dengan demikian, kelompok tersebut mampu mengembangkan kurikulum, rencana, dan wacana untuk berintegrasi ke dalam masyarakat dan mencapai sejumlah keberhasilan di tingkat pemekaran masyarakat, yang terlihat pada perkumpulan mahasiswa, perkumpulan profesi dan pemilihan legislatif.[150]

<table>
<tr><td>

Judul video: In Focus - Ikhwan dan Mubarak

Di link berikut:

https://www.youtube.com/watch?v=SKIhupoxfTc

- Ikhwanul Muslimin bergerak dari satu bidang ke bidang lain untuk memastikan alur kerjanya. Mereka berpindah dari politik dan parlemen ke lingkup kerja serikat profesional.

- Kasus Salsabil adalah titik balik kebijakan Mubarak dari penahanan menjadi pengucilan. Dan Salsabil adalah salah satu perusahaan pertama yang bekerja di bidang perangkat lunak dan komputer, dan berhasil mendapatkan kesepakatan dengan angkatan bersenjata. Hal ini menimbulkan risiko besar untuk menembus perusahaan yang dimiliki oleh seorang pemimpin Ikhwanul Muslimin ke lembaga nasional seperti Angkatan Darat.

</td><td></td></tr>
<tr><td colspan="2" align="center">

https://www.youtube.com/watch?v=SKIhupoxfTc

</td></tr>
</table>

---

150. Untuk detail lebih lanjut tentang Regulasi 1982, Anda dapat merujuk ke: *The General Order of the Muslim Brotherhood*, di link berikut: https://bit.ly/2krGQri.

Di antara perkembangan penting yang memengaruhi struktur organisasi Ikhwanul Muslimin selama periode ini adalah ikrar organisasi tersebut di tahun 1987 mengenai organisasi mereka yang bersifat publik penolakan mereka atas aktivitas klandestin. Pada saat itu, sebuah dokumen tertulis resmi yang dikenal sebagai "Ikhwanul Muslimin adalah organisasi publik," yang disetujui oleh Biro Bimbingan dan dikirim ke seluruh departemen dan kantor organisasi. Sebagai komitmen administratif terhadap apa yang tertera di dalamnya, kelompok ini juga berhasil memperluas basis sosialnya dan memperluas jaringan organisasinya melalui universitas, sekolah, dan masjid. Ikhwan memeroleh keuntungan dari diamnya rezim terhadap ekspansi ini, yang terutama untuk kepentingan yang terakhir dalam konfrontasinya dengan kelompok radikal kekerasan, seperti "Kelompok Jihadis" dan "Kelompok Islamis" dan unit-unit serta kelompok kecil lainnya yang bercabang dari mereka. Pada akhir tahun '80-an, Ikhwanul Muslimin telah mencapai puncak kehadirannya di masyarakat, setelah kemenangannya yang luar biasa di sejumlah serikat profesional seperti dokter, insinyur, pengacara, apoteker, dan ilmuwan. Kehadiran serikat pekerja dan organisasi dari Ikhwan membantu meningkatkan pengaruh di dalam kelas menengah dan segmen kelas bawah, yang berfungsi sebagai lonceng peringatan bagi otoritas perlunya memerhatikan kelompok dan bekerja untuk membatasi aktivitas politiknya.[151]

3-1-5-2 ERA KEDUA (KONFRONTASI) dan meluas dari akhir tahun '80-an hingga tahun '90-an, dan merupakan awal dari konfrontasi antara Ikhwanul Muslimin dan rezim Mubarak yang mulai menyadari keseriusan penetrasi Ikhwanul Muslimin ke dalam masyarakat dan politik, dan ini menjadi dampak negatif pada kelompok, pada struktur organisasi dan administrasi, misalnya, pemerintah mengeluarkan keputusan untuk mengambil alih semua masjid agar berada di bawah pengawasan Kementerian Wakaf Mesir. Amandemen juga telah dibuat terhadap Undang-Undang LSM (UU No. 32 tahun 1964), untuk memberikan kewenangan yang lebih luas kepada Kementerian Sosial mengenai masalah pendirian dan pembentukan asosiasi non-pemerintah dan keanggotaan dalam dewan direksi, untuk memastikan kontrol atas serikat pekerja dan badan amal "Ikhwan" yang menyediakan berbagai layanan untuk masyarakat. Pada

---

151.   Hisham Al-Awadi, sumber yang disebutkan sebelumnya, hlm. 96-97.

tahun 1995, rezim menangkap sekelompok individu yang diperkirakan berjumlah 95 anggota aktif dalam kelompok dan mengubah status pengadilan mereka menjadi pengadilan militer, yang memberikan pukulan telak bagi organisasi, aturannya, struktur organisasi dan administratifnya, dan pada saat yang sama rezim berusaha membatasi prosedur aktivitas mereka sehingga mereka tidak akan bisa berpartisipasi dalam pemilihan legislatif.[152]

Namun, selama periode ini, Ikhwan mampu beradaptasi dengan pembatasan tersebut dan mempertahankan aktivitas komunitas dan serikatnya, misalnya, Ikhwan mempertahankan keberadaannya di sebagian besar serikat profesional, seperti dokter, pengacara, insinyur, dan apoteker.[153]

3-1-5-3 ERA KETIGA (PENGECUALIAN DAN PEMBEKUAN) termasuk dekade terakhir pemerintahan Mubarak, yang dimulai pada tahun 2000, ketika pemerintah terus memperketat pembatasan Ikhwanul Muslimin, dengan tujuan membekukan penyebarannya dan menghentikannya di masyarakat seluas-luasnya, tanpa menimbulkan bentrokan total atau mencabut akarnya, dan rezim mengikuti beberapa alur mereka dalam hal ini, termasuk pembekuan serikat profesional dan serikat mahasiswa Ikhwan, dalam kerangka apa yang disebut kebijakan "mengeringkan sumber." Tahapan ini juga meliputi upaya pencarian alternatif bagi Ikhwanul Muslimin, baik di masjid maupun layanan dengan membuka ruang-ruang baru bagi kelompok Ansar al-Sunnah al-Muhammadiyah dan kelompok Salafi lainnya, serta mencari alternatif kemahasiswaan seperti kelompok "Horus". Kebijakan pengejaran pimpinan kelompok terus berjalan sebagaimana adanya, karena di tahun 2001 terjadi pengadilan militer pertama dalam dekade ini dan yang keenam di bawah pemerintahan Mubarak. Sekitar 16 anggota dijatuhi hukuman penjara antara tiga dan lima tahun, termasuk Mahmoud Ghazlan, anggota Biro Bimbingan Ikhwanul Muslimin, kasus yang dikenal sebagai kasus "ustadz universitas".[154]

---

152. Sumber sebelumnya, hlm. 242.

153. Khalil Al-Anani, *Mubarak dan Ikhwan .. Tiga puluh tahun pengalaman,* Al Jazeera Center for Studies, 13 Oktober 2011, di link berikut: https://bit.ly/2S4PWW3.

154. Ikhwanul Muslimin di Era Mubarak .. Dari Penenangan ke Konfrontasi, situs Wikipedia Ikhwanul Muslimin, (Bagian Sebelas), di link berikut: https://bit.ly/2m5qzbH.

Terlepas dari pembatasan yang diberlakukan oleh rezim Mubarak pada Ikhwanul Muslimin selama periode ini, kelompok tersebut mampu mencapai kemenangan parlemen terbesar dalam sejarahnya dan dalam sejarah oposisi Mesir, ketika memenangkan sekitar 88 kursi, atau 20% dari kursi di Majelis Rakyat Mesir, dalam pemilihan umum yang diadakan pada tahun 2005, Para pengamat menafsirkan ini sebagai lampu hijau dari rezim Mubarak, yang berada di bawah tekanan Amerika selama periode ini yang menyerukan reformasi lebih lanjut di bidang politik dan demokrasi.[155]

Judul video: Tahun-tahun Peluang yang Hilang - Hubungan Mubarak dengan Ikhwan

Pada tautan berikut:

https://www.youtube.com/watch?v=c--tZ36vCMg

- Hubungan antara Ikhwanul Muslimin dan mantan Presiden Hosni Mubarak menjadi tegang, dan Mubarak menganggap kelompok itu menghasut rakyat Mesir untuk menentangnya, dan ia mengatakan bahwa gagasan mewarisi kekuasaan adalah buatan kelompok itu.

https://www.youtube.com/watch?v=c--tZ36vCMg

Tekanan Amerika terhadap rezim mantan Presiden Mubarak selama periode ini telah menegaskan bahwa Amerika Serikat sedang berurusan dengan Ikhwan dari perspektif fungsional, dan sebagai alat untuk menekan pemerintah Mesir untuk menanggapi tuntutannya akan kebebasan dan reformasi.

Sementara itu, Ikhwanul Muslimin tertarik untuk melanjutkan dialog dengan pemerintahan Bush (junior), untuk mengumumkan inisiatif bertajuk "Membawa Ikhwan kembali ke Barat", yang mencakup dua elemen khusus: yang pertama adalah untuk memotivasi pemerintahan Bush (serta negara-negara Eropa) untuk lebih terbuka tentang pelanggaran hak asasi manusia. Hak asasi manusia

---

155. Khalil Al-Anani, *Mubarak dan Ikhwan ... 30 tahun pengalaman,* sumber yang disebutkan sebelumnya.

dan hak sipil yang dilakukan pemerintah Mubarak terhadap kelompok tersebut sama seperti yang dilakukan Barat, yang sering menimbulkan opini publik tentang penganiayaan terhadap aktivis sekuler. Kedua, beberapa dari mereka di Ikhwanul Muslimin khawatir bahwa mereka mungkin akan diklasifikasikan sebagai organisasi teroris.[156] Kelompok itu mengeksploitasi pernyataan Presiden Bush pada Januari 2005 bahwa Amerika Serikat "tidak akan mentolerir penindasan demi stabilitas." Menurut Muhammad Habib, pemimpin Ikhwanul Muslimin saat itu, "Pengakuan ini baik untuk kami."[157] Pernyataan inilah yang dimanfaatkan kelompok ini dalam pemilihan parlemen 2005, seperti yang telah disebutkan sebelumnya.

<table>
<tr><td>

Judul Video: Mesir di Mana dan ke Mana - Ujian Amerika atas Ikhwan di Parlemen Tahun 2005.

Pada tautan berikut:

https://www.youtube.com/watch?v=nHLgk4Uszks

- Terlepas dari pembatasan yang diberlakukan oleh rezim Mubarak terhadap Ikhwanul Muslimin, kelompok tersebut mampu mencapai kemenangan parlemen terbesar dalam sejarahnya dan dalam sejarah oposisi Mesir, ketika memenangkan sekitar 88 kursi, atau setara dengan 20% kursi di Parlemen Mesir dalam pemilu yang diadakan pada tahun 2005, yang jelasnya para pengamat mengatakan bahwa hal itu datang dengan lampu hijau dari rezim Mubarak yang berada di bawah tekanan Amerika selama periode ini, menuntut reformasi politik dan demokrasi yang lebih besar.

</td><td>

</td></tr>
<tr><td colspan="2">

https://www.youtube.com/watch?v=nHLgk4Uszks

</td></tr>
</table>

Terlepas dari upaya Ikhwanul Muslimin untuk mengeksploitasi perubahan posisi Amerika demi memperkuat pengaruh politiknya di Mesir, Amerika Serikat mengabaikan langkah-langkah dan pembatasan yang diambil oleh rezim

---

156. Steven Brooke, A.S. *Policy and the Muslim Brotherhood,* 2015, https://bit.ly/2VM6KUQ.

157. ELI LAKE, *Déjà Vu di Kairo,* 2011, https://bit.ly/2oDcowi.

Mubarak terhadap kelompok tersebut pada paruh kedua dekade pertama milenium ketiga.

Tidak ada keraguan bahwa langkah-langkah dan pembatasan yang memengaruhi kelompok ini meninggalkan pengaruh besar pada struktur organisasi dan administratifnya, dan memaksanya untuk mencoba beradaptasi dengannya. Mereka mengeluarkan dokumen reformasi politik pada Maret 2004, yang merupakan yang pertama dalam lebih dari satu dekade, khususnya sejak penerbitan "Dokumen Perempuan dan Kewarganegaraan" pada tahun 1994. Dokumen baru tersebut menggambarkan garis besar wacana politik dan intelektual Ikhwanul Muslimin, dan merupakan dokumen awal yang kemudian dikembangkan menjadi versi awal dari program partai yang diluncurkan oleh kelompok tersebut pada Agustus 2007.[158]

Pada saat yang sama, struktur organisasi, administrasi dan keuangan kelompok jelas terpengaruh selama periode ini, dan bukti yang paling menonjol dari hal ini adalah mencoloknya struktur ekonomi dan investasi kelompok melalui penangkapan sejumlah besar pengusaha yang berafiliasi dengan kelompok tersebut, seperti Medhat Al-Haddad dan Abdul Rahman Su'udi. Perubahan konstitusi yang diumumkan pada bulan Maret 2007 merupakan pukulan telak bagi struktur organisasi dan administrasi Ikhwanul Muslimin, karena sekitar 34 pasal telah diidentifikasi, yang mana Ikhwanul Muslimin dikhususkan dengan dua pasal, pertama Pasal 5 yang melarang pembentukan partai atas dasar agama, dan kedua Pasal 88 yang membatasi peradilan dalam memantau pemilihan, yang berarti bahwa Ikhwan dan kandidat independen lainnya kehilangan jaminan yang memungkinkan mereka memenangkan pemilihan. Tetapi kelompok tersebut berusaha, seperti biasa, untuk menyesuaikan diri dengan langkah-langkah ini, dan pada Agustus 2007 mengeluarkan dokumen awal untuk mendirikan sebuah partai politik sebagai manuver untuk melepaskan diri dari tekanan dan batasan yang dihadapi kelompok tersebut. Adapun perkembangan organisasi yang paling menonjol selama periode ini

---

158. Khalil Al-Anani, *Mubarak dan Ikhwan,* sumber yang disebutkan sebelumnya.

terwakili dengan ditinggalkannya mantan pembimbing umum kelompok (alm), Muhammad Mahdi Akef, dan Mohamed Badi' 'sebagai pembimbing baru.[159]

Kemudian datanglah pemilihan internal Ikhwanul Muslimin yang diadakan pada tahun 2010, yang merupakan perkembangan penting dalam struktur organisasi dan kelembagaan Ikhwanul Muslimin, karena mereka menghasilkan kebangkitan kepemimpinan organisasi konservatif setelah mereka memperketat kontrol penuh mereka atas Biro Bimbingan dan memenangkan posisi terpentingnya, termasuk posisi pembimbing baru, tiga wakilnya, dan sekretariat jenderal. Sementara kehadiran pemimpin pekerjaan publik yang digambarkan sebagai "reformis" telah menurun, dan tokoh-tokohnya yang paling menonjol telah meninggalkan jabatan yang mewakili otoritas tertinggi di organisasi. Beberapa dari mereka bahkan telah pensiun dari seluruh tugas organisasi mereka di grup. Pemilu ini telah memengaruhi struktur organisasi Ikhwan dan menyebabkan transformasi, dari kelompok yang mentolerir kemajemukan internal dan menyatu dengan wacana, gagasan, dan visi yang berbeda menjadi sebuah organisasi sepihak yang didominasi oleh satu arus, yakni arus organisasi konservatif yang mementingkan pembangunan organisasi yang kuat dan ketat lebih dari kepentingannya untuk berkomunikasi dengan masyarakat, kekuatan politik dan intelektualnya yang lain, yang membuat kelompok tersebut kehilangan keunggulan historis yang selama ini dimiliki, yaitu berupa kemampuan hebat untuk mengelola keragaman ini.[160]

Namun, jelas bahwa kontrol gerakan Quthb atas Ikhwanul Muslimin setelah pemilu ini menyebabkan ketegangan hubungan kelompok tersebut dengan rezim Mubarak, yang memanfaatkan peluang ini untuk semakin melemahkannya lagi, melalui kampanye penangkapan yang memengaruhi banyak pemimpinnya dengan tuduhan menghidupkan kembali Aparat Khusus kelompok tersebut. Pada 8 Februari 2010, pembicaraan dimulai untuk pertama kalinya tentang "organisasi swasta" dalam kelompok yang sangat berbeda dalam ide, pemimpin dan proyek politik dari Ikhwan yang dikenal telah mempraktikkan pekerjaan umum dan berpartisipasi dalam

---

159. Ibid.

160. Hussam Tammam, *New Ikhwan Leadership: Implications and Limits of Change*, Carnegie Endowment for International Peace, 17 Februari 2010. Melalui link berikut: https://bit.ly/2IS6OEs.

---

kehidupan politik selama hampir tiga dekade. Jaksa Penuntut Umum Mesir mengarahkan tuduhan baru dan mengejutkan terhadap para pemimpin Ikhwan, yang jenisnya merupakan yang pertama bagi para pemimpin kelompok, seperti "pembentukan organisasi milik Sayyid Quthb, berdasarkan metode takfir dan upaya untuk mengatur kamp-kamp bersenjata untuk melakukan tindakan permusuhan di dalam negeri." Pemilihan nama "Aparat Khusus" hadir sebagai upaya untuk memunculkan konotasi negatif dalam pengalaman sejarah Ikhwanul Muslimin di mana mereka melakukan kekerasan bersenjata, melawan rezim dan lawan politik mereka sebelum revolusi Juli 1952.[161]

3-6 FASE KEENAM SETELAH REVOLUSI 25 JANUARI ADALAH BUKTI KEGAGALAN ORGANISASI

Setelah revolusi 25 Januari 2011, struktur organisasi Ikhwanul Muslimin mengalami perkembangan yang luar biasa, ketika sebuah partai politik didirikan sebagai lengan politik kelompok tersebut, Partai Kebebasan dan Keadilan, di samping beberapa lembaga sosial seperti *al-Jam'iyyat al-Khairiyyah al-Masyharah* yang berafiliasi dengan kelompok tersebut dalam satu atau lain cara. Ikhwan melanjutkan pekerjaannya dalam struktur kelembagaan sebelumnya, tetapi dengan cara yang lebih bebas dan lebih fleksibel dari sebelumnya. Mereka berpartisipasi dalam pemilihan parlemen melalui partai baru, dan membentuk blok dengan mayoritas kursi di parlemen, diikuti Dewan Syura yang juga mencapai kursi kepresidenan dengan kemenangan kandidatnya Mohamed Morsi. Bentuk perubahan cepat ini menguntungkan organisasi, struktur dan administrasinya, khususnya yang berhubungan dengan tantangan beradaptasi dan kemampuan kemitraan gerakan sosial dan politik yang terjadi di Mesir selama era ini.[162] Namun, terlihat jelas bahwa meskipun Ikhwanul Muslimin, Partai Kebebasan dan Keadilan, Aparat Khusus kelompok tersebut terus mendominasi partai dan memetakan berbagai orientasinya, dan terjadi kebingungan antara partai ini dan Aparat Khusus kelompok tersebut.

---

161. Ibid.

162. Youmna Suleiman, *The Institutional Structure of the Muslim Brotherhood: An Analytical Approach*, sumber yang disebutkan sebelumnya.

Judul video: Ikhwanul Muslimin, sebuah kelompok "Rabbani"

Pada tautan berikut:

https://www.youtube.com/watch?v=rQjmI2DIBQk

Mohamed Badi', Pembimbing Umum Ikhwanul Muslimin, membantah bahwa keputusannya untuk menunjuk wakil pembimbing baru menggantikan Mahmoud Ezzat dimaksudkan untuk menenangkan rezim yang berkuasa.

- Muhammad Badi' mengatakan bahwa Ikhwanul Muslimin telah dituduh menyusup ke dalam kerja serikat dengan menggunakan cara yang sah.

- Mohamed Badi' mengatakan dan menegaskan bahwa "tidak ada kesepakatan antara Ikhwanul Muslimin dan pemerintah dalam pemilihan parlemen tahun 2005. Seperti halnya Ikhwanul Muslimin, kami selalu memberikan nasehat kepada bangsa kami."

https://www.youtube.com/watch?v=rQjmI2DIBQk

Sementara Ikhwanul Muslimin berhasil mengeksploitasi revolusi Januari untuk mendapatkan kekuasaan. Ini tidak akan mungkin terjadi tanpa posisi yang diadopsi oleh pemerintahan mantan Presiden AS Barack Obama, yang memandang Ikhwanul Muslimin sebagai model bagi kelompok-kelompok Islam moderat. Mungkin ini menjelaskan mengapa, sejak kedatangannya di Gedung Putih pada Januari 2009, Obama memilih elemen yang memiliki hubungan dengan kelompok tersebut untuk bekerja dalam pemerintahannya, termasuk Mazen Al-Asbahi, seorang pengacara Amerika yang berasal dari Arab, untuk menjadi penghubung dengan orang Arab dan Muslim di Amerika Serikat. Arif Ali Khan, Asisten Menteri Keamanan Dalam Negeri; Muhammad al-Bayari, anggota Dewan Penasihat Keamanan Nasional; Hussein Rashad, Utusan Khusus AS untuk Organisasi Konferensi Islam; Imam Muhammad Majid, Presiden Masyarakat Islam Amerika Utara; Ibu Patel, anggota Dewan Penasihat Obama; Dalia Mujahid, wanita berkerudung pertama yang bertugas di Gedung Putih; dan Homa Mahmoud Abdeen, yang mulai bekerja sebagai peserta pelatihan di Gedung Putih pada tahun 1996 dan ditugaskan oleh Hillary Clinton untuk bekerja di Departemen Luar Negeri pada tahun 2010.[163] Menurut informasi, workshop diadakan pada 27-28 Januari 2010, dan mantan Menteri Keamanan Janet Napolitano bertemu banyak individu dan organisasi yang dikabarkan memiliki hubungan dengan Ikhwanul Muslimin.[164] Tidak ada keraguan bahwa komunikasi dari pihak pemerintahan Obama dengan banyak pemimpin kelompok ini berdampak pada perkembangan situasi di Mesir setelah Revolusi 25 Januari 2011, dan memberi semacam "legitimasi internasional" yang memungkinkan Ikhwan untuk merebut revolusi dan meminggirkan kekuatan lainnya.

Judul video: Ikhwanul Muslimin dan Kebijakan AS di link berikut: https://www.c-span.org/video/?307495-1/muslim-brotherhood-us-policy Mantan jaksa federal Andrew McCarthy mengatakan bahwa dia telah menulis tentang Ikhwanul Muslimin selama beberapa tahun, "dan selama beberapa minggu terakhir, saya telah menulis tentang hal khusus yang membawa kita ke sini hari ini, yaitu fakta bahwa lima anggota Kongres memiliki keberanian untuk memperhatikan bahwa tampaknya ada infiltrasi pengaruh Ikhwanul Muslimin di pemerintahan kita."	

https://www.c-span.org/video/?307495-1/muslim-brotherhood-us-policy	

Pengalaman Partai Keadilan dan Pembangunan (AKP) dalam mengontrol sendi-sendi negara di Turki sangat kental dengan Ikhwanul Muslimin ketika berkuasa pada tahun 2012, dan sudah mulai berjalan di Turki, ketika Partai Keadilan dan Pembangunan yang dipimpin oleh Recep Tayyip Erdogan memperketat cengkeramannya pada semua lembaga negara. Dari peradilan, tentara, dan media, kemudian pada tahap selanjutnya ia lanjut mengamandemen konstitusi

---

163. Lihat: Rami Dabbas, *Barack Obama's Support for the Muslim Brotherhood*, 2019, https://bit.ly/2PFBGms.

164. Lihat: Paul Bremmer, *Whistleblower DHS: Mengapa Obama membentuk 'aliansi' dengan Ikhwanul Muslimin?* 2016, https://bit.ly/2IKiX7d.

hingga ia menjadi satu-satunya penguasa negara, mengeksploitasi sumber daya negara dan utang publik untuk membiayai kepemimpinannya, dan mengubah Turki menjadi kediktatoran Islam.[165]

Pengalaman pemerintahan Ikhwanul Muslimin di Mesir (Juni 2012-2013) menunjukkan bahwa mereka bergerak ke arah transformasi negara menjadi kediktatoran Islam dengan model Turki, dengan bergerak di sepanjang jalur paralel menuju konsep "Ikhwan negarawan" dan memberdayakan anggotanya dari lembaga utama negara, dimulai dengan pers dan kehakiman, bahkan tentara dan polisi. Pada saat yang sama, kelompok tersebut mempraktikkan pengucilan total semua partai politik oposisi dari lingkaran pengambilan keputusan. Mereka berusaha mengkonsekrasikan hegemoni absolutnya atas kekuasaan dan kendali atas Majelis Rakyat dan Dewan Syura, dan setelah itu, kendali penuh atas Komite Konstituante untuk Perancangan Konstitusi; mereka juga mendesak penyusunan konstitusi non-konsensual dan memaksakan referendum yang legitimasinya dipertanyakan.[166] Kemudian datanglah deklarasi konstitusional yang diumumkan oleh (alm.) Presiden Mohamed Morsi yang digulingkan pada November 2012 untuk mengukuhkan kediktatoran Ikhwanul Muslimin, karena deklarasi ini bertujuan untuk memperkuat semua keputusan dan deklarasi konstitusional yang dikeluarkan oleh presiden sejak perebutan kekuasaan hingga konstitusi berlaku, serta imunitas Majelis Konstituante dan Majelis Syura meskipun yang pertama perlu menunggu keputusan yang membatalkan pembentukannya saat itu.

Selama masa pemerintahannya, Ikhwanul Muslimin tidak puas dengan memberdayakan anggotanya di lembaga negara sebagai bagian dari strategi pemberdayaannya, melainkan mempertimbangkan untuk membangun layanan paralel untuk intelijen umum negara.[167] Memang, mereka terinspirasi pengalaman Pengawal Revolusi Iran dalam membangun aparat keamanan yang sejajar dengan Kementerian Dalam Negeri Mesir, dengan tujuan mereproduksi

---

165. Hussein Abdel-Hussein, *Kesalahan Morsi dan obskurantisme 'Ikhwan'*, situs web Al-Hurra, 25 Juni 2019 melalui tautan berikut: https://arbne.ws/35tiT5k.

166. As-Sayyid Yassin, *The Ikhwan's Rule in Egypt: A Political Failure and a Historical Fall*, Al-Hayat Newspaper, Edisi 4/8/2013.

167. Jalal Aref, *Ikhwan dan Mullah adalah dua wajah dari satu wabah*, Koran Al-Bayan (Dubai), 13 Mei 2018.)

pengalaman Iran yang menggantikan lembaga resmi negara dengan hal lain yang sejajar dan terkait dengan Pemimpin Tertinggi Iran saat itu, Khomeini. Inisiasi Pengawal Revolusi Iran, Milisi Basij, dan lembaga keamanan lainnya lainnya berpraktik tarik-menarik atas lembaga resmi negara, diikuti dengan perebutan segala kemampuan negara.[168]

<table>
<tr><td>

Judul video: Mesir - Peresmian resmi markas besar Partai Kebebasan dan Keadilan

Pada tautan berikut:

https://www.youtube.com/watch?v=Dul5U5tkgDI

- Setelah Revolusi 25 Januari 2011, struktur organisasi Ikhwanul Muslimin mengalami perkembangan yang luar biasa, yakni ketika sebuah partai politik didirikan sebagai lengan politik kelompok tersebut, bernama Partai Kebebasan dan Keadilan.

- Partai Kebebasan dan Keadilan memiliki acuan Islam dan penerapan Syariah, menurut perwakilannya, adalah tujuan utamanya untuk mencapai keadilan sosial.

</td><td>

</td></tr>
</table>

https://www.youtube.com/watch?v=Dul5U5tkgDI

Sementara Ikhwanul Muslimin melihat kesempatan dalam Revolusi 25 Januari 2011 untuk memberdayakan anggotanya di lembaga-lembaga negara, tetapi mereka gagal melakukannya, terutama karena kegagalannya dalam mengembangkan aspek organisasi dan administrasi kompleks yang tidak sesuai untuk fase pasca-Januari. Mereka terus mengikuti mekanisme yang sama, dan ada pengaruh yang jelas pada bagian dari Biro Bimbingan tentang Presiden dari Ikhwan, Mohamed Morsi, yang menyebabkan oposisi internal Ikhwan tumbuh dari berbagai arus dan kekuatan politik. Dan ada yang percaya bahwa struktur organisasi adalah salah satu penyebab terpenting dari kegagalan grup, terutama setelah Revolusi Januari 2011, karena sifat buram rezim dan kondisi keuangannya di satu sisi, dan kontrolnya yang hampir total atas Partai

---

168. Muhammad Mubarak Jumaa, *"Jangan bicara tentang Iran .. tanpa" Ikhwan "!"*, Bawwabah Al-Ain (Abu Dhabi), 14 Desember 2017, melalui link berikut: https://bit.ly/2nMxrfv.

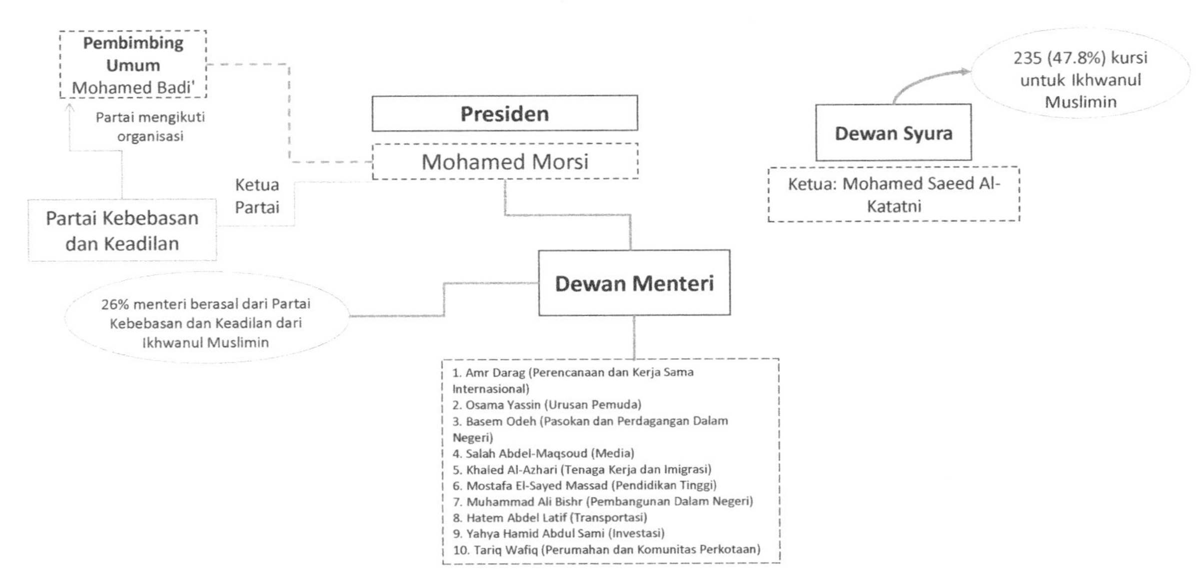
Struktur organisasi negara
Selama pemerintahan Ikhwanul Muslimin 2013
Pembimbing Umum
Mohamed Badi'
Partai mengikuti organisasi
Presiden
Mohamed Morsi
Ketua Partai
Partai Kebebasan dan Keadilan
26% menteri berasal dari Partai Kebebasan dan Keadilan dari Ikhwanul Muslimin
Dewan Menteri
Dewan Syura
235 (47.8%) kursi untuk Ikhwanul Muslimin
Ketua: Mohamed Saeed Al-Katatni
1. Amr Darag (Perencanaan dan Kerja Sama Internasional)
2. Osama Yassin (Urusan Pemuda)
3. Basem Odeh (Pasokan dan Perdagangan Dalam Negeri)
4. Salah Abdel-Maqsoud (Media)
5. Khaled Al-Azhari (Tenaga Kerja dan Imigrasi)
6. Mostafa El-Sayed Massad (Pendidikan Tinggi)
7. Muhammad Ali Bishr (Pembangunan Dalam Negeri)
8. Hatem Abdel Latif (Transportasi)
9. Yahya Hamid Abdul Sami (Investasi)
10. Tariq Wafiq (Perumahan dan Komunitas Perkotaan)

Kebebasan dan Keadilan di sisi lain, dan ambiguitas pusat pengambilan keputusan membuatnya menjadi entitas yang paralel dengan negara.[169]

Tampak jelas bahwa upaya Ikhwanul Muslimin untuk mengontrol kemampuan negara Mesir dan memberdayakan elemennya di berbagai lembaga negara telah menjadi bumerang bagi kelompok tersebut, serta berkontribusi pada revolusi rakyat Mesir yang melawannya pada tanggal 30 Juni 2013, yang mengakhiri tahap penting dalam sejarah kelompok tersebut.[170] Gambar di bawah ini menunjukkan sifat struktur organisasi negara selama tahun pemerintahan Ikhwanul Muslimin (2012-2013).

Judul video: Pernyataan Tentara Mesir atas Pemecatan Presiden Mohamed Morsi

Pada tautan berikut:

https://www.youtube.com/watch?v=dd8H-PbBcLw

- Menteri Pertahanan Mesir Abdel Fattah El-Sisi mengumumkan pengangkatan Adly Mansour, ketua Mahkamah Konstitusi, sebagai presiden sementara negara itu untuk sementara waktu.
- Abdel Fattah El-Sisi membenarkan bahwa angkatan bersenjata menjawab panggilan rakyat Mesir, dan bahwa angkatan bersenjata akan tetap jauh dari tindakan politik.
- Angkatan bersenjata tidak bisa menutup mata terhadap gerakan dan seruan rakyat.

https://www.youtube.com/watch?v=dd8H-PbBcLw

---

169. Ahmed Abd Rabbo, *Tiga skenario untuk masa depan Ikhwanul Muslimin*, diedit oleh Muhammad al-Sayyid Saeed, *Masa depan apa yang menanti Ikhwanul Muslimin?* sumber yang disebutkan sebelumnya, hlm. 64.

170. Untuk detail lebih lanjut tentang hubungan Ikhwanul Muslimin dengan Revolusi Januari, Anda dapat merujuk ke: Yasser Fathi, *The Muslim Brotherhood and the January Revolution, Reading in Role Transformations from Pride to the Unknown*, Egyptian Institute for Studies, 10 September 2019, di tautan berikut: https://bit.ly/2lNyvys.

3-7 FASE KETUJUH SETELAH REVOLUSI 30 JUNI 2013 — PERPECAHAN ORGANISASI

Ikhwanul Muslimin mengalami guncangan organisasi besar setelah Revolusi 30 Juni 2013 yang menggulingkan kekuasaan kelompok tersebut. Pemerintah Sementara Mesir mengambil beberapa tindakan untuk melemahkan kelompok tersebut, mengumumkan pelarangannya pada September 2013, kemudian menganggapnya sebagai organisasi teroris pada bulan Desember di tahun yang sama. Sementara itu, pemerintah Mesir berusaha menyita banyak investasi ekonomi kelompok tersebut, menyadari bahwa dengan mengendalikan sumber daya keuangan kelompok tersebut, rezim dapat melumpuhkan aktivitasnya. Meskipun beberapa badan diizinkan untuk melanjutkan aktivitas mereka, Pemerintah Sementara Mesir membekukan aset 1.055 badan amal keagamaan pada Desember 2013, menempatkan mereka dalam pengawasan pemerintahan swasta. Selain itu, pemerintah juga menindak puluhan perusahaan yang dimiliki atau dikelola oleh grup tersebut. Pada Agustus 2014, partai politik kelompok tersebut dilarang oleh perintah pengadilan.[171]

Ketika Presiden Abdel Fattah Al-Sisi mengambil alih tampuk kekuasaan di Mesir pada tahun 2014, dimulailah babak baru dalam menangani Ikhwanul Muslimin. Pemerintah mengambil banyak langkah yang bertujuan untuk menyerang struktur organisasi dan kelembagaan kelompok tersebut, karena rezim Sisi sadar bahwa penghapusan struktur inilah yang memusatkan kekuasaan dalam kerangka seorang elit organisasi yang membuat keputusan strategis dan meneruskannya ke badan organisasi yang lebih luas, melalui instruksi yang mengalir dari atas ke bawah; yang mana langkah ini dapat mengarah pada pembubaran grup dan kemudian menghancurkannya, sehingga untuk alasan ini rezim mengeluarkan perintah untuk menangkap para anggota Biro Bimbingan dan Dewan Syura, yang merupakan dua badan kolektif tertinggi dalam organisasi, dan hanya beberapa pemimpin grup yang mampu ditangkap. Para pejabat Ikhwan banyak yang melarikan diri ke luar negeri, dan rezim membersihkan berbagai institusi negara dari Ikhwanul Muslimin, terutama di

---

171. Lihat: Ashraf El-Sherif, *The Muslim Brotherhood and the Future of Political Islam in Egypt*, Carnegie Middle East Center, op.cit.

---

bidang pelayanan publik, tentara, peradilan, serikat buruh, organisasi non-pemerintah, media, universitas, dan lingkungan, dengan tujuan membatasi pengaruh Ikhwanul Muslimin di kalangan kelas menengah dan sebagian kelas elit. Sisi juga menyita aset organisasi dan menutup unit kesejahteraan sosialnya dengan tujuan membatasi kemampuan mereka untuk membangun aturan baru dalam masyarakat.[172]

Judul video: Ikhwanul Muslimin di Mesir: Perbedaan Internal dan Perubahan Regional	
Pada tautan berikut:	
https://www.youtube.com/watch?v=NNnlY9hfv9w&feature=youtu.be	
- Para pemimpin Ikhwanul Muslimin mengakui adanya perselisihan internal di antara anggota kelompok, dan keberadaan faksi Ikhwan yang mengejar kekerasan terhadap otoritas di Mesir.	
- Ada ketidaksepakatan antara administrasi kelompok yang baru terpilih, yang mendapat dukungan dari pemuda kelompok, dan yang mengadopsi pendekatan revolusioner dan eskalasi terus menerus melawan otoritas yang berkuasa saat ini di Mesir, dan kepemimpinan historis yang mewakili para tetua kelompok dan menyerukan komitmen untuk mencapai penyelesaian secara damai yang akan berarti gencatan senjata bagi kelompok tersebut.	

https://www.youtube.com/watch?v=NNnlY9hfv9w&feature=youtu.be

Tampak jelas bahwa pembatasan dan tindakan yang diambil oleh rezim Sisi merupakan pukulan telak bagi struktur organisasi dan kelembagaan Ikhwanul Muslimin, tidak hanya karena menggulingkan para pemimpin dan simbol kelompok, tetapi juga karena dampaknya menyebabkan pembagian kelompok menjadi dua blok juga, dan setiap blok memiliki struktur organisasi yang independen dan pandangan yang berbeda tentang bagaimana menghadapi

---

172. Untuk detail lebih lanjut tentang tindakan yang diambil oleh tentara dan rezim Sisi terhadap Ikhwanul Muslimin, Anda dapat merujuk ke: Barbara Zollner, Surviving Represi: Bagaimana Ikhwan Muslim Mesir Telah Dilakukan, op. cit.

situasi saat ini. Sejak terjadinya perpecahan ini, setiap blok telah berulang kali mengecam blok lain sebagai ilegal dan menyatakan bahwa pejabat seniornya tidak lagi dari "Ikhwan", sehingga setiap blok memiliki juru bicara khusus dan situs web khusus yang mengklaim sebagai perwakilan resmi kelompok tersebut.[173]

Pada saat yang sama, kelompok tersebut mengalami serangkaian perubahan organisasi dan ideologis, yang paling menonjol adalah upaya desentralisasi sebagai penangkapan sebagian besar pemimpin senior dan aktivis di kelas kepemimpinan dari kelas pertama hingga kelas ketiga, termasuk Biro Bimbingan (pemegang otoritas pengambilan keputusan tertinggi dalam organisasi), Dewan Syura (parlemen organisasi), dan kepala Biro Administratif, telah memutuskan hubungan hierarkis di internal kelompok, yang mana telah memberikan pengaruh yang semakin besar kepada anggota kelas bawah dalam kepemimpinan di tingkat lokal, termasuk pejabat muda di Biro Administratif yang mengorganisir dan memimpin protes, bersama dengan jaringan semi-lokal. Mereka independen, sementara organisasi dengan skala yang lebih kecil telah menjadi taktik yang disukai pada tahap ini. Perubahan organisasi grup juga memengaruhi tingkat distrik dan divisi yang lebih rendah. Struktur hierarki diganti dengan struktur klaster dan unit dasar lokal dalam komunitas (*usrah*) dikurangi dari sekitar tujuh anggota menjadi sekitar tiga. Komunikasi terjadi melalui cara-cara yang kreatif dan lebih aman, seperti pesan teks terenkripsi, media sosial, dan email.[174]

Pada saat yang sama, sejumlah komite digabung dan disatukan untuk mengurangi kebutuhan pejabat yang lebih banyak, dan jumlah pejabat di komite-komite tersebut juga dikurangi untuk mengurangi biaya. Selain mengurangi komite aksi politik dan komite elektronik—terutama di provinsi— imbalan untuk komite kerja dakwah, komite hak asasi manusia, dan komite tanah, juga menurun selama pemerintahan Morsi.[175]

---

173. Annette Ranko dan Muhammad Yaghi, sumber yang disebutkan sebelumnya.

174. Ashraf El-Sherif, op.cit.

175 Mustafa Hashem, *The Muslim Brotherhood and the Battle of Generations*, Carnegie Endowment for International Peace, 29 Januari 2015, di link berikut: https://bit.ly/2kzA1ns.

Namun, kelompok tersebut telah menunjukkan kemampuan untuk beradaptasi (sebagian) dan mempertimbangkan kembali tugas-tugas badan utama dan administratif kelompok, untuk mengimbangi situasi pascarevolusi 30 Juni 2013, dan beberapa mekanisme telah dikembangkan untuk membantu organisasi dalam melakukan urusannya pada tahap ini, **yang paling menonjol di antaranya adalah:**

- Memilih Biro Bimbingan Sementara untuk menangani urusan harian kelompok, sedangkan Biro Administratif lokal mengambil keputusan aktual terkait pelaksanaannya. Pola kerja terdesentralisasi ini, yang didukung oleh Biro Bimbingan Sementara, merupakan pergeseran tajam dari prinsip kepemimpinan atas-bawah, dan mekanisme komando dan kontrol yang selalu menjadi ciri kegiatan Ikhwan selama beberapa dekade terakhir.[176]

- Mendirikan entitas informal sejajar dengan departemen utama organisasi formal. Entitas ini menyebarkan pesan politik grup dan memimpin protes. Mereka termasuk "Aliansi Nasional untuk Mendukung Legitimasi", "Mahasiswa Melawan Kudeta", "Sastrawan dan Penulis Melawan Kudeta", "Kolektor Melawan Kudeta", "Profesional Melawan Kudeta", dan "Front Ulama Melawan Kudeta".[177]

- Membentuk kantor eksternal kelompok, yang terdiri dari anggota di pengasingan pangkat tertinggi, termasuk tokoh sentral di biro bimbingan, seperti Mahmoud Ezzat dan Ahmed Abdel Rahman, atau anggota terkemuka, seperti: Amr Darrag, Yahya Hamed, dan Abdullah Al-Haddad, untuk berpartisipasi dalam pelaksanaan urusan kelompok selama tahap ini.[178]

- Pemilihan Komite Manajemen Krisis dan Pergerakan, yang beranggotakan anggota Ikhwan dari dalam dan luar negeri. Komisi tersebut tidak akan peduli dengan struktur kelompok, melainkan dengan langkah internal dan eksternal untuk menggulingkan rezim Sisi.[179]

Gambar di bawah ini memperlihatkan struktur organisasi Biro Administratif grup di luar negeri yang dibentuk pada tahun 2015.

---

176. Ashraf El-Sherif, op.cit.

177. Ibid.

178. Untuk detail lebih lanjut tentang tindakan yang diambil oleh tentara dan rezim Sisi terhadap Ikhwanul Muslimin, lihat: Barbara Zollner, op. cit.

179 Mustafa Hashem, sumber yang disebutkan sebelumnya.

Judul video: Penampilan Pertama Kepala Biro Ikhwan Luar Negeri

Di tautan berikut:

https://www.youtube.com/watch?v=QrCXjh8GoSM

- Ahmed Abdel Rahman, kepala biro administrasi Ikhwan di luar negeri, menunjukkan bahwa misi kantor tersebut berpusat pada pengelolaan urusan anggota Ikhwanul Muslimin yang melarikan diri dari Mesir dan merupakan penghubung antara para pemimpin dalam dan luar negeri, mengelola perjuangan melawan pemerintah Mesir, menarik pendukung kelompok secara regional dan internasional dan membujuk mereka untuk membantunya melawan presiden saat ini, dan meninggalkan pemerintah yang sebelumnya; begitu juga tentang tuntutan perubahan dari bawah ke atas dengan mengupayakan perubahan radikal dari atas dengan menjatuhkan otoritas, dengan mengatakan perubahan yang akan datang itu radikal dan non-reformis, artinya mereka akan bertindak sebagai pemerintahan bayangan, sebagaimana disinggung dalam pertemuan tersebut, untuk menjatuhkan negara.

https://www.youtube.com/watch?v=QrCXjh8GoSM

Struktur Organisasi Biro Administrasi Ikhwan di Luar Negeri Dibentuk pada 2015

PEMBIMBING UMUM IKHWANUL MUSLIMIN DAN BADAN ORGANISASI YANG TERKAIT LANGSUNG DENGANNYA

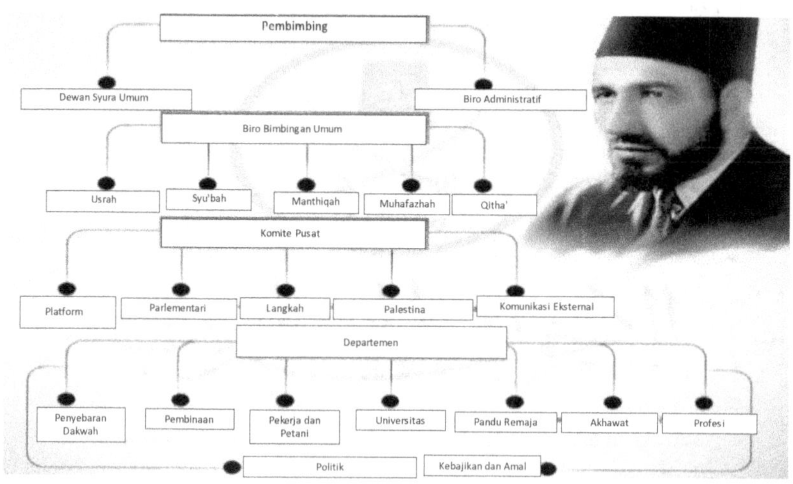

Pendahuluan

Bab ini membahas peran pembimbing Ikhwanul Muslimin dan badan-badan organisasi yang terkait langsung dengannya, yang diwakili oleh Biro Bimbingan Umum, Dewan Syura, Aparat Khusus (Dinas Rahasia) dan organisasi Akhawat Muslimat.

Pentingnya bab ini terletak pada pertimbangan sifat dari peran penting dan dominan pembimbing dan lembaga terkait dalam menjalankan urusan struktur organisasi dan administrasi dan dalam kehidupan kelompok secara umum, dan ini adalah hasil dari kekuasaan luas yang diberikan oleh peraturan dan anggaran dasar kelompok kepada pembimbing secara khusus. Pembimbing menjadi wujud kekuasaan tertinggi, merepresentasikan pemikiran dan ideologi organisasi bagi masyarakat umum. Pembimbing juga memonopoli otoritas

Pembimbing	Nama	Periode	Lama Periode
Pertama	Hasan al-Banna	1928-1949	21
Kedua	Hassan al-Hudhaibi	1951-1973	22
Ketiga*	Umar al-Tilmisani	1977-1986	13
Keempat	Muhammad Hamid Abu al-Nasr	1986-1996	10
Kelima	Mustafa Masshour	1996-2002	6
Keenam	Muhammad al-Ma'moun al-Hudhaibi	2002-2004	2
Ketujuh	Muhammad Mahdi Akef	2004-2010	6
Kedelapan	Mohamed Badi'	2010-sekarang	9
Pelaksana Tugas (Plt.)	Mahmoud Ezzat	2013-sekarang	

legislatif dan eksekutif, karena Anggaran Dasar Ikhwan memberinya hak untuk mengepalai Biro Bimbingan dan Dewan Syura, dan di samping kekuasaannya yang luas dalam organisasi di tingkat nasional, Pembimbing Umum juga memimpin organisasi internasional Ikhwan. Pembimbing akan menjabat selama enam tahun, dapat diperbarui sekali, menurut amandemen terbaru dalam daftar umum Ikhwanul Muslimin yang dikeluarkan pada tahun 2010.

Studi ini mencoba menjelaskan peran pembimbing Ikhwanul Muslimin dan badan-badan yang terkait langsung dengannya dengan menganalisis dimensi hukum dan praktis dari peran tersebut, dan menjawab serangkaian pertanyaan mendasar, yaitu:

- Apa peran pembimbing dan badan-badan yang terkait dengannya dalam kemunculan, perkembangan dan kelanjutan Ikhwanul Muslimin?

---

* Menurut kesaksian banyak pemimpin Ikhwanul Muslimin, seorang mentor rahasia bertugas mengatur urusan kelompok pada periode setelah kematian Hassan al-Hudhaibi, sampai disepakati untuk memilih Umar al-Tilmisani pada Januari 1977 untuk menjadi pembimbing ketiga Ikhwan.

- Apa saja perubahan yang terjadi dalam peran ini sejak awal hingga saat ini? Apa determinannya?

Untuk menjawab pertanyaan-pertanyaan ini, kami dipandu oleh beberapa hipotesis dan pendekatan teoretis yang akan kami coba terapkan untuk mencakup subjek penelitian, dan itu adalah sebagai berikut:

- Peran dan kedudukan pembimbing terutama ditentukan oleh sifat organisasi dan ideologinya, yang bercita-cita untuk memaksakan model kemasyarakatan dan politik yang didasarkan pada konsepsi ideal dan imajiner yang berlaku pada awal dakwah Islam (para ulama salaf), di mana peran pemimpin bercampur antara politik dan agama, dan semuanya ada di sudut umum (orang-orang mukmin) yang menuntut kesetiaan dan ketaatan.

- Karakteristik pribadi dan psikologis (karisma) dianggap sebagai penentu penting peran pembimbing, terutama pada tahap awal kemunculan kelompok. Peran karisma diwujudkan dalam kepemimpinan pembimbing pertama Ikhwanul Muslimin, Hasan Al-Banna, yang membayangi organisasi.

- Lingkungan politik internal, yang direpresentasikan dalam sifat tanggapan dari sistem politik yang ada, dan perubahan politik eksternal serta hubungannya dengan Ikhwanul Muslimin, memiliki dampak yang jelas pada peran pembimbing dan badan-badan afiliasinya serta pada organisasi secara umum.

Berdasarkan hipotesis di atas, bab ini akan membahas empat poros yang mencerminkan tahapan pembangunan dan pengembangan organisasi administratif Ikhwanul Muslimin secara umum dan peran pembimbing umum serta badan-badan yang terkait dengannya secara khusus, juga pelembagaan sistem kelompok yang mewakili tahapan sejarah tertentu.

Poros pertama berkaitan dengan perkembangan organisasi bersama pendiri dan mentor pertama kelompok, Hasan Al-Banna, yang karakteristik pribadinya mendominasi peraturan hukum dan organisasi administratif.

Poros kedua berkaitan dengan fase pasca-kematian Hasan Al-Banna, dan kekosongan yang dihasilkan pada tingkat kepemimpinan kelompok di satu sisi, dan konflik dengan rezim mendiang Presiden Gamal Abdel Nasser, dan implikasi dari semua ini pada organisasi di sisi lain.

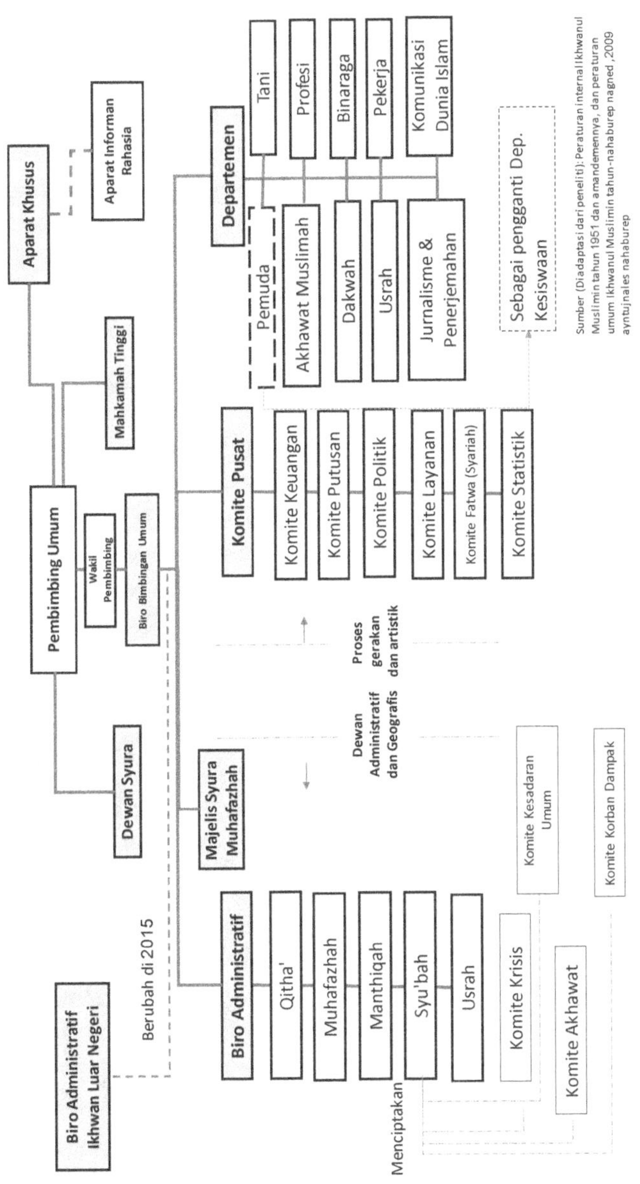
Aparat Khusus
Aparat Informan Rahasia
Departemen
Tani
Profesi
Binaraga
Pekerja
Komunikasi Dunia Islam
Pemuda
Akhawat Muslimah
Dakwah
Usrah
Jurnalisme & Penerjemahan
Sebagai pengganti Dep. Kesiswaan
Pembimbing Umum
Wakil Pembimbing
Biro Bimbingan Umum
Mahkamah Tinggi
Komite Pusat
Komite Keuangan
Komite Putusan
Komite Politik
Komite Layanan
Komite Fatwa (Syariah)
Komite Statistik
Proses gerakan dan artistik
Dewan Administratif dan Geografis
Dewan Syura
Majelis Syura Muhafazhah
Biro Administratif Ikhwan Luar Negeri
Berubah di 2015
Biro Administratif
Qitha'
Muhafazhah
Manthiqah
Syu'bah
Usrah
Menciptakan
Komite Krisis
Komite Akhawat
Komite Kesadaran Umum
Komite Korban Dampak
Sumber (Diadaptasi dari peneliti): Peraturan internal Ikhwanul Muslimin tahun 1951 dan amandemennya, dan peraturan umum Ikhwanul Muslimin tahun-nahaburep nagned, 2009 ayntujnales nahaburep

Poros ketiga berkaitan dengan perkembangan organisasi yang terjadi pada periode dibukanya sistem politik Mesir di bawah kepemimpinan Muhammad Anwar Sadat kepada Ikhwanul Muslimin dan reformasi yang dilakukan oleh pembimbing ketiga, Umar Al-Tilmisani, dan kontribusinya untuk menghidupkan kembali kelompok, setelah kemunduran yang diderita Ikhwan selama pemerintahan Abdel Nasser.

Poros keempat berkaitan dengan perkembangan yang terjadi pada regulasi dan hukum yang mengatur kelompok pada masa pemerintahan mendiang Presiden Hosni Mubarak, yang bertepatan dengan masa jabatan enam orang mentor (Muhammad Hamid Abu Al-Nasr, Mustafa Mashhour, Muhammad Ma'moun Al-Hudhaibi, Muhammad Mahdi Akef, dan Mohamed Badi'), yang berkisar dari keterbukaan dan pengasingan di lain waktu. Ada beberapa faktor yang mengendalikan sifat perubahan yang terjadi di lingkungan Ikhwanul Muslimin dalam kurun waktu panjang pemerintahan Presiden Mubarak, beberapa di antaranya terkait dengan dinamika gerak dan interaksi internal organisasi, dan ada pula yang bersifat eksternal terkait dengan perilaku sistem politik terhadap organisasi.

4-1 DALAM PENGGUNAAN ISTILAH DAN NAMA

Ikhwanul Muslimin meminjam gelar dan fungsi administratif dari berbagai catatan, baik modern maupun lama. Dari catatan lama yang akurat, diadopsi dari "imajinasi Islam"[180], Karena ia memiliki dua nama terpenting: pembimbing, dan syura. Pembimbingnya adalah pemimpin politik dan agama bagi organisasi pada saat yang sama, dan karena adanya masalah, seperti yang diungkapkan Olivier Rua, terkait pandangan di mata kaum Islamis untuk "mengakhiri pembagian kekuasaan tradisional dalam sejarah dunia Islam, antara penguasa de facto dan kelas ulama yang mengelola syariah tanpa mengganggu masalah kekuasaan "[181] Dengan demikian, pemimpin di kalangan Islamis, termasuk

---

180. Imajinasi Islam: Ini adalah konsepsi ideal - tidak realistis - tentang sejarah dan pemerintahan dalam Islam, terutama di era awal, dan sering ditemukan dalam teks dan literatur ulama Muslim dan dalam teks Salafi dan reformis abad kesembilan belas. Menurut wacana ini, Islam muncul sebagai bangsa agama dan politik pada saat yang bersamaan.

181. Olivier Roy, L'echec de l'Islam politique, Le seuil, Paris 1992, hlm. 48.

Ikhwanul Muslimin, adalah pemimpin spiritual dan politik. Adapun istilah syura, itu adalah salah satu istilah politik yang paling banyak digunakan dan populer dalam kamus Ikhwanul Muslimin, yang berakar langsung dari warisan politik Islam, mencatat bahwa isi dan makna dari nama-nama pusaka tersebut saat ini berbeda dengan yang ada di masa lalu.

Adapun hubungannya dengan kamus politik negara-negara modern, Ikhwanul Muslimin meminjam banyak istilah dan nama, antara lain Dewan Pendiri, yang merupakan istilah yang digunakan dalam demokrasi Barat, dan Biro, nama yang diambil dari catatan demokrasi sosial - partai komunis - (seperti Biro Politik).[182]

Adapun penggunaan istilah petunjuk khusus untuk menunjukkan pangkat tertinggi dalam organisasi Ikhwanul Muslimin terdapat dua sumber, yang pertama bersifat umum dan mengacu pada periode pertama Islam, yaitu periode risalah Nabi Muhammad dan Khaulafaur Rasyidin, sehingga penggunaan pedoman tersebut muncul dengan turunnya teks pasal Al-Qur'an, di mana di dalam Al-Qur'an, kata *rusyd* dan turunannya disebutkan sebanyak 13 kali, termasuk firman Allah berikut:

"Aku akan memalingkan orang-orang yang menyombongkan dirinya di muka bumi tanpa alasan yang benar dari tanda-tanda kekuasaan-Ku. Mereka jika melihat tiap-tiap ayat(Ku), mereka tidak beriman kepadanya. Dan jika mereka melihat jalan **rusyd** *(yang membawa kepada petunjuk), mereka tidak mau menempuhnya, tetapi jika mereka melihat jalan kesesatan, mereka terus memenempuhnya. Yang demikian itu adalah karena mereka mendustakan ayat-ayat Kami dan mereka selalu lalai dari padanya."*[183]

Kata *rasyiid* disebutkan 3 kali dalam Al-Qur'an, misalnya pada ayat:

Mereka berkata: "Hai Syu'aib, apakah sembahyangmu menyuruh kamu agar kami meninggalkan apa yang disembah oleh bapak-bapak kami atau melarang

---

182.   Untuk lebih jelasnya, lihat referensi sebelumnya.

183.   QS. Al-A'raf: 146

---

kami memperbuat apa yang kami kehendaki tentang harta kami. Sesungguhnya kamu adalah orang yang sangat penyantun lagi **rasyiid** *(berakal)"*. [184]

Dan pada pasal ini, *rasyiid* berkonteks penggunaan pikiran yang benar, jauh dari sesat. Adapun kata *raasyid*, disebutkan sekali dalam firman-Nya:

"Dan ketahuilah olehmu bahwa di kalanganmu ada Rasulullah. Kalau ia menuruti kemauanmu dalam beberapa urusan benar-benarlah kamu mendapat kesusahan, tetapi Allah menjadikan kamu "cinta" kepada keimanan dan menjadikan keimanan itu indah di dalam hatimu serta menjadikan kamu benci kepada kekafiran, kefasikan, dan kedurhakaan. Mereka itulah orang-orang yang **raasyid** *(mengikuti jalan yang lurus)."*[185]

Jadi, proses bimbingan dimulai sejak zaman Nabi SAW, dan Khulafaur Rasyidin setelahnya mengikuti beliau dalam membimbing orang di jalan kebenaran dan menyeru kepada Allah.

Di sini kita harus membedakan tingkatan jenjang pembimbingnya. Rasulullah SAW dibimbing oleh Allah Yang Mahaesa, artinya proses bimbingan merupakan amanat ketuhanan untuk menyebarkan dakwah Islam dan membimbing umat ke jalan yang benar. Selain Rasulullah, membimbing adalah sebuah amanah manusiawi yang dilakukan oleh seorang pembimbing sebagai dai, yaitu berperan sebagai pengarah yang berkesinambungan mewariskan tuntunan dan kebenaran lintas generasi serta memelihara penyebaran kebajikan di masyarakat berdasarkan prinsip-prinsip agama Islam. Para Khulafaur Rasyidin, setelah itu, dengan kepribadian yang lahir dari periode sejarah yang berbeda muncul untuk menyerukan kembali ke ajaran Islam yang benar untuk menyelamatkan masyarakat dari ajaran sesat dan takhayul.

Sumber kedua berasal dari tradisi sufistik dan serangkaian hubungan di dalamnya. Dan ada orang yang menunjukkan bahwa pendiri Ikhwanul Muslimin, Hasan Al-Banna, masuk dan aktif dalam tarikat tasawuf, yakni tarikat Syadzili.

---

184.   QS. Hud: 87

185.   QS. Al-Hujurat: 7

Seorang syekh pembimbing, menetapkan tanda-tanda petunjuk untuknya dan memperingatkannya tentang jebakan dan bahaya yang mungkin akan menghalangi jalannya, dan ia juga berjanji untuk menjaga disiplin spiritual dan moral.[186]

Dimensi sufi pendiri Ikhwanul Muslimin juga terlihat ketika ia mendefinisikan kelompok itu sebagai "dakwah Salafi, metode Sunni, hakikat Sufi, organisasi politik, kelompok olahraga, persatuan budaya-pendidikan, perserikatan ekonomi, dan gagasan sosial."

4-2 HASAN AL-BANNA: TIRANI KARISMA DAN IDEOLOGI ATAS ORGANISASI (1928-1949)

Poros ini memberikan dalil dan bukti yang konsisten dengan hipotesis pertama, yang bersumber dari fakta bahwa organisasi Ikhwanul Muslimin pada umumnya dipengaruhi dan diidentifikasikan sebagian besar dengan kepribadian sang pendiri yang membayangi organisasi, dengan memberikan prioritas pada dimensi ideologis dengan mengorbankan dimensi organisasi dan hukum murni.

Penelitian di sini membutuhkan studi tentang struktur organisasi Ikhwanul Muslimin, menentukan kekuasaan dan pengaruh Pembimbing Umum dan badan-badan yang terkait langsung dengannya, serta meninjau dan mempertimbangkan prinsip-prinsip awal yang ditetapkan oleh Al-Banna, yang

---

186. Al-Zubayr Mahdad, Kemungkinan Sufisme untuk Pekerjaan Politik, di https://bit.ly/2KPYZKV.

---

mewakili anggaran dasar kelompok. Selain itu, perkembangan yang terjadi dalam mengubah anggaran rumah tangga internal kelompok akan ditampilkan, karena akan menjelaskan pengaruh intelektual dan ideologis pendirinya, Hasan Al-Banna, dan bagaimana ia mengandalkan peraturan dan klausul sebagai dasar hukum untuk mendefinisikan kekuasaannya dan badan-badan yang berafiliasi dengannya, agar dapat menyebarkan dakwah dan memperluas cakupan geografisnya, serta memungkinkannya untuk menerjemahkan tujuan kelompok sesuai dengan lima prinsip yang telah menjadi slogan tegas selama beberapa generasi: "Tuhan adalah tujuan kita, Rasul adalah teladan kita, Al-Qur'an adalah konstitusi kita, jihad adalah jalan kita, dan kematian di jalan Allah adalah cita-cita tertinggi kita."[187]

Sumber:
https://www.youtube.com/watch?v=NUT_DN-BdvY
Pemikiran paling penting:

Hasan Al-Banna berkata, "Tetapi kita, manusia, adalah sebuah gagasan, doktrin, sistem, dan kurikulum yang tidak ditentukan oleh suatu lokalitas atau dibatasi oleh jenis kelamin, dan tidak ada penghalang geografis yang berdiri di bawahnya, dan itu tidak berakhir dengan sebuah perintah sampai Tuhan mewarisi bumi dan orang-orang di atasnya."

Hasan Al-Banna, pendiri Ikhwanul Muslimin, menegaskan dalam salah satu pidatonya bahwa Ikhwanul Muslimin adalah kelompok ketuhanan (rabbaniyah).

https://www.youtube.com/watch?v=NUT_DN-BdvY

Struktur organisasi Ikhwan adalah cerminan dari pemikiran doktrinal dan religius pendirinya, Hasan Al-Banna, yang didasarkan pada penyebaran seruan moral yang luhur dan melindungi masyarakat dari penyebaran tabu, sementara pada saat yang sama melawan evangelisme dan kolonialisme di Mesir pada awal abad kedua puluh. Itulah mengapa orientasi intelektual dan religius Hasan

---

187.   "Lima Prinsip", situs Wikipedia Ikhwanul Muslimin: https://bit.ly/2ma8pFZ.

Al-Banna memainkan peran yang menentukan dalam menetapkan tujuan dan visi masa depannya untuk Ikhwanul Muslimin, dan mendefinisikan peran kepemimpinannya untuk tercermin dalam ketentuan hukum untuk tugas-tugas administrasi yang ditetapkan dalam struktur organisasi kelompok.

4-2-1 PEMBENTUKAN KARISMA

Agar kita dapat memahami dan mengukur bobot kepribadian pembimbing pertama dalam kemunculan dan perkembangan Ikhwanul Muslimin pada umumnya, serta refleksi dari sistem hukum dan administrasi organisasi, kami meninjau beberapa pos dalam biografi pembimbing dan beberapa ciri kepribadiannya serta beberapa visi dan keyakinan yang ia yakini, selain gerakan yang tak kenal lelah yang menjadi pembanding jelas mengenai dirinya.

Hasan Al-Banna memiliki kepribadian karismatik dan kepemimpinan berpengaruh yang telah menemaninya sejak masa kanak-kanaknya. "Di Sekolah Persiapan Al-Rashad, ia menonjol di antara rekan-rekannya, sebagai calon pemimpin di antara mereka, sehingga ketika 'Asosiasi Etika Sastra' dibentuk, rekan-rekannya memilihnya untuk menjadi ketua dewan direksi asosiasi ini. Asosiasi sekolah tidak memuaskan rasa ingin tahu anak muda ini dan rekan-rekannya yang antusias, sehingga mereka membentuk asosiasi lain di luar lingkup sekolah mereka, yang mereka sebut 'Asosiasi untuk Pencegahan Tabu' dan aktivitasnya tak jauh dari namanya. Al-Banna bekerja untuk mencapai tujuan asosiasi ini dengan segala cara, yakni dengan mengirimkan surat kepada semua orang di asosiasi, kemudian ide tersebut berkembang di kepalanya setelah ia bergabung dengan sekolah guru di Damanhur, lalu ia menyusun 'Charitable Society for Charity' yang mempraktikkan pekerjaannya di dua bidang penting, yang pertama menyebarkan dakwah tentang akhlak yang mulia, serta melawan kejahatan dan keharaman. Yang kedua, melawan gerakan para misionaris yang menjadikan Mesir sebagai rumah mereka, membawa agama Kristen dengan dalih pengobatan medis, kursus ilmu jahit, dan penampungan siswa.[188]

---

188. "The First Guide and Founder of Ikhwanul Muslimin Group 1325-1370 AH (1906-1949 CE)", laman situs Ikhwanul Muslimin, di tautan berikut: https://bit.ly/2klFQF3.

Berkat kepribadiannya yang karismatik dan dikagumi oleh semua orang yang bertemu dengannya atau menghadiri sesinya, Hasan Al-Banna dapat mengumpulkan banyak loyalis di sekitarnya dalam waktu singkat, diikuti dengan pendirian beberapa cabang Asosiasi Ikhwanul Muslimin di seluruh delta timur selain Ismailia, Port Said, Suez, dan Abu Sir.

Dalam kurun waktu ini, Hasan Al-Banna melihat bahwa untuk dapat menyebarkan dakwahnya, ia harus mencari perlindungan hukum untuk kegiatan dakwahnya. Oleh karena itu, ia harus mendaftarkan Ikhwanul Muslimin sebagai "perkumpulan" bukan "kelompok", sesuai dengan kerangka hukum yang berlaku pada tahun 1930-an, yang mensyaratkan pendaftaran aktivitas asosiasi mana pun tanpa karakter politik di Kementerian Dalam Negeri Mesir, agar memiliki perlindungan hukum yang melindungi aktivitasnya. Oleh karena itu, struktur organisasi Ikhwanul Muslimin yang pertama dikeluarkan pada awal tahun '30-an, dan strukturnya terlihat mirip dengan organisasi administratif sederhana yang disebut "Hukum Ikatan Ikhwanul Muslimin 1930", dan melalui daftar klausul anggaran dasar ini, nama-nama jabatan pimpinan tidak muncul seperti yang direncanakan dalam gerakan dakwah Hasan Al-Banna di tahap ini. Istilah dan nomenklatur serta kemunculannya dalam daftar resmi struktur organisasi Ikhwanul Muslimin baru terwujud setelah adanya amandemen klausul tentang pembimbing dan kantor-kantor yang terkait langsung dengannya. Sampai tugas dan wewenang pemimpinnya menampilkan peran sebagai "ketua dewan direksi", kewenangannya ditentukan dalam Pasal (18), Bab Lima tentang Dewan Administratif dari Ikhwan Hukum tahun 1930, yang menyatakan bahwa "ketua dewan direksi mewakili asosiasi dalam semua urusan dengan pihak lain dalam batas-batas hukum dari kontrak, perjanjian, kasus, dll, asalkan ia memiliki pernyataan tertulis dari dewan direksi yang dicap dengan meterai asosiasi dan ditandatangani oleh presiden atau pengamat administratif dan orang kepercayaan.[189]

---

189. Law of the Muslim Brotherhood Association of Shabrakhit, 1930, Bab Lima: Dewan Administratif, di tautan berikut: https://bit.ly/2oNQcPW.

4-3 AWAL DIFERENSIASI SISTEM ADMINISTRASI

Setelah struktur organisasi mengalami perubahan pada masa kepemimpinan Pembimbing Umum Hasan Al-Banna pada tahun 1944 dan 1945, struktur organisasi Ikhwanul Muslimin tampak lebih akurat dan rinci dalam disiplin dan tugas yang diemban oleh Pembimbing Umum dan afiliasi langsungnya, sejalan dengan perkembangan di bidang politik, sosial dan ekonomi untuk mencapai tujuan dan strategi. Yang direncanakan, dalam memperluas penyebaran dakwah, dapat menggunakan semua cara yang tersedia agar memperluas cakupan bimbingan dan nasihat untuk menyebar ke kota-kota dan pedesaan dan bahkan dakwah ke negara lain, setelah kesuksesan besar yang diraih oleh Ikhwan selama beberapa tahun.

Setelah mengubah pasal-pasal peraturan administrasi Ikhwanul Muslimin pada tahun 1948, istilah Ikhwanul Muslimin diubah menurut Bab 1, Pasal 1, menjadi badan, dan fungsi pembimbing serta badan-badan yang terkait langsung dengannya juga ditetapkan.

4-4 BADAN ADMINISTRATIF UTAMA IKHWANUL MUSLIMIN

4-4-1 PEMBIMBING

Bab Empat (Badan Administratif Utama Ikhwanul Muslimin) menjelaskan badan-badan yang secara langsung berada di bawah Pembimbing Umum Ikhwan melalui Pasal 9 dari daftar Ikhwanul Muslimin tahun 1948, dan dinyatakan sebagai berikut:

- Pembimbing Umum Ikhwanul Muslimin, yang merupakan Ketua Umum Komisi, Biro Bimbingan, dan Dewan Pendiri.

- Biro Bimbingan Umum, yang merupakan badan administratif tertinggi Ikhwanul Muslimin, mengawasi jalannya dakwah dan memandu kebijakan dan administrasinya.

- Dewan Pendiri, yaitu Majelis Umum Syura Ikhwanul Muslimin dan Majelis Umum Biro Bimbingan Umum[190]

Sementara Anggaran Dasar Ikhwan 1948 menjelaskan periode aturan pembimbing umum dalam Pasal 17 bahwa "pembimbing umum menjalankan misinya **seumur hidup** (kecuali jika ada alasan baginya untuk meninggalkannya)."[191]

Pasal (18) menyatakan bahwa "jika terjadi kematian atau cacat dalam bekerja, wakil harus bertindak sebagai pembimbing umum sampai masalah tersebut disampaikan kepada Dewan Pendiri dalam pertemuan yang undangannya ditujukan dalam waktu paling lama satu bulan."[192]

Selain itu, Anggaran Dasar Ikhwanul Muslimin tahun 1948, melalui artikel-artikel berikut, merinci instruksi yang mengatur pekerjaan Pembimbing Umum Ikhwanul Muslimin:

- Pasal (13): Pembimbing Umum mulai saat menjalankan misinya harus mengundurkan diri dari pekerjaan pribadinya dan mengabdikan dirinya untuk tugas yang ia pilih.

- Pasal (14): Tidak diperbolehkan bagi Pembimbing Umum -- dalam dirinya atau dalam kapasitasnya -- untuk berpartisipasi dalam perusahaan atau bisnis ekonomi atau untuk berpartisipasi dalam tingkat manajemen, bahkan yang terkait dengan Ikhwanul Muslimin dan tujuan mereka, demi melindungi pribadinya, menghemat waktu dan usahanya, meski ia memiliki hak untuk berlatih menulis karya ilmiah dan sastra dengan persetujuan dari Biro Bimbingan Umum.

- Pasal (15): Markas Besar akan membayar nafkah Pembimbing Umum, kecuali ia memiliki -- penghasilan sendiri atau pekerjaan serupa yang telah diotorisasi oleh Biro Bimbingan Umum -- asalkan perkiraan pengeluaran ini dibuat oleh sebuah komite yang dipilih oleh Dewan Pendiri untuk tujuan ini, segera setelah terpilih.

---

190.   Anggaran Dasar1948 Ikhwanul Muslimin, Ikhwan Wiki, https://bit.ly/2oMiH01.

191.   Anggaran Dasar 1948, op. cit.

192.   Sumber sebelumnya.

- Pasal (16): Jika Pembimbing Umum melanggar tugas dari jabatannya, atau kehilangan kapasitas yang diperlukan untuk posisi ini, ia harus meninggalkannya, dan Dewan Pendiri dapat memutuskan untuk memberhentikannya pada pertemuan yang dihadiri oleh empat per lima anggota, dan pengecualian ini harus dengan persetujuan tiga perempat dari hadirin. Namun, jika pertemuan tidak berlangsung dengan cara yang disebutkan di atas, maka ketentuan Pasal (11) akan berlaku.[193]

4-4-2 KETENTUAN YANG HARUS DIPENUHI OLEH PEMBIMBING UMUM

Pasal (10) Anggaran Dasar Ikhwanul Muslimin 1948 menyatakan bahwa seseorang yang akan dipilih sebagai pembimbing umum harus memenuhi syarat-syarat sebagai berikut:

(A) Harus menjadi anggota Dewan Pendiri dan telah bergabung selama lima tahun.

(B) Usia tidak boleh kurang dari 30 tahun.

(C) Memiliki kualitas pengetahuan, moral dan praktik yang membuatnya memenuhi syarat untuk itu.[194]

4-4-3 BAGAIMANA PEMBIMBING UMUM IKHWANUL MUSLIMIN DIPILIH?

Pasal (11) Anggaran Dasar Internal Ikhwanul Muslimin (1948) menjelaskan proses pemilihan pembimbing umum Ikhwan, bahwa "pembimbing umum dipilih dari antara anggota dewan pendiri dalam pertemuan yang dihadiri oleh setidaknya empat per lima dari anggota dewan ini. Jika rapat tidak hadir sesuai jumlah yang resmi, maka rapat ditunda ke tanggal lain tidak kurang dari dua minggu dan tidak lebih dari sebulan sejak tanggal rapat pertama. Persentase yang ditentukan dalam rapat pertama jumlah hadirin dan pemberi persetujuan harus ditetapkan, dan jika jumlah resmi pada rapat ini tidak tersedia, maka

---

193.   Anggaran Dasar Ikhwanul Muslimin tahun 1948, Wikipedia Ikhwanul Muslimin, https://bit.ly/2oMiH01.

194.   Anggaran Dasar Ikhwanul Muslimin tahun 1948, Wikipedia Ikhwanul Muslimin, https://bit.ly/2oMiH01.

rapat akan ditunda untuk kedua kalinya, dan Komisi harus menentukan tanggal pertemuan lain dalam periode yang sama dengan yang sebelumnya, dengan pengumuman dan tugas yang akan diadakan, dan bahwa pertemuan berikutnya akan terlepas dari jumlah hadirin, dan pilihannya akan dianggap benar oleh mayoritas tiga perempat dari hadirin.[195]

Ketika memilih pembimbing umum dari kelompok Ikhwanul Muslimin, Pasal (11) juga menetapkan bahwa pembimbing tersebut mengambil sumpah di hadapan Dewan Pendiri menurut aturan, dengan mengatakan, "Aku bersumpah demi Tuhan Yang Maha Kuasa untuk menjadi penjaga setia prinsip-prinsip Ikhwanul Muslimin dan aturannya, dan tidak menjadikan misi saya hanya berjalan untuk keuntungan pribadi, dan untuk menyelidiki pekerjaan dan bimbingan saya adalah untuk kepentingan masyarakat sesuai dengan kitab dan sunnah, dan bahwa saya menerima setiap saran, pendapat, atau nasihat dari siapa pun dengan penerimaan yang baik, dan bekerja untuk melaksanakannya kapan pun itu benar, dan semoga Tuhan bersaksi untuk itu. Bagi para anggota Dewan Pendiri, mereka harus memiliki naskah baiat Ikhwan sebagaimana tertera pada Pasal (4).[196] Dan para anggota Ikhwan membaiatnya di cabang yang berbeda melalui atasan mereka, dan memperbarui baiat sejak pertemuan pertama di mana mereka bertemu."[197]

Kami mencatat bahwa Hasan Al-Banna, melalui aktivitas dakwahnya, memiliki pengetahuan luas tentang jalannya peristiwa di Mesir dan di seluruh dunia,[198] sehingga organisasi mereka mendominasi Mesir di awal abad ke-20 dalam konteks pemaparan dan penyebaran pemikiran di belakangnya yang berbeda-beda.[199] Ide-idenya menembus dengan cepat dan dalam waktu singkat di

---

195. Sumber sebelumnya.

196. Naskah Pasal (4) "Teks baiat": Aku bersumpah kepada Tuhan Yang Maha Esa untuk menaati dakwah Ikhwanul Muslimin, berjihad untuknya, menjalankan syarat-syarat keanggotaannya, dan berkeyakinan penuh dengan kepemimpinannya, mendengar dan taat dalam rangsangan dan paksaan. Apa yang saya katakan agen."

197. [Sumber sebelumnya.

198. Lihat: Paolo Gonzaga, Mesir, The Muslim Brotherhood at a Crossroad, https://www.resetdoc.org/story/egypt-the-muslim-brotherhood-at-a-crossroad/

199. Abdullah Al-Aqeel, "The Late Ikhwan Guides," situs Wikipedia Ikhwanul Muslimin, di tautan berikut: https://bit.ly/2lWvV9c.

tengah masyarakat, dan Hasan Al-Banna dapat dengan mudah berkembang secara horizontal di masyarakat untuk berangkat menyebarkan dakwah dan kejayaannya di mana pun dan pada kesempatan apa pun.

Hasan Al-Banna juga tertarik untuk memperkuat pengaruh Ikhwanul Muslimin di masyarakat dengan menarik basis pemuda dan mahasiswa untuk membentuk jejaring sosial muda yang kuat, dan ia secara khusus tertarik untuk menyebarkan dakwah di kalangan mahasiswa di perguruan tinggi yang menurut Ikhwan tidak ada dakwah Islam, dan di saat partai politik dan ide-ide sesat mulai berdatangan ... kampus universitas sampai saat itu menjadi arena pertempuran konstan antara partai-partai Mesir, seperti Wafd, Liberal Konstitusional, Saadiist dan Partai Nasional, kemudian perwakilan Pemuda Mesir menemukan Ikhwan.[200]

Dengan berkembang pesatnya gerakan dakwah Ikhwanul Muslimin, Hasan Al-Banna harus membuat kerangka hukum dan organisasi struktural untuk kelompok yang sesuai dengan sifat aktivitasnya dan melindungi kerja dakwah dari kritik atau pelecehan dari pesaing atau bahkan dari sistem politik yang ada di Mesir, dan inilah mengapa ia tertarik untuk memiliki struktur tersebut. Unit organisasi dan berbagai regulasinya adalah alat yang memungkinkannya untuk tunduk pada semua anggota kelompok pada pengaruhnya di bawah prinsip pendengaran dan kepatuhan.

Dengan demikian, Hasan Al-Banna, berkat kombinasi kepemimpinan dan kepribadian karismatik yang ia miliki dalam menyebarkan dakwahnya, di samping pengetahuannya yang luas, mampu memaksakan kendali mutlak pada semua orang yang percaya padanya dan menggunakannya untuk melayani tujuan Ikhwanul Muslimin. Kemudian, pada tahap selanjutnya, ia berupaya untuk keluar dengan dakwahnya di luar batas geografis Mesir, karena gagasan dakwahnya didasarkan pada peleburan batas geografis untuk mencapai universalitas dari sudut pandang Islam, yang didasarkan pada universalitas Islam dan inklusivitas untuk mencakup kemanusiaan. Seruannya tidak terlepas dari dunia Islam, tetapi ada universalitas di dalamnya ... yang

---

200. Mahmoud Abdel-Halim, Ikhwanul Muslimin .. Peristiwa yang Membuat Sejarah Visi dari Dalam, Bagian Satu, 1928-1948, (Alexandria, Dar Al Da`wah for Printing, Publishing and Distribution, 1994).

mana dakwah global semacam itu tidak bisa spesifik untuk dalam negeri. Ia juga menaruh perhatian penuh pada dunia Islam di masa-masa awalnya, dengan bentuk pembukaan cabang Ikhwan di Djibouti, Somalia pada tahun 1933 M (Somalia termasuk Persemakmuran Prancis di Afrika Timur), artinya jika kelompok tersebut didirikan pada tahun 1928 M, maka setelah lima tahun kelompok tersebut sudah membuka cabang di luar Mesir dan mendirikan struktur organisasi untuk kelompok yang memungkinkan Hasan Al-Banna untuk mendapatkan kendali. Dari sini kami menyimpulkan bahwa pemikiran dakwah Hasan Al-Banna memiliki tujuan dan visi ekspansi sejak berdirinya gerakan Ikhwanul Muslimin, dan direncanakan untuk bekerja dari dalam dan di luar Mesir untuk memperluas pengaruh dan persenjataannya agar dapat menjangkau dunia. Rahasia keberhasilan Hasan Al-Banna dan perluasan pengaruh gerakan dakwahnya dapat dijelaskan dengan fakta bahwa ia memusatkan perhatian pada masalah pemulihan kekhalifahan Islam, yang memiliki status khusus di kalangan umat Islam di mana pun, terlepas dari kenyataan bahwa tujuan utama yang ia cari di baliknya adalah untuk mencapai jabatan guru dunia bagi kelompoknya.[201]

Aktivitas Ikhwanul Muslimin, dipimpin oleh Pembimbing Umum Hasan Al-Banna, telah berubah menjadi "sistem ideologis berbasis nilai yang kaku berdasarkan kesetiaan, ketaatan, kesetiaan dan komitmen organisasi sebagai bagian dari keyakinan dan komitmen religius anggota melalui jalan di mana ia dapat naik, berkembang, meningkat dan melemah dalam internal organisasi Ikhwan. Percampuran antara organisasi dan proyek atau gagasan dapat menyebabkan cacat pemahaman dan gerakan dan dualitas dalam tindakan dan strategi. Sehingga kepemimpinan di bawah organisasi tertutup menjadi sumber utama legitimasi, dengan perintah dan larangan di tangannya. Kepatuhan atau ketidakpatuhan menjadi indikator untuk mengukur tingkat komitmen dan loyalitas individu (dan terkadang keyakinannya).[202]

201. Lihat: Hoveyda, F., Bulan Sabit yang Putus: Ancaman Fundamentalisme Islam Militan, Praeger Publishers (2002).

202. Khalil Al-Anani, The Erosion of the Totalitarian "Ikhwan" Narrative and the Fall of "Orthodox Islamism", situs Qantara, di link berikut: https://bit.ly/2Mo7m0T.

4-4-4 KEWENANGAN PEMBIMBING UMUM DALAM STRUKTUR ORGANISASI

Hasan Al-Banna, Pembimbing Umum dan pendiri Ikhwan, menerima dukungan kuat dalam membangun pengaruhnya melalui Pasal 9 dan 17 Peraturan Struktur Organisasi Ikhwanul Muslimin tahun 1948, yang menetapkan bahwa pembimbing tersebut akan memegang jabatan presiden dari semua otoritas eksekutif dan legislatif dan bahwa ia akan tetap dalam posisi itu seumur hidup. Ketentuan hukum dari daftar Ikhwanul Muslimin ini dianggap sebagai dukungan yang kuat untuk Hasan Al-Banna dalam kekuatannya yang terus berkembang dan memaksakan hegemoni atas kerja struktur organisasi Ikhwanul Muslimin di semua tingkatan. Namun, menjadi jelas bahwa pengaruh Hasan Al-Banna, selain kekuatan yang diberikan struktur organisasi kepadanya, terletak pada struktur kepribadian dan karakteristik kepemimpinannya juga, yang tercermin dengan jelas dalam pekerjaan kepemimpinannya sejak masa mudanya.

4-4-5 CONTOH PENGARUH HASAN AL-BANNA DAN PELANGGARAN PERATURANNYA

Sejak berdirinya pada tahun 1928, Ikhwanul Muslimin bukannya tanpa krisis atau perpecahan yang menjadi ancaman bagi proses Ikhwanul Muslimin. Melalui krisis dan perpecahan inilah sentralitas kekuasaan yang dimiliki Hasan Al-Banna dapat dijelaskan, dan ia sering mengabaikan keputusan dewan pendiri (Dewan Syura) atau Biro Bimbingan, dan mengabaikan prinsip mayoritas dalam membuat keputusannya, meskipun terdapat ketentuan tersebut dalam peraturan hukum untuk struktur organisasi. Contohnya adalah sebagai berikut:

- **Hasan Al-Banna mencalonkan diri sebagai Anggota Parlemen untuk Departemen Ismailia**

Menanggapi keinginan Ikhwanul Muslimin, Hasan Al-Banna mencalonkan dirinya pada tahun 1942 sebagai wakil konstituensi Ismailia, tetapi al-Nahhas Pasha meminta Al-Banna untuk mencabut pencalonan tersebut, sebagai tanggapan atas tekanan Inggris. Ketika masalah tersebut dibawa ke dewan pendiri, Dewan Syura, keputusan dikeluarkan yang mewakili mayoritas untuk tidak mencabut pencalonan. Sedangkan untuk keputusan minoritas di Dewan Syura, hal itu diserahkan kepada Hasan Al-Banna sebagai keputusan pribadi. Hasan Al-Banna lebih suka mengesampingkan pencalonan, mengabaikan keputusan mayoritas dari dewan pendiri (Dewan Syura). Di sini kami melihat bahwa Dewan Pendiri yang secara langsung berada di bawah bimbingan global semuanya diatur oleh keputusan Pembimbing Umum dan tidak tunduk pada penerapan peraturan mereka atau oleh suara terbanyak.[203]

- Kasus pelanggaran etika ipar Al-Banna, Abdul Hakim Abdin

Pada akhir tahun 1945, kelompok ini dilanda krisis yang kuat ketika laporan disampaikan kepada Sekretaris Jenderal (Sekjen) Hassan Al Banna terhadap Abdul Hakim Abdeen (suami dari saudara perempuannya) dengan memanfaatkan posisinya untuk melakukan pelecehan anggota wanita Ikhwan, dan kasus ini merupakan skandal moral yang cukup besar dalam organisasi Ikhwan yang banyak dikenal dengan kasus "Rasputin Ikhwan",[204] mirip dengan kasus pendeta Rusia Gregory Rasputin, bapak amoralitas seksual dalam literatur Internasional. Krisis Abdul Hakim Abdeen bermula ketika Hasan Al-Banna diusulkan untuk menerapkan "sistem kunjungan", yang disambut baik oleh Hasan Al-Banna dan Ikhwanul Muslimin sebagai sarana untuk mendukung kerja Ikhwanul Muslimin sesuai dengan cabang-cabang yang dipedulikan oleh struktur organisasinya dan menganggap keluarga sebagai elemen esensial dan penting. Atas dasar pengorganisasian dan pendokumentasian hubungan dan ikatan famili (*usrah*) dalam organisasi Ikhwanul Muslimin. Jadi, "sistem kunjungan" memberi kesempatan kepada Abdul Hakim Abdeen untuk memasuki rumah Ikhwan, mengenal anggota keluarga mereka dan duduk bersama para wanita mereka. Dengan kemampuan menulis dan melafal puisi yang hebat, ia cepat diterima di antara anggota keluarga Ikhwan, terutama antara anak-anak dan perempuan, dan tiba-tiba tanpa ada perkenalan, khususnya pada tahun 1945, beredar berita di dalam organisasi tentang adanya hubungan seksual

---

203. Pembimbing keempat Ikhwanul Muslimin, Muhammad Hamid Abu al-Nasr 1313-1416 H, 1913-1996 M, situs Wikipedia Ikhwanul Muslimin, di link berikut: https://bit.ly/2kDumwN

204. Abd al-Hakim Abdin .. Rasputin Ikhwan, situs Islamic Gate, 8 Desember 2018, di link berikut: https://bit.ly/2AK1QxL

antara sekretaris jenderal kelompok dan sejumlah perempuan Ikhwan yang memasuki rumah mereka.[205] Hasan Al-Banna memutuskan untuk membentuk komite yang dapat diandalkan dari Biro Bimbingan untuk menyelidiki masalah yang menyerupai persidangan internal. Panitia terdiri dari Ahmed Al-Sukkari, Saleh Ashmawi, Hussein Badr, Dr. Ibrahim Hassan, Mahmoud Labib, Hussein Abdel-Razek, dan Amin Ismail, dan setelah penyelidikan, komite mengeluarkan laporan yang menyatakan bahwa Abdul Hakim Abdeen bersalah, dan Kantor Konseling dengan suara bulat memutuskan untuk memberhentikan Abdul Hakim Abdeen dari keanggotaan. Tetapi keputusan itu ditolak oleh Hasan Al-Banna dan ia memutuskan untuk membentuk komite lain untuk membebaskan suami saudara perempuannya, dan keputusan komite kedua adalah menuduh orang-orang yang ingin menikahi saudara perempuannya sebagai dalang plot ini terhadap Abdul Hakim Abdeen, yang cukup perlu waktu lama untuk menghapus cerita ini dari memori Ikhwan karena tidak adanya keuntungan dengan memikirkannya terlalu serius. Ia pun pensiun dari bekerja di Ikhwan.[206]

Hasan Al-Banna tidak hanya membebaskan saudara iparnya, Abdel Hakim Abdeen, ia juga memberhentikan sejumlah anggota komite investigasi yang mengutuknya dan mempertanyakan niat Ahmed Al-Sukkari, tetapi secara kontradiktif juga menunjuk iparnya sebagai Sekretaris Jenderal organisasi. Keputusan Al-Banna untuk menolak mengakui dosa saudara iparnya itu menyebabkan gelombang besar perpecahan dalam kelompok tersebut, yang oleh beberapa orang digambarkan sebagai gempa bumi dahsyat yang melanda Ikhwan. Sekali lagi, Hasan Al-Banna menunjukkan kekuatan pengaruh dan keputusan otoriternya dalam Ikhwanul Muslimin dalam aspek etika, dan ia tidak peduli dengan keputusan Biro Bimbingan, yang dengan suara bulat mengutuk salah satu anggotanya karena melakukan pelanggaran etika.

---

205. Sumber sebelumnya.

206. Ahmed Al-Jadi, Abdel Hakim Abdeen, ipar Hasan Al-Banna dan pemilik skandal terbesar dalam sejarah grup, situs Aman, November 2018, di tautan berikut https://www.aman-dostor.org/15274, dan juga: Video Channel TenTV, program People of Evil, judul programnya, "Abdel Hakim Abdeen ... ipar Hasan Al-Banna, pelaku pelecehan di Ikhwanul Muslimin", 21 Mei 2018, https://bit.ly/2y6OmxM.

- Keluarnya Ahmed Al-Sukkari disutradarai dari Ikhwanul Muslimin

Keluarnya Ahmed al-Sukkari dari Ikhwanul Muslimin pada tahun 1947 merupakan masalah kontroversial dalam sejarah Ikhwanul Muslimin. Menurut versinya, dalam ensiklopedia resmi sejarah Ikhwanul Muslimin, alasan berpisahnya Sukkari diawali dengan konflik di dalam Ikhwanul Muslimin antara dirinya dan Hasan Al-Banna, yang dimanifestasikan dalam kompetisi agar Sukkari menjadi pembimbing dan banyak muncul sebagai representasi kepemimpinan Ikhwanul Muslimin pada beberapa acara dan konferensi, serta eksploitasi dakwah oleh Sukkari untuk kepentingan pribadi.[207]

Namun kisah paralel pemecatan al-Sukkari dari Ikhwanul Muslimin dengan keputusan Hasan Al-Banna menunjukkan bahwa konflik yang muncul di antara mereka diawali karena menutupi korupsi moral dalam Ikhwan, ketika Al-Banna menolak keputusan untuk menghukum iparnya dalam laporan komite yang bertugas menyelidiki skandal Abdul Hakim Abdeen. Hasan Al-Banna puas dengan penolakan keputusan tersebut, tetapi merujuk anggota komite, termasuk Al-Sukkari, untuk menyelidiki posisi mereka terhadap ipar laki-lakinya dan memutuskan untuk memberhentikan mereka (rincian cerita disebutkan di atas). Kedua, alasan dikeluarkannya Ahmed al-Sukari dari Ikhwanul Muslimin adalah karena kepergian Hasan Al-Banna dari jalur dakwah Ikhwanul Muslimin, menurut cerita al-Sukkari, yang diterbitkan dalam artikel setelah pemecatannya dari Ikhwanul Muslimin di surat kabar "Sawt Al-Ummah" dan "Al-Kutta".[208] Kesaksian Al-Sukkari adalah salah satu kesaksian terpenting yang tercatat dalam sejarah perpecahan Ikhwanul Muslimin, Di dalamnya, Al-Banna dituduh tirani dalam pengambilan keputusan, dan menjalin kontak dengan beberapa tokoh asing. Masalah pemecatan Ahmed al-Sukkari, yang dulu memegang posisi wakil untuk Hasan Al-Banna di Ikhwanul Muslimin, tidak jelas alasannya karena

---

207. Untuk lebih jelasnya, lihat: "Fitna Ahmad al-Sukkari. Ustadz Ahmed al-Sukari, Wakil Umum Ikhwanul Muslimin, berpisah dari Ikhwanul Muslimin pada tahun 1947 .. Penyebab dan Dampaknya," Wikipedia Ikhwanul Muslimin, di tautan berikut: https://bit.ly/2XrasD3. Lihat juga: Ibrahim Youssef, "Perpecahan paling menonjol dalam sejarah Ikhwanul Muslimin", Mei 2015, situs web Masr Al-Arabiya, di tautan berikut: https://bit.ly/2IVnQ4O].

208. Muhammad Saleh Al-Sabti, mempersembahkan buku Ikhwanul Muslimin ... skandal mereka dengan pena ... kesaksian pendiri sejati Ikhwanul Muslimin terhadap mereka, di link berikut: https://bit.ly/32IJxWl].

---

keputusannya tidak diumumkan atau diselidiki, atau entah apakah pemecatannya dilakukan dengan suara bulat jika memang terjadi pemecatan dari anggota Ikhwanul Muslimin.

4-4-6 SISTEM ADMINISTRASI UNIT KEWANITAAN IKHWAN

Hasan Al-Banna, pembimbing umum Ikhwan, menyadari sejak awal pentingnya energi sosial wanita jika mereka tertarik pada kelompok. Ia mengurus bagian kewanitaan dan memastikan bahwa bagian ini berafiliasi dengannya secara pribadi, dan ia menyadari bahwa misi ini terutama didasarkan pada tujuan "mempersiapkan generasi gadis dan wanita dalam menciptakan jumlah terbesar pendidikan Islam yang tercerahkan dengan porsi informasi fiqih dan sejarah dalam persiapan pembangunan rumah-rumah Islami yang mungkin lebih bergantung pada pembangunannya pada wanita daripada pada pria ... Jika tidak ada seorang ibu muslimah yang salehah dan istri muslimah yang salehah di rumah anggota Ikhwan, maka mustahillah bangunan itu akan berdiri kokoh meskipun ada seorang pria yang menopangnya."[209]

Ketertarikan Hasan Al-Banna dalam mendirikan Departemen Kewanitaan Ikhwanul Muslimin adalah karena pertimbangan lain, yaitu "Tanggapan Al-Banna terhadap seruan pembebasan perempuan secara Barat yang dicanangkan oleh banyak intelektual Mesir pada saat itu. Oleh karena itu, kelompok perempuan pertama di Ikhwanul Muslimin, yang disebut Divisi Akhawat Muslimat (Perkumpulan Akhawat Muslimat) didirikan pada tahun 1932. Divisi tersebut terdiri dari anak perempuan, istri, dan kerabat wanita anggota Ikhwan lainnya, sebuah praktik yang tetap penting dalam mempekerjakan para Akhwat. Hubungan famili (*usrah*) masih memainkan peran penting dalam meningkatkan keanggotaan kelompok ini.[210]

Dari sini, Al-Banna mendirikan "Madrasah Akhawat Muslimat" yang misinya selain mendidik dan membina anak perempuan, memiliki fokus pada pendidikan

---

209. Mahmoud Abdel-Halim, sumber yang disebutkan sebelumnya, hlm. 212-226.

210. Lihat: Omayma Abdel-Latif, Dalam Bayangan Akhwat Ikhwanul Muslimin Mesir, Carnegie Middle East Center Nomor 13 Oktober 2008 Carnegie PAPERS P 2, https://bit.ly/2lFJBWb.

agama yang dilandasi nilai-nilai akhlak Islam namun secara politis dikualifikasikan dengan tujuan melibatkan perempuan dalam dakwah yang sejalan dengan aktivitas laki-laki dalam menyebarkan dakwah. Sebuah peraturan internal yang mendefinisikan tujuan dan hierarki organisasi perempuan dikeluarkan pada bulan April 1932. Di dalamnya ditetapkan bahwa tujuan dari pembentukan Kelompok Akhawat Muslimat adalah untuk mendukung moral Islam dan menyebarkan kebajikan, melalui ceramah dan pertemuan perempuan saja."[211]

4-5 HASSAN AL-HUDHAIBI: ABSENNYA KARISMA DAN KEKOSONGAN KEPEMIMPINAN (1951-1973)

Kajian tahapan ini dimulai dari hipotesis kedua dan isinya adalah bahwa ketiadaan secara tiba-tiba dari kepribadian sentral organisasi (karisma) dan relatif lemahnya kelembagaan dalam organisasi menyebabkan konflik internal dan perselisihan tentang kepemimpinan yang dapat melemahkan atau menghilangkan organisasi, selain itu juga sifat dari respon sistem politik (masa Gamal Abdel Nasser), konfrontasi dan kekejaman selama masa kepemimpinan Hassan al-Hudhaibi, berdampak pada keberadaan Ikhwanul Muslimin dan pada organisasi administratif dan hukum mereka yang belum diperbarui. Namun, berdasarkan latar belakang aturan, Al-Hudhaibi mengusulkan pada tahun 1951 peraturan internal untuk kelompok di mana ia mengembangkan pembagian dan alokasi tugas, fungsi dan peran yang tepat dalam organisasi. Ketentuan-

---

211.   Ibid.

ketentuan peraturan tersebut baru dapat dilaksanakan ketika mendiang Presiden Anwar Sadat mengambil alih kekuasaan di Mesir dan memperbolehkan kelompok tersebut untuk kembali beraktivitas. Pembimbing kedua menyajikan program reformasi dan kebangkitan yang dikembangkan dan diperdalam oleh pembimbing ketiga, Umar Al-Tilmisani.

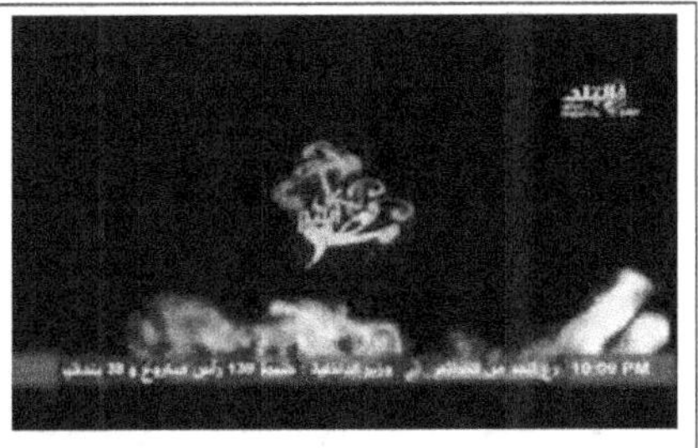

Judul video: Pembimbing Ikhwanul Muslimin dari tahun 1949 sampai sekarang.

Pada tautan berikut:

https://www.youtube.com/watch?v=utd4zICtN74

Pembimbing Umum Ikhwanul Muslimin sejak berdirinya Ikhwanul Muslimin pada tahun 1928 telah memainkan peran yang efektif dalam struktur organisasi dan dinamika kelompok, dan setiap kali dia memiliki kepemimpinan yang karismatik, dia mampu meningkatkan kekuatan struktur ini.

https://www.youtube.com/watch?v=utd4zICtN74

4-5-1 SIAPAKAH HASSAN AL-HUDHAIBI?

Setelah pembunuhan Hasan Al-Banna pada tahun 1949, Hassan Al-Hudhaibi dinominasikan sebagai pembimbing umum, dengan suara bulat dari Dewan Pendiri Ikhwanul Muslimin, untuk secara resmi menjadi pembimbing umum kedua Ikhwanul Muslimin pada tahun 1951. Hassan Al-Hudhaibi lahir pada tahun 1891 di Arab Al-Sawalha, Shibin Al-Qanater Center, Qalioubia Kemudian bergabung dengan Al-Azhar, kemudian pindah ke studi sipil, dan setelah memperoleh gelar sarjana muda pada tahun 1911, ia bergabung dengan Sekolah Hukum, dan lulus dari itu pada tahun 1915. Setelah lulus ia bekerja sebagai pengacara, kemudian di peradilan di Qena pada tahun 1924, kemudian pindah ke beberapa kota hingga menetap di Kairo. Ia dikenal karena integritas dan penyelidikannya yang kuat untuk mencapai kebenaran, dan digambarkan dengan penghargaan dan kebanggaan dari rekan-rekan dan atasannya sampai ia naik ke pangkat penasihat yang sangat baik di Mahkamah Agung Kasasi, tetapi ia mengundurkan diri dari pengadilan setelah menerima kepercayaan sebagai pembimbing umum Ikhwanul Muslimin.[212]

Hassan Al-Hudhaibi dipengaruhi oleh karya Ikhwanul Muslimin dan hubungannya dengan mereka dimulai pada tahun 1942, "dan ia yakin akan seruan ini secara praktis sebelum teoretis, dan ketika ia mendapati beberapa kerabat petaninya sadar akan perkara agama dan politik yang biasanya tidak mereka ketahui, terutama karena mereka buta huruf. Dan ketika ia mengetahui bahwa hal ini berkat Ikhwanul Muslimin, ia pun mengagumi dakwah mereka, dan mulai memastikan untuk menghadiri khotbah Jumat di masjid-masjid tempat pendiri kelompok itu, Hasan Al-Banna, sedang berdakwah.[213] Kami mencatat di sini bahwa awal hubungan Hassan Al-Hudhaibi dengan Ikhwanul Muslimin dimulai pada tahun 1942 dan hubungannya dengan Hasan Al-Banna diperkuat pada tahun 1944.

4-5-2 PERBEDAAN DALAM PENCALONAN HASSAN AL-HUDHAIBI

Setelah pembunuhan Hasan Al-Banna pada tahun 1949, Ikhwan mengalami masa ketegangan dalam memilih penggantinya, dan Ikhwan mulai mencari pemimpin lain, dan Dewan Pendiri dengan suara bulat memilih Hassan Al-Hudhaibi sebagai pembimbing umum Ikhwanul Muslimin.

Situs web Ikhwan Wiki menyatakan dalam dokumentasi pembimbing kedua mengenai penunjukannya sebagai penerus Al-Banna, bahwa: "Ikhwan mulai mencari pemimpin lain dan menominasikan untuk posisi ini lebih dari satu anggota Ikhwan: di antaranya adalah Ahmed Hassan Al-Baqouri, Abdel Rahman Al-Banna, Saleh Ashmawi, dan Abdel Hakim Abdeen, tetapi mayoritas di majelis konstituante dengan suara bulat setuju untuk memilih Al-Hudhaibi, dan ia terus melakukan pekerjaannya secara sembunyi-sembunyi selama sekitar enam bulan, selama itu ia tidak meninggalkan pekerjaan di pengadilan, dan ketika

---

212. Abdullah Al-Aqeel, Para Pembimbing Ikhwan yang Telah Pergi, sumber yang disebutkan sebelumnya.

213. Hussam Al-Haddad, Hassan Al-Hudhaibi, pembimbing kedua, situs web Islamic Movements Portal, Agustus 2019, di tautan berikut: https://bit.ly/2MicSj8.

pemerintah mengizinkan Dewan Pendiri Ikhwan untuk bertemu pada tahun 1951, para anggotanya meminta Al-Hudhaibi untuk memimpin rapat komite dalam kapasitasnya sebagai pembimbing untuk kelompok tersebut. Namun ia menolak permintaan mereka, karena ia menganggap pemilihannya oleh dewan pendiri dalam tahap panggilan rahasia yang tidak mewakili pendapat Ikhwan, dan ia meminta mereka untuk memilih pembimbing lain selain dirinya, tetapi Ikhwan menolak permintaannya dan berbaiat kepadanya sebagai pembimbing kedua.[214] Menyusul penunjukannya sebagai pembimbing umum Ikhwanul Muslimin, Hassan Al-Hudhaibi mengundurkan diri dari pengadilan untuk bekerja di Ikhwanul Muslimin.

Keputusan memilih Hassan Al-Hudhaibi sebagai pembimbing umum Ikhwanul Muslimin tidak menerapkan ketentuan anggaran dasar internal dalam proses pemilihan pembimbing (Pasal 10) dalam daftar Ikhwanul Muslimin tahun 1948, yang menetapkan bahwa pembimbing umum harus menjadi anggota Dewan Pendiri dan telah bergabung selama lima tahun. Pasal (18) yang menyatakan bahwa jika terjadi meninggal dunia atau cacat, Jaksa Agung menggantikan pembimbing umum sampai hal itu disampaikan kepada Dewan Pendiri dalam rapat yang undangannya disampaikan dalam waktu paling lama satu bulan.

Dewan Pendiri membenarkan pelanggarannya dalam melaksanakan ketentuan yang menetapkan dalam proses pemilihan Pembimbing Umum, menyatakan bahwa Hasan Al-Banna menulis surat wasiat tentang siapa yang akan menggantikannya dan merekomendasikan Ikhwanul Muslimin untuk berkonsultasi dengannya dan kembali ke Hassan Al-Hudhaibi dalam ketidakhadirannya, karena ia berkata: "Hanya Tuhan yang tahu kapan saya kembali, jika memungkinkan bagi saya untuk kembali. Jika Anda membutuhkan pendapat selama saya tidak ada, carilah Hassan Al-Hudhaibi di Pengadilan Kasasi, karena saya menganggapnya sebagai orang yang sangat percaya pada pendapat yang sehat."[215]

---

214. Hassan Al-Hudhaibi ... pembimbing kedua Ikhwanul Muslimin, situs Wikipedia Ikhwanul Muslimin, di tautan berikut: https://bit.ly/2nUAWkb.

215. Abdullah Al-Aqil, "Asy-Syahid Imam Hasan Al-Banna .. Memperbarui Islam di Abad Keempat Belas Hijriah, Para Pembimbing yang Telah Berpulang", situs Wikipedia Ikhwanul Muslimin, di link berikut: https://bit.ly/2kVXGP5.

Seorang anggota dari kantor Pembimbing Umum menyatakan bahwa "Hassan Al-Hudhaibi saat itu bukanlah anggota Ikhwan, tetapi ia mencintai dan dekat dengan para pemimpinnya, terutama Al-Banna, dan memilihnya adalah solusi kompromi untuk menghentikan krisis Aparat Khusus yang menempatkan grup dalam masalah dan menyebabkan pembunuhan pendirinya, dan grup tetap berjalan tanpa *mursyid* (pembimbing) selama sekitar 14 bulan.[216] Ia juga menyebut Hassan Al-Hudhaibi dengan sebutan "pembimbing dadakan", dan Muhammad Al-Ghazali menggambarkannya dalam salah satu bukunya sebagai seorang Masonik Ikhwan, ia mengatakan: "di antara anggota Biro Bimbingan dan di puncaknya adalah orang-orang dengan ikatan Masonik, termasuk Hassan Al-Hudhaibi."[217]

4-5-3 HASSAN AL-HUDHAIBI DAN EVOLUSI KERJA POLITIK IKHWANUL MUSLIMIN

Masa kepemimpinan Hasan Al-Hudhaibi dari Ikhwanul Muslimin mencicipi kebangkitan revolusi Juli 1952, ketika kelompok tersebut menyatakan dukungannya untuk revolusi, tetapi hubungannya dengan kepemimpinan revolusi mulai memburuk, ketika kali terakhir rezim menolak permintaan Al-Hudhaibi untuk mengonsultasikan keputusan mereka sebelum dikeluarkan, hingga terdapat manifestasi ketidaksepakatan lain yang berkembang menjadi bentrokan kedua belah pihak. Gamal Abdel Nasser mengungkapkan pengkhianatan Ikhwanul Muslimin dengan mengatakan: "Pada tahun 1954 kami bernegosiasi dengan Inggris tentang evakuasi, dan pada saat yang sama Ikhwanul Muslimin mengadakan pertemuan rahasia dengan anggota kedutaan Inggris dan memberi tahu mereka bahwa mereka dapat merebut kekuasaan. "Kami dapat melakukan ini dan itu," dan mereka bernegosiasi, sebagai pihak yang tidak pernah mewakili perasaan yang kita rasakan di Mesir.. Pembimbing Partai Ikhwanul Muslimin saat ini ditanya tentang posisi mereka dalam Perang Terusan, katanya: "Kami adalah dakwah yang luas. Anda di sini, di Mesir,

---

216. Shaaban Hadiya, "Pembimbing Ikhwanul Muslimin dari Al-Banna hingga Akef .. Tujuh kepribadian yang menjabat dalam 82 tahun ... dan Badi' 'yang kedelapan dari mereka," situs Al-Youm Al-Sabea, Januari 2010, di tautan berikut: https://bit.ly/2lQcu1U.

217. TeN Channel, sebuah program berjudul "People of Evil, Hassan Al-Hudhaibi, Guide of the Masonic Ikhwan," Mei 2018, di link berikut: https://bit.ly/2JxPcch.

mungkin tertarik untuk berperang di Terusan dan kami melihat minat untuk berperang di negara lain. Ini adalah dakwah Ikhwanul Muslimin. Semua kata-kata itu menyesatkan, dan semua kata-kata adalah perdagangan dalam agama."[218]

Karena pengkhianatan Ikhwanul Muslimin terhadap Gamal Abdel Nasser dan adanya upaya untuk membunuhnya, Hassan Al-Hudhaibi ditangkap untuk pertama kalinya bersama beberapa anggota grup pada 13 Januari 1954, kemudian dibebaskan pada Maret tahun yang sama. Kemudian ditangkap untuk kedua kalinya pada akhir tahun 1954, saat diadili dan dijatuhi hukuman mati, kemudian diringankan menjadi seumur hidup. Setelah setahun dipenjara, ia dipindahkan ke tahanan rumah karena stroke dan usia lanjut. Penahanan rumahnya dicabut pada tahun 1961, dan ia ditangkap kembali pada bulan Agustus 1965 di Alexandria dan diadili atas tuduhan menghidupkan kembali Aparat Khusus, meskipun usianya telah melebihi 70 tahun, selama itu ia dipulangkan selama lima belas hari ke rumah sakit, kemudian ke rumahnya, lalu kembali untuk menyelesaikan pemenjaraannya. Hukuman penjara diperpanjang hingga 15 Oktober 1971, lalu ia dibebaskan, dan ia meninggal pada 1973 pada usia 82.

Hassan Al-Hudhaibi memainkan peran utama dalam menyelesaikan masalah *takfir* yang dianut oleh beberapa pemuda yang pernah mengalami beragam penyiksaan, jadi ia meyakinkan mereka dengan bukti dan dalil, dan menulis buku "Dai Bukan Hakim," jadi ia banyak mengubah pendapat mereka dan mengikuti pemikiran yang benar, serta menjelaskan segala apa yang selama ini diyakini dengan penjelasan yang terang, dengan cara menggariskan apa-apa yang menjadi identitas Ikhwan dan apa-apa yang tidak, dan ia menginformasikan itu ke para bawahannya.[219]

---

218. Video, "Abdel Nasser: Ikhwanul Muslimin adalah pedagang agama dan pengkhianat", di tautan berikut: https://www.youtube.com/watch?v= k1aczWYxvkw.

219. Shaban Hidaya, sumber yang disebutkan sebelumnya.

4-5-4 HASSAN AL-HUDHAIBI DAN PERUBAHAN DALAM PERATURAN ORGANISASI IKHWANUL MUSLIMIN: MELEBIH-LEBIHKAN KEKUATAN PEMBIMBING

Hassan Al-Hudhaibi memimpin Ikhwanul Muslimin untuk waktu yang lama (22 tahun) dan setelah mengambil posisi Pembimbing Ikhwan pada tahun 1951, ia membuat perubahan pada beberapa pasal pada peraturan internal Ikhwanul Muslimin tahun 1948, di Bab Empat dari Pasal 9 yang menyatakan bahwa "pembimbing umum Ikhwanul Muslimin adalah ketua umum badan, biro bimbingan, dan Dewan Pendiri."[220] Kewenangan pembimbing umum pada Pasal 31 Peraturan Internal tahun 1951 diubah menjadi "mengawasi, mengarahkan dan memantau badan-badan Ikhwan."[221] Selain itu, Hasan Al-Hudhaibi mengubah kekuasaannya di Biro Bimbingan sehingga kami menemukan bahwa apa yang diatur dalam peraturan internal tahun 1948 bahwa "Biro Bimbingan adalah salah satu badan utama Ikhwan. Biro Bimbingan adalah "badan administratif tertinggi Ikhwanul Muslimin yang mengawasi jalannya dakwah dan memandu kebijakan dan administrasinya,"[222] dan Pasal 31 dari peraturan Ikhwanul Muslimin pada tahun 1951 menetapkan bahwa Pembimbing Umum "mewakili Biro Bimbingan dan melaksanakan keputusannya, mengawasi mereka yang bertanggung jawab atas implementasi dan meminta pertanggungjawaban mereka atas setiap kegagalan."[223] Melalui penambahan tersebut maka kewenangan tugas Pembimbing Umum Ikhwanul Muslimin tidak lagi terwakili dalam mengawasi dan mengarahkan saja, tetapi juga mencakup aktivitas seluruh badan Ikhwanul Muslimin, dan memberlakukan sistem pertanggungjawaban atas setiap gagal bayar, yang artinya Hassan Al-Hudhaibi telah memperkuat pengaruh otoriter dan pusat pengambilan keputusannya.

---

220. Peraturan Internal Ikhwanul Muslimin tahun 1948, https://bit.ly/2oMiH01

221. Peraturan Internal Ikhwanul Muslimin tahun 1951, Wikisource https://bit.ly/2lGX1Rx.

222. Peraturan internal Ikhwanul Muslimin tahun 1948, situs Wikipedia Ikhwanul Muslimin, di tautan berikut: https://bit.ly/2oMiH01.

223. Peraturan internal Ikhwanul Muslimin tahun 1951, situs Wikipedia Ikhwanul Muslimin, di tautan berikut: https://bit.ly/2puTuro.

4-6 UMAR AL-TILMISANI: REKONSTRUKSI DAN REFORMASI (1977-1986)

Poros ini menguji hipotesis bahwa lingkungan politik internal, yang diwakili oleh sifat tanggapan dari sistem politik yang ada, dan perubahan politik eksternal dan hubungannya dengan Ikhwanul Muslimin, berdampak pada peran pembimbing dan badan-badan afiliasinya dan pada organisasi secara umum. Pembimbing ketiga, Umar Al-Tilmisani, mengasumsikan kepemimpinan Ikhwanul Muslimin bertepatan dengan perubahan politik, ideologis, dan ekonomi penting yang terjadi dalam sistem politik di Mesir. Pada tahun 1970, mendiang Presiden Mohamed Anwar Sadat mengambil alih kekuasaan di Mesir setelah kematian mendiang Presiden Gamal Abdel Nasser, dan dalam upayanya membangun legitimasi politik yang membedakannya dari pendahulunya, Presiden Sadat terus membangun aliansi dan basis sosial untuk pemerintahannya, dan dari sini ia mengizinkan Ikhwanul Muslimin kembali beraktivitas di lapangan. Pada tahun tersebut, rezim ingin mempekerjakan mereka juga pihak-pihak yang menjadi lawan politiknya, yakni para nasionalis Nasserist dan kekuatan kiri. Ikhwanul Muslimin, yang dipimpin oleh Umar Al-Tilmisani, memanfaatkan kesempatan politik ini untuk membangun kembali dirinya dan memperkenalkan reformasi pada kerangka administratifnya agar sejalan dengan persyaratan lingkungan politik yang baru.

4-6-1 SIAPAKAH UMAR AL-TILMISANI?

Umar Abdel-Fattah Abdel-Qader Mustafa Al-Tilmisani (4 November 1904 - 22 Mei 1986) adalah pembimbing ketiga Ikhwanul Muslimin dari tahun 1973 hingga 1986. Ia dinamai Al-Tilmisani setelah asalnya dari negara bagian Aljazair, Tilmisan (Tlemcen). Di Mesir, ia dianggap sebagai regenerator pemuda kelompok, yang mengatur kembali setelah anggotanya dibebaskan dari penjara pada zaman mendiang Presiden Muhammad Anwar Sadat.[224]

Judul video: Seri "Hadits", dialog dengan Ustadz Umar Al-Tilmisani. Dialog ini dimoderatori oleh Ustadz Amin Abdulaziz.

Pada tautan berikut:

https://www.youtube.com/watch?v=kQBOdMr2_Rs

- Terlepas dari konflik internal yang terlihat jelas antara para ekstremis saat ini, yang merupakan anggota organisasi swasta dan arus moderat, yang merupakan gerakan Umar al-Tilmisani, mereka menyepakati satu tujuan kelompok, yaitu bahwa pemerintah yang berlaku tidak Islami dan tidak menerapkan Islam pada pendekatan kelompok dan Sunnah dalam cara kelompok memandangnya, dan dalam dialog ini Umar menegaskan Tilmisani, pembimbing umum ketiga dari kelompok itu.

https://www.youtube.com/watch?v=kQBOdMr2_Rs

Al-Tilmisani adalah keluarga kaya yang bekerja di perdagangan tekstil dan berasal dari kelas atas, kakeknya memiliki sebuah pertanian di Qalyubia dan tinggal di sebuah rumah seluas 800-meter persegi. Ia memperoleh gelar ulama hukum, dan bekerja sebagai pengacara, kantornya di Shebeen El Qanater, sampai tahun 1933, di mana ia bertemu dengan Hasan Al-Banna di rumahnya, berbaiat, kemudian menjadi anggota Ikhwanul Muslimin dan menjadi pengacara pertama yang bergabung dengan Ikhwan.[225] Al-Tilmisani dipenjara tiga kali, yang

---

224. Umar Al-Kajian, di link berikut: https://bit.ly/2mgCQKx.

225. Muhammad Mukhtar Qandil, Al-Kajian: From Breeding Chicks to Raising Muslim, 2016, di link berikut: https://bit.ly/2mfpY7r.

pertama pada tahun 1954, sebagai aktivis selama tahun-tahun pemerintahan Nasser; dua kali ketika ia menjadi pembimbing umum untuk kelompok tersebut, khususnya selama pemerintahan Sadat pada tahun 1981; dan yang lainnya pada masa pemerintahan Hosni Mubarak pada tahun 1984.[226]

Setelah Presiden Sadat memberi jalan kepada banyak partai terbatas dan kehidupan demokrasi formal pada 1977,[227] Ikhwanul Muslimin telah terlibat dalam aksi politik. Periode ini diresmikan dengan partisipasi efektif di Parlemen pada tahun 1976 dan 1979, dan kelompok ini berkontribusi pada penyelesaian amandemen konstitusi yang menjadikan hukum Islam sebagai sumber utama peranggaran dasaran di Mesir pada tahun 1979, setelah itu menjadi sumber utama peranggaran dasaran, serta pembentukan komite untuk menyusun dan meninjau anggaran dasar sesuai dengan persyaratan Syariah. Namun, amandemen tersebut tidak lepas dari dukungan Presiden Sadat yang ingin tampil sebagai "presiden yang setia".[228]

4-6-2 PERJUANGAN DAN LEGITIMASI GENERASI YANG BERSAING

Di sisi lain, periode ini dianggap sebagai era kemunculan pemimpin kelompok generasi kedua, yang perubahan ideologis dan perilakunya dibentuk dalam kerangka gerakannya, dan awal kiprah kelompok di dalam lembaga masyarakat, khususnya perguruan tinggi,[229] yang mendapat dukungan dari Al-Tilmisani, yang menyerukan kecukupan dalam pekerjaan sosial dan dakwah, dan berdiri menentang polaritas dan ide-ide terorismenya, Ia terlibat dalam perang sengit dengan Mustafa Mashhour, pemimpin Ikhwan, yang bersikeras untuk memaksakan gagasan Sayyid Quthb dalam Ikhwanul Muslimin sebagai pendekatan dasar. Al-Tilmisani berhasil menarik anggota pemuda ke dalam kelompok pada tahun '70-an dan '80-an, dan periode ini digambarkan sebagai

---

226. Umar Al-Kajian, https://bit.ly/2kMPPTN.

227. Sania Al-Husseini, The Muslim Brotherhood in Governance: Between Thought and Practice, 2016-04-18, di tautan berikut: https://bit.ly/2IVfBFW.

228. Perkembangan Kehidupan Partai di Mesir, Layanan Informasi Negara,· di link berikut: https://bit.ly/2BjTkW5.

229. Abd al-Muti Muhammad Ahmad, Gerakan Islam di Mesir, Masa Depan Transisi Demokratis (Kairo: Pusat Penerjemahan dan Penerbitan Al-Ahram, 1995), hlm. 95.

---

era interaksi yang mencapai titik konflik antara dua arus, antara garda lama dan gerakan pemuda '70-an, yang berarti terdapat kubu "konservatif dan pembaharu" dalam Ikhwanul Muslimin.[230]

Pembimbing ketiga dari kelompok itu berusaha memperbarui semangat organisasi dan meminta bantuan kaum muda agar Ikhwan memiliki visi yang berbeda dari retorika garis keras yang dipromosikan oleh Ikhwanul Muslimin di tahun-tahun sebelumnya, dan mampu memperluas jembatan persahabatan dengan mantan Menteri Dalam Negeri, An-Nabawy Ismail; saat ia memimpin kelompok tersebut dan berkoordinasi dengan pasukan keamanan, membuatnya lebih mudah untuk menipu dinas keamanan dan untuk melaksanakan rencananya, yang disetujui oleh badan politik Ikhwan, meliputi pendirian proyek dan perusahaan swasta, dan penetrasi serikat pekerja dan partai politik.[231]

4-6-3 REFORMASI SISTEM ADMINISTRASI: PERATURAN 10 MEI 1978

Umar Al-Tilmisani menata dan mengatur ulang kelompok tersebut. Ia membutuhkan struktur administrasi hierarkis yang mengandalkan basis Ikhwanul Muslimin, membawanya ke puncak, dan menetapkan persyaratan keanggotaan yang akan memastikan bahwa individu Ikhwan dibedakan dari anggota arus utama Islam lainnya, sehingga tidak lagi cukup bagi individu untuk mengikuti ide-ide Ikhwanul Muslimin untuk menjadi anggota kelompok. Sebaliknya, orang tersebut harus melewati masa percobaan, dan ia membutuhkan mekanisme yang dapat diterima sebagai anggota Ikhwan untuk berpindah dari satu tingkat keanggotaan ke tingkat lainnya, dan aturan untuk keanggotaan di Biro Administratif baru yang ingin mendapatkan porsi anggota baru.[232]

---

230.   Umar Al-Kajian .. pembimbing ketiga Ikhwanul Muslimin, di link berikut: https://bit.ly/2kNYWDI.

231.   Seruan Imam Al-Kajian, arsitek restorasi Ikhwan .. sejarah penipuan dan transaksi yang mencurigakan, 2019, di link berikut: https://bit.ly/2IQ1qSk.

232.   Tariq Abu Al-Saad, Pembentukan Kedua Ikhwanul Muslimin 4/4: Membuat Struktur Organisasi Hierarki, 2018, https://bit.ly/2ZEjhKk.

Pada 10 Mei 1978, Umar Al-Tilmisani mengeluarkan peraturan baru Ikhwanul Muslimin, yang merupakan hukum dari sistem dasar kelompok. Mungkin perlu dicatat bahwa peraturan tersebut berfokus pada kondisi keanggotaan individu secara tepat. Dalam Pasal 4(a) peraturan Ikhwan: "Calon anggota dalam kelompok harus melalui setidaknya enam bulan masa percobaan, dan jika terbukti memenuhi tugas keanggotaan dengan pengetahuan tentang tujuan dan sarana dakwah, dan berjanji untuk mendukung dan menghormati sistemnya, dan bekerja untuk mencapai tujuannya, maka pihak yang bertanggung jawab dianggap setuju. Setelah menerima ia sebagai anggota grup, ia menjadi anggota Ikhwan tetap selama tiga tahun."[233]

Melanjutkan hal di atas, Ikhwanul Muslimin bergabung dengan proses politik pada periode jabatan pembimbing ketiga, yang membuka jalan bagi partisipasi dalam pemilu 1984 dalam aliansi dengan Partai Wafd Baru, dan pada tahun 1987 kelompok tersebut membentuk koalisi dengan Partai Buruh. Namun, al-Tilmisani adalah delegasi dan Ikhwan pada saat yang sama, sehingga Partai Wafd akan mencalonkannya dalam daftar elektoral tanpa keberatan dari Al-Banna, meskipun Al-Banna bersaing tajam dengan kepemimpinan delegasi, karena pengetahuannya tentang keuntungan penetrasi politik ke dalam partai dan gerakan aktif dalam masyarakat, dan menggunakan penetrasi ini untuk memenuhi dakwah Ikhwan.[234]

Ketika Sadat memberi ruang yang cukup untuk beroperasi di arena politik bagi para Islamis, Ikhwanul Muslimin, yang dipimpin oleh Al-Tilmisani, pada tahun 1976 mengajukan permintaan untuk memulihkan aktivitas resmi kelompok tersebut setelah dibubarkan pada tahun 1945, tetapi pengadilan menolak untuk memutuskan masalah tersebut. Pada tahun 1979, setelah keluarnya Undang-Undang tentang Organisasi Kepartaian, kelompok tersebut menemukan tujuannya di dalamnya dan bersikeras untuk mendapatkan legitimasi sebagai partai politik. Sadat tidak memerhatikan masalah tersebut, dan merujuk permintaan Al-Tilmisani kepada Kementerian Solidaritas Sosial, memintanya

---

233. Sumber sebelumnya.

234. Umar Al-Kajian, Pembimbing Ketiga Ikhwanul Muslimin, 14/11/2017, di link berikut: https://bit.ly/2nmNOu0

untuk berkomunikasi dengannya. Namun, menurut Al-Tilmisani masalah tersebut bersifat politis dan tidak legal, sehingga membuatnya tidak melanjutkan komunikasi.[235]

4-6-4 MEMASUKI PROSES POLITIK DAN STRATEGI BERJALAN LANGKAH PARALEL

Pada tahun 1984, khususnya menjelang pemilihan umum untuk Majelis Rakyat, Al-Tilmisani mengusulkan kepada pembentukan sebuah partai politik, karena anggaran dasar pemilihan tidak mengizinkan non-partisan untuk mencalonkan diri dalam daftar pemilihan, tetapi masalah tersebut mendapat tentangan dari garda lama dalam kelompok dan pemerintah, tetapi Al-Tilmisani tidak menyerah pada perintah tersebut. Ia memperbarui proposalnya lagi pada tahun 1986, dan membantu para pemuda '70-an dalam menyiapkan program politik untuk sebuah partai di bawah nama Partai Syura. Setelah kematiannya, tuntutan ini kemudian diulangi dalam beberapa bentuk, kadang-kadang oleh Abdel Moneim Aboul Fotouh dan proposal dari Partai Reformasi, dan lainnya melalui Muhammad al-Samman dengan nama Partai Al-Amal, dan kesuksesan upaya tersebut dilakukan oleh Essam Sultan dan Abu Al-Ela Madi di bawah partai Al-Wasat.[236] Al-Tilmisani mengembangkan apa yang dikenal sebagai "Strategi Berjalan Langkah Paralel", rencana ke-50 yang memetakan masa depan kelompok selama setengah abad, berdasarkan infiltrasi serikat pekerja, universitas, sekolah, kegiatan politik dan ekonomi, dan jarak yang sangat jauh dari bentrokan dengan rezim yang ada.[237]

---

235. Sumber sebelumnya.

236. Muhammad Mukhtar Qandil, sumber yang disebutkan sebelumnya.

237. Dr. Hanan Muhammad Hafez, The Muslim Brotherhood and the Issue of Internal Democracy, "A Sociological Study After the January 52 Revolution," di tautan berikut: https://bit.ly/2kMRMj4.

4-7 MUHAMMAD HAMID ABU AL-NASR: KONSOLIDASI REFORMASI DAN EKSPANSI INTERNAL (1986-1996)

Momentum reformasi dan ekspansi Ikhwanul Muslimin berlanjut pada tahap ini di bawah kepemimpinan pembimbing keempat, Muhammad Hamid Abu al-Nasr, yang mengikuti jejak pembimbing sebelumnya, dengan mengadopsi reformasi penting yang diwakili dalam peraturan 1994 yang memperkenalkan perubahan terpenting sejak berdirinya Ikhwanul Muslimin, yaitu menentukan istilah yang dikenalkan sang pembimbing, yaitu keterbukaan terhadap kehidupan, dan termasuk terhadap perubahan yang terkait dengan organisasi global Ikhwanul Muslimin.

4-7-1 SIAPAKAH MUHAMMAD HAMID ABU AL-NASR?

Ia adalah pembimbing keempat dari Ikhwanul Muslimin. Ia mengemban tugas setelah kematian Pembimbing Umum Umar Al-Tilmisani dalam keadaan yang sulit untuk kelompok tersebut. Ia lahir pada tanggal 25 Maret 1913 di Manfalut, Provinsi Assiut di Mesir, dan ia masih satu keluarga dengan Syekh Ali Ahmed Abu al-Nasr, salah satu pelopor gerakan sastra di Mesir, dan salah satu ulama Al-Azhar yang diperhitungkan pada zamannya, berhasil memperoleh ijazah SMA umum, kemudian mengabdikan dirinya untuk mengurus harta benda keluarga yang sangat kaya.

Judul video: Rekaman Langka oleh Ustadz Hamed Abu Al-Nasr.

Pada tautan berikut: https://www.youtube.com/watch?v=-FGTuC-1ee4

- Terlepas dari reformasi yang dilakukan oleh pemandu keempat Ikhwanul Muslimin, Muhammad Hamid Abu al-Nasr, yang dianggap sebagai salah satu moderat dalam kelompok, ia memegang gagasan dasar yang sama kepada pendirinya Hassan al-Banna dan menghasut untuk melawan Barat, terutama Amerika Serikat, sebagai musuh Islam.

https://www.youtube.com/watch?v=-FGTuC-1ee4

Muhammad Hamed Abu Al-Nasr bertemu Hasan Al-Banna, pendiri Ikhwanul Muslimin pada akhir 1933 M, ketika ia berbaiat kepadanya untuk bekerja di bawah panji dakwah ini (Dewan Syura Umum), kemudian menjadi anggota dari Biro Bimbingan Umum Ikhwan.[238]

Muhammad Hamid Abu al-Nasr adalah salah satu generasi pertama yang mendampingi pendiri grup, Hasan Al-Banna, dan telah menjadi pilar gerakan Ikhwanul Muslimin sejak tahun 1930-an. Selama kepemimpinan Hassan al-Hudhaibi dari Ikhwanul Muslimin pada tahun 1954, rezim revolusi Mesir bentrok dengan Ikhwanul Muslimin. Presiden Mesir Gamal Abdel Nasser menuduh Ikhwanul Muslimin merencanakan upaya untuk membunuhnya di Lapangan Mansheya di Alexandria, dan selama tahun 1954 Muhammad Hamid Abu al-Nasr, pembimbing keempat Ikhwanul Muslimin, dan rekan-rekannya ditangkap dari Biro Bimbingan dan anggota Ikhwanul Muslimin lainnya, Muhammad Hamed Abu al-Nasr dijatuhi hukuman kerja paksa untuk jangka waktu 25 tahun, di mana ia menghabiskan 20 tahun penjara. Muhammad Hamid Abu al-Nasr tetap di penjara sampai ia dibebaskan pada era Presiden Muhammad Anwar Sadat. Pemerintahan Sadat menjadi awal dari "era baru bersama Presiden Anwar Sadat, saat ia mulai melepaskan

---

238. Wikipedia ensiklopedia bebas, Muhammad Hamed Abu Al-Nasr, di link berikut: https://bit.ly/2mLQshf.

tahanan Ikhwanul Muslimin pada tahun 1971 hingga semua orang dibebaskan pada tahun 1975."[239]

Muhammad Hamid Abu Al-Nasr telah berkembang dalam Ikhwanul Muslimin dengan menjabat berbagai posisi sejak bergabung. Ia berpindah tanggung jawab dari Wakil Divisi Manfalut sampai ia menjadi anggota Dewan Syura Umum, kemudian menjadi anggota Biro Bimbingan Umum Ikhwanul Muslimin.[240]

Muhammad Hamid Abu Al-Nasr dan Aktivitas Politik Islamnya

Abu Al-Nasr berpartisipasi di awal hidupnya dalam pekerjaan sosial dan Islam, berikut adalah posisi yang pernah ia tempati:

-   Anggota Masyarakat Reformasi Sosial di Manfalut pada tahun 1932.

-   Anggota Muslim Youth Association pada tahun 1933.

-   Anggota Ikhwanul Muslimin pada tahun 1934.

-   Anggota Biro Bimbingan Ikhwanul Muslimin.

-   Pembimbing Umum untuk Ikhwan setelah kematian Ustadz Umar Al-Tilmisani pada tahun 1986.

Muhammad Hamid Abu al-Nasr, pembimbing umum keempat Ikhwanul Muslimin, meninggal pada tahun 1996 pada usia 83 tahun, dan dimakamkan di pemakaman Katameya di Kota Nasr, Kairo, di samping rekannya, Ustadz Umar Al-Tilmisani, di mana puluhan ribu orang berpartisipasi dalam pemakamannya, meskipun ada pengepungan keamanan berupa tindakan pengamanan yang intensif dan ditingkatkan.

---

239.   Abu Al-Ela Madi, Status Organisasi Gerakan Ikhwanul Muslimin, sumber yang disebutkan sebelumnya.

240.   Abdullah Al-Aqeel, "The Fourth Guide of the Muslim Brotherhood .. Mr. Muhammad Hamid Abu Al-Nasr," situs Wikipedia Ikhwanul Muslimin, di link berikut: https://bit.ly/2kDumwN.

4-7-2 MUHAMMAD HAMID ABU AL-NASR DAN PERUBAHAN STRUKTUR ORGANISASI

Ikhwanul Muslimin di era Muhammad Hamid Abu al-Nasr mengadopsi peraturan global Ikhwanul Muslimin pada tahun 1994, dan peraturannya terdiri dari enam bab, berisi 54 pasal. Amandemen tersebut diberlakukan untuk membatalkan frasa "seumur hidup" pada kepemimpinan Pembimbing Umum Ikhwanul Muslimin, yang dianggap sebagai perubahan penting dalam hukum struktur organisasi kelompok tersebut. Pasal 21 dari peraturan tersebut menunjukkan bahwa "jangka waktu pembimbing umum adalah enam tahun yang dapat diperbarui, dengan pengecualian dari pembimbing saat ini." Dalam Pasal 22: Setelah akhir masa jabatannya, Pembimbing Umum mempertahankan keanggotaannya di Dewan Syura Global seumur hidup, kecuali pengakhiran mandat yang dimasukkan di bawah teks Pasal (19) Pasal A[241] dari peraturan sebelumnya, yang isinya pelanggaran tugas atau kehilangan kelayakan.

Peraturan global Ikhwanul Muslimin pada tahun 1994 ini juga mencakup perubahan yang meliputi:

- Mengubah proporsi perwakilan negara-negara di Dewan Syura, sesuai dengan perubahan kondisi di beberapa negara, sambil menambah jumlah anggota Ikhwan khusus yang ditambahkan ke Dewan dengan metode seleksi untuk mendapatkan keuntungan dari pengalaman mereka.

- Memperluas rincian hak individu terhadap kelompok dan terhadap sesama anggota Ikhwan.

- Mengubah ulang poin baiat; sehingga jelas bahwa poin itu diambil dari individu dan pribadi pembimbing umum kelompok secara khusus.

- Mengontrol keanggotaan wilayah dalam organisasi global; sejalan dengan pengendalian keanggotaan individu di wilayah terkait.

---

241. Peraturan global Ikhwanul Muslimin tahun 1994, situs Wikipedia Ikhwanul Muslimin, di tautan berikut: https://bit.ly/2M6xP29.

Secara umum, Muhammad Hamid Abu al-Nasr mampu mempertahankan warisan Umar Al-Tilmisani dan mengikuti pendekatannya selama periode kepemimpinannya sebagai pembimbing Ikhwanul Muslimin, di mana ia membangun kehadiran aktual di banyak serikat profesional, klub fakultas universitas, dan asosiasi sipil, dan kelompok tersebut bersaing dalam pemilihan parlemen pada bulan April. 1987, berkoalisi dengan Partai Buruh dan Liberal, dan Ikhwanul Muslimin memiliki 36 anggota Parlemen untuk pertama kalinya, dan selama masa pemerintahannya, kelompok tersebut mengalami peristiwa-peristiwa penting di tingkat politik parlemen tahun 1989, dan pada tahun 1992 kelompok tersebut berpartisipasi dalam pemilihan legislator lokal pertamanya. Selain itu, periode di mana Muhammad Hamid Abu Al-Nasr memimpin Ikhwanul Muslimin ditandai dengan penolakan kelompok tersebut untuk memberikan perpanjangan kepada Presiden Mubarak untuk masa jabatan presiden ketiga pada tahun 1993, yang membuat marah rezim, sehingga rezim membawa 82 anggotanya ke pengadilan militer pada tahun 1995, yang menjatuhkan hukuman penjara kepada 54 anggota yang merupakan tokoh terkenal Ikhwanul Muslimin. Ikhwan juga berpartisipasi dalam pemilihan Majelis Rakyat yang berlangsung pada tahun 1995.

Selama periode kepemimpinannya di Ikhwanul Muslimin, Muhammad Hamid Abu al-Nasr mampu menyelesaikan struktur administrasi dan organisasi dengan menerapkan prinsip syura dalam memilih pemimpin di semua tingkatan hingga keanggotaan di Biro Bimbingan, untuk pertama kalinya.[242]

---

242. Muhammad Hamed Abu Al-Nasr, ensiklopedia bebas Wikipedia, di link berikut: https://bit.ly/2mLQshf.

4-8   MUSTAFA   MASHHOUR: RADIKALISASI   DAN INTERNASIONALISASI (1996-2002)

Mustafa Mashhour: Anggota Aparat Khusus

Sejak Mustafa Mashhour, pembimbing kelima, memimpin Ikhwan, berbagai intensitas konflik internal Ikhwanul Muslimin meningkat, di antaranya muncul tren konservatif garis keras dan arus moderat yang mencerminkan perbedaan ideologis dan strategis, tetapi gerakan Quthb yang saat itu menang, yang mana memaksakan visinya tentang organisasi. Goyangan dalam sebuah organisasi, entah itu partai politik atau sistem politik, di antara arus di sisi yang berlawanan bukanlah ciri khas Ikhwanul Muslimin (secara keorganisasian), melainkan karakteristik yang menjadi ciri sistem politik, partai, dan kelompok umum. Dalam teori sosiologi politik, dipercaya bahwa ini menunjukkan proses alami sirkulasi elit dalam kelompok,[243] atau dalam teori pendulum[244] dan teori siklus yang menjelaskan bahwa politik dan posisi tidak mengikuti jalan yang lurus. Mayoritas pasti akan terombang-ambing di antara dua kubu, misalnya dalam sistem politik Barat adalah kubu konservatif dan liberal, atau demokrat dan republik di Amerika, dll.

---

243.   Pareto Vilfredo, Naik dan Jatuhnya Para Elit, Taylor & Francis, UK, 2006.

244.   Lihat: Roy H. Wiliams & Michael R. Drew, Pendulum: Bagaimana Generasi Masa Lalu Membentuk Masa Kini dan Memprediksi Masa Depan Kita, Vanguard Press, 2012.

4-8-1 SIAPAKAH MUSTAFA MASHHOUR?

Mustafa Mashhour lahir di Provinsi Sharkia di Mesir pada tahun 1921, ia bergabung dengan Ikhwanul Muslimin pada tahun 1936 ketika ia berusia lima belas tahun, dan memperoleh gelar keilmuan di bidang sains pada tahun 1942, dan bekerja di departemen meteorologi pemerintah Mesir.[245]

Ia divonis tiga tahun penjara pada tahun 1948 karena kasus Jeep yang berisi senjata, granat dan bahan peledak. Ia adalah salah satu anggota pertama Aparat Khusus dan merupakan salah satu pilarnya, dan ia dibebaskan pada tahun 1951. Kemudian ia ditangkap kembali pada tahun 1954 bersama puluhan pejabat Ikhwanul Muslimin. Setelah upaya pembunuhan atas Abdel Nasser, ia juga ditangkap beberapa bulan setelah dibebaskan pada awal 1965 dan ia tetap di penjara tanpa pengadilan. Barulah ia dibebaskan pada tahun 1971, setelah mendiang Presiden Anwar Sadat mengeluarkan amnesti bagi semua tahanan politik.[246]

Ikhwan memilihnya untuk bertanggung jawab atas sektor mahasiswa pada tahun 1974 karena kemahirannya, dan ia mampu memperluas basis Ikhwan di institusi pendidikan tinggi Mesir.[247]

4-8-2 PRIORITAS POLITISI ATAS GUGATANNYA

Ketika Mustafa Mashhour mengambil alih posisi Pembimbing Umum pada tahun 1996, ia berhasil mengonsolidasikan pengaruh Ikhwanul Muslimin dengan membentuk aliansi dengan partai politik, seperti Al-Wafd dan Buruh. Kelompok ini mencalonkan diri dalam pemilihan parlemen dan serikat buruh, dan mencapai kesuksesan besar melalui kesepakatan yang menghindari bentrokan dengan negara.

---

245. Ahmed Shousha, Mustafa Mashhour .. Model Biografi Mujahid "1", di link berikut: https://bit.ly/2lghdK6.

246. Ahmed Shousha, sumber sebelumnya.

247. Sumber sebelumnya.

Tindakan Mashhour menyasar dua kondisi: yang pertama, bahwa Ikhwan dilarang secara politik, dan oleh karena itu wajar jika ia mencari partai yang sah dalam pemilihan (agar bisa mengikuti pemilihan umum--pen.); dan yang kedua, bahwa Ikhwan merupakan organisasi paling terorganisir dan berjumlah banyak, yang tentunya menguntungkan bagi partai yang menjadi afiliasinya, dan Mashhour percaya bahwa aliansi akan berlangsung dalam iklim politik berdasarkan oposisi rezim Mubarak, pada saat yang sama, meningkatkan legitimasi kelompok tersebut sebagai "faksi nasional" dalam oposisi ini.[248]

Judul video: Film tentang kehidupan Tuan Mustafa Mashhour - diproduksi secara eksklusif oleh Ikhwan Wiki.

Pada tautan berikut: https://www.youtube.com/watch?v=siSFHy81GWI

- Mustafa Mashhour, pembimbing kelima Ikhwanul Muslimin, anggota dari Aparat Khusus, berbicara tentang Hassan al-Banna, menunjukkan bahwa Islam yang dia dukung adalah Islam yang benar.
- Kelompok tersebut mengakui bahwa Mustafa Mashhour adalah salah satu pemimpin Aparat Khusus, yang merupakan lengan militer Ikhwanul Muslimin.

https://www.youtube.com/watch?v=siSFHy81GWI

Di era Pembimbing Kelima terdapat perpecahan besar kedua, yakni ketika sekelompok besar pemimpin menengah muncul dari kelompok, dipimpin oleh Abu Al-Ela Madi, Muhammad Abdel-Latif dan Salah Abdel-Karim, dan mereka mengadopsi proyek Partai Wasat sebagai ungkapan keinginan mereka untuk berintegrasi ke dalam kehidupan politik dan penolakan mereka terhadap banyak gagasan kelompok ekstremis. Oleh karena itu, mereka menyebut diri mereka dengan nama ini dalam upaya untuk memasarkan proyek partai mereka di

---

248. Hossam Al-Haddad, Mustafa Mashhour, and the Revival of the Special System and the International Organization of the Terrorist Group, 2019, di link berikut: https://bit.ly/2mLr4rX.

antara orang Mesir di satu sisi, dan untuk menarik orang lain dari Ikhwanul Muslimin dan kelompok jihadis lain yang terpisah dari mereka di sisi lain.[249]

Mashhour mendirikan gerakan Quthb yang percaya pada ide-ide Sayyid Quthb, yang menebus masyarakat dan percaya pada aksi bersenjata dalam perubahan, dan ia secara pribadi mengawasi restrukturisasi rezim pribadi dalam Ikhwanul Muslimin, yang membawanya ke dalam konflik yang kuat dengan pembimbing keempat, Umar Al-Tilmisani, yang menolak ide-ide Sayyid Quthb dan ketaatan pada ide-ide Hasan Al-Banna, yang membawa pasangan tersebut ke dalam hubungan ketegangan dan ketertarikan, di mana Mustafa Mashhour berhasil menang dari Al-Tilmisani dan murid-muridnya, dan ia menjadi pimpinan Ikhwanul Muslimin yang sebenarnya, meskipun Umar Al-Tilmisani saat itu masih sebagai pembimbing.[250]

4-8-3 KONSOLIDASI INTERNASIONALISASI IKHWANUL MUSLIMIN

Mustafa Mashhour berhasil mengonsolidasikan status organisasi internasional Ikhwanul Muslimin, namun dengan dampak yang ditimbulkan dari peristiwa 11 September 2001, meningkatnya tekanan Amerika terhadap kelompok politik Islam, dan dilancarkannya perang global untuk memerangi terorisme, suara-suara dalam kelompok tersebut, termasuk Abdel Moneim Abul-Fotouh, menyerukan transformasi organisasi internasional menjadi sebuah forum global yang mirip dengan Forum Sosialis Internasional yang mempertemukan partai-partai kiri dan komunis, tetapi tetap terkenal dan tetap melekat pada kelangsungan hidup organisasi internasional.[251]

Mustafa Mashhour berusaha melaksanakan rencana pemberdayaan yang dikembangkan oleh pemimpinnya, Khairat Al-Shater, di mana ia ditangkap pada tahun 1992. Ia bertujuan untuk menghubungkan kelompok tersebut ke

---

249. Perpecahan Ikhwan ... akankah kelompok teroris terkikis di diaspora?! 2019, https://bit.ly/2mlDdn2 dan lihat lebih lanjut: Persatuan luar biasa yang ditampilkan oleh Ikhwanul Muslimin bukanlah kebetulan, kelompok peneliti Mesir tentang Gerakan Islam, https://bit.ly/2lhzxm6.

250. Ahmed Al-Jadi, Pembimbing Ikhwan (5): Mustafa Mashhour .. Apakah diam-diam ia berpartisipasi dalam pembunuhan Sadat?, 2018, https://bit.ly/2I5nE2U.

251. Hosam Tamam, Transformasi Ikhwan .. Disintegrasi Ideologi dan Akhir Organisasi, Edisi ke-2, (Kairo: Perpustakaan Madbouly, 2010), hlm. 11-12.

---

kekuasaan, dan Mashhour mengatakan tentang hal itu: "Kami sedang mempersiapkan diri untuk kekuasaan setelah 15 tahun."[252] Rencana ini mencakup beberapa hal yang membantu kelompok tersebut untuk berekspansi ke masyarakat melalui portal kerja layanan, hingga menembus ke sektor pelajar, pekerja, profesional, pengusaha, dan lembaga negara seperti tentara dan polisi, dilengkapi dengan penanganan kekuatan politik Mesir dengan penahanan dan pekerjaan untuk mendukung proyek Ikhwan, kemudian berupaya untuk mengonsolidasikan hidup berdampingan dengan rezim. Dan ia akan membuatnya rezim tertarik pada keberlangsungan keberadaan kelompok tersebut, dan untuk menghilangkan ketakutan rezim akan kemungkinan kudeta terhadapnya serta pencapaian kekuasaan.[253]

4-9 MUHAMMAD MA'MOUN AL-HUDHAIBI: KEGIGIHAN DOMINASI KELOMPOK GARIS KERAS (2002-2004)

Gerakan garis keras mempertahankan kepemimpinan Ikhwanul Muslimin selama periode singkat (2002-2004) di mana pembimbing keenam, Muhammad Ma'moun Al-Hudhaibi, mengambil alih kepemimpinan, dan yang dukungan mutlaknya untuk organisasi dan partai militan di dunia Arab, seperti: Hizbullah dan Hamas, tidak disembunyikan.

---

252. Abdullah Kamal, Mesir: Siapa yang Memimpin "Ikhwan"? "Troika", Pemolesan Pra-pemilu, 1994, di link berikut: https://bit.ly/2mirsOU.

253. Majdi Haseeb, Perencana Fragmentasi Negara .. Khairat Al-Shater, "penulis rencana pemberdayaan ala setan", 2017, di tautan berikut: https://bit.ly/2kWL4ao.

4-9-1 SIAPAKAH MUHAMMAD MA'MOUN AL-HUDHAIBI?

Nama lengkapnya adalah Muhammad Ma'moun Hassan Ismail Al-Hudhaibi. Ia lahir di Provinsi Sohag di Mesir Hulu pada tanggal 28 Mei 1921, dan merupakan putra dari Penasihat Hassan Al-Hudhaibi, pembimbing kedua Ikhwanul Muslimin yang menjabat posisi ini dari tahun 1949 hingga 1973. Keluarganya berasal dari desa Arab Sawalha - Shebin Al-Qanater Center - Provinsi Qalyubia, dan keluarga Muhammad Ma'moun Al-Hudhaibi pindah ke berbagai tempat di Mesir ketika ayahnya Hassan Al-Hudhaibi bekerja sebagai hakim di Kementerian Kehakiman Mesir. Muhammad Ma'moun Al-Hudhaibi bergabung dengan Fakultas Hukum Universitas Fouad Al-Awal, diangkat sebagai jaksa dan diikutsertakan dalam peradilan hingga menjadi ketua Pengadilan Kasasi yang sebelumnya dipimpin ayahnya.

Judul video: Wawancara dengan Al-Hudhaibi, Pembimbing Umum Ikhwanul Muslimin.

Pada tautan berikut:

https://www.youtube.com/watch?v=4n2T_vpZhic

- Dalam sebuah wawancara dengan Muhammad Ma'moun Al-Hudhaibi, pembimbing keenam Ikhwanul Muslimin di saluran Ikhwanul Muslimin, dia menekankan bahwa orang Amerika berusaha untuk mengubah konsep Islam yang benar di mana kelompok itu percaya dan yang mendorong jihad dan mencari kesyahidan.

https://www.youtube.com/watch?v=4n2T_vpZhic

Muhammad Ma'moun Al-Hudhaibi berpartisipasi dalam pekerjaan perlawanan populer selama agresi tripartit melawan Mesir pada tahun 1956 dan ditangkap oleh tentara pendudukan Israel. Ia bergabung dengan Ikhwanul Muslimin dan tertarik pada pekerjaan politik terbuka mengingat posisi hukumnya. Ia disidang di pengadilan militer dan keputusan penahanan dikeluarkan terhadapnya selama satu tahun, kemudian penahanannya diperpanjang selama 5 tahun lagi, sampai Sadat mengeluarkan keputusan untuk membebaskannya bersama sejumlah besar pemimpin Ikhwanul Muslimin pada tahun 1971. Ia dikembalikan ke pengadilan lagi setelah ia dibebaskan dan dibolehkan menjadi pimpinan Pengadilan Banding Kairo sampai ia dipindahkan sampai masa pensiunnya dan ayahnya meninggal pada tahun 1973. Setelah mencapai usia pensiun pada tahun 1977, ia pergi ke Arab Saudi, di mana ia bekerja sebagai penasihat Menteri Dalam Negeri Saudi Pangeran Nayef bin Abdulaziz, lalu ia kembali ke Mesir pada tahun 1986 untuk memulai aktivitas aktualnya dalam grup.

Kelompok tersebut mencalonkannya sebagai perwakilan Ikhwan untuk pemilihan Majelis Rakyat, sehingga 36 di antaranya memenangkan sesi parlemen pada tahun 1987, dan ia adalah seorang wakil dari distrik Dokki di Giza dan pada saat itu ia adalah juru bicara resmi untuk blok Ikhwan di parlemen, dan ia juga dipilih sebagai wakil pembimbing umum dan juru bicara resmi Ikhwanul Muslimin.[254]

4-9-2 MA'MOUN AL-HUDHAIBI DAN POSISINYA DALAM IKHWANUL MUSLIMIN

Muhammad Ma'moun Al-Hudhaibi memegang posisi kepemimpinan dalam grup, saat ia menjabat sebagai juru bicara resmi grup selama periode Muhammad Hamid Abu al-Nasr, pembimbing keempat Ikhwanul Muslimin, yang mengambil alih dari 1986 hingga 1996, kemudian dipilih sebagai wakil pembimbing setelah kematian Dr. Ahmed Al-Malt pada Juni 1995, dan tetap tinggal. Wakil Pembimbing Umum Ustadz Mustafa Mashhour, yang mengambil alih dari tahun 1996 hingga 2002, selain menjadi juru bicara resmi kelompok tersebut, dan setelah kematian Ustadz Mustafa Mashhour pada tanggal 14 November 2002, Al-Hudhaibi terpilih menjadi pembimbing Ikhwanul Muslimin pada malam hari Rabu tanggal 22 Ramadhan 1423 H. 27 November 2002.[255]

---

254. Hossam Al-Haddad, "Ma'moun Al-Hudhaibi, the Sixth Guide in the Ikhwan," the Islamic Movements Portal, 28 Mei 2019, di link berikut: https://bit.ly/2oQq46O.

255. Abdo Mustafa Desouki, Muhammad Ma'moun al-Hudhaibi, "Penasihat Muhammad Ma'moun al-Hudhaibi .. kesatria yang pergi," situs Wikipedia Ikhwanul Muslimin, di link berikut: https://bit.ly/2nwPdD1.

Di bawah mandat Ma'moun Al-Hudhaibi, kegemilangan organisasi internasional Ikhwan berkurang setelah ia memutuskan untuk membatalkan posisi juru bicara organisasi internasional di Eropa, yang diduduki oleh Kamal Al-Helbawi pada saat itu, dan tampaknya ia dipengaruhi oleh pendapat generasi pemimpin pusat Ikhwan di Mesir, yang percaya bahwa setiap cabang kelompok di suatu negara berhak untuk menentukan aturannya sendiri dan menjauh dari sentralisasi yang diwajibkan oleh "peraturan regulasi internasional" kepada berbagai organisasi, yang hanya menyerukan konsultasi, pemahaman dan nasihat, dan bukan komitmen organisasi. Masalah berlanjut seperti ini sampai Muhammad Mahdi Akef terpilih sebagai pembimbing Ikhwanul Muslimin.[256]

<table>
<tr><td>

Judul video: Video langka: Pembimbing Ikhwan: "Kami bangga dan dekat dengan Tuhan bersama Dinas Rahasia."

Pada tautan berikut:

https://www.youtube.com/watch?v=GD8ltBk5szo

- Pembimbing Umum Ikhwanul Muslimin, Muhammad Mamoun Al-Hudhaibi, mengatakan: "Kami bangga dan dekat dengan Tuhan bersama Dinas Rahasia."

- Pembimbing Umum Ikhwanul Muslimin, Ma'moun Al-Hudhaibi, pada tahun 1992 (8 Januari) bangga dengan dinas rahasia, yang merupakan sayap bersenjata yang melakukan kejahatan terhadap sejumlah besar orang Mesir, termasuk tokoh masyarakat dan hakim, dan toko-toko yang dibom, misalnya Al-Nuqrashi Pasha dan Hakim Ahmed Al-Khazindar. Tercatat bahwa Pembimbing Umum Ma'moun Al-Hudhaibi menyangkal bahwa ia mengatakan hal semacam ini dalam sebuah artikel menanggapi Dr. Tharwat Al-Kharbawi di penghujung tahun 1990-an ketika ia mempublikasikan apa yang terkandung dalam video ini.

</td><td>

</td></tr>
<tr><td colspan="2" align="center">

https://www.youtube.com/watch?v=GD8ltBk5szo

</td></tr>
</table>

---

256. Hussam al-Hindi, menurut dokumen Hamas… Apa yang tersisa dari organisasi internasional Ikhwanul Muslimin? 2 Mei 2017, laman audio ULTRA pada link berikut: https://bit.ly/2mYXf79.

Tetapi Ma'moun Al-Hudhaibi memiliki aparat khusus dalam kelompok tersebut, dan ia mengungkapkan hal ini dengan jelas melalui video selama pertemuan di Pameran Internasional Kairo, di mana ia berkata, "Mengenai apa yang kami katakan tentang terorisme dan aparat rahasia, kami bangga dan dekat dengan Tuhan dengan dinas rahasia."[257] Ia menyerukan pembelaan atas Hizbullah dan melawan perbedaan sektarian antara Sunni dan Syiah, dengan mengatakan, "Ini adalah hal yang aneh sejak hari pertama karena saya menyerukan pembelaan atas Hizbullah, di mana Ikhwanul Muslimin berprinsip bahwa kami adalah umat yang satu, menyembah Tuhan yang satu, dan kami memiliki Qur'an yang satu, rasul yang satu, kiblat yang satu; mazhab Sunni dan Syiah berporos pada satu hal di umat ini, dan saya telah membaca penjelasan yang semakin memantapkan prinsip Ikhwan pada kasus sepele yang terus dimunculkan beberapa orang yang tidak memahami Islam dengan benar, dan ini adalah pendekatan Ikhwanul Muslimin sejak Hasan Al-Banna."[258] Ini menunjukkan sifat hubungan antara Ikhwanul Muslimin dengan banyak kelompok teroris dan organisasi bersenjata.

---

257. Video: Pembimbing Ikhwan menyatakan: "Kami bangga dan dekat dengan Tuhan dengan Dinas Rahasia." di link berikut: https://www.youtube.com/watch?v=HyAGu-ljvpM.

258. Hossam al-Haddad, Ma'moun Al-Hudhaibi, Pembimbing Keenam Ikhwan, sumber sebelumnya.

4-10 MUHAMMAD MAHDI AKEF: KEMBALINYA GERAKAN MODERAT (2004-2010)

Muhammad Mahdi Akef: Awal yang Baru

Roda organisasi condong mendukung kembali apa yang disebut "tren reformis", dengan kedatangan pembimbing ketujuh, Muhammad Mahdi Akef (2004-2010), untuk memimpin Ikhwanul Muslimin. Orientasi reformasi Akef diwakili oleh serangkaian posisi, keputusan, dan aturan, termasuk:

- Pengenalan dan pengadopsian istilah demokrasi dan kedaulatan rakyat digunakan untuk pertama kalinya dalam wacana dan praktek Ikhwan.

- Partisipasi aktual dalam sistem politik (Ikhwanul Muslimin memenangkan 88 kursi dalam pemilihan parlemen 2005).

- Ia mengadopsi peraturan hukum untuk tahun 2010 mendatang guna mengubah peraturan tahun 1994, yang paling penting adalah menentukan masa jabatan presiden pedoman dengan dua periode masing-masing enam tahun.

- Mengadopsi prinsip pemilihan di semua tingkatan organisasi.

<table>
<tr>
<td>

Judul video: Al-Qaradawi mengakui bahwa salah satu Ikhwan melakukan insiden Mansheya terhadap Abdel Nasser.

Pada tautan berikut:

https://www.youtube.com/watch?v=HdatRy4Rb4w

- Meskipun Ikhwanul Muslimin membantah upaya pembunuhan Gamal Abdel Nasser dalam insiden Mansheya, para pemimpin kelompok sendiri membenarkan hal tersebut.

- Al-Qaradawi berkata: Ikhwanul Muslimin tidak ada hubungannya dengan percobaan pembunuhan Gamal Abdel Nasser. Adapun mereka yang bertanggung jawab atas insiden ini, Hindawi Duwayr dan kelompoknya, yakin bahwa seluruh sistem dikendalikan Abdel Nasser dan bahwa satu peluru baginya sudah cukup untuk mengakhiri revolusi Juli.

</td>
<td>

</td>
</tr>
</table>

https://www.youtube.com/watch?v=HdatRy4Rb4w

4-10-1 SIAPAKAH MUHAMMAD MAHDI AKEF?

Ia lahir pada 12 Juli 1928, tahun yang sama saat Ikhwanul Muslimin didirikan, di desa Kafr Awad As-Sunita di distrik Aja Provinsi Dakahlia, dan belajar di Sekolah Dasar Mansoura, dan memperoleh ijazah orientasi dari Sekolah Menengah Fouad Al Awal di Kairo, kemudian bergabung dengan Sekolah Tinggi Teknik. Ia segera mentransfer makalahnya dari mereka ke Institut Tinggi untuk Pendidikan Olahraga, setelah adanya arahan tidak langsung dari Hasan Al-Banna, pendiri Ikhwanul Muslimin, untuk bergabung dengan perguruan tinggi itu, karena ketertarikannya pada kehadiran Ikhwan di semua sekolah, perguruan tinggi dan institut pada tahap itu. Akef lulus dari Institut Tinggi Pendidikan Jasmani pada Mei 1950. Setelah lulus ia bekerja sebagai guru olahraga jasmani di Sekolah Menengah Fouad Al-Awal. Ia kemudian bergabung dengan Fakultas Hukum pada tahun 1951. Akef berkenalan dengan Ikhwanul Muslimin pada tahun 1940, dan ia meningkat pesat dalam jajaran kelompok, di mana ia memimpin kamp-kamp Universitas Ain Shams selama eskalasi perlawanan bersenjata melawan Inggris di wilayah Terusan setelah penghapusan perjanjian 1936 dan ia bertanggung jawab atas seksi mahasiswa dalam Ikhwanul Muslimin, bagian yang selalu menjadi salah satu bagian terpenting dalam grup.[259]

Ia dipenjara beberapa kali, pertama pada tahun 1954, ketika Akef diadili pada waktu itu atas tuduhan penyelundupan Abdel Moneim Abdel Raouf - seorang perwira bebas dan pejabat organisasi Ikhwanul Muslimin - dan dijatuhi hukuman mati, kemudian hukuman diubah menjadi kerja paksa seumur hidup. Kemudian ia dipenjara pada tahun 1996 dengan tuduhan bertanggung jawab atas organisasi global Ikhwanul Muslimin, dan ia dijatuhi hukuman tiga tahun penjara, hanya untuk dibebaskan pada tahun 1999.[260]

Di era mendiang Presiden Anwar Sadat, yang menyaksikan terobosan besar dalam hubungan antara Ikhwanul Muslimin dan rezim Mesir, Akef berpartisipasi dalam periode itu dengan mengorganisir banyak kamp pemuda Islam di dunia Arab dan Islam, Afrika, Eropa, Australia, dan Amerika Serikat. Kemudian ia bekerja sebagai direktur Islamic Center di Munich.

4-10-2 MENINGKATKAN DIMENSI POLITIK

Pada Maret 2004, Akef ditunjuk sebagai pembimbing umum, dan ia mencoba untuk mendamaikan dua arus yang bersaing di dalam kelompok, pengawal lama, yang memberikan prioritas tradisional untuk merekrut dan mendapatkan anggota, dan pengawal baru, yang lebih tertarik pada politik, dan Akef sering mengkritik rezim Mesir karena lambatnya reformasi dan penolakannya untuk campur tangan asing dalam urusan Mesir dan wilayah selama pemerintahan Bush (senior).[261]

Selama masa jabatan Akef, Ikhwanul Muslimin mendapati keterbukaan yang belum pernah terjadi sebelumnya terhadap arus politik dan partai lain di Mesir, dan menyaksikan masuknya arus tersebut secara besar-besaran ke

---

259. Moataz Mamdouh, Muhammad Mahdi Akef: Pembimbing Ikhwan sebelum yang terakhir, di link berikut: 2017, https://bit.ly/2kteuN5.

260 Sumber sebelumnya.

261. Lihat: Barry Rubin, IKHWANUL MUSLIMIN, ORGANISASI DAN KEBIJAKAN GERAKAN ISLAMIS GLOBAL, New York, Palgrave Macmillan, hlm. 50.

ranah publik, yang berpuncak pada perolehan 88 kursi di Majelis Rakyat Mesir dalam pemilihan parlemen 2005, yang merupakan sekitar 20% dari kursi parlemen, di mana Ikhwanul Muslimin pada waktu itu meenjadi blok oposisi politik terbesar di negara.[262] Tahap ini juga menyaksikan penguatan kerja sama dan pembentukan kemitraan dengan kelompok intelektual dan politik lain di luar

kepentingan bersama. Keselarasan antara Ikhwanul Muslimin, kaum Nasserist, dan Partai Arab Demokratik Nasserist pada saat ini sangatlah penting.[263] Namun, hal itu justru meningkatkan defensivisme lama yang hidup pada periode Nasser, dan tekanan yang diberikannya pada grup.

Judul video: Muhammad Habib, wakil pembimbing Ikhwan: Akef tidak memiliki apa-apa di dalamnya dan kelompok itu diserahkan kepada Mahmoud Ezzat si "pembohong" dengan tangan terbuka.

Pada tautan berikut:

https://www.youtube.com/watch?v=G1poonykIKA

- Muhammad Habib, mantan perwakilan Ikhwanul Muslimin, selama masa jabatan Muhammad Mahdi Akef, menuduh Ikhwanul Muslimin melakukan penipuan dan memanipulasi pemilihan dua Dewan Bimbingan terakhir dan Pembimbing Umum selama tahun 2010, yang membawa memaksa Mohamed Badi', sang pembimbing umum, dipaksa mundur dari jabatannya, dan bahkan menuduh Akef menyerahkan kendali Ikhwan ke menantu laki-laki dan paman dari pihak ibu untuk anak-anaknya, Dr. Mahmoud Ezzat, sehingga mengesankan adanya pengaruh hubungan pribadi dalam hubungan administratif.

https://www.youtube.com/watch?v=G1poonykIKA

---

262. Ibid.

263. Lihat: Israel Elad-Altman, Ikhwanul Muslimin Mesir Setelah Pemilu 2005, 2006, https://bit.ly/2kZLD3b.

Mengikuti pendekatan dari pembimbing sebelumnya, Mahdi Akef menekankan dukungannya untuk Hizbullah Lebanon dalam perang Israel di Lebanon pada tahun 2006, mengungkapkan kesediaan Ikhwanul Muslimin untuk mengirim ribuan mujahidin untuk berperang bersama partai. Ketika masa jabatan pertama Akef sebagai mentor Ikhwanul Muslimin berakhir, ia menolak untuk dipilih kembali sebagai mentor, dan meninggalkan posisi tersebut setelah Mohamed Badi' 'terpilih sebagai mentor untuk menggantikannya pada 16 Januari 2010.

4-11 MOHAMED BADI': IMPIAN PEMBERDAYAAN TELAH KEMBALI (2010-SEKARANG)

Amanat dari Pembimbing kedelapan, Mohamed Badi' (2010-sekarang) menandai kembalinya gerakan garis keras, karena ia berafiliasi dengan sayap Quthb. Terpilihnya Mohamed Badi' 'pada 16 Januari 2010 untuk menggantikan mantan pembimbing Mahdi Akef, memicu kontroversi dan keberatan karena suara-suara dari dalam kelompok tersebut mencela metode pemilihannya dan anggota Biro Bimbingan, dan menganggap ini sebagai hasil seleksi dan bukan pemilihan, sehingga memunculkan argumen bahwa pemungutan suara ini melanggar aturan internal Ikhwanul Muslimin.

4-11-1 SIAPAKAH MOHAMED BADI'?

Mohamed Badi' 'Abd al-Majid Muhammad Sami lahir di kota Mahalla al-Kubra, Mesir, pada tanggal 7 Agustus 1943, dan bekerja sebagai dosen patologi di Fakultas Kedokteran Hewan Universitas Beni Suef. The Arab Scientific

Encyclopedia, yang diterbitkan oleh Layanan Informasi Negara Mesir pada tahun 1999, mengklasifikasikannya sebagai salah satu dari "Seratus Ilmuwan Arab Terbesar". Ia mendirikan Institut Tinggi Kedokteran Hewan di Republik Arab Yaman, dan terpilih menjadi anggota Kantor Konseling Ikhwanul Muslimin di Mesir sejak 1993.

4-11-2 MOHAMED BADI' DAN AWAL HUBUNGANNYA DENGAN IKHWANUL MUSLIMIN

Titik balik utama dalam kehidupan Mohamed Badi' adalah pada tahun 1959, ketika ia berkenalan dengan salah satu anggota Ikhwanul Muslimin Suriah, Dr. Muhammad Suleiman al-Najjar, yang mengundangnya untuk bergabung dengan Ikhwan, dan Mohamed Badi' muda yakin akan hal ini, terlepas dari suasana ketakutan yang dialami Ikhwanul Muslimin saat itu dari bentrokan dan kampanye penangkapan dan penyiksaan oleh Gamal Abdel Nasser. Al-Najjar meninggalkan jejaknya pada Mohamed Badi' dalam kesetiaannya pada dakwah, usahanya serta waktunya untuk itu. Muhammad Suleiman mengatur pertemuan antara Mohamed Badi' dengan Sayyid Quthb, dan dipengaruhi oleh buku *Fi Zilal Al-Qur'an* yang Sulaiman al-Najjar sampaikan pada bagian terakhir, dan Mohamed Badi' mengatakan bahwa tubuhnya telah terpatri di dalamnya. Ia belum pernah merasakan manisnya Al-Qur'an sebelumnya.[264] Mengenai dokumen Mohamed Badi', mereka membahas topik ilmiah, kedokteran hewan, dan pendidikan.

4-11-3 MOHAMED BADI', PEMBIMBING UMUM IKHWANUL MUSLIMIN

Mohamed Badi' terpilih sebagai pembimbing umum Ikhwanul Muslimin pada 16 Januari 2010, menjadi pembimbing kedelapan kelompok itu, setelah pemilihan yang memicu banyak kontroversi. Penunjukan Mohamed Badi' sebagai Pembimbing Umum Ikhwanul Muslimin dilakukan pada saat Muhammad Habib, mantan wakil pembimbing pertama, absen dari konferensi yang mengumumkan

---

264. Dr. Mohamed Badi' ... pembimbing umum kedelapan secara singkat untuk kelompok Ikhwanul Muslimin, situs Wikipedia Ikhwanul Muslimin, di tautan berikut: https://bit.ly/2n9dz5N.

pembimbing tersebut dan menyatakan keberatannya terhadap tata cara pemilihan Dewan Pendiri dan Pembina, dengan dalih bahwa pemungutan suara tersebut melanggar aturan internal Ikhwanul Muslimin. Dengan menunjukkan bahwa pilihan pembimbing baru datang "sebagai hasil dari pemilihan, bukan seleksi", Muhammad Badi' berhasil menang melalui pemilihan ini melampaui pendahulunya, Muhammad Mahdi Akef, pembimbing umum sebelumnya, pertama dalam sejarah Ikhwan di Mesir, yakni dengan memilih seorang pembimbing umum untuk kelompok dengan pemilihan di hadapan seorang pembimbing umum yang masih hidup, sehingga Muhammad Mahdi Akef menjadi pemegang gelar mantan pembimbing umum pertama Ikhwan.[265]

Judul video: Ikhwanul Muslimin, sebuah kelompok ketuhanan (rabbaniyah) Pada tautan berikut: https://www.youtube.com/watch?v=rQjmI2DIBQk - Gagasan bahwa Ikhwanul Muslimin adalah kelompok ketuhanan tidak terbatas pada Hasan al-Banna, melainkan bahwa para pemimpin dan anggota yang hadir setelahnya percaya juga dengan gagasan itu. - Muhammad Badi' berkata bahwa Ikhwanul Muslimin adalah kelompok ketuhanan yang membawa kebaikan bagi semua.	

https://www.youtube.com/watch?v=rQjmI2DIBQk	

Mohamed Badi' dan Muhammad Mahdi Akef adalah anak-anak ideologis Sayyid Quthb, yang dieksekusi oleh rezim mantan Presiden Mesir Gamal Abdel Nasser dalam pengadilan militer di Mesir pada tahun 1966. Sejak saat itu, Badi' digolongkan dalam apa yang disebut kelompok "Quthbiyyin" dalam Ikhwanul Muslimin, tetapi hal Itu tidak mencegahnya untuk membangun hubungan dengan berbagai golongan lainnya di dalam grup, di mana popularitasnya

---

265. Muhammad Sadiq Ismail, Gerakan Islam di Dunia Arab: Ikhwanul Muslimin - Gerakan Syiah Jihadi sebagai Model, Kelompok Arab untuk Pelatihan dan Penerbitan, 2014, di link berikut: https://bit.ly/2oJ9tlg].

menyebar dengan pesat setelah ia berhasil memperluas lingkup pengaruhnya di Mesir Hulu, ketika ia bertanggung jawab atas wilayah tersebut. Mereka yang dekat dengan Badi' menggambarkannya sebagai "Pemilik Ingatan Besi".[266]

Badi' ditangkap pada tahun 1965 bersama dengan Sayyid Quthb dan lainnya, dan mereka dituduh "mencoba mengubah konstitusi negara dan bentuk pemerintahan di dalamnya secara paksa, dengan membentuk sebuah gerakan dan kelompok bersenjata rahasia dari Partai Ikhwanul Muslimin yang dibubarkan dengan tujuan untuk mengubah rezim yang ada secara paksa dengan melakukan percobaan pembunuhan Presiden Republik, dan mereka akan mengambil alih negara, menyabotase fasilitas umum dan mengobarkan perselisihan di negara tersebut." Mohamed Badi' dijatuhi hukuman 15 tahun penjara, di mana ia menghabiskan 9 tahun, keluar, dan kembali bekerja. Ia kembali ditangkap pada tahun 1998, dalam kasus Lembaga Dakwah Islam di Beni Suef, dan dipenjara selama 75 hari. Ia ditangkap lagi dalam kasus serikat buruh pada tahun 1999, di mana pengadilan militer menjatuhkan hukuman lima tahun penjara, dan ia hanya menjalani hukuman selama tiga perempat tahun, lalu ia keluar pada tahun 2003. Pada Agustus 2013, pasukan keamanan Mesir menangkap Mohamed Badi' atas tuduhan penghasutan kekerasan di Lapangan Rabaa Al-Adawiya dan Al-Nahda Square, dan setelah 61 bulan diadili dan diselidiki dalam empat kasus, total hukuman yang dijatuhkan kepadanya mencapai dua eksekusi dan 263 tahun penjara.[267]

4-11-4 MOHAMED BADI' DAN IMPIAN PEMBERDAYAAN IKHWANUL MUSLIMIN

Mandat Mohamed Badi' menyaksikan transformasi bersejarah di mana kelompok itu, setelah puluhan tahun bekerja di bawah tanah, hingga naik ke tampuk kekuasaan. Ikhwanul Muslimin memanfaatkan aksesi mereka ke kekuasaan pada tahun 2012 di bawah kepemimpinan Muhammad Morsi untuk mewujudkan apa yang mereka sebut "impian pemberdayaan." Satu

---

266. Profil Mohamed Badi', pembimbing umum kedelapan Ikhwanul Muslimin, situs web BBC Arab 16 Januari 2010, di link berikut: https://bbc.in/35asQo8].

267. Alaa Radwan, Dua eksekusi dan 263 tahun penjara .. hasil putusan mentor teroris yang lalu, 6 Desember 2018, di link berikut: https://bit.ly/2n9aOSO.

tahun kemudian, Revolusi 30 Juni 2013 pecah, dan Ikhwanul Muslimin menerima pukulan telak, lalu pekerjaan Ikhwanul Muslimin dirongrong dan elemen-elemen kepemimpinannya dijebloskan ke penjara, Mohamed Badi' dan Ikhwanul Muslimin menghadapi konflik internal di mana terdapat serangkaian pengumuman mengenai mulai terlepasnya organisasi internasional, oleh beberapa kelompok yang setia kepada kelompok induk di Mesir. Perpecahan internal ini diwakili dalam Ikhwanul Muslimin antara para pemimpin sejarah yang dikenal sebagai kelompok Mahmoud Ezzat dan anggota Biro Administratif baru.[268]

4-12 BIRO BIMBINGAN UMUM

Poros dari bab keempat ini berhubungan dengan badan terpenting dalam sistem administrasi dan politik Ikhwanul Muslimin, yaitu Biro Bimbingan, yang merupakan salah satu badan utama yang secara langsung berafiliasi dengan otoritas Pembimbing Umum Ikhwanul Muslimin, selain Dewan Syura.

Peran, sifat, dan komposisi Biro Bimbingan dipengaruhi oleh faktor yang sama yang mengatur dan menentukan siapa yang akan mengemban kepemimpinan Ikhwanul Muslimin, yaitu pembimbing. Seperti yang kita lihat pada poros sebelumnya, peran pembimbing dan kekuatannya adalah hasil interaksi berbagai faktor dan kekuatan di dalam dan di luar organisasi, dan di sini kita temukan pengaruh dari faktor-faktor itu juga, seperti yang telah dijelaskan sebelumnya, faktor pribadi dan ideologis mendominasi tahap pertama Ikhwanul Muslimin, di mana kekuasaan dan keputusan terkonsentrasi di tangan pembimbing adalah orang yang memimpin semua jenazah dan membuat keputusan yang menentukan bahkan jika mereka melampaui peraturan hukum kelompok tersebut, seperti yang terjadi dalam insiden pemisahan Sukkari dan ipar Al-Banna.[269] Biro Bimbingan adalah alat untuk mengimplementasikan keinginan pembimbing dan memperluas otoritasnya atas organisasi.

---

268. Untuk lebih jelasnya tentang persepsi Ikhwanul Muslimin, lihat video terlampir: Program video "Fi Falak Al-Mamnoua" Apa yang diinginkan Ikhwanul Muslimin? Website Al Arabiya Channel 24, 6 September 2019, di tautan berikut: https://www.youtube.com/watch?v= ZnHcrwovtTl.

269. Untuk lebih jelasnya, lihat bab sebelumnya.

4-12-1 GAMBARAN UMUM DARI BIRO BIMBINGAN MENURUT PERATURAN HUKUM YANG BERBEDA

Sistem hukum yang berkaitan dengan konseling mengacu pada beberapa hal, yang terpenting di antaranya adalah:

- Sifat Biro Bimbingan, kekuasaannya, dan kepentingannya mirip dengan sifat biro politik di rezim totaliter seperti bekas Uni Soviet, dan biro politik di Partai Komunis China saat ini.

- Terdapat stabilitas isi pasal-pasal hukum yang khusus untuk pembentukan Biro Bimbingan, kewenangannya, dan tugasnya, karena hanya terjadi sedikit perubahan di dalamnya terkait dengan jumlah anggota Biro Bimbingan dan masa pemilihannya.

- Peraturan yang ada memberikan kewenangan luas kepada biro bimbingan (Pasal 25 hingga 32) yang menggabungkan kekuasaan eksekutif dan pengawasan yang seharusnya dirujuk ke Dewan Pendiri.

- Peraturan hukum grup dari tahun 1932 hingga 1994 dan berbagai amandemen yang telah terjadi untuk memberikan Biro Bimbingan status serupa "pemerintahan bayangan", karena memiliki kekuasaan untuk membentuk dan mengawasi banyak departemen dan komite (16 departemen dan komite) dengan spesialisasi teknis, politik dan dakwah.

- Biro Bimbingan Umum dicirikan oleh sentralisasi geografis dan administratif yang parah, karena Kairo sendiri menyumbang tiga perempat dari perwakilan (9 anggota) di dalam kantor dan hanya 3 anggota yang mewakili seluruh Mesir, dan masalah ini berlanjut hingga reformasi 2009.

- Perubahan hukum terpenting yang memengaruhi Biro Bimbingan termasuk, khususnya, jumlah anggota dan kriteria seleksi, yang meningkat dari 12 anggota sebagaimana diatur dalam peraturan 1932 dan 1948 dan amandemen berikutnya, menjadi 16 anggota setelah reformasi yang diwujudkan dalam tiga dekade '80-an, '90-an, dan dekade pertama milenium kedua, terutama amandemen umum 2009. Perubahan juga termasuk metode representasi geografis, sementara bagian terbesar diberikan kepada perwakilan Kairo atau partai asal pembimbing, amandemen baru-baru ini menjadi agak seimbang antar wilayah.

Tabel 1

Perubahan Paling Penting dalam Biro Bimbingan Umum

Tahun	Jumlah Keanggotaan	Representasi	Masa Keanggotaan
1930	Bernama "Dewan Administratif", 12 + Pembimbing Umum	Dipilih oleh Lembaga Umum	Tiga tahun, bisa diperpanjang
1932	12 + Pembimbing Umum	9 dari Ikhwan Kairo dan 3 dari daerah, ditunjuk oleh pembimbing	Dua tahun, bisa diperpanjang
1948	12 + Pembimbing Umum	9 anggota dari Kairo dan 3 dari daerah, dipilih oleh Dewan Syura	Dua tahun, bisa diperpanjang
1951 - Tidak ada perubahan di Biro Bimbingan			
1982	12 + Pembimbing Umum	Dewan Syura memilih semua anggota, 8 dari wilayah di mana pembimbing berasal, dan 5 dari wilayah lain	Masa jabatan Biro Bimbingan adalah empat tahun Hijriah, dan seorang anggota dapat dipilih lebih dari satu kali
1994	13 + Pembimbing Umum	Seperti sebelumnya	Seperti sebelumnya
2009	16 + Pembimbing Umum, dipilih oleh Dewan Syura melalui pemilihan rahasia	Setiap wilayah geografis harus memiliki setidaknya satu anggota.	Dewan Syura dapat memperbarui pemilihan anggota yang keanggotaannya telah berakhir hanya untuk satu masa jabatan berikutnya

Perubahan hukum tidak memengaruhi Biro Bimbingan Umum dan tidak mengurangi kewenangan luasnya. Sejak peraturan 1948, telah menjalankan fungsi eksekutif dan pengawasan, dan kekuasaannya jelas tumpang tindih dengan Dewan Syura, yang dalam praktiknya belum dapat bertemu dengan baik dan teratur sejak 1995, dan tampaknya telah menjadi Tubuh tiruan yang digunakan untuk menyetujui dan memberikan keputusan yang dibuat oleh Biro Bimbingan.[270]

Terlepas dari pentingnya anggaran dasar dan peraturan yang mengatur peran dan kekuasaan Biro Bimbingan, jaminan sebenarnya adalah apa yang diterima di Biro tersebut dan bagaimana ia tiba, serta apa faktor penentunya? Dengan perluasan dan penyebaran grup, Biro mulai mengambil alih kekuasaan yang lebih luas, tugas yang lebih tepat, dan mekanisme kerja yang lebih kompleks yang menghubungkannya dengan pembimbing dan seluruh badan dan departemen di dalam struktur organisasi grup, sehingga badan penyusunnyalah yang memilih anggotanya.

Pada saat yang sama, biro bimbingan merupakan perpanjangan dari pembimbing umum kelompok, karena dialah yang menunjuk anggotanya dan ia adalah tokoh dominan atas kantor dan organisasi secara umum, sehingga tidak ada perbedaan antara peran kantor dan peran pembimbing, jadi yang pertama hanyalah asisten dan pelaksana keinginan dan keputusan yang kedua, dan inilah yang terjadi ketika ia mengambil alih Hasan Al-Banna adalah pemimpin grup.

4-12-2 PERKEMBANGAN BIRO BIMBINGAN UMUM

A. Anggaran Dasar Tahun 1930

Daftar pertama yang disiapkan oleh Ikhwanul Muslimin di bawah kepemimpinan Pembimbing Umum Hasan Al-Banna di tahun-tahun awal berdirinya Ikhwanul Muslimin berbentuk organisasi administratif murni. Dalam peraturan tahun 1930, Biro Bimbingan disebut "Dewan Administratif", dan nama serta fungsi badan dan kantor yang mengatur kerja Ikhwanul Muslimin tidak sepenuhnya dan akurat dikristalisasi selama periode itu. Anggaran Dasar Asosiasi Ikhwanul Muslimin tahun 1930 menyatakan dalam Pasal (16) bahwa anggota Dewan Administratif - dan mereka berjumlah 12 - dipilih dari antara anggota Majelis

---

270. Lihat: Pusat Informasi Intelijen dan Terorisme Meir Amit, *Struktur dan Sumber Pendanaan Ikhwanul Muslimin*, Ahad, 19 Juni 2011. https://bit.ly/2qoeOJ7.

Umum dengan pemungutan suara rahasia.[271] Tugas dan wewenang Dewan Administratif mulai dari Pasal (17) sampai dengan Pasal (24) yang menyatakan tanggung jawab Dewan Administratif dalam melaksanakan anggaran dasar ini.

B. Amandemen Anggaran Dasar Umum 1932

Sebuah amandemen penting dibuat dalam Anggaran Dasar Umum Ikhwanul Muslimin tahun 1932, yang untuk pertama kalinya menyetujui penunjukan Pembimbing Umum, Biro Bimbingan, dan Dewan Syura (Dewan Pendiri). Anggaran Dasar ini datang untuk menanggapi ekspansi yang cepat dari Ikhwanul Muslimin, karena jumlah penduduknya berlipat ganda dalam waktu singkat untuk mencakup seluruh negara Mesir. Namun yang membedakan Anggaran Dasar ini adalah dominasi pembimbing umum kelompok. Karena itu menyerahkan kepadanya tugas menunjuk anggota Biro Bimbingan. Komposisi dewan, selain sentralitas keputusan, juga mencerminkan sentralisasi geografis, di mana, seperti yang disebutkan sebelumnya, Kairo sendiri menyumbang tiga perempat komposisi anggota Biro.

C. Peraturan Internal tahun 1948

Perubahan terjadi dalam peraturan ini mengenai metode pemilihan anggota Biro Bimbingan, karena merujuk masalah pemilihan ke Dewan Syura, yang memilih anggota Biro, dan anggaran dasar mempertahankan pengaturan lain seperti sebelumnya.

D. Sistem Umum Ikhwanul Muslimin untuk Tahun 1982

Setelah perubahan penting yang terjadi di panggung politik di Mesir dan kembalinya Ikhwanul Muslimin ke publik sejak pertengahan tahun '70-an, pengaturan anggaran dasar ini mencerminkan perkembangan eksternal serta konflik internal antara para pemimpin kelompok. Berkenaan dengan Biro Bimbingan, selain pemilihannya oleh Dewan Pendiri sebagaimana disetujui dalam daftar tahun 1948, Biro Bimbingan menambah jumlah anggota Dewan

---

271. Anggaran Dasar Asosiasi Ikhwanul Muslimin tahun 1930, Pasal (16) "Majelis Umum memilih dewan direksi yang terdiri dari dua belas anggota."

sebanyak satu, menjadi tiga belas anggota, dan sebagian mengubah perwakilan anggota di daerah (delapan anggota mewakili Kairo dan lima anggota mewakili daerah).

E. Peraturan Tahun 1994

Terlepas dari urgensinya, tidak ada perubahan yang dilakukan terkait biro bimbingan, kekuasaan, dan metode pemilihannya.

F. Amandemen Tahun 2009

Perubahan penting menyentuh ranah Biro Bimbingan, karena adanya peningkatan jumlah anggota dari tiga belas menjadi enam belas anggota, serta mengubah tingkat perwakilan, dengan ketentuan bahwa setidaknya ada satu anggota untuk setiap wilayah geografis, serta menentukan periode perpanjangan untuk anggota dan ini hanya satu kali dilakukan untuk mematuhi amandemen anggaran dasar yang menjadi mandat pembimbing dan telah disetujui, adalah perpanjangan satu kali. Menurut amandemen terakhir ini, komposisi dan kewenangan Biro Bimbingan akan dijelaskan sebagai berikut.

Pembimbing Umum adalah kepemimpinan tertinggi dan badan administrasi untuk Ikhwanul Muslimin, karena merumuskan dan melaksanakan kebijakan nasionalnya (yang mencakup mengarahkan dan memantau kegiatan dakwah dan menjalankan pemerintahannya) dan hubungan internasionalnya. Menurut peraturan gerakan:

1. Biro beranggotakan 16 orang, sebagian besar adalah orang Mesir, dan sisanya adalah delegasi yang mewakili gerakan di negara-negara Arab lainnya. Anggota Biro Bimbingan dipilih melalui pemungutan suara rahasia oleh Dewan Syura gerakan.

2. Pemilihan anggota Biro Bimbingan diadakan setiap empat tahun sekali. Anggota terpilih dapat menjabat hingga dua periode (yaitu delapan tahun), dan mereka yang ditunjuk hanya dapat melayani satu periode.

3. Anggota Biro bertemu secara berkala (dan kantor pusatnya berada di Kairo). Pertemuan tersebut diawasi oleh Pembimbing Umum atau wakilnya.

4. Empat anggota Biro Bimbingan Umum juga merupakan anggota komite tetap yang mengambil keputusan dalam situasi darurat atau dalam urusan rutin yang relatif sederhana.

4-12-3 JAMINAN DI BIRO BIMBINGAN

Karena badan ini adalah pusat keputusan Ikhwanul Muslimin, maka telah diketahui perselisihan dan konflik mengenai siapa yang memimpinnya, seperti yang dijelaskan di Bab Satu, serta tentang komposisinya dan siapa yang bergabung dengannya. Konflik dan perpecahan yang diketahui dari Ikhwanul Muslimin selama keberadaannya dan sejak berdirinya hingga saat ini dimulai dari Bimbingan Kantor itu sendiri. Ada banyak contoh tentang hal ini yang mewakili setiap tahap Ikhwanul Muslimin, kami menyebutkan beberapa di antaranya:

1. Fase Hasan Al-Banna: Pengacara Muhammad Atiyah Khamis, yang menentang pembimbing tersebut, membelot untuk membentuk gerakan "Pemuda Muhammad". Ahmed Al-Sukkari, yang merupakan anggota terkemuka dari Biro Bimbingan, membelot, dan keputusan dikeluarkan untuk mengusirnya pada tahun 1947.

2. Fase Hassan Al-Hudhaibi: Muncul konflik antara dirinya dengan Aparat Khusus yang diwakili oleh Abdul Rahman Al-Sindi, yang juga terusir dari rezim tersebut.

3. Ketidaksepakatan berlanjut selama masa pemerintahan Umar Al-Tilmisani antara gerakan garis keras dan apa yang disebutnya "gerakan reformis" tentang bagaimana menjalankan urusan kelompok, yang tecermin dalam pekerjaan Biro Bimbingan.

4. Fase Mustafa Mashhour: Pada bulan Januari 1996, terjadi perpecahan lagi di dalam kelompok, ketika ide untuk mendirikan partai yang mewakili partai tersebut secara politik ditolak. Tuntutan ini diserukan oleh sejumlah

pemimpin kelompok yang oleh beberapa orang diklasifikasikan sebagai "reformis", diwakili oleh Abu Al-Ela Madi, yang menentangnya dalam pembimbing tersebut Mustafa Mashhour, yang mewakili golongan Quthb garis keras.

5. Fase Ma'moun Al-Hudhaibi: Pada tahun 2000, perselisihan terjadi antara salah satu pemimpin paling terkemuka dalam gerakan serikat buruh, Tharwat Al-Kharbawi, atas masalah yang dikenal dalam literatur Ikhwanul Muslimin sebagai kasus "serikat"[272] yang menyebabkan pemisahannya dari Ikhwanul Muslimin pada tahun 2002.

6. Fase Mohamed Badi': Ibrahim Youssef menunjukkan bahwa "pada tahun 2011 dan 2012 dan setelah revolusi 25 Januari, Ikhwanul Muslimin menyaksikan kasus-kasus pemisahan dan pengunduran diri yang paling menonjol dan terbesar dari para anggotanya, di antaranya adalah banyak pemimpin sejarah kelompok tersebut karena berbagai alasan yang berbeda dari satu kasus ke kasus lainnya."[273] Yang paling terkenal dari perselisihan dan perpisahan ini:

- Haitham Abu al-Khalil menuduh para pemimpin kelompok melakukan negosiasi rahasia dengan rezim Mubarak selama revolusi Januari 2011.

- Pimpinan Ikhwan tidak setuju dengan Abdel Moneim Abul-Fotouh, yang mencalonkan diri dalam pemilihan presiden pada Mei-Juni 2012, karena kelompok tersebut tidak berniat mengikuti pemilihan tersebut pada awalnya.

---

272. Untuk detail lebih lanjut tentang perselisihan dan perpecahan ini, lihat: Ibrahim Youssef, Perpecahan paling menonjol dalam sejarah Ikhwanul Muslimin, di tautan berikut: https://bit.ly/2lVnQ4O

273. Sumber sebelumnya.

Komite Pusat Biro Bimbingan Ikhwanul Muslimin

4-13 DEWAN SYURA IKHWAN (DEWAN PENDIRI)

Poros dalam Bab Empat ini berkaitan dengan Dewan Syura Umum, yang merupakan salah satu pilar terpenting dari struktur organisasi Ikhwanul Muslimin. Dewan ini muncul di tahun-tahun awal pendirian Ikhwanul Muslimin, dan menjadi representasi otoritas syariah bagi organisasi, dan keputusan mereka bersifat wajib untuk dilakukan, serta keanggotaannya dijabat selama empat tahun Hijriah. Tanggung jawab mereka antara lain adalah pengawasan umum kelompok, pemilihan Pembimbing Umum dan pemilihan anggota Biro Bimbingan. Dewan Pendiri mengadakan sidang pertamanya pada tanggal 15 Juni 1933,[274] setelah bertahun-tahun diumumkan oleh pendiri grup, Hasan Al-Banna, yang dulu mendominasi badan ini dan mengambil keputusan eksklusif. Ia memaksakan pendapatnya pada semua orang, tergantung pada harga dan prestise yang ia nikmati di antara anggota grup.[275] Ini jelas menegaskan sejauh

---

274. Situs resmi Ikhwanul Muslimin, Anggaran Dasar dan Peraturan Umum Ikhwanul Muslimin, melalui tautan berikut: https://bit.ly/2ZeGQ0a.

275. Untuk lebih jelasnya tentang pentingnya Dewan Syura organisasi dan posisinya dalam struktur organisasi, kita dapat merujuk ke: Muhammad Habib, Kenangan Dr. Muhammad Habib: Tentang Kehidupan, Dakwah, Politik dan Pemikiran (Kairo, Dar Al-Shorouk, 2012).

---

mana kekuasaan dan keuntungan luar biasa yang dinikmati oleh pendiri grup, yang mana mengorbankan struktur organisasi dengan berbagai badannya.

Dewan Syura Umum terdiri dari sekitar 108 anggota, termasuk anggota Biro Bimbingan dan pejabat Biro Administrasi, di samping 15 anggota yang ditunjuk oleh Biro Bimbingan, dan sisanya dipilih dari Dewan Syura provinsi sesuai dengan persentase tertentu yang bergantung pada kepadatan Ikhwanul Muslimin di provinsi tersebut. Sebagian besar pemilihan Dewan Syura Umum diadakan dengan penuh kerahasiaan, dan nama-nama anggota Dewan sering tidak diumumkan, terutama selama periode ketegangan dalam hubungan kelompok tersebut dengan pemerintah. Adapun Dewan Syura Internasional terdiri dari 33 anggota, dan berhak untuk mengikutsertakan dua anggota lainnya berdasarkan penunjukan, sehingga dewan menjadi 35 anggota, 8 di antaranya adalah Ikhwan Mesir, dan sisanya didistribusikan di antara Ikhwan di negara lain sesuai dengan kepadatan mereka di negara-negara tersebut.[276] Terlihat bahwa jumlah anggota Dewan Syura berubah dari satu periode ke periode lain, tetapi kekuatannya tetap konstan, bahkan jika aspek formal membuat mereka kewalahan dan tidak merepresentasikan kekuatan yang dimiliki dalam merasionalisasi perilaku kelompok atau mempertanyakan pembimbing umum, tetapi dewan itu hanyalah gambaran bahwa kelompok itu ingin memperbaiki wajahnya di Barat, bahwa mereka percaya dengan demokrasi dan mematuhi prinsip-prinsipnya. Poros studi ini membahas evolusi peran Dewan Syura Umum sesuai dengan aturan dan peraturan kelompok, dan kemudian mengevaluasi kinerja Dewan berdasarkan praktik praktis dan posisinya pada keputusan penting yang terkait dengan masa depan Ikhwanul Muslimin.

4-13-1 PERAN DEWAN SYURA UMUM TELAH BERKEMBANG SESUAI DENGAN ATURAN DAN REGULASI

Menurut peraturan pertama Ikhwanul Muslimin, Dewan Syura disebut sebagai Dewan Pendiri, yang merupakan otoritas tertinggi, dan berperan sebagai majelis umum atau konferensi umum. Dewan Pendiri terdiri dari anggota Ikhwan yang

---

276. Pasal 73-76 dari Peraturan Ikhwanul Muslimin tahun 1948.

lebih dahulu bergabung dalam dakwah, dan tugas badan ini pada awalnya adalah mengawasi secara umum kemajuan dakwah, menarik garis-garis utama kebijakan kelompok dan memilih anggota Biro Bimbingan. Jumlah anggotanya berkisar antara 100 hingga 150.[277]

Pembentukan dewan pendiri dilakukan untuk mengiringi penyebaran Ikhwanul Muslimin dan penambahan jumlahnya di masyarakat, dan ada yang meyakini bahwa hal itu adalah untuk menggantikan musyawarah umum dan memperbanyak penyelenggaraan konferensi-konferensi publik yang menghabiskan banyak tenaga dan biaya, baik untuk pusat, umum maupun anggota yang hadir dari daerahnya. Sifat konferensi ini tidak memberikan kesempatan yang memadai untuk membahas laporan masa lalu atau proposal untuk masa depan, selain fakta bahwa konferensi tersebut tidak berlaku lagi setelah jumlah orang semakin banyak dan jumlah anggota Ikhwan bertambah di mana-mana, sehingga delegasi mereka hanya mempersempit tempat, tidak peduli seberapa besar cakupannya; meningkatnya jumlah anggota Ikhwan berarti Konferensi Umum tidak lagi dapat menampung semua anggota Ikhwan dan mujahidin, oleh karena itu gagasan tentang pendiri adalah solusi tepat yang menjaga bentuk demokrasi sampai taraf tertentu dan adanya kelanjutan kendali pembimbing pada kelompok di saat yang bersamaan.

Peraturan kelompok menetapkan bahwa dewan pendiri adalah badan tertinggi untuk dakwah yang bertugas untuk menggambarkan garis-garis utama kebijakan kelompok. Pertemuan tersebut dilakukan setahun sekali, tetapi Pembimbing Umum atau Biro Bimbingan dapat mengundangnya kapan saja untuk mempresentasikan masalah mendasar kepadanya. Setidaknya 30 anggotanya dapat diundangr ke rapat. Dewan Pendiri dibentuk untuk pertama kalinya pada tahun 1941, dari seratus anggota yang dipilih oleh pembimbing berdasarkan tiga kriteria: mereka harus menjadi pelopor dalam dakwah, berkompetensi, atau telah melakukan pengorbanan yang luar biasa, dan bahwa mereka harus menjadi perwakilan dari provinsi. Anggotanya hingga awal tahun '50-an berjumlah 150 anggota, di mana 10 anggota dicoret dari keanggotaan

---

277. Wahid Abdul Majeed, Ikhwanul Muslimin antara Sejarah dan Masa Depan ... Bagaimana kelompok dan bagaimana itu? (Kairo: Al-Ahram untuk Penerbitan, Terjemahan dan Distribusi, 2010), hlm. 52-56.

dan akan dipilih orang-orang untuk menggantikan mereka, dan setiap tahun agenda Komisi mencakup butir-butir tradisional dari konferensi umum partai mana pun, seperti membahas laporan pembimbing umum tentang kegiatan, laporan auditor tentang rekening tahun lalu, dan anggaran untuk tahun tersebut. Selanjutnya, pemilihan anggota baru untuk menggantikan sepuluh anggota yang dicabut keanggotaannya.[278]

Nama Dewan Pendiri diubah menjadi Dewan Syura Organisasi, tepatnya pada kongres keenam organisasi yang diadakan pada bulan Januari 1941,[279] di mana pada kali terakhir kali metode konferensi ditiadakan dan diganti dengan sistem Dewan Pendiri dan Biro Administrasi; dan Dewan Pendiri terdiri dari 100 orang anggota.[280] Pada akhir tahun '40-an, beberapa amandemen diperkenalkan kepada Dewan Pendiri, untuk mengimbangi perluasan dan penyebaran Ikhwanul Muslimin di masyarakat. Peraturan internal Ikhwanul Muslimin tahun 1948 menunjukkan bahwa Dewan Pendiri yang merupakan "Otoritas Ikhwanul Muslimin" terdiri dari anggota Ikhwan yang sebelumnya sudah bekerja untuk dakwah. Wewenang tersebut bertujuan untuk mengawasi secara umum pelaksanaan dakwah, memilih anggota Biro Bimbingan Umum, dan memilih auditor. Dewan Umum Syura dari Ikhwanul Muslimin dianggap sebagai majelis umum dari Biro Bimbingan Umum.[281]

Badan ini bertemu secara berkala selama bulan pertama setiap tahun Hijriah untuk mendengarkan dan membahas laporan Biro Bimbingan tentang kegiatan dakwah di tahun baru, menguji anggota baru jika tanggal seleksi jatuh tempo, membahas laporan auditor tentang laporan akhir tahun sebelumnya, anggaran terbuka untuk tahun berikutnya, dan memilih pengamat baru jika tanggal jabatannya telah habis (dan ia harus menjadi salah satu anggotanya dan bukan salah satu dari mereka yang dipilih untuk bergabung dengan Biro Bimbingan

---

278. Sumber sebelumnya, hlm. 54-55.

279. Abdo Mustafa Desouki, The Ikhwan Shura Council and its Development (the Constituent Body), Ikhwan Online website, 23 Januari 2010, melalui link berikut: https://bit.ly/2nTg2Sx.

280. Muhammad Al-Amin, Ikhwanul Muslimin from Genesis to Solution, situs Wikipedia Ikhwanul Muslimin, melalui link berikut: https://bit.ly/2kabiGh.

281. Untuk penjelasan lebih lanjut mengenai peraturan ini, silakan merujuk: Peraturan Ikhwanul Muslimin Tahun 1948, laman Ikhwann Wiki melalui link berikut: https://bit.ly2oMiH01.

Umum), dan untuk mempertimbangkan tindakan dan proposal lain yang diajukan kepadanya, serta pertemuan luar biasa akan dilakukan di luar tanggal tersebut jika diminta Pembimbing Umum atau oleh suatu keputusan dari Biro Bimbingan atau permintaan dari pemimpin rapat yang dihadiri 20 anggota plus pembimbing umum, dan jika pembimbing umum tidak hadir, atau rapat tersebut adalah tentang masalah yang terkait dengannya, atau ia memutuskan untuk mundur dari memimpin rapat, maka wakil pembimbing yang harus melakukannya. Jika wakil pembimbing gagal ikut atau meminta izin tidak ikut, maka anggota yang lebih senior yang akan menggantikannya, dan rapat tersebut sah jika dihadiri oleh mayoritas mutlak (setengah ditambah satu) kecuali dalam hal yang memerlukan kuorum khusus, dan jika jumlahnya tidak lengkap, maka rapat akan ditunda selama dua minggu, dan undangan rapat akan kembali dikirimkan dan seluruh mekanisme rapat disertakan di dalamnya dan bahwa rapat akan menjadi sah dengan jumlah berapa pun yang hadir, dan keputusan dianggap sah jika dikeluarkan oleh mayoritas mutlak dari mereka yang hadir, kecuali dalam kasus-kasus khusus.[282]

Selain itu, badan ini dapat memutuskan dalam rapat mana pun, atau berdasarkan rekomendasi komite yang ditetapkan dalam pasal berikut, untuk memberikan beberapa anggota Ikhwan hak untuk menjadi anggota dalam Dewan Pendiri, dengan ketentuan bahwa mereka yang akan diberikan memenuhi persyaratan berikut[283]:

A. Terbukti menjadi anggota.

B. Usianya tidak kurang dari 25 tahun.

C. Sudah bergabung dengan Ikhwan setidaknya selama lima tahun.

D. Memiliki kualifikasi karakteristik moral, budaya dan praktis yang membuatnya memenuhi syarat untuk itu.

---

282. Pasal (33-35) Peraturan Ikhwanul Muslimin tahun 1948.

283. Pasal (36) Peraturan Ikhwanul Muslimin tahun 1948.

Kuota yang diberikan keanggotaan ini tidak boleh melebihi sepuluh anggota Ikhwan setiap tahun, asalkan pemilihan pada daerah-daerah tersebut diperhitungkan semaksimal mungkin.

Dewan Pendiri memilih dari anggotanya (yang bukan anggota terpilih dari kantor) untuk sebuah komite yang terdiri dari tujuh anggota, lebih disukai berasal dari luar Kairo, dan mereka akrab dengan fiqih Islam dan prosedur hukum, yang tugasnya adalah untuk mencapai apa yang dirujuk oleh pembimbing umum, biro bimbingan, atau badan itu sendiri, terutama yang berkaitan dengan apa yang memengaruhi anggota dalam perilaku atau kepercayaan diri mereka atau masalah lainnya. Komite ini dapat menjatuhkan hukuman apa pun yang diinginkannya, termasuk pencoretan keanggotaan, asalkan disetujui oleh Pembimbing Umum. Dan setelah memilih anggota-anggota ini, mereka bersumpah di hadapan Tuhan bahwa mereka akan melakukan apa yang menjadi kewajiban mereka dengan kepercayaan, kejujuran dan kesetiaan. Komite memilih ketua dan sekretarisnya dari antara para anggotanya segera setelah pemilihannya, dan mencatat keputusan dan notulensinya dalam daftar khusus, dan rapatnya sah dengan kehadiran lima anggotanya setiap kali ada ketua di antara mereka, dan keputusannya sah jika dikeluarkan oleh mayoritas mutlak dari mereka yang hadir. Pemilihannya diperbarui dengan pilihan Biro, dan pembaruan oleh Biro dapat dilakukan atas semua atau sebagian anggota. Rapat dilaksanakan atas undangan ketuanya, dan anggota yang diputuskan untuk dipecat dapat mengajukan banding atas keputusan ini dengan permintaan tertulis untuk diserahkan ke Biro Bimbingan Umum untuk disampaikan kepada dewan pendiri pada rapat pertama, dan pendapatnya sangat menentukan. Dan jika salah satu anggota Dewan Pendiri gagal memenuhi tugas yang diberikan kepadanya, Pembimbing Umum akan menegurnya, dan jika kegagalan itu diulangi, ia akan merujuknya ke komite yang disebutkan dalam pasal sebelumnya, kecuali ia adalah anggota Biro, maka ia akan mendapatkan konsekuensi menurut Pasal 25 tentang dirinya. Status keanggotaan anggota dewan pendiri tidak ada lagi dengan pengecualian atau dengan kehilangan salah satu syarat yang membuatnya memenuhi syarat untuk keanggotaan atau dengan keputusan komite yang ditetapkan dalam Pasal (37) sesuai dengan kondisi yang disebutkan di dalamnya atau dengan keputusan badan itu sendiri, dan dalam semua kasus Pembimbing Umum dapat memerintahkan penangguhan keanggotaan asalkan ia segera menunjukkan amarnya kepada otoritas yang bersangkutan untuk menyelidiki masalahnya.[284]

Pada tanggal 2 November 1951, peraturan internal Ikhwanul Muslimin dikeluarkan, dan mereka berfokus secara keseluruhan pada administrasi kelompok, sementara tidak ada amandemen yang dikeluarkan terkait dengan Dewan Syura, yang mana tetap sama pada kekuatannya yang sebelumnya dirujuk.[285] Pada bulan Juli 1982, Ikhwanul Muslimin sepakat untuk memperkenalkan beberapa amandemen pada sistem Dewan Syura Umum, mencatat bahwa jumlah anggotanya terdiri dari setidaknya 30 anggota yang mewakili organisasi Ikhwan yang disetujui di berbagai negara, dan mereka dipilih oleh Dewan Syura di negara atau perwakilannya, serta menentukan jumlah perwakilan masing-masing negara dengan keputusan Dewan Syura. Dewan Syura dapat mencakup tiga anggota berpengalaman yang dicalonkan oleh Biro Bimbingan Umum, dan setiap organisasi Ikhwan baru dapat mewakili di Dewan Syura jika disetujui oleh Biro Bimbingan Umum.[286] Sedangkan syarat keanggotaan tetap sama, dengan tugas Dewan Syura didefinisikan sebagai berikut[287]:

- Pemilihan Pembimbing Umum dan anggota Biro Bimbingan Umum.

- Menyetujui tujuan umum dan kebijakan grup - dan menentukan posisinya di berbagai pandangan, pengelompokan, dan berbagai masalah.

- Menyetujui rencana umum dan sarana operasional yang diperlukan.

- Membahas dan menyetujui laporan umum tahunan dan laporan keuangan, serta menyetujui anggaran tahun baru.

---

284. Pasal (37-39) Peraturan Ikhwanul Muslimin tahun 1948.

285. Untuk melihat peraturan internal Ikhwanul Muslimin pada tahun 1951, Anda dapat merujuk ke tautan berikut: https://bit.ly/2lGX1Rx.

286. Untuk Peraturan Umum Ikhwanul Muslimin tahun 1982, Anda dapat merujuk ke tautan berikut: https://bit.ly/2LfdGoq.

287. Peraturan Umum Ikhwanul Muslimin, Pasal 39.

- Memilih anggota Mahkamah Agung yang menyidangkan kasus-kasus yang dirujuk oleh pembimbing Umum, Biro Bimbingan Umum, atau Dewan Syura Umum, meminta pertanggungjawaban anggota Biro Bimbingan Umum sebagai kelompok dan individu, dan menerima pengunduran diri mereka dengan mayoritas mutlak dari anggota Dewan.

- Mengecualikan Pembimbing Umum atau menerima pengunduran dirinya sesuai dengan Pasal (16) peraturan ini.

- Mengubah peraturan berdasarkan proposal yang diajukan oleh Pembimbing Umum atau Biro Bimbingan Umum atau proposal yang disetujui oleh delapan anggota Dewan Syura Umum. Anggota harus diberitahu tentang teks amandemen satu bulan sebelum mempertimbangkannya. Keputusan amandemen tidak akan diubah kecuali dengan persetujuan dari dua pertiga anggota.

Adapun peraturan global Ikhwanul Muslimin yang dikeluarkan pada 12 April 1994 tidak menambahkan sesuatu yang baru, karena menunjukkan bahwa Majelis Umum Syura adalah otoritas legislatif Ikhwanul Muslimin dan keputusannya mengikat, dan masa jabatannya adalah 4 tahun Hijriah. Terdiri dari setidaknya 30 anggota, mewakili organisasi Ikhwan yang disetujui di berbagai negara, dan mereka dipilih dari antara anggotanya oleh Dewan Syura di negara tersebut. Dewan Syura dapat menambahkan lima anggota khusus ke keanggotaan dewan. Dimungkinkan juga bagi mereka untuk mewakili organisasi Ikhwan baru di Dewan Syura jika disetujui oleh Biro Bimbingan Umum. Dan jika perwakilan negara dalam Dewan Umum Syura adalah satu, maka ia juga yang harus menjadi Pengamat Umum, dan jika negara tersebut memiliki lebih dari satu perwakilan, maka Pengamat Umum harus dijabat salah satunya, dan jika tidak memungkinkan bagi Pengamat Umum untuk berpartisipasi sebagai anggota tetap, Dewan Syura di negara tersebut dapat memilih anggota yang lain.[288]

---

288.   Peraturan global Ikhwanul Muslimin tahun 1994, situs Wikipedia Ikhwanul Muslimin.

Pada bulan Mei 2009, Peraturan Umum Ikhwanul Muslimin dikeluarkan, dan tidak ada amandemen substansial pada sistem Dewan Syura organisasi, baik yang berkaitan dengan kondisi keanggotaan, sifat tugas, atau alasan kematian keanggotaan.[289]

289. Untuk peraturan umum Ikhwanul Muslimin tahun 1982, Anda dapat merujuk ke tautan berikut: https://bit.ly/2LfdGoq.

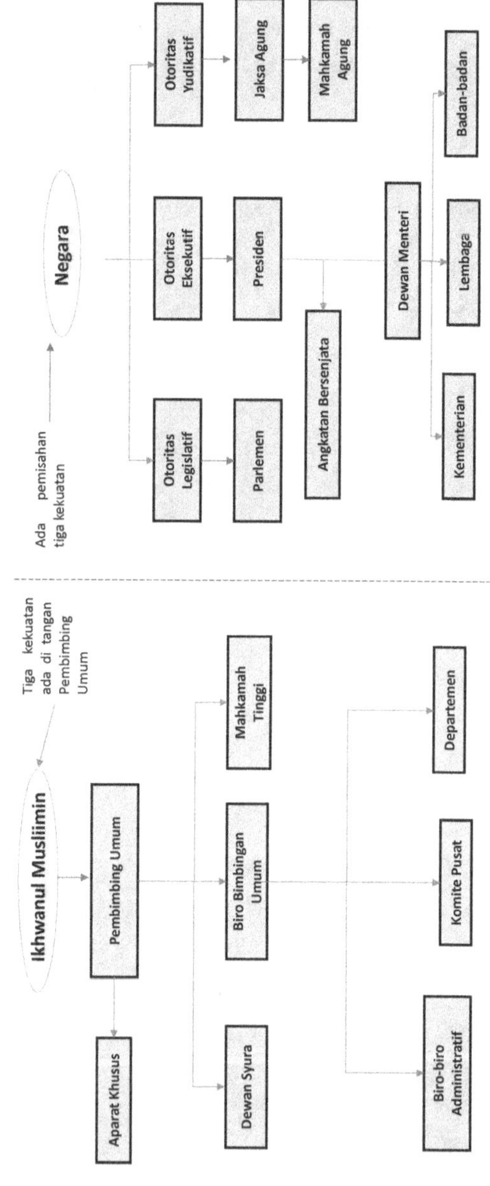

Perbandingan antara Struktur Organisasi Negara dan
Struktur Organisasi Ikhwanul Muslimin
Negara
Otoritas Yudikatif
Jaksa Agung
Mahkamah Agung
Otoritas Eksekutif
Presiden
Dewan Menteri
Badan-badan
Lembaga
Kementerian
Angkatan Bersenjata
Otoritas Legislatif
Parlemen
Ada pemisahan tiga kekuatan
Tiga kekuatan ada di tangan Pembimbing Umum
Ikhwanul Musliimin
Pembimbing Umum
Mahkamah Tinggi
Departemen
Biro Bimbingan Umum
Komite Pusat
Aparat Khusus
Dewan Syura
Biro-biro Administratif

Revolusi 30 Juni 2013 datang sebagai pukulan telak bagi struktur organisasi kelompok, terutama Dewan dan Biro Bimbingan, karena banyak anggota Dewan Syura Ikhwan ditangkap sementara yang lain melarikan diri ke luar negeri. Di saat yang sama, keluar pernyataan dari beberapa pemimpin Ikhwan tentang praktik Dewan Syura dalam pekerjaannya dan melaksanakan tugasnya, dan bahwa sudah banyak posisi kosong yang telah diisi di dalamnya, namun, pemilihan baru untuk Dewan dan anggota baru tidak diumumkan secara khusus, besar kemungkinan untuk mengantisipasi tuntutan keamanan setelah Ikhwan dilarang dan dimasukkan sebagai organisasi teroris. Namun, menjadi jelas bahwa Dewan Syura Internasional, yang anggotanya berada di Turki setelah Revolusi 30 Juni, adalah pihak yang bertanggung jawab menjalankan urusan kelompok, terutama yang berkaitan dengan dialog dengan badan dan badan internasional untuk mempresentasikan visi dan posisi kelompok dalam berbagai masalah.[290]

4-13-2 MENGEVALUASI PERAN DEWAN SYURA ORGANISASI BERDASARKAN PRAKTIKNYA

Jika Dewan Syura organisasi, berdasarkan aturan dan regulasi grup, menikmati banyak kekuasaan dan tugas serta memainkan peran yang mirip dengan Parlemen, baik dalam hal menyetujui rencana umum grup dan mekanisme implementasinya, menyetujui anggarannya, memilih anggota Mahkamah Agung yang mendengarkan kasus-kasus yang dirujuk oleh Pembimbing Umum atau Biro Bimbingan Umum, memiliki hak untuk memutuskan keputusan yang kontradiktif yang merupakan putusan atas perselisihan yang muncul; anggota Biro Bimbingan Umum, sebagai kelompok dan individu, akan dimintai pertanggungjawaban, dan pengunduran diri mereka harus diterima oleh mayoritas mutlak anggota Dewan, dan bahkan dengan pengecualian Pembimbing Umum, tetapi wewenang ini tidak diterjemahkan ke dalam kehidupan nyata. Pelaksanaan tugas dan kewenangan dewan bergantung pada serangkaian faktor penentu, beberapa di antaranya terkait dengan kepribadian

---

290. Nathan Brown dan Michael Dunn, Ikhwanul Muslimin di Mesir: Tekanan yang Belum Pernah Ada Sebelumnya dan Jalan yang Tidak Pasti, Carnegie Middle East Center, 29 Juli 2015, melalui tautan berikut: https://bit.ly/2naK9Eq.

pembimbing umum kelompok, dan ciri-ciri khusus yang dimiliki, dan yang lainnya terkait dengan sifat hubungan antara arus yang saling bertentangan dalam kelompok, yang sangat membatasi peran dewan.

Dari sudut pandang ini, Dewan Syura tidak lain adalah suatu hal yang Ikhwan coba tampilkan ke dunia luar sebagai kelompok yang percaya pada demokrasi dalam gaya Barat, tetapi pada kenyataannya mereka adalah kelompok tertutup yang jauh dari nilai-nilai Dewan Syura atau komitmen terhadap prinsip-prinsip demokrasi modern, dan ada banyak bukti. Dan data tentang itu, terutama:

1- **Tidak adanya kriteria seleksi yang tepat untuk anggota Dewan Syura** mulai dari tahun-tahun awal berdirinya kelompok, karena pemilihan anggota Dewan Pendiri (bentuk pertama Majelis Syura) dilakukan oleh pendiri kelompok, Hasan Al-Banna, berdasarkan kepercayaan, bukan kompetensi, dan berdasarkan loyalitas, pendengaran, kepatuhan dan gelar kekerabatan,[291] sedangkan kriteria efisiensi dan objektivitas tidak ada. Pada saat yang sama, pembentukan dewan pendiri pada tahun-tahun awal tidak dilakukan secara demokratis, dan meskipun mengandalkan metode pemilu untuk memperbaharui keanggotaan sepuluh anggota setiap tahun dari dewan pendiri, itu bukanlah pemilihan yang bebas atau pemilihan yang bersifat dari bawah ke atas, melainkan pemilihan internal di badannya sendiri yang berdasarkan nominasi yang dibuat oleh Pembimbing Umum. Hasan Al-Banna-lah yang memilih Dewan Pendiri, ketika badan ini pertama kali dibentuk pada tahun 1941, ia memilih seratus anggotanya, dan ialah yang mengontrol penambahan anggota baru ke dalamnya juga. Dalam konteks ini muncul pola kepemimpinan dalam kelompok yang bercirikan kepribadian, individualitas, dan pemusatan kekuasaan di satu tangan, demikianlah karya sang pembimbing pertama yang sedari awal membiasakan anggota kelompok untuk mematuhi kepemimpinannya melalui kesetiaan pada ketaatan dan kepatuhan.[292]

---

291. Hoor Sameh, Majelis Syura Ikhwan ... sebuah "fantasi kematian" yang dibuat oleh pemimpin diktator, situs Al-Marja, 18 Juni 2018, melalui link berikut: https://bit.ly/2n9Xvkh.

292. Wahid Abdul Majeed, sumber sebelumnya, hlm. 55.

Sementara Pasal 34 Anggaran Dasar Ikhwanul Muslimin menetapkan bahwa Dewan Pendiri "dianggap sebagai Majelis Umum Ikhwanul Muslimin, dan Majelis Umum Biro Bimbingan," dan pasal yang sama memberikan wewenang kepada Komisi untuk "memilih anggota Biro Bimbingan" sebagai otoritas eksekutif tertinggi di Gerakan tersebut, dan Pasal 9 memberinya kewenangan untuk memilih Pembimbing Umum, dengan ketentuan Pasal 19 UUPT bahwa pembimbing dan anggota Biro Bimbingan yang terpilih berasal dari antara anggota Dewan Pendiri itu sendiri, tetapi tidak ada anggaran dasar atau anggaran rumah tangga yang merujuk pada salah satu Jenis pemilihan atau pembaruan elektoral yang tunduk pada dewan pendiri, dan semua yang disebutkan adalah apa yang disebutkan dalam Pasal (33) Anggaran Dasar bahwa dewan pendiri terdiri dari "saudara-saudara yang mendahului pekerjaan untuk dakwah ini." Siapa yang memilih ini? Apa kriteria seleksinya? Teks ini mengabaikan sumber legitimasi kepemimpinan yang dinikmati oleh dewan pendiri tertinggi di masyarakat, dan alasannya adalah Hasan Al-Banna-lah yang memilih sendiri anggota dewan pendiri.[293] Ini berarti bahwa dewan pendiri memberikan legitimasi permanen pada dirinya sendiri dan menolak hak apa pun bagi anggota non-pendiri gerakan untuk mengubah atau berbagi hak untuk memilih kepemimpinan.

2- Sifat peran yang dimainkan oleh kelompok Dewan Syura dipengaruhi oleh karakteristik pembimbing kelompok di satu sisi, dan hubungan dengan pemerintah Mesir berturut-turut di sisi lain. Setelah kematian mendiang Presiden Gamal Abdel Nasser, dan awal era mendiang Presiden Anwar Sadat, pembimbing kelompok, Hassan Al-Hudhaibi, pada saat itu dianggap sebagai suatu kebutuhan Amandemen Dewan Syura organisasi; untuk mewakili semua anggota Ikhwanul Muslimin yang bekerja atas dasar kondisi yang ditetapkan oleh pesan ajaran pendiri Hasan Al-Banna. Yang mengejutkan adalah bahwa Al-Hudhaibi memandang Dewan Syura sebagai inti yang kokoh di mana organisasi akan didasarkan, tetapi ia menempatkan batasan di sini, yaitu bahwa anggota dewan ini terdiri dari anggota Ikhwan "yang bekerja", yang merupakan pangkat organisasi yang tinggi, lalu setelah itu diikuti Ikhwan "Mujahid" yang mengikuti

---

293.   Muhammad ibn al-Mukhtar al-Shanqeeti, Fitur dilema kepemimpinan Ikhwanul Muslimin, situs web Al-Jazeera Net, tanpa sejarah, melalui tautan berikut: https://bit.ly/2pyONP6.

---

mereka dengan klasifikasi seperti: "organisatoris, berafiliasi, mendukung, penuh kasih." Al-Hudhaibi mendefinisikan kerangka acuan Dewan Syura, karena itu adalah badan yang menetapkan kebijakan dakwah, memilih mereka yang bertanggung jawab atas pekerjaan eksekutif, meminta pertanggungjawaban mereka, dan mengoordinasikan berbagai kegiatan dalam batas-batas arahan, tetapi Al-Hudhaibi kemudian meninggal dan Dewan Syura tidak menjalankan kekuasaannya, tetapi Biro Bimbingan Eksekutif tetap menjadi yang dominan atas semua keputusan kelompok dengan dalih bahwa dinas keamanan tidak mengizinkan mereka untuk mengadakan pertemuan Dewan Syura.[294]

Pertemuan pertama Majelis Syura Ikhwan dilakukan berdasarkan peraturan sementara yang disetujui oleh Pembimbing Umum Ketiga, Ustadz Umar Al-Tilmisani pada bulan Mei 1978, yang secara penuh mendefinisikan sifat, fungsi dan kompetensi Dewan Syura, karena merupakan kewenangan legislatif bagi Ikhwanul Muslimin dan keputusannya mengikat, dan masa jabatannya adalah empat tahun Hijriah. Tetapi yang sangat mengejutkan adalah bahwa meskipun daftar sementara ini dengan jelas mendefinisikan sifat Dewan Syura, tidak ada informasi akurat yang tersedia tentang nama-nama anggota Dewan Umum Syura kecuali yang diterbitkan setelah "kasus Salsabil" pada tahun 1992, ketika nama-nama anggota Dewan Syura Umum dirilis, dan ini karena adanya ketakutan kelompok tersebut akan tuntutan keamanan, atau penangkapan anggota Dewan Syura. Pemilihan Dewan Syura diadakan lagi pada akhir tahun 1994, dan para anggota Dewan bertemu pada bulan Januari 1995, di mana mereka membahas masalah pembentukan partai Ikhwan yang diusulkan oleh Dewan Syura pada tahun 1989, dan mereka juga membahas apakah kelompok tersebut akan berubah menjadi sebuah partai atau apakah partai tersebut akan menjadi bagian darinya.[295]

3- Pengaruh terbatas dari Dewan Syura mengenai keputusan yang menentukan dari kelompok .. bertentangan dengan tugas dan kekuasaan yang ditetapkan dalam anggaran rumah tangga dan peraturan umum kelompok, dewan tidak hadir, atau

---

294. Salah El-Din Hassan, Dokumen pendiri kedua ... Bagaimana Ikhwanul Muslimin muncul di era Sadat?, Middle East Online, 3 Januari 2019, melalui link berikut: https://bit.ly/2o5gcWH.

295. Sumber sebelumnya.

dalam arti yang lebih akurat diabaikan dalam banyak keputusan mengenai nasib dan masa depan kelompok, karena peran dewan dalam memilih pembimbing umum kelima tidak ada Mustafa Mashhour, yang diangkat pada tahun 1996 sesuai dengan apa yang dikenal, pada saat itu, sebagai "ikrar makam" setelah selesainya pemakaman pembimbing keempat Muhammad Hamid Abu Al-Nasr dan sebelum meninggalkan makam, sebuah prosedur yang dilakukan oleh para pemimpin organisasi internasional di luar Mesir yang dianggap berlangsung tanpa perlu mendatangi pemakaman. Hal ini dilakukan dengan tujuan mengelak dan mencabut hak apa pun yang dimiliki dewan dalam memilih kepemimpinan kelompok dan mengarahkan kebijakannya, sebab peraturan untuk memilih pembimbing diabaikan oleh para pemimpin organisasi di Mesir sendiri, yakni saat mereka membatasi keanggotaan biro bimbingan yang ditugaskan untuk memilih pembimbing dari para anggotanya yang terdiri dari 85 anggota Dewan Syura Organisasi di Mesir, sedangkan seluruh anggota organisasi internasional diabaikan.[296]

<table>
<tr><td>

Judul video: Skandal keuangan Khairat Al-Shater dan Ikhwanul Muslimin dari mantan anggota Biro Bimbingan.

Pada tautan berikut:

https://www.youtube.com/watch?v=kUD2Rp7pPS0

- Tekanan yang diberikan oleh pembimbing di Dewan Syura Umum untuk menyetujui pencalonan Khairat al-Shater sebagai presiden pada tahun 2012, menegaskan bahwa dewan tunduk pada pembimbing umum. Perhatikan bahwa Khairat Al-Shater bukanlah orang politik yang dikenal publik ketika ia dicalonkan sebagai presiden.

- Khairat Al-Shater menyangkal menjalankan perusahaan di Mesir untuk Ikhwanul Muslimin, dan ia tidak memiliki kualitas seorang pengusaha.

- Partai Kebebasan dan Keadilan yang diwakili oleh Khairat Al-Shater, programnya luas dan umum, dan konsep keadilan bagi Khairat Al-Shater dipraktikkan dengan konsep internal Ikhwanul Muslimin.

</td><td>

</td></tr>
</table>

https://www.youtube.com/watch?v=kUD2Rp7pPS0

296.   Imad Muhammad Helmy, The Future of the International Organization of the Muslim Brotherhood 1 of 2, Diwan al-Arab Forum, 1 November 2003, melalui link berikut: https://bit.ly/2AM3A9C.

Ketika keputusan diambil untuk menjalankan pemilihan presiden Mesir pada tahun 2012 setelah Revolusi 25 Januari 2011, Dewan Syura berperan secara formal. Pada bulan Maret 2012, Majelis Syura Umum Ikhwanul Muslimin bertemu untuk memutuskan posisi kelompok tersebut dalam pencalonan diri dalam pemilihan presiden Mesir yang akan diadakan pada bulan Mei 2012. Mereka akhirnya memutuskan untuk mencalonkan diri dalam pemilihan presiden, dan pendapat ini dikeluarkan oleh mayoritas yang sangat lemah dari hanya 56 anggota Dewan Syura Umum, dari jumlah total 108 orang pada pertemuan itu, yang berarti bahwa yang menolak adalah 52 anggota, dan sangat mengejutkan bahwa nama kandidat belum diidentifikasi secara resmi,[297] kemudian menjadi jelas dari perkembangan situasi bahwa pembimbing Mohamed Badi' memaksakan pendapatnya kepada semua orang tentang nama kandidat, yang jelas bertentangan dengan prinsip syura, esensi dari Dewan dan dasar kontraknya, yang dengan jelas menunjukkan bahwa Dewan Syura Ikhwan hanyalah formalitas, dan tidak ada hubungannya dengan Syura sebagai prinsip utama, tetapi hanya untuk mempercantik citra kelompok. Yang benar adalah bahwa dewan ini memiliki pimpinan diktator yang menjadi pembimbing dalam kapasitas posisi dan pribadi, pendapatnya berlaku untuk semua orang sesuai dengan aturan Ikhwan yang ditetapkan tanpa langsung dalam hati tiap anggota kelompok: "Kesalahan pembimbing lebih baik daripada diri Anda sendiri." Indikasi tetap bahwa siapa pun yang berani dan bertentangan dengan pendapat pembimbing, atau mencoba untuk mengoreksi visi anggota dalam Dewan Syura, secara permanen diberhentikan dan dicabut hak-hak terendahnya dalam kelompok, dan kampanye kotor akan diluncurkan terhadapnya untuk mengonfrontasi rahasia dan detail yang mungkin ia ungkapkan mengenai kebenaran dalam Ikhwan.[298]

Akibat Revolusi 30 Juni 2013, menjadi jelas bahwa Dewan Syura Ikhwan tidak dapat menjalankan tugasnya, bukan hanya karena penangkapan banyak anggotanya, tetapi juga karena pengunduran diri beberapa anggota lainnya, sebagai protes terhadap cara penanganan kondisi akibat jatuhnya kekuasaan kelompok tersebut. Menurut peraturan yang mengatur kerja Dewan Syura,

---

297. Mengapa Ikhwanul Muslimin jatuh secara politis? Majelis Atlas, tanpa tanggal, di tautan berikut: https://bit.ly/2pG6n27.

298. Hour Samih, Dewan Syura Ikhwanul Muslimin, sumber yang disebutkan sebelumnya.

sejumlah anggota harus menghadiri sidang dewan, dan ini tidak mungkin, yang mendorong beberapa dari mereka untuk membuat perubahan pada peraturan untuk menangani masalah ini, tetapi pembimbing bertindak dengan menolaknya, yang mendorong beberapa pejabat kelompok untuk menantang Pembimbing, dan mereka menyerukan pemilihan Dewan Pendiri dari jajaran anggota Ikhwan, yang akan memiliki hak untuk mengadopsi peraturan baru, mengubah atau membatalkan beberapa ketentuannya. Dewan Pendiri ini, dalam pandangan mereka, dapat memenuhi kuorum Dewan Syura yang dikendalikan oleh Pembimbing, yang terkait dengan sebuah keadaan luar biasa. Hal yang sama dibenarkan oleh pimpinan organisasi internasional Ibrahim Munir ketika ia menyatakan bahwa kelompok tersebut harus dikelola dengan regulasi yang luar biasa hingga tercipta kondisi untuk regulasi baru.[299]

<table>
<tr><td>

Judul video: Tanpa Batas - Masa Depan Ikhwanul Muslimin di Mesir.

Pada tautan berikut:

https://www.youtube.com/watch?v=v7xEPxip5Jl

- Episode ini dipandu oleh Youssef Nada, mantan Komisaris Hubungan Internasional Ikhwanul Muslimin, dan dia berbicara tentang menilai pengalaman Ikhwanul Muslimin berkuasa di Mesir, dan masa depan apa yang menanti mereka sehubungan dengan tuduhan terorisme mereka.

- Youssef Nada berkata bahwa apa yang terjadi dengan pemerintahan Mohamed Morsi, kita dapat mengklasifikasikannya bukan sebagai revolusi atau kudeta, melainkan pemberontakan, dan Muhammad Morsi dan Saad Al-Katatni merupakan beberapa dari anggota terbaik Ikhwanul Muslimin.

- - Youssef Nada berkata bahwa periode pemerintahan Mohamed Morsi sangat kacau dan semua orang melawannya. Kesalahan terpenting yang dilakukan Morsi adalah keterlambatannya dalam deklarasi konstitusi.

</td><td>

</td></tr>
<tr><td colspan="2">

https://www.youtube.com/watch?v=v7xEPxip5Jl

</td></tr>
</table>

---

299. Perkembangan internal: Apakah Ikhwanul Muslimin menuju ke divisi administrasi yang sebenarnya?, Noon Post, 25 Maret 2016, melalui link berikut: https://bit.ly/2nXfSJS.

Secara keseluruhan, bagaimana pun, Dewan Syura, meskipun hadir dalam posisi yang lebih maju dalam kaitannya dengan struktur organisasi dan hierarki Ikhwanul Muslimin dan menikmati kekuasaan besar, tetap dibatasi dan tunduk pada pembimbing umum dan para pemimpin Aparat Khusus, namun urgensi dewan ini terletak terutama pada kenyataan bahwa dewan ini melambangkan kepercayaan kelompok dengan musyawarah dan demokrasi.

4-14 APARAT KHUSUS ATAU DINAS RAHASIA (SAYAP MILITER IKHWANUL MUSLIMIN)

Aparat Khusus atau aparatur rahasia adalah salah satu pilar terpenting dari struktur organisasi Ikhwanul Muslimin, berada di bawah tanggung jawab Pembimbing Umum secara langsung, dan dikelilingi oleh kerahasiaan mengenai nama-nama anggotanya atau sifat pekerjaan mereka. Ide pembentukan sistem ini terkait erat dengan proyek Hasan Al-Banna, sejak berdirinya Ikhwanul Muslimin pada tahun 1928. Aparat Khusus dalam struktur organisasi kelompok tidak terwujud dalam isolasi dari peristiwa politik, sosial dan ekonomi yang terjadi di dalam dan di luar Mesir selama periode itu, karena seluruh dunia menyaksikan campuran kemunculan yang besar dan beragam. Gerakan politik, intelektual, dan ideologis di satu sisi dipengaruhi oleh gagasan revolusi Bolshevik di Rusia, serta oleh apa yang dihadapi dunia setelah berakhirnya Perang Dunia I dengan munculnya tatanan internasional baru, belum lagi situasi internal negara-negara yang hidup di bawah beban kolonialisme asing, termasuk Mesir.

Barangkali unsur-unsur yang majemuk dan saling terkait ini berdampak besar dalam mengadaptasi peristiwa-peristiwa untuk memenuhi tujuan utama Ikhwanul Muslimin dalam meluncurkan Aparat Khusus, yang salah satu aspeknya merupakan perwujudan makna kekuatan dan jihad di sisi dakwah kelompok di satu sisi, dan memperkuat posisi kelompok dalam masyarakat di sisi lain.

4-14-1 MEMULAI PEMIKIRAN TENTANG PEMBENTUKAN APARAT KHUSUS

Ketika mempertimbangkan pembentukan Aparat Khusus, Hasan Al-Banna mendapat manfaat dari pengalaman gerakan komunis dan fasis yang tertarik melatih anggotanya secara militer, dan studi yang disiapkan oleh Pusat Informasi Intelijen dan Terorisme menunjukkan bahwa ada beberapa bukti yang menunjukkan bahwa Al-Banna dipengaruhi oleh gerakan militer pemuda yang muncul di Italia (Fasis) dan di Jerman (Nazi). Ia sangat terkesan dengan itu, dan ia mulai bekerja untuk mereproduksi pengalaman ini, ketika ia pertama kali mendirikan gerakan pramuka Ikhwanul Muslimin, yang anggotanya kemudian dimasukkan ke dalam sistem "Brigade", dan ia menugaskan anggota Gerakan Pramuka untuk melakukan pelatihan fisik rutin di kamp musim panas dan pertemuan gerakan lainnya, kemudian beberapa dari mereka diintegrasikan ke dalam sayap militer kelompok, ketika "Dinas Rahasia" didirikan pada tahun 1940.[300]

Menurut Mahmoud Abdel Halim, salah satu anggota pendiri yang menulis buku bertajuk *Ikhwanul Muslimin .. Peristiwa yang Menjadikan Sejarah sebagai Visi dari Dalam,* ia mengacu pada dua jenis sistem dalam kelompok. Metode pendidikan yang mendalam dan langsung itu sendiri adalah sistem di mana instruktur dan pembimbing dapat lebih lepas dan membina satu sama lain secara tatap muka dan tidak mengalihkan keyakinan mereka dari dirinya sendiri atau pemiliknya, sehingga hati dan pikiran mereka dapat bersama-sama dalam keadaan tersiap dalam menerima dan memberi ekspresi modern penerimaan dan penyampaian.[301] Adapun sistem kedua yang diadopsi oleh Hasan Al-Banna adalah pembentukan tim bergerak, melatih mereka membawa senjata, dan mempersiapkan mereka untuk menunjukkan kekuatan fisik dan keterampilan militer.

---

300. The Muslim Brotherhood, The Meir Amit Intelligence and Terrorism Information Center, hlm. 31 https://bit.ly/2IVRVK9.

301. Mahmoud Abdel Halim, sumber yang disebutkan sebelumnya, hlm. 150.

Pendirian sistem ini merupakan masalah yang dirancang secara cermat. Al-Banna sangat ingin menghindari pelanggaran hukum dalam mempublikasikan gagasan organisasi militer di Ikhwanul Muslimin, karena itu adalah sesuatu yang tidak akan diizinkan oleh anggaran dasar pada saat itu kecuali pendaftaran LSM. Maka Al-Banna menemukan tujuannya dengan memasukkan regu penjelajah ini di bawah National Scout Association, yang menganggap anak muda yang berafiliasi dengannya sebagai "pramuka" dan orang dewasa sebagai "penjelajah" sehingga kegiatannya legal dan resmi, dan agar penjelajah dapat mendirikan kamp di tempat-tempat yang ditentukan untuk Asosiasi Kepanduan Nasional, dengan tujuan melatih dan membiasakan diri dengan kesabaran dan menanggung kesulitan. .

Pada tahun 1940, Al-Banna memanggil lima operator: Saleh Ashmawi, Hussein Kamal al-Din, Hamid Sharrit, Abd al-Aziz Ahmad, dan Mahmoud Abd al-Halim[302]; disampaikan kepada mereka alasan dan latar belakang gagasan pembentukan "Aparat Khusus" untuk melaksanakan tanggung jawab di masa depan, asalkan kelima anggotanya menanggung proses pembentukan dan pelatihan, dan mereka "dikelilingi oleh kerahasiaan mutlak sehingga tidak ada yang tahu apa-apa tentangnya kecuali anggotanya dan bahwa pendanaannya berasal dari kantong anggota; karena itu merupakan bukti kesungguhan pada apa yang kami tawarkan sebagai pengorbanan jiwa yakni melalui pengorbanan harta mereka."[303]

Satu studi menunjukkan[304] bahwa Hasan Al-Banna bekerja untuk membangun Aparat Khusus, sehingga nantinya ada yang akan menjadi "tentara" sebagai alternatif dari tentara Mesir, dan Al-Banna menugaskan dua pejabat kelompok untuk mendirikan beberapa cabang dari sistem ini, seperti tentara, polisi, dan cabang populer lainnya yang menyebar di antara masyarakat. Orde ini dipimpin oleh Abd al-Rahman al-Sindi, yang dikenal sangat tangguh.

---

302. Mahmoud Abdel Halim, sumber yang disebutkan sebelumnya, hlm. 258.

303. Sumber sebelumnya, hlm. 258.

304. Untuk detail lebih lanjut tentang keadaan kemunculan Aparat Khusus, silakan lihat: Suzan Harfy, "Aparat Khusus dan Negara Ikhwanul Muslimin," (Kairo, Merit Publishing House, 2013) dalam situs Pusat Studi dan Penelitian Mazama, https://almezmaah.com/2018/08/30/166954/

4-14-2 STRUKTUR PENDIDIKAN SEBAGAI ANAK SUNGAI UNTUK APARAT KHUSUS

Ikhwanul Muslimin dianggap sebagai organisasi pertama yang membangun dampak kekerasan politik di antara gerakan dan partai politik lainnya, dan yang memperkuat gagasan ini adalah ketergantungan kelompok pada adopsi metode fisik dan olahraga dalam kualifikasi anggota dan menyempurnakan keterampilan fisik mereka, sehingga mereka menjadi bagian dari sistem gerakan militer yang mampu menjalankan tugas bila diperlukan.[305]

Melanjutkan hal tersebut di atas, struktur pendidikan Ikhwanul Muslimin didasarkan pada pembangunan kemampuan psikologis dan moral dari Ikhwan individu, untuk mendukung struktur fisiknya dan mendorongnya pada saat tertentu untuk melaksanakan perintah dan arahan yang paling berbahaya tanpa diskusi atau pertentangan, dan mungkin struktur ini secara bertahap dan organisasi berkembang dari lingkaran kecil ke kelompok terbesar di dalam grup,[306] sebagaimana berikut:

- Keluarga *(al-usrah)*: merupakan unit organisasi terkecil dalam kelompok, dan yang bertanggung jawab untuk itu disebut kepala keluarga, dan di dalamnya individu memelajari kurikulum pendidikan yang ditentukan oleh pimpinan kelompok yang bertujuan untuk membentuk kepribadian anggota kelompok, mengoreksi dan memelajari keyakinan sesuai dengan konsep kelompok, mendokumentasikan hubungan antara anggotanya dan meningkatkan pengenalan, pemahaman dan solidaritas di antara mereka melalui pertemuan mingguan.

- Batalyon *(al-katiibah)*: merupakan pertemuan beberapa keluarga, dan anggotanya bertemu sebulan sekali dan tidur bersama di satu tempat, dengan tujuan mengembangkan sisi spiritual keluarga dan membangun lebih banyak kohesi sosial, di samping pelatihan yang mereka saksikan

---

305. Ibrahim Zahmoul, sumber yang disebutkan sebelumnya.

306. Lihat: Struktur Organisasi Ikhwan, di tautan berikut: https://bit.ly/2krOXWz, serta metode pendidikan Ikhwan di musim panas 2019, di tautan berikut: https://bit.ly/2kCpsQz.

---

tentang kepatuhan, disiplin, berjuang untuk diri sendiri, membiasakan diri dengan kerasnya hidup dan meminta pertanggungjawaban diri. Ketua batalion membagikan pernyataan pertanggungjawaban diri kepada setiap anggota.

- Perjalanan *(ar-rihlah)*: merupakan metode pendidikan yang melengkapi metode pendidikan lainnya, di mana para peserta diberikan kebebasan dalam bergerak, latihan fisik dan kesabaran untuk mengerahkan tenaga dan menahan lapar dan haus, dan keluarga dari beberapa anggota mungkin memiliki sekelompok orang yang tergabung dalam masyarakat atau Ikhwan, dan tempat terbaik untuk perjalanan biasanya jauh dari kebisingan kota, misalnya di gurun atau tempat-tempat pedesaan yang kosong, dan metode ini diperuntukkan bagi anggota Ikhwan kelas pekerja, atau untuk keluarga anggota Ikhwan, untuk meningkatkan kenalan dan kasih sayang, dengan mempertimbangkan bahwa laki-laki tidak bergaul dengan perempuan, dan perjalanan ini sifatnya khusus bagi anggota Ikhwan pria atau wanita saja, atau perjalanan untuk para dai dari Ikhwan.

- Keprajuritan *(al-mu'askar)* atau kamp *(al-mukhayyam)*: dalam sejarah grup, kamp dianggap sebagai perpanjangan dan penerapan sistem pramuka. Dan penggunaan metode ini dimulai dengan dibentuknya sebuah kelompok yang bertujuan untuk mengumpulkan, mendidik, melatih, dan membekali Ikhwan dengan keterampilan kepemimpinan dan administrasi, dan membiasakan peserta kamp untuk mempraktikkan kehidupan militer yang kasar, penuh kesabaran, komitmen dan ketaatan kepada perintah untuk mendukung gagasan jihad, dan durasi kampuntuk non-siswa berkisar antara dua hingga tiga hari. Waktu perkemahan siswa selama liburan sekolah dan universitas dapat diperpanjang dari satu minggu hingga sepanjang musim panas.

- Sesi *(ad-daurah)*: di mana sejumlah anggota Ikhwanul Muslimin berkumpul di tempat khusus untuk menerima jenis ceramah dan pelatihan tentang topik tertentu dari topik yang berkaitan dengan Islam sebagaimana ditentukan dalam kurikulum untuk pendidikan kelompok, dan di antara tujuan sesi ini adalah untuk memberikan studi khusus tentang topik tertentu yang mungkin ilmiah atau pendidikan, dan ustadz mengisi sesi memiliki pengalaman dan spesialisasi terbesar dalam subjek yang dipelajari, dan topik sesi ditentukan sebelumnya setelah dialog dan pertukaran pandangan antara para pemimpin kelompok.

- Simposium *(an-nadwah)*: di mana sejumlah ahli dan spesialis dihosting untuk berpartisipasi dalam memelajari suatu topik atau mengevaluasi suatu masalah dan mengusulkan solusi untuk itu, dan tidak diharuskan bahwa undangan atau dosen berasal dari Ikhwan, dan simposium dianggap sebagai alat pendidikan budaya dan intelektual yang meningkatkan keseimbangan budaya para peserta, dan memungkinkan mereka untuk terbiasa dengan keadaan dan kondisi suatu masalah dan menemukan solusi yang paling tepat untuk itu.

- Konferensi *(al-mu'tamar)*: ini mencakup kerumunan besar peserta dari beberapa wilayah, dan kontributor konferensi seringkali telah mempersiapkan diri untuk mempresentasikan penelitian baru atau studi terbaru tentang topik yang sedang dibahas dalam konferensi, dan konferensi ini mengembangkan aspek budaya dan intelektual di antara para peserta.

4-14-3 STRUKTUR ORGANISASI APARAT KHUSUS

Aparat Khusus dibentuk menurut bentuk *serial clustered groups*, di mana kepemimpinan grup terdiri dari lima individu, yang masing-masing membawahi lima orang lainnya, dan komandonya berantai hingga tak terbatas. Dari urutan ini, individu yang saling berkomunikasi dan mengenal tidak lebih dari delapan individu. Namun, pimpinan tertinggi organisasi klandestin ini terdiri dari sepuluh orang, lima di antaranya tergabung dalam kelompok *cluster* utama yang dibentuk sesuai dengan ordo organisasi: Abdul Rahman Al-Sindi, Mustafa Mashhour, Mahmoud Al-Sabbagh, Ahmed Zaki Hassan dan Ahmed Hassanein; sedangkan lima orang lainnya adalah Shalih Ashmawi, Muhammad Khamis Hamidah, asy-Syaikh Muhammad Farghali, Abdel Aziz Kamel, dan Mahmoud Assaf.[307]

---

307. Organisasi Ikhwanul Muslimin, situs web Maarifa, https://bit.ly/31f2Apj

4-14-4 SYARAT BERGABUNG DENGAN APARAT KHUSUS

Bergabungnya seorang anggota baru ke dalam Aparat Khusus bukanlah perkara yang mudah, karena harus menjalani beberapa ujian berikut[308]:

- Pernyataan keinginan untuk berjuang di jalan Allah.

- Calon anggota baru diminta untuk membeli pistol dengan biaya sendiri.

- Anggota baru melalui tujuh sesi didampingi oleh "penempa", yang merupakan orang yang mengawasi pembentukan anggota orde, di mana orang tersebut sudah mengenali kandidat sepenuhnya.

<table>
<tr><td>

Judul Video: Ikhwan … Film dokumenter langka, penuh kejutan, diproduksi oleh Al-Jazeera.

Pada tautan berikut:

https://www.youtube.com/watch?v=AecqPx4LeOk

- Aparat Khusus memilih seorang pembimbing rahasia, Muhammad Hilmi Abdul Majeed, dan Ikhwanul Muslimin menuntut untuk membaiatnya, tetapi banyak yang menolaknya.
- Aparat Khusus mempertahankan kekhususannya, dan keanggotaannya tetap terbatas pada kelompok yang dipilih dengan cermat oleh Ikhwanul Muslimin, menurut ritus khusus kesetiaan yang berbeda dari keanggotaan umum kelompok.

</td><td>

</td></tr>
</table>

https://www.youtube.com/watch?v=AecqPx4LeOk

- Calon anggota melalui sesi spiritual yang meliputi shalat, tahajud dan membaca Al-Qur'an, dilanjutkan dengan sesi tes, di mana kandidat tersebut ditugaskan untuk melaksanakan tugas yang dipercayakan kepadanya, sebelum melaksanakan, ia harus menuliskan wasiat. Tahapan ini dianggap sebagai tahapan pemantauan yang ketat untuk mengevaluasi tingkah laku

---

308.   Untuk informasi lebih lanjut, lihat sumber sebelumnya.

kandidat dan sejauh mana keberhasilannya dalam melaksanakannya, dengan kehadiran "penempa" yang bertugas melakukan intervensi pada saat-saat terakhir untuk mencegah kandidat tersebut berhasil melaksanakan tugas.

Judul video: Atas Tanggung Jawab Saya - Saksikan Bagaimana Baiat Dilakukan oleh Ikhwan.. Rahasia Ruangan Gelap dan Baiat Khusus

Pada tautan berikut:

https://www.youtube.com/watch?v=xW1e9y28QDk

- Adanya ikrar setia kepada Aparat Khusus yang dilaksanakan menurut prosedur tertentu dan secara rahasia, dan kehadiran Al-Qur'an serta senjata dalam ikrar tersebut menegaskan validitas ikrar yang bergantung pada pembunuhan ini.
- Ikrar baiat khusus terjadi dalam bentuk yang sama seperti dalam Freemasonry; variabel "satu" adalah untuk menyebut Ikhwanul Muslimin.
- Sebelum memasuki baiat khusus, orang tersebut menjalani tes.
- Kelompok di "Hasm" semuanya melakukan baiat khusus.

https://www.youtube.com/watch?v=xW1e9y28QDk

- Setelah lulus ujian, calon lolos ke sesi baiat, yang bertempat "di sebuah rumah di lingkungan Saliba dekat Sabil Umm Abbas, di mana calon berbaiat dan orang yang bertanggung jawab atas pelaksanaannya didampingi as-Sindy, di mana ketiganya memasuki ruang baiat dengan lampu dimatikan, dan mereka duduk di lantai, menghadapi seseorang yang tubuhnya ditutupi seluruhnya dari atas kepala hingga kakinya dengan pakaian putih, ia mengulurkan tangannya di atas meja rendah dengan Al-Qur'an di atasnya, dan orang tersebut mulai mengingatkan kandidat tentang pasal-pasal pertempuran dan kerahasiaan orde ini, dengan membenarkan bahwa sumpahnya bersifat mengikat dan pengkhianatannya mengarah pada pencoretannya dari kelompok, lalu orang itu mengeluarkan pistol dari sakunya, kemudian meminta sang calon untuk merasakan Al-Qur'an, senjata, dan baiat, setelah itu sang calon resmi menjadi anggota Tentara Islam, atau apa yang biasa disebut Al-Banna sebagai Aparat Khusus.[309]

4-14-5 APARAT KHUSUS.. ALAT KELOMPOK UNTUK MENAKLUKKAN MUSUH DAN PEMBELOT

Meskipun Aparat Khusus adalah istilah yang jelas dari pendiri grup, Hasan Al-Banna meyakini akan perlunya aparat militer yang kuat untuk membela kelompoknya dalam menghadapi lawan-lawannya. Ia menyadari kepekaan, kecemasan dan ketakutan pemerintah dan kekuatan politik yang ditimbulkan oleh organisasi semacam ini, jadi ia melanjutkan untuk memaksakan patriotisme pada Aparat Khusus. Ketika ia menekankan pada beberapa kesempatan bahwa tujuannya adalah untuk menghadapi kolonialisme Inggris dan membela perjuangan Palestina. Hasan Al-Banna menganggap bahwa "pemerintah Mesir dan pemerintah Arab lemah dan pasif, tetapi lebih terlibat, dan tidak ada tentara di negara-negara Arab kecuali tentara Mesir, tetapi tentara ini kurus, cuek dan tidak berpengalaman, sehingga tidak dapat menghadapi pasukan Yahudi terlatih yang dipersenjatai dengan senjata terbaru Inggris dan Amerika, dan yang berperang tentang keyakinan yang berasal dari agama mereka, yang mana hal ini dikonfirmasi oleh pembimbing ketujuh, Muhammad Mahdi Akef, dalam sebuah wawancara dengan Al-Hiwar TV pada program "Muraja'at" episode pertama direkam pada Maret 2008, tentang pentingnya kerja Aparat Khusus dan partisipasi dalam Perang Palestina 1948.[310]

Tetapi tidak dapat dipungkiri bahwa perkembangan selanjutnya mengungkapkan bahwa Aparat Khusus adalah aparat militer dan intelijen Ikhwanul Muslimin selama tahun '40-an dan terlibat dalam banyak pembunuhan dan terorisme yang memengaruhi tokoh-tokoh politik dan peradilan terkenal selama periode ini, yang paling menonjol adalah pembunuhan Ahmed Pasha Maher Rais, seorang menteri Mesir pada tanggal 25

---

309. Untuk informasi lebih lanjut, lihat organisasi Ikhwanul Muslimin, situs Marifa, https://bit.ly/31f2Apj.

310. Saat berdialog di saluran Al-Hiwar dalam program "Muraja'at", episode pertama direkam pada Maret 2008, https://bit.ly/341tDXk.

Februari 1945, sebagai akibat sikap pengecualiannya atas Hasan Al-Banna untuk berpartisipasi dalam pemilihan di distrik Ismailia;[311] serta pembunuhan Hakim Ahmed al-Khazindar pada 22 Maret 1948 sebagai bentuk respons dari Aparat Khusus atas keputusannya menghukum beberapa anggota Ikhwan dengan kerja paksa seumur hidup pada 22 November 1947 karena menyerang tentara Inggris di distrik Alexandria.[312]

Pembunuhan Al-Khazindar memicu perselisihan tajam antara Hasan Al-Banna dan Abdul Rahman Al-Sindi pada saat itu, sesaat setelah Al-Banna dibebaskan dari tuduhan terlibat dalam insiden ini, dan ia mengklaim bahwa ia tidak memerintahkan itu, tetapi Al-Sindi melakukan pembunuhan tersebut atas nama kebencian Al-Banna terhadap keputusan Khazindar. Kalimat yang diucapkan Hasan Al-Banna, "Tuhan atau seseorang akan menyelamatkan kita dari manusia ini," mengingat hal itu merupakan hal yang harus dilaksanakan. Aparat Khusus juga terlibat dalam pembunuhan Perdana Menteri Mahmoud Fahmi al-Nuqrashi pada 28 Desember 1948, dalam penolakan keputusan terakhir untuk membubarkan aktivitas Ikhwanul Muslimin pada 8 Desember 1948 menyusul insiden upaya untuk meledakkan Pengadilan Banding untuk menyingkirkan dokumen dan arsip yang disita dalam apa yang dikenal sebagai kasus "Jeep", yang merupakan kasus yang memberatkan keterlibatan Ikhwan dalam kasus kekerasan dan percobaan pembunuhan terhadap Perdana Menteri Ibrahim Abd al-Hadi.[313]

Pekerjaan Aparat Khusus selama periode ini tidak terbatas pada penaklukan lawan dan penentangan oleh Ikhwanul Muslimin, melainkan memainkan peran sebagai "aparat intelijen".[314] Menurut studi yang disiapkan oleh Meir Amit Intelligence and Terrorism Information Center,[315] Aparat Khusus memiliki

---

311. Untuk lebih jelasnya, lihat: Maher Hassan membunuh Perdana Menteri Ahmed Maher Pasha, situs web Al-Masry Al-Youm, Minggu 19-2015, https://bit.ly/33PQnsU.

312. Video: Al-Sindi, Amir of Blood - Adegan dan detail baru tentang pembunuhan Hakim Ahmed Al-Khazindar di saluran DMC, https://bit.ly/2JhEpkc

313. Untuk lebih jelasnya, lihat: Ahmed Adel Kamal, Points Above the Letters, The Muslim Brotherhood and the Special Order, Al-Zahra for Arab Media, Second Edition, 1989.

314. Sumber sebelumnya.

315. Lihat: The Muslim Brotherhood, The Meir Amit Intelligence and Terrorism Information Center, hal.31. https://www.terrorism-info.org.il/Data/pdf/PDF_11_033_2.pdf

---

badan-badan tersembunyi seperti "badan intelijen rahasia yang mengumpulkan informasi tentang anggota dan institusi gerakan dan kekuatan eksternal lainnya," dan kelompok "khusus yang berorientasi militer," dan badan-badan ini mengejar dan memantau lawan, pergerakannya, demi mengantisipasi setiap perintah yang dikeluarkan oleh pimpinan tinggi organisasi untuk menargetkannya sewaktu-waktu.

Periode 1940-an jelas menunjukkan bahaya yang ditimbulkan oleh Aparat Khusus, dan itulah mengapa rezim mendiang Presiden Gamal Abdel Nasser sangat ingin membongkar sistem ini dan membatasi kekuasaannya seminimal mungkin, terutama karena hubungannya dengan Ikhwanul Muslimin selama periode ini memasuki fase bentrokan. Namun yang mencolok adalah bahwa gagasan ahli teori Ikhwanul Muslimin, Sayyid Quthb, tentang *hakimiyyah* dan *takfir* atas masyarakat diterima di antara anggota Aparat Khusus, dan gagasan itu menjadi keyakinan mereka pada kekuatan dan kekerasan sebagai pintu masuk untuk mengubah masyarakat.

Selama pemerintahan pembimbing kedua grup, Hassan Al-Hudhaibi, aparat khusus direstrukturisasi, dan misi khusus yang bersifat militer dibatalkan. Dalam bukunya *Du'at La Qudhat* (Dai Bukan Hakim), ia mencela ideologi Quthb-is ekstremis sebagai upaya untuk merasionalisasi perilaku orde ini yang menyinggung kelompok dan merusak citranya.

Dengan wafatnya Al-Hudhaibi pada tahun 1973, para pemimpin Aparat Khusus kembali memaksakan visi mereka pada struktur organisasi dengan memilih pembimbing rahasia dan menuntut anggota kelompok menjualnya, dan banyak yang menolak untuk melakukannya. Pembimbing ketiga, Umar Al-Tilmisani, dipilih, dan ia cenderung moderat dan reformis, sehingga ia berupaya mengurangi pengaruh Aparat Khusus secara signifikan. Dengan pengakuan publisitas grup pada tahun 1987 dan penolakan tindakan rahasia, pengaruh organisasi ini sebagian besar berkurang, dan sifat fungsinya berubah.

Namun, dalam pemilu internal Ikhwanul Muslimin yang diadakan pada tahun 2010, hadir sebagai peluang baru untuk menghidupkan kembali peran Aparat Khusus, terutama karena pemilu tersebut mengakibatkan munculnya kembali arus Quthb, yang banyak di antaranya adalah anggota Aparat Khusus, yang menyebabkan hubungan yang tegang antara Ikhwan dan rezim Presiden Mubarak. Dan hal itu berkembang menjadi penangkapan banyak pemimpin kelompok oleh otoritas keamanan dengan tuduhan menghidupkan kembali Aparat Khusus dan kembali ke kekerasan bersenjata, seperti yang disebutkan sebelumnya dalam bab ketiga penelitian ini.

Revolusi 25 Januari 2011 hadir sebagai kesempatan baru untuk menghidupkan kembali peran Aparat Khusus, tetapi kewaspadaan tentara Mesir dan dinas keamanan sejak awal menggagalkan upaya ini, hingga Revolusi 30 Juni 2013, yang merupakan pukulan telak bagi Aparat Khusus dan Ikhwanul Muslimin pada umumnya. Meskipun demikian, Aparat Khusus tetap menjadi pilar terpenting dari struktur organisasi Ikhwanul Muslimin dari awal berdirinya hingga saat ini, dengan mempertimbangkan faktor-faktor berikut:

Pertama, adalah sifat dari peran penting yang mereka mainkan dalam menentukan keputusan yang menentukan dari kelompok, dan mungkin ini menjelaskan posisi istimewa yang dinikmati oleh anggota Aparat Khusus, karena lebih tinggi daripada anggota lain dari grup, dan karena anggota yang termasuk dalam Aparat Khusus digambarkan sebagai anggota grup yang sejati, dan bahwa saudara mereka yang bekerja dalam dakwah publik dengan Hasan Al-Banna memiliki gelar yang lebih rendah dari mereka. Mereka memiliki kualitas pendidikan, yang oleh Hasan Al-Banna didefinisikan sebagai "Ikhwan Mujahid", sedangkan mereka yang bekerja dengan Banna dalam dakwah publik dikenal sebagai "Ikhwan Kelas Pekerja".[316]

Adapun faktor kedua, terkait dengan dampak besar yang ditimbulkan orde ini terhadap munculnya banyak kelompok ekstremis dan teroris yang mengadopsi pendekatannya dengan menggunakan kekerasan dan menggunakan aksi bersenjata. Yang paling jelas adalah munculnya "Al-Qaeda" dan "ISIS".[317]

---

316. Ahmed Hassan Al-Baqouri, "Remains of Reminiscence," (Kairo, Pusat Terjemahan dan Penerbitan Al-Ahram, 1988), hlm. 69-91.

317. Muhammad Hamed, Aparat Khusus Ikhwanul Muslimin ... Tempat Lahir Organisasi Teroris, situs web Berita Al-Bawabat, 24 Maret 2015, melalui tautan berikut: https://www.albawabhnews.com/1190880.

BAB V

BIRO ADMINISTRATIF DAN KOMITE PUSAT DALAM STRUKTUR ORGANISASI IKHWANUL MUSLIMIN

Pendahuluan

Seringkali gerakan sosial muncul secara umum sebagai produk dari lingkungan tempat mereka tinggal, yang menyebabkan mereka berinteraksi dengan berbagai masalah dan terlibat dalam pekerjaan pencarian solusi bagi mereka. Oleh karena itu, istilah gerakan sosial, yang tentu saja mencakup kelompok agama dengan tujuan politik seperti Ikhwanul Muslimin, digunakan untuk menggambarkan entitas sosial yang terorganisir dan informal yang berfokus pada masalah politik atau sosial tertentu. Ini adalah jenis aksi kolektif yang kemunculannya terkait dengan kebutuhan yang dirasakan akan perubahan sosial dan kesempatan bagi masyarakat umum untuk menyuarakan protes mereka.[318]

Ciri-ciri dasar gerakan sosial dapat diringkas sebagai berikut[319]:

- Mengandalkan basis organisasi yang kuat (termasuk para pemimpin, anggota atau pengikut, hubungan formal atau informal, dan koalisi) dalam membangun dan mengorganisir gerakan.

- Menindaklanjuti agenda politik atau masalah kepentingan bersama.

- Terlibat dalam tindakan kelompok yang diarahkan ke tujuan yang jelas, dan gunakan berbagai strategi untuk mencapai tujuan.

---

318. Gerakan Sosial, Ensiklopedia Dunia Baru, https://bit.ly/2IXTNJI.

319. Lihat: Debbie H. Martin, Ann C. Macaulay, dan Pierre Pluye, Dapatkah kita membangun Teori Gerakan Sosial untuk Mengembangkan dan Meningkatkan Penelitian Partisipatif Berbasis Komunitas? Tinjauan Sintesis Kerangka Kerja, American Journal of Community Psychology, 2017, https://bit.ly/2jXOdGr.

- Memanfaatkan peluang yang tersedia dan mengembangkan kerangka organisasi dan administrasi untuk memastikan kesinambungannya.

- Penggunaan sumber daya berwujud dan tidak berwujud untuk individu dan kelompok; dalam membawa perubahan politik, sosial atau budaya.

Tidak diragukan lagi bahwa para ahli strategi gerakan sosial secara umum memperhitungkan perlunya membingkai aksi kolektif, dengan mendefinisikan lingkungan dalam berbagai dimensi dan implikasinya bagi individu dan masyarakat terlebih dahulu, kemudian mendefinisikan kerangka identitas gerakan sosial dan mendefinisikannya serta tujuan dan mekanisme gerakannya. Kedua, menambahkan apa yang bisa dilakukan. Ketiga, menghadapi tantangan dan mengatasinya untuk membawa perubahan sosial.[320]

Konsekuensinya, aktivitas gerakan sosial melampaui proses mobilisasi melawan otoritas saja, hingga mencakup pembentukan nilai dan identitas baru yang menjadi produk utama gerakan sosial.[321] Mungkin perkembangan gerakan sosial tidak ditentukan oleh bagaimana mereka menghadapi masalah dan tantangan sosial saja, tetapi juga pada apa yang terjadi di dalamnya, sehingga interaksi mereka menghasilkan "siklus hidup" atau tahapan sejarah yang seringkali berakhir dengan hilangnya gerakan, atau tetap kuat dan efektif meski ada tekanan.[322]

Dengan demikian, pengaruh gerakan sosial/politik terhadap masyarakat di mana mereka tinggal merupakan suatu hal yang memerlukan batasan sistemik, yang mencerminkan karakteristik lingkungan tempat mereka muncul, dan sekaligus memengaruhi kemungkinan dan keuntungan mobilitasnya.[323] Semakin rezim menangani gerakan-gerakan ini dengan fleksibilitas dan memberi mereka batas

---

320. Lihat: Derrick Purdue, Masyarakat Sipil dan Gerakan Sosial ... Potensinya 2007, https://bit.ly/2lS8Cxe, hlm. 7.

321. Ibid.

322. Lihat: Ajay Kumar Yadav, GERAKAN SOSIAL, MASALAH SOSIAL DAN PERUBAHAN SOSIAL, Suara Akademik, Jurnal Multidisiplin, Volume 5, NO. 1, 2015, hlm. 2.

323. Lihat: Roberta 'Garner, Mayer N. Zald, Sektor Gerakan Sosial dan Kendala Sistemik: Menuju Analisis Struktural Gerakan Sosial, https://bit.ly/2kr5QPd.

---

gerakan, semakin mereka dapat meningkatkan peran dan pengaruhnya dalam masyarakat, dan begitu pun sebaliknya.

Seringkali, struktur organisasi, dengan metode dan bentuk yang praktis dan terapan, dianggap sebagai salah satu sarana untuk mencapai tujuan gerakan-gerakan ini, dan ini didasarkan pada tiga elemen utama, yang pertama terkait dengan bentuk dan peran eksekutif dan struktur administrasi, dan elemen kedua terkait dengan bagaimana mengatur aksi kolektif dan menentukan karakteristik hubungan antar bagian gerakan, kemudian proses mobilisasi, lalu yang ketiga menyangkut mekanisme koordinasi yang menetapkan tujuan dan bentuk pekerjaan dari berbagai struktur.[324]

Berkenaan dengan Ikhwanul Muslimin, mereka tertarik untuk membangun berbagai kerangka administrasi dalam struktur organisasi untuk mencapai tujuannya dalam menyelaraskan dakwah, pekerjaan politik dan sosial, dan untuk memanfaatkan peluang yang tersedia untuk memasuki proses politik, ketika rezim mengizinkan mereka untuk beraktivitas pada saat tertentu, adalah demi mengonfirmasi komitmen mereka terhadap standar demokrasi dan liberal sebagai jaminan partisipasi politik, meski mereka bertujuan mendirikan negara Islam di Mesir, dan mengubah sistem pemerintahan.

Di sisi lain, kerangka kerja ini telah mengembangkan hubungan pegawai negeri yang lebih komprehensif, plural dan dinamis dengan sektor-sektor rakyat Mesir. Berkat mereka, menjadi sulit untuk mengabaikan peran kelompok dalam memengaruhi persamaan politik dan ekonomi untuk mencapai tingkat penerimaan dan kepuasan masyarakat yang tinggi. Ikhwanul Muslimin telah berhasil membangun sebuah organisasi yang kuat, yang dirumuskan dengan cara yang mirip dengan lembaga negara dan berbagai strukturnya. Biro Bimbingan sejajar dengan Dewan Menteri, Dewan Syura menggantikan Parlemen, dan Biro Administrasi adalah gubernur, dan pula terdapat daerah yang batas-batasnya berlaku untuk administrasi dan daerah pemilihan.[325]

---

324. Lihat: Jurgen Willems & Marc Jegers, Struktur Gerakan Sosial dalam Kaitannya dengan Tujuan dan Bentuk Tindakan: Model eksplorasi, https://bit.ly/2mOFP9X.

325. Mengutip dari Hussam Tamam, Transformasi Ikhwanul Muslimin ... sumber yang disebutkan sebelumnya, hlm. 22.

Hal di atas memperkuat rencana pemberdayaan yang diresmikan pada awal tahun '90-an, yang tidak lain adalah proyek yang memenuhi syarat kelompok untuk mendominasi lembaga negara dan mengontrol pemerintah, melalui penetrasi kelompok ke dalam kelas sosial penting, pelajar, pekerja dan sektor profesional, sektor pengusaha dan kelompok populer; dan pemberdayaan ini dicapai melalui lembaga regulasi koheren yang lebih dekat dengan keadaan paralel.[326]

Oleh karena itu, Ikhwanul Muslimin telah berusaha untuk memperluas kekuasaan dan fungsi administratifnya di semua bidang masyarakat, mengadopsi sentralisasi dalam pelaksanaan operasinya, dan selalu cenderung ke arah politisasi yang lebih besar dari dimensi sosial, ekonomi dan budaya, yang meningkatkan rasa eksklusivitas dan kekuasaannya, ketika membandingkan apa yang ditawarkannya. Dalam hal pelayanan, negara terkadang gagal memenuhi kebutuhan dan kehidupan warganya serta kebutuhan sosialnya.

Sehubungan dengan hal tersebut di atas, bab ini berusaha untuk menganalisis sifat dinamis, karakteristik struktural dan tujuan yang dicapai oleh berbagai kerangka administratif ini, seperti Biro Administratif, komite pusat dan berbagai divisi mereka dalam struktur organisasi grup, dan bagaimana mereka merupakan salah satu alat terpenting grup untuk penetrasi dan akses ke berbagai kelompok masyarakat.

5-1 BIRO ADMINISTRATIF, KOMITE, DAN DEPARTEMEN: BENTUK DAN FUNGSI

Sebagaimana diketahui, struktur organisasi Ikhwanul Muslimin ditempatkan dalam hierarki yang ditentukan oleh peraturan dan anggaran dasar yang mengatur hakikat hubungan antara aturan umum, anggota, dan pemimpin kelompok, yang dipilih dengan cermat melalui brigade atau keluarga kelompok.

---

326. Sumber sebelumnya, hlm. 26.

Dapat dikatakan bahwa ekspansi Ikhwanul Muslimin sejak awal meluas di tengah berbagai kelompok masyarakat dan kelas menengah, didasarkan pada organisasi administratifnya yang menghubungkan desa dengan kota, provinsi, ibu kota, dengan tanah air Islam, dan juga memungkinkan laki-laki, perempuan, dan kelompok umur yang berbeda untuk berpartisipasi dalam kegiatan kelompok dengan pengaturan yang tepat. Anggaran Dasar, dalam amandemen terakhirnya, mengatur organisasi administratif ini, sebagaimana disetujui oleh Dewan Pendiri pada tanggal 21 Mei 1948, dan Peraturan Internal Umum yang disetujui oleh Biro Bimbingan Umum pada tanggal 2 November 1951.[327]

Dari sini, ia mempercayakan Biro Administratif dan komite pusat Ikhwanul Muslimin untuk melaksanakan tugas melatih dakwah kelompok dan memperluas basis publiknya. Selain tugas-tugas administrasi dan organisasinya, ia cenderung mempolitisasi kerja sukarela dan administratif guna membawa perubahan politik, termasuk melemahkan negara dan menodai citra penguasa sebagai pihak yang tidak mampu memenuhi janji atau sebagian fungsinya dengan memanfaatkan kesenjangan yang ada antara kebijakan pemerintah dan warga negara; serta menggunakan konsekuensi politik dari program penyesuaian ekonomi untuk menghasut melawan negara.[328]

Kasus Mesir menggambarkan bahwa salah satu alasan bangkitnya Ikhwanul Muslimin adalah akibat dari penurunan efektivitas negara Mesir dan lemahnya legitimasi,[329] terutama dalam dekade terakhir pemerintahan mendiang Presiden Hosni Mubarak yang mempertahankan kekuasaan politik sambil menyerahkan pengelolaan bidang sosial dan budaya kepada lawan oposisi Islamis.[330]

Dalam ranah praktis dan dinamis, Ikhwanul Muslimin telah berhasil mendirikan lembaga-lembaga ekonomi, sosial, ilmiah dan keagamaan, seperti: masjid, sekolah, klinik, dan tempat penampungan, serta kepentingan dalam urusan

---

327. Ibrahim Zahmoul, Makalah Sejarah Ikhwanul Muslimin, situs Wikipedia Ikhwanul Muslimin, di tautan berikut: https://bit.ly/2kbmv9k.

328. Khalil Al-Anani, Who running the Muslim Brotherhood?, The London-based Al-Hayat Newspaper, 15 April 2014, di link berikut: https://bit.ly/2n5QssQ.

329. Sheri Berman, Islamism, Revolution and Civil Society, https://bit.ly/2PBjCO2, hlm. 258.

330. Ibid, hlm. 259.

sosial seperti solidaritas dan lain-lain, serta penyelenggaraan zakat, zakat untuk amal usaha, bimbingan kaum muda dan pengisian waktu luang.

Ada aspek penting lainnya yang melengkapi hal tersebut di atas, dan didasarkan pada peran Ikhwanul Muslimin melalui kepengurusan dan divisi pusatnya dalam mengadopsi pendekatan mobilisasi berdasarkan bacaan sosial Islam yang berkaitan dengan pembesaran generasi Ikhwan, dan bekerja membentuk mereka secara fisik, mental dan spiritual sesuai prinsipnya, serta mengembangkan jaringan profesional cabang serikat pekerja; terutama karena struktur organisasi yang didefinisikan oleh Al Banna bergantung pada ikatan persaudaraan antaranggota: kebutuhan untuk saling mengenal, untuk menciptakan pemahaman bersama, dan untuk memperkuat ikatan dan dukungan solidaritas. Selama puluhan tahun hingga saat ini Ikhwanul Muslimin telah mendemonstrasikan praktik-praktik terkait pendalaman relasi spiritual antar anggotanya, baik melalui program budaya yang menitikberatkan pada konsep-konsep Islam seperti "persaudaraan", lebih mengutamakan orang lain daripada diri sendiri, atau melalui ucapan dan doa sehari-hari yang diucapkan oleh anggota kelompok, dimaksudkan untuk memperkuat ikatan spiritual, kemanusiaan dan sosial bersama.[331]

Oleh karena itu, Biro Administratif dan badan utama Ikhwanul Muslimin berkepentingan dengan membesarkan generasi Ikhwanul Muslimin dengan pendidikan yang konsisten dengan prinsip mereka, dan mengarah pada pendalaman jiwa dan perilaku mereka, serta menetapkan rencana dan menetapkan prioritas yang diperlukan; mayoritas pimpinan Ikhwan giat dalam keorganisasian di masyarakat yang urgen, melayani serikat pekerja, buruh, mengelola lembaga agama, dan/atau berpartisipasi dalam klub sosial utama.

Di balik partisipasi ini, Ikhwan mampu mengonsolidasikan posisinya dengan menutup diri ketika terjadi aksi politik langsung, dan hal ini membantu kelompok tersebut memperluas jaringan komunikasinya juga, yang memperoleh

---

331. Lihat: Ammar Fayed, Apakah tindakan keras terhadap Ikhwanul Muslimin mendorong kelompok tersebut menuju kekerasan? 2016, https://brook.gs/2Z4eCoP.

dukungan populer melalui penyediaan layanan sosial dan peningkatan upaya ketenagakerjaan.[332]

Tahap awal kehidupan kelompok difokuskan pada perluasan keanggotaan, membangun basis audiens yang disiplin, dan memobilisasi penganut melalui komunikasi dan indoktrinasi yang berkelanjutan. Komunikasi langsung adalah metode yang diadopsi oleh Al-Banna saat berbicara dengan orang-orang di masjid, rumah, klub, tempat dan pertemuan lainnya. Cara ini memfasilitasi pendirian cabang-cabang baru, diikuti dengan pendirian berbagai proyek kesejahteraan sosial, seperti: masjid, sekolah dan klub, industri rumah tangga kecil, puskesmas, dan pengenalan listrik ke desa-desa.

Oleh karena itu, Ikhwanul Muslimin telah bekerja untuk mencapai dua tujuan utama: mempertahankan struktur organisasinya, dan untuk meningkatkan pengaruh sosial dan politiknya. Jejaring pelayanan dengan berbagai kepentingannya merupakan pintu masuk untuk memenuhi kebutuhan sosial, kesehatan, pendidikan dan ekonomi warga.

Ikhwanul Muslimin berasal dari karakter reformis dan propaganda yang dianut kelompok tersebut, yang mengarah pada pemulihan kekuasaan Islam. Dan dalam hal ini, Al-Banna mengatakan bahwa Ikhwanul Muslimin "tidak mencari penilaian untuk diri mereka sendiri. Temukan penilaian dari pendekatan mereka, dan mereka akan berusaha merebutnya dari tangan setiap penguasa yang tidak melaksanakan perintah Tuhan."[333]

Dalam pengertian yang sama, usaha Al-Banna untuk membentuk kelompoknya menuntut pembangunan negara Islam menurut persepsi Ikhwanul Muslimin dan mempersiapkan masyarakat yang akan menjadi langkah pertama menuju Islamisasi, kemudian pembentukan keluarga Ikhwan yang "ideal" dengan mendidik anak-anak dan menanamkan cinta kelompok dalam diri mereka, dengan cara yang menjamin kesetiaan dan ketaatan, serta membangun jaringan komunitas untuk saling mendukung. Dengan kata yang sama, pembentukan

---

332. Eric Trager, An Overview of Some Ikhwanul Muslimin Leaders in Egypt, The Washington Institute for Near East Policy, 4 September 2012, di tautan berikut: https://bit.ly/34imUJa.

333. Hasan Al-Banna, Risalah Konferensi Kelima, di tautan berikut: 4/1/2003, https://bit.ly/2F4PhjQ.

entitas Ikhwan baru mengharuskan pergantian individu terlebih dahulu. Untuk nantinya dapat mengubah masyarakat, dan membentuk kelompok dengan identitas psikologis, sosial dan kognitifnya yang berbeda.

Oleh karena itu, Ikhwanul Muslimin mengambil model organisasi yang dicirikan oleh kompleksitas hierarkis dan kerangka administratif yang terjalin, agar dapat berkembang di masyarakat dengan aturan dan elitnya, dengan tujuan mengubah keyakinan dan sikap individu dan kolektif melalui program gerakan yang dilaksanakan oleh komite dan departemen. Terlepas dari hirarki administrasi dan organisasi otoriter, struktur eksekutif dan administrasi Ikhwanul Muslimin dirumuskan untuk meniru institusi negara dari sistem patriarki yang dikelola sesuai arahan ketua/ atau pembimbing, seperti Pembimbing/Sekretaris Jenderal, Saudara/Kamerad, Dewan/Komite Sentral.[334]

Atas dasar ini, operasi teknis grup dibagi menjadi dua kelompok: yang pertama menangani aspek administrasi Ikhwanul Muslimin dan terdiri dari enam komite yang melapor langsung ke Biro Bimbingan, dan enam komite tersebut adalah: Komite Keuangan, Komite Politik, Komite Hukum, Komite Statistik, Komite Layanan, dan Komite Fatwa. Adapun kelompok kedua: berkaitan dengan ideologi atau penyebarluasan keimanan terdiri dari bagian-bagian sebagai berikut: menyebarkan dakwah kepada para pekerja dan petani, keluarga dan pelajar, kontak dengan dunia Islam, pendidikan jasmani, profesi, jurnalistik dan penerjemahan, dan kemuslimahan.[335]

Namun demikian, komite dan seksi mungkin bersifat sementara atau permanen, dan mereka berada di bawah Biro Bimbingan Umum dan berbasis di Pusat Umum, dan Sekretaris Jenderal menginformasikan divisi tentang kegiatan departemen dan komite tersebut dan keputusan mereka setelah disetujui oleh Pembimbing Umum atau Biro Bimbingan. Peran departemen dan komite

---

334. Dikutip oleh Olivier Roy, The Experience of Political Islam, 2nd Edition, (London: Dar Al-Saqi, 1996), hlm. 51.

335. Ideologi, Organisasi dan Ideologi Ikhwanul Muslimin, Bagian Kedua, di link berikut: https://bit.ly/2jUq8jQ].

---

dirangkum dalam memberikan saran dan pertanyaan, dan Biro Bimbingan menunjuk kepala departemen dan komite.

Oleh karena itu, Ikhwanul Muslimin memprioritaskan untuk bekerja di lembaga-lembaga yang menangani pengkondisian ideologis dan budaya anak dan remaja. Pada akhirnya, Hasan Al-Banna adalah seorang guru, dan ia sangat memahami konsep bahwa setiap orang yang peduli dengan masa muda menjamin masa depan. Oleh karena itu, fokusnya adalah pada bidang pendidikan dan media,[336] yang oleh sosiolog Prancis Louis Althusser digambarkan sebagai aparatus ideologis negara. Meskipun Ikhwanul Muslimin beroperasi sebagai organisasi terlarang di sebagian besar periode, ia berhasil mempertahankan kehadiran yang kuat di sekolah-sekolah Mesir, unit pelatihan guru, perguruan tinggi pendidikan, serikat mahasiswa, universitas dan klub olahraga musim panas, yang semuanya merupakan stasiun perekrutan utama untuk pengembangan komunitas dan penyebaran ideologinya yang antirezim.

Fase kedua Ikhwanul Muslimin, khususnya dari pertengahan 1970-an hingga 1987, mengalami peningkatan sentralisasi dan keterlibatan dalam kegiatan kemasyarakatan dan serikat buruh, serta memperkuat kehadirannya di bidang politik dan ekonomi. Selain itu, ia telah mulai membangun jaringan luas lembaga sosial, termasuk sekolah, proyek layanan, kelompok amal, dan rumah sakit.[337]

Perubahan-perubahan ini menghasilkan struktur kelembagaan yang kompleks yang memprioritaskan interaksi langsung dengan masyarakat, dan menambahkan lebih banyak fokus pada model organisasi yang lebih komprehensif dan saling berhubungan, serta basis sosial yang luas yang dapat diandalkan untuk merangkul kelompok tersebut selama konflik intermiten dengan negara selama tahun-tahun kepemimpinan Mubarak. Kelompok ini juga mengandalkan kerangka organisasi (unit, komite, dan

---

336. Lihat: Linda Herrera dan Mark Lofty, E-Militias of the Muslim Brotherhood: How to Upload Ideology on Facebook, 2012, https://bit.ly/2LScZDm.

337. Ammar Fayed, op. cit.

---

divisi) dalam menjalankan urusannya dan memenuhi persyaratan anggotanya setelah Revolusi 30 Juni 2013, yang merupakan pukulan besar bagi struktur organisasi dan keuangannya, seperti yang ditunjukkan sebelumnya dalam bab ketiga studi ini.

5-2 BADAN ADMINISTRASI IKHWANUL MUSLIMIN

5-2-1 BIRO ADMINISTRATIF

Organisasi ini terbagi menjadi beberapa Biro Administratif. Setiap wilayah memiliki Biro Administratifnya sendiri yang mengawasi urusan wilayah tersebut, dan tunduk pada Biro Bimbingan atau siapa pun yang dipilih Biro Bimbingan dari para pekerja Ikhwan yang mereka anggap kompeten, dan setiap kantor biro memiliki wakil, sekretaris dan sekretaris keuangan, anggota dewan, juga kepala wilayah, serta anggota Dewan Syura di wilayah tersebut. Satu Biro Administratif setidaknya membawahi tiga wilayah.[338]

5-2-2 ZONA

Biro Administratif dibagi menjadi beberapa wilayah, dengan wilayah yang terdiri dari divisi yang terletak di pusat atau departemen (dengan minimal tiga divisi dan maksimal sepuluh divisi), dan batas wilayahnya mungkin lebih lebar atau lebih sempit daripada batas pusat atau divisi. Setiap distrik memiliki pusat yang dikelola oleh kepala divisi utama, atau siapa pun yang dipilih oleh pusat umum dari dewan direktur divisi, atau di antara para anggota yang merupakan pekerja yang memenuhi syarat untuk ini.

5-2-3 DIVISI

Wilayah dibagi menjadi beberapa divisi, dan divisi adalah unit administrasi terkecil, dikelola oleh dewan administratif yang anggotanya adalah kepala divisi, wakilnya, delegasi, sekretaris dan bendahara. Divisi juga memiliki majelis umum, dan mencakup semua anggota Ikhwan yang berada di divisi, terlepas dari

---

338. Peraturan Internal Ikhwanul Muslimin (1951), di link berikut: https://bit.ly/2IGX1Rx.

---

kapasitasnya apakah sebagai pekerja atau lainnya, dan ini merupakan mereka yang memenuhi tugas keanggotaan dan berjanji setia pada reputasi dan kepatuhan.[339]

5-2-4 KELUARGA (USRAH)

Anggota divisi dibagi menjadi beberapa keluarga, dan anggota keluarga diklasifikasikan atas dasar: anggota aktif, anggota tetap, afiliasi, pendukung, atau simpatisan.[340] Di dalamnya, proses penyusunan persaudaraan individu anggota dimulai dengan penghapusan ego pribadi dan mengubahnya menjadi ego kolektif, sehingga individu tersebut yakin bahwa tanpa tindakan kolektif, ia tidak akan dapat berbuat apa-apa. Menurut salah satu peneliti, kelompok itu hidup dalam keadaan besar hati, karena mereka (lebih tahu/lebih layak/lebih mengerti), dan dengan demikianlah mereka melakukan segalanya, berbicara tentang segalanya, dan mengatur segalanya. Diikuti konsep "saudara adalah tempat menaruh rasa percaya", menyebabkan meningkatnya loyalitas pribadi, yang akan menyebarkan indikator sanjungan, pujian, favoritisme, inferioritas, isolasionisme, dan akibat dari semua indikator tersebut adalah korupsi dalam arti yang sebenarnya.[341]

---

339. Ibrahim Zahmoul, sumber yang disebutkan sebelumnya.

340. Lihat: History of the Muslim Brotherhood, A Report by 9 Bedford Row, 2 April 2015, https://bit.ly/2IPjsPx.

341. Essam Abdel-Shafi, Ikhwanul Muslimin .. Ide untuk masa depan, di link berikut: https://bit.ly/2FaOPAw.

Video telah dihapus dari YouTube.

- Dr. Muhammad Habib, mantan wakil pembimbing pertama Ikhwanul Muslimin, menggambarkan usrah Ikhwanul Muslimin sebagai blok bangunan pertama dari grup, menjadi sumber informasi penting, dan membantu kelangsungan grup, terutama ketika menghadapi krisis.

https://www.youtube.com/watch?v=hMfcq0iRHYo

5-3 DEPARTEMEN

Membaca aturan-aturan tata cara Ikhwanul Muslimin mengungkapkan pentingnya departemen yang ditempati dalam kaitannya dengan aktivitas gerakan, yang jauh lebih penting daripada pentingnya komite pusat dan perannya, karena departemen terkait erat dan langsung dengan pendidikan dan pelatihan anggotanya. Oleh karena itu, kepemimpinan suatu seksi dalam struktur organisasi grup dianggap semacam penghargaan, karena posisi ini membawa kemungkinan pemiliknya menjadi kekuatan yang efektif dalam grup, di samping itu, departemen ini secara langsung berkaitan dengan memelajari masalah keanggotaan, yang menghasilkan kontribusi mereka untuk mengembangkan kebijakan. Grup, juga membolehkan kepala departemen untuk memasuki sebuah partai dalam permainan konflik kekuatan yang tersembunyi di dalam grup.[342]

---

342. Ideologi Ikhwanul Muslimin, sumber yang dikutip sebelumnya.

Departemen dalam Ikhwanul Muslimin

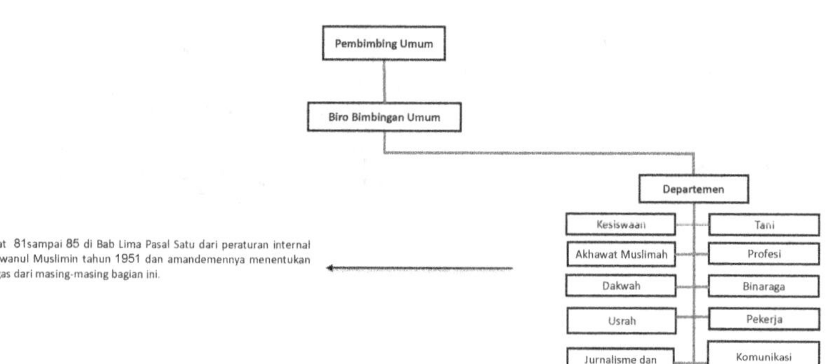

Berdasarkan peraturan internal Ikhwanul Muslimin tahun 1951, terdapat 12 divisi untuk kelompok yang masing-masing dinamai sesuai nama pekerjaannya, karena pada dasarnya merupakan divisi fungsional, yaitu[343]:

Departemen Dakwah: mengorganisir propaganda ideologi Ikhwanul Muslimin, mengeluarkan pesan-pesan ilmiah, budaya dan olahraga serta publikasi yang dibutuhkan untuk dakwah, dan mengatur penerbitan surat dan buku yang dikeluarkan oleh kelompok tersebut dan tidak ada risalah apa pun yang dicetak kecuali jika telah disampaikan ke departemen dan disetujui untuk diterbitkan.

Departemen Pekerja: Menyelenggarakan dakwah di sekitar pekerja dan menciptakan suasana Islami di pabrik, perusahaan dan serikat pekerja, memanfaatkan serikat pekerja dan aktivitas buruh, serta memenuhi kebutuhan dan tuntutan mereka. Pelajari masalah mereka, temukan cara yang sesuai untuk menyelesaikannya, dan bekerja untuk mendekatkan pekerja dengan pemberi kerja.

---

343.   Peraturan internal Ikhwanul Muslimin (1951), sumber yang disebutkan sebelumnya.

Departemen Tani: Menyebarkan dakwah di sekitar petani, menciptakan suasana Islami di pertanian dan serikat pekerja tani, mengurus kebutuhan dan permintaan mereka.

Departemen Usrah/Keluarga: Keluarga terdiri tidak lebih dari lima anggota, yang kemudian ditingkatkan menjadi sepuluh, dan keluarga memilih ketua untuk mewakili mereka pada kepemimpinan departemen, dan keluarga dianggap sebagai unit terpadu dan kolektif yang bertanggung jawab atas pekerjaannya, dan dari setiap empat keluarga klan dibentuk dan dikepalai oleh ketua keluarga pertama, sebagaimana suku yang terdiri dari lima klan, dan batalion terdiri dari lima orang, serta kepemimpinan formasi ini berkisar dalam lingkup kepala dan anggota keluarga dan famili.

Departemen Kemahasiswaan: Membina ideologi Ikhwanul Muslimin di sekitar mahasiswa, mengurusi kebutuhan mahasiswa Ikhwanul Muslimin, dan menyelenggarakan kerja sama di antara mereka, selain tentunya mendapat manfaat nilai tambah dari para mahasiswa selama liburan musim panas (melalui acara-acara).

Usrah Ikhwan dalam Divisi di Wilayah Biro Administratif Kelompok

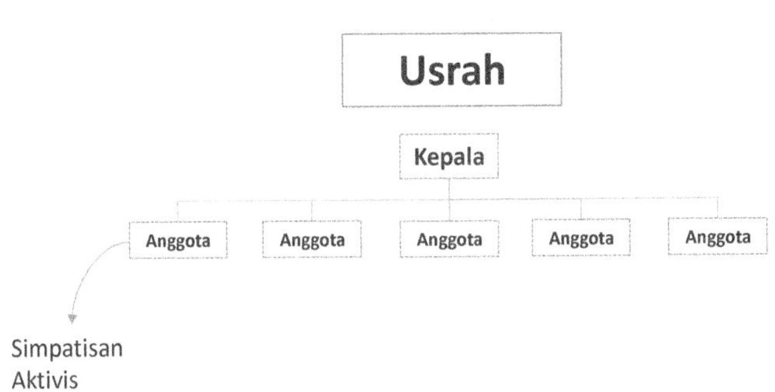

- Simpatisan
- Aktivis
- Normal
- Afiliasi
- Pendukung

Departemen Komunikasi dengan Dunia Islam: Bekerja untuk menghubungkan negara-negara Islam satu sama lain dan mengarahkan kebijakan umum untuk mereka, dengan menyatukan kurikulum budaya Islam, menyatukan anggaran dasar dan peraturan hukum, mencabut hambatan bea cukai dan memfasilitasi prosedur masuk dan tinggal di negara-negara ini, serta bekerja untuk mendirikan pemerintahan Islam, agama dan organisasi di semua negara tersebut, melalui pembentukan unit politik Islam. Bagian ini diikuti oleh kepanitiaan berdasarkan berbagai aspek kegiatan, antara lain:

Komite Timur Dekat mencakup negara-negara Arab dan seluruh umat Islam di Afrika, serta Turki dan Iran. Komite Timur Jauh mencakup (Afghanistan - Turkistan - Tiongkok - India - Indochina - Indonesia - Jepang), dan Komisi Islam di Eropa.

Departemen Pendidikan Jasmani: Menetapkan kurikulum dan studi yang diperlukan untuk mendidik Ikhwan dalam pendidikan jasmani dan mempersiapkan mereka untuk melaksanakan tugas-tugas yang dipercayakan kepadanya, serta mengawasi pengorganisasian aspek ini sesuai dengan kebijakan yang ditetapkan oleh Biro Bimbingan.

Departemen Jurnalisme dan Penerjemahan: Mengawasi surat kabar dan majalah Ikhwan sesuai dengan batas-batas kebijakan yang disetujui oleh Biro Bimbingan, dan mempertahankan apa yang ditulis surat kabar Arab dan non-Arab tentang kelompok tersebut sehingga dapat dirujuk saat diperlukan, serta menerjemahkan apa yang dibutuhkan oleh kepentingan dakwah, menerjemahkannya dari dan ke dalam bahasa Arab.

Departemen Profesi: Bertanggung jawab menyebarkan dakwah di antara mereka yang berprofesi dan memanfaatkan profesinya dalam bidang dakwah bagi masyarakat. Pada tahun 1984 Ikhwanul Muslimin mengambil alih Asosiasi Dokter, diikuti pada tahun 1986 dengan mengambil alih Asosiasi Insinyur, kemudian Asosiasi Apoteker pada tahun 1988. Serikat pekerja menjadi platform mereka untuk berpartisipasi dalam kehidupan politik negara.[344]

---

344. Lihat: Barry Rubin, IKHWANUL MUSLIMIN: ORGANISASI DAN KEBIJAKAN GERAKAN ISLAMIS GLOBAL, https://bit.ly/2mo6H41.

Departemen Kemuslimahan: Didirikan pada tahun 1932, sebagian besar terdiri dari anak perempuan, istri dan kerabat lainnya dari anggota Ikhwan, sebuah praktik agar tetap berada di garis depan perekrutan anggota wanita *(akhwat)*, dan hubungan keluarga masih memainkan peran penting dalam meningkatkan keanggotaan, karena departemen ini mengarahkan anggota Ikhwanul Muslimin untuk bekerja dan membantu dalam komite. Yang lainnya adalah dakwah dan amal secara khusus, tetapi inti dari misi para *akhwat* ini adalah membantu kelompok tersebut untuk bertahan dari serangan keamanan yang keras terhadap kepemimpinannya, seperti yang telah disebutkan sebelumnya di Bab Empat.

Menanggapi gagasan Al-Banna yang didasarkan pada adopsi ajaran Islam untuk melawan invasi pengaruh Barat, membatasi standar perilaku individu dari sudut pandang kelompok membutuhkan dukungan feminis yang mampu membangun generasi yang menganut ide-ide kelompok dan bertumbuh dalam konsep-konsepnya, belum lagi peran mereka dalam mendukung pasangan untuk memikul beban gerak-gerik Ikhwan. Namun, meningkatnya peran perempuan dalam kelompok tidak membuat mereka memenuhi syarat untuk bergabung dengan Dewan Syura atau Biro Bimbingan.[345]

Adapun komite dasar dari Biro Bimbingan adalah:

Komite Keuangan: Bertugas mengatur keuangan grup dan mempersiapkan segala sesuatu yang mengontrol dan mengembangkannya.

Komite Politik: Bertugas memelajari arus politik publik dan swasta di dalam dan luar negeri, memelajari insiden politik yang mendesak, menentukan posisi kelompok di atasnya, dan memelajari proposal yang diarahkan ke Biro Bimbingan dalam hal ini jika dianggap akan dirujuk ke komite. Komite tidak memiliki hak untuk mengeluarkan keputusan atas namanya, namun mereka menyajikan apa yang dilihat kepada Biro Bimbingan sebagai pendapat.

Komite Yudisial: Mengawasi kasus-kasus Ikhwan yang diajukan terhadap mereka atau dalam kapasitas mereka sebagai Ikhwan, memelajarinya, mengurus

---

345. Lihat: Omayma Abdel-Latif, Dalam Bayangan Ikhwan: Para Wanita Ikhwanul Muslimin, The Carnegie Middle East Center, 2008, https://bit.ly/2IFJBWb.

permohonan mereka atau menunjukkan siapa yang dituju. Komite harus menyimpan salinan lengkap berkas kasus yang disiapkan untuk dibaca hingga prosedur terakhir di dalamnya.

Komite Layanan: Komite ini mengatur dan memfasilitasi layanan khusus yang diperlukan dan memenuhi atau memfasilitasi permintaan Ikhwanul Muslimin.

Komite Fatwa: Misinya adalah untuk meneliti masalah doktrinal yang diajukan ke kantor, dan untuk menyatakan pendapat hukum yang didukung oleh bukti dari Al-Qur'an dan Sunnah dan ucapan para imam.

Komite Statistik: Komite ini menghitung berbagai aspek kegiatan kelompok dan menyerahkan laporan tentang kegiatan organisasi setiap tiga bulan.

5-4 PERUBAHAN STRUKTUR ORGANISASI IKHWANUL MUSLIMIN

Mengingat tekanan yang dialami Ikhwanul Muslimin setelah Revolusi 30 Juni 2013, dan pembatasan signifikan atas kemampuan organisasi dan keuangannya, beberapa perubahan taktis diperkenalkan pada struktur organisasinya, dan pada bulan April 2015 diumumkan pembentukan Biro Administratif di luar negeri, yang dipimpin oleh Ahmed Abdel Rahman, untuk mengelola urusan anggota Ikhwanul Muslimin yang melarikan diri dari Mesir dan menjadi penghubung antara para pemimpin organisasi lokal dan luar negeri, setelah pemilu organisasi diadakan di empat negara: Malaysia, Sudan, Qatar dan Turki, tempat sebagian besar Ikhwanul Muslimin yang melarikan diri berada.[346]

Selain itu, terdapat perubahan pada kepanitiaan kerja internal di mana kegiatan sehari-hari kelompok dilakukan dan kegiatan lingkungan internal di lapangan telah dikelola. Struktur kepanitiaan mengalami perubahan yang luas, karena panitia amal, misalnya, bertanggung jawab atas kegiatan amal dan kerja solidaritas sosial serta mengarahkan bantuan dan santunan bulanan kepada orang miskin dan orang yang membutuhkan, telah dimodifikasi menjadi "Komite Orang yang Menderita", dan tujuan utamanya menjadi mengarahkan bantuan,

---

346. Abdurrahman Yusef, Memosisikan Ulang Ikhwanul Muslimin (3-5) .. Struktur Organisasi dan Formasi Internal, 9 Juli 2015, di link berikut: https://bit.ly/2kanV43.

sumbangan anggota, dan pekerjaan sponsor kepada keluarga Ikhwan dan keluarga mereka yang pencari nafkahnya meninggal, ditangkap atau dikejar, yang berfungsi sebagai jaring pengaman sosial yang memastikan bahwa anggota Ikhwan menjaga kohesi sosial mereka dan tidak jatuh ke dalam cengkeraman kebutuhan, sehingga sebagian dari martabat hidup dipelihara organisasi untuk mereka.[347]

Adapun dalam kegiatan dakwah, panitia penyebaran dakwah ikut serta dalam kegiatan-kegiatan yang kuat dan berpengaruh, dengan nama lain yang mengubah aksi sebelumnya, menjadi "Komite Kesadaran". Sebelumnya, "Komite Dakwah" didasarkan pada gagasan mengorganisir gerakan misionaris di lingkungan dan kota, dan mengorganisir kegiatan dakwah agama demi menyebarkan gagasan moral, atau terkait dengan acara-acara keagamaan, dan untuk menerbitkan dan mencetak pamflet serta mempublikasi dengan konten yang sama, tetapi sekarang mereka bekerja dalam divisi Ikhwan demi meningkatkan kesadaran mereka tentang gerakan saat ini dan apa hasil dari gerakan tersebut; dan untuk berkomunikasi dengan massa untuk menjelaskan visi dan paham antirezim serta mencoba untuk membentuk opini publik melawan rezim dan urusan operasional lainnya, yang salah satunya ditetapkan dalam setiap divisi.[348]

Kelompok ini juga membentuk komite-komite baru di dalam masyarakat, seperti Komite Krisis dan Gerakan, yang bertanggung jawab untuk mengoordinasikan, mempersiapkan, dan membuat rute demonstrasi. Selain itu, Komite *Akhwat* yang bertanggung jawab atas sisi perempuan dalam kelompok dan terkait dengan pekerjaan dan aktivitas mereka, memiliki peran utama sejak pos tersebut dibuat. Keempat, baik secara organisasional maupun fungsional dalam kelompok, baik dalam konfrontasi langsung maupun melalui peran moral yang mana kelompok telah berkontribusi pada kelangsungan hidupnya, Komite Kerja untuk kelompok umur dibatalkan, misalnya seperti Komite Persiapan dan

---

347. Sumber sebelumnya.

348. Abdulrahman Yusef, sumber yang disebutkan sebelumnya.

Sekunder serta Komite Universitas yang berada di bawah Komite Kepemudaan, tidak lagi independen seperti semula.[349]

Selain Biro Administratif, terdapat Komite Media, Komite Pendukung Pengambilan Keputusan Politik dan Komite Pendidikan, yang pada gilirannya akan mempertimbangkan kembali kurikulum yang beredar di pendidikan keluarga Ikhwan, karena kurikulum tersebut berfokus pada pembentukan kepribadian anggota Ikhwan yang harus dipersiapkan untuk tahap selanjutnya.

Di tingkat *akhwat*, mereka menjadi kuat karena hadir dalam semua peristiwa dan konfrontasi di jalanan, tidak seperti periode sebelum 3 Juli 2013. Peran mereka muncul dengan kuat sebagai inti yang kokoh untuk bertahan hidup, dengan memainkan peran sosial dan solidaritas, dan untuk membangun generasi yang merangkul ide-ide kelompok dan tumbuh di atas konsep-konsepnya, belum lagi peran mereka dalam mendukung pasangan mereka untuk memikul beban kerja motorik organisasi.[350] Ini tidak lain adalah eksploitasi politik terhadap perempuan, dan kelompok ini telah menggunakannya sebagai alat untuk meningkatkan citra dan menyoroti model Islam liberal yang percaya dan membela isu-isu perempuan, tetapi kenyataannya tidak demikian dan sama sekali berbeda.

Penutup

Struktur organisasi Ikhwanul Muslimin hanyalah sebuah pola atau jaringan pembagian peran dan tanggung jawab. Dengan demikian, struktur ini menggambarkan hierarki, organisasi hubungan internal dan saluran komunikasi, dan menentukan bagaimana tugas dibagi, dikelompokkan, dan dikoordinasikan. Oleh karena itu, struktur organisasi kelompok memberikan dua peran penting bagi anggotanya, sehingga setiap anggota mengetahui apa yang harus dilakukannya, kemudian batasan pergerakannya dalam kaitannya dengan peran dalam kelompok.

---

349. Sumber sebelumnya.

350. Lihat: Ida Bary, Partisipasi Politik Perempuan dalam Ikhwanul Muslimin antara Ambiguitas dan Landasan Inklusi-Moderasi: Kasus Mesir dan Tunisia, https://bit.ly/2ylgSsQ, hal. 17.).

BAB VI

UJI HIPOTESIS TENTANG KEKUATAN DAN KELEMAHAN STRUKTUR ORGANISASI MENURUT PENDEKATAN TEORETIS DAN METODOLOGIS

Pendahuluan

Struktur organisasi Ikhwanul Muslimin nyatanya dapat menjadi dasar pelaksanaan proyek politik dan sosial kelompok, oleh karena itu mendapat perhatian besar dari para pejabat kelompok tersebut sejak awal hingga saat ini. Mereka berdiri di belakang kelanjutan Ikhwan selama sembilan dekade terakhir.

Ziad Munson, seorang peneliti sosiologi politik, mengatakan, "Mobilisasi populer Ikhwanul Muslimin yang berhasil dicapai karena risalah Islam dikaitkan dengan struktur organisasi, kegiatan, strategi, dan adaptasinya dengan kehidupan sehari-hari orang Mesir," dan karenanya itu tidaklah berbeda dengan gerakan sosial dan politik yang berusaha mengubah gagasan mengenai *template* organisasi tertentu yang mengekspresikan tujuan umumnya,[351] maka dari itu, pendiri Ikhwan, Hasan Al-Banna, menyeru untuk kembali pada Islam dan menjadikannya jalan hidup yang sepenuhnya, dan agar individu, keluarga, masyarakat, pemerintah, dan umat Islam tetap dengan teguh berpegang padanya; dan ia menjadikan pendekatan ini sebagai dasar untuk struktur organisasi dan administrasi Ikhwan.[352]

Bab ini berupaya menguji kekuatan struktur organisasi sesuai dengan pendekatan teoretis dan metodologis yang dirujuk pada bab teori pertama, guna memberikan gambaran menyeluruh tentang organisasi dengan

---

351. Lihat: Ziad Munson, MOBILISASI ISLAM: Teori Gerakan Sosial dan Ikhwan Muslim Mesir, Akan diterbitkan dalam The Sociological Quarterly 42 (4), Januari 2002.

352. Abu Al-Ela Madi, Status Organisasi Gerakan Ikhwanul Muslimin, sumber yang disebutkan sebelumnya.

memperhatikan dimensi sosiologis, perilaku, birokrasi, kepemimpinan, dan kemasyarakatan, yang merupakan dimensi-dimensi yang sering diangkat peneliti ketika mengevaluasi kekuatan Ikhwanul Muslimin, dan secara khususnya kekuatan struktur organisasi dan administrasinya yang memastikan kohesi dan kontinuitas kelompok, serta meningkatkan kemampuannya untuk beradaptasi, sebagian besar, dengan perkembangan internal dan eksternal.

6-1 PENDEKATAN BIROKRASI- THE BUREAUCRATIC APPROACH

Berdasarkan analisis pendekatan ini, struktur organisasi dan administrasi Ikhwanul Muslimin hampir mirip dengan struktur organisasi resmi negara melalui tiga kekuatan hukumnya, yakni legislatif, eksekutif, dan yudikatif, tetapi dengan masing-masing pihak mengadopsi alat dan mekanisme masing-masing yang diadopsi untuk mencapai tujuannya. Hasan Al-Banna, sejak awal, dan para pembimbing setelahnya, membentuk struktur organisasinya sendiri sedemikian rupa sehingga pilarnya adalah negara religius yang bersumber dari hukum Islam, sejajar dengan negara sipil resmi, dengan asumsi berbagi atau mengambil legitimasi kekuasaan dari orang-orang yang merupakan sumber legitimasi utama dari ketiga otoritas tersebut, Risalahnya dalam Konferensi Kelima menegaskan hipotesis ini ketika ia berkata: "Kami percaya bahwa hukum Islam dan ajarannya termasuk pengaturan urusan manusia di dunia ini dan akhirat ... Islam adalah doktrin dan ibadah, bangsa dan kebangsaan, agama dan negara, spiritualitas dan karya, Al-Qur'an dan pedang."[353]

Selain itu, Hasan Al-Banna merancang fungsi struktur organisasi formal Ikhwanul Muslimin sesuai dengan sistem birokrasi pusat yang ketat dan terorganisir dalam hal fungsi dan kekuasaan, serta untuk mencapai tujuan khusus pemerintahan Islam yang ingin ia capai di kemudian hari. Hal ini ditegaskan oleh Tariq Al-Bishri, dengan mengatakan: Al-Afghani mendirikan ide Mujahid Islam, dan Muhammad Abdo menambahkan ide pembaruan dalam fiqih dan interpretasi, dan Muhammad Rashid Rida melanjutkan hubungan antara pembaruan dan Salafisme dan interaksinya dengan kebijakan nasional, dan Hasan Al-Banna menambahkan inklusivitas Islam dan saling ketergantungan

---

353. Baca risalah Konferensi Kelima (2), situs resmi Ikhwanul Muslimin, di link berikut: https://bit.ly/2mx4zaj.

---

yang erat antara keyakinan, syariah, politik, pemikiran dan organisasi gerakan, dan pencampuran ide-ide fiqih ala Al-Azhar, yakni sentimen tasawuf dan patriotisme kepartaian nasional."[354]

Dengan kata lain, struktur organisasi Ikhwanul Muslimin, dengan berbagai kerangka kerjanya, bertujuan terutama untuk bekerja untuk mencapai tujuan proyek keagamaannya, yaitu jabatan guru besar dunia dan politik untuk mendapatkan kekuasaan, dan kelompok tersebut telah memperkenalkan banyak perubahan pada struktur ini - seperti yang telah ditunjukkan pada bab-bab sebelumnya - untuk mengimbangi tujuan ini. Berdasarkan praktik kelompok selama beberapa tahun terakhir, dapat dikatakan bahwa struktur organisasi dan administrasinya belum mencapai semua tujuannya di lapangan, karena pertimbangan terkait antarkonflik, terutama antara arus Quthb dan apa yang disebut "moderat" di satu sisi, sebagai akibat dari pembatasan dan tekanan yang dialami Ikhwan di satu sisi, kehadiran pemerintah Mesir di sisi lain, serta perpecahan yang muncul di antara para pemimpin kelompok tersebut setelah Revolusi 30 Juni 2013, di sisi lainnya.

6-2 PENDEKATAN KEPEMIMPINAN PERILAKU- BEHAVIORAL LEADERSHIP APPROACH

Menurut pendekatan ini, struktur organisasi dan administrasi Ikhwanul Muslimin sangat bergantung pada awal kemunculan kelompok pada kepemimpinan karismatik, yang memiliki karakteristik inspirasi yang membuatnya lebih berpengaruh di kepemimpinan menengah dan bawah dan semua elemen organisasi. Dalam konteks ini, dapat dicatat bahwa pendiri kelompok, Hasan Al-Banna, menghadirkan model kepemimpinan yang menggabungkan fitur spiritual dan karismatik, karena lingkungan tempat ia dibesarkan sangat religius, sehingga ayahnya, Sheikh Ahmed, tertarik untuk memelajari hadits Nabi, dan mendaftarkannya di sekolah agama Rashad.[355] Ia saat itu berusia sekitar delapan tahun dan bertahan selama empat tahun, yang

354. Tariq Al-Bishri, On the Contemporary Islamic Question, General Features of Islamic Political Thought in Contemporary History, Edition 2 (Cairo: Dar Al-Shorouk, 1996), hlm. 168.

355. Hasan Al-Banna, situs resmi Ikhwanul Muslimin, di tautan berikut: https://bit.ly/2oal6k4.

membuatnya memenuhi syarat untuk memiliki kepribadian seperti otoritas keagamaan spiritual, terutama sejak budaya Mesir dan Arab pada umumnya cenderung bertradisi menghormati pemuka agama.

Inilah yang menjadi ciri kepribadian Al-Banna, ketika diluncurkan, sebagai representasi otoritas keagamaan, karena hanya berdiri di mimbar masjid dan menguasai keterampilan dakwah dan membimbing wacana agama sudah cukup mengekstraksi otoritas spiritual ini, dan misalnya, tetapi tidak terbatas pada, wacana agamanya diidentifikasi dan digabungkan dengan kebutuhan orang miskin dan terpinggirkan. Penderitaan mereka dan fokus untuk menolak ketidakadilan yang dihadapi orang Muslim, muncul saat dominasi feodalisme dan otoritas pendudukan Inggris berada pada titik terkuat di Mesir, pada saat itu, dan aspek religius ini dikaitkan dengan munculnya struktur organisasi kelompok, dan menjadi salah satu faktor kohesi selama beberapa dekade, seperti yang disebutkan sebelumnya.[356]

Sementara sosiolog Max Weber menekankan pentingnya aspek spiritual dan religius dalam menjelaskan kekuatan otoritas tradisional, maka pendiri komunitas tersebut, Hasan Al-Banna, menyadari fakta ini sejak dini,[357] yang mana telah memperkuat otoritas tradisionalnya dalam kepemimpinan para pengikutnya dari masyarakat dan dalam organisasi kelompok, sebagai sumpah dengan kepatuhan dan ketaatan mutlak di hadapannya secara eksklusif oleh mereka yang bersumpah setia kepadanya dengan memperkuat posisi spiritualnya sebagai pemimpin yang menikmati harga diri dan perawakan, dan segala perbedaan disatukan.

Pada saat yang sama, karisma yang dinikmati Hasan Al-Banna memainkan peran utama dalam penyebaran kelompok di tahun-tahun awalnya, dan karisma ini tidak muncul begitu saja, tetapi merupakan hasil dari serangkaian faktor, terutama bahwa ia adalah salah satu dari sedikit orang yang naik ke platform religius masjid dari kelas elit, dengan pemberontakan yang jelas dalam melawan

---

356.   Ziad Munson, MOBILISASI ISLAM, op. cit, hlm. 6-7.

357.   Ghani Nasser Hussein Al-Qurayshi, The Nature of Bureaucratic Organization and Power in Max Weber, University of Babylon, College of Arts, Lecture diterbitkan 24/5/2011, di tautan berikut: https://bit.ly/2o4DgVs.

pakaian tradisional yang umum dikenakan oleh imam masjid, seperti yang biasa dikenakan Al-Banna: pakaian Barat dengan dasi,[358] yang menyebabkan popularitas karismatiknya meningkat di antara para pendukungnya di kalangan orang miskin, elit, kelas menengah, dan borjuis. Ini dibuktikan dengan data Departemen Luar Negeri AS yang mengatakan, "Sebagian besar dukungan yang dimilikinya untuk Ikhwanul Muslimin berasal dari segmen-segmen yang cenderung modern dan meniru Barat, seperti pelajar, insinyur, dokter, dan pegawai pemerintah, hingga jumlah anggota yang mengikuti Musyawarah Ikhwanul Muslimin pada tahun 1953 menjadi sekitar 1950 anggota, dan hanya ada 22 orang dari luar kelas elit, yang berarti kelas Eropa modern."[359] Hal ini menunjukkan bahwa karisma Al-Banna berkontribusi pada konsolidasi struktur organisasi kelompok karena bersama dengan kelas menengah, dan bersama kelas miskin untuk membentuk dasar yang luas dari struktur organisasi, sedangkan para elitnya membentuk kelas kepemimpinan atas dalam hierarki kekuasaan Ikhwan, tidak seperti aturan fiqih dalam Islam yang berbunyi, "Kalian semua adalah gembala dan kalian semua bertanggung jawab atas setiap gembalaan kalian," atau "Manusia sama seperti bilah-bilah sisir ..."[360]

Adapun faktor vital lain yang mendorong kepribadian Al-Banna naik ke tingkat karisma, serta beberapa pembimbing umum yang datang setelahnya, adalah keterkaitan kerja lapangan dengan slogan-slogan ideologis yang biasa mereka dukung, terutama dalam membangun sekolah dan kerja suka rela di bidang sosial dan perawatan kesehatan dan seterusnya mulai dari orang miskin hingga masyarakat kelas mana pun, semuanya bebas biaya. Hal yang berdampak besar pada keterlibatan banyak orang dalam pengorganisasian Ikhwanul Muslimin adalah karena karisma yang dimiliki Pembimbing Umum dan organisasi pada saat yang sama.

Karena karisma inilah, pengaruh Al-Banna melingkupi sejumlah perwira Revolusi Juli 1952 di Mesir, serta penyebaran Biro Administratif organisasi di seluruh

---

358.   Situs resmi Ikhwanul Muslimin, arsip foto Mourchidin. Di link: https://bit.ly/33VHMoS

359.   Lihat: Nazih N. M. Ayubi, "Kebangkitan Politik Islam: Kasus Mesir", Jurnal Internasional Studi Timur Tengah, Vol. 12, No. 4 (Desember 1980), hlm. 481-499. Lihat juga: Ziad Munson, MOBILISASI ISLAM, op. cit, hlm. 7.

360.   Lihat Ensiklopedia Sahih Al-Bukhari, di tautan berikut: https://bit.ly/2onIUmR.

Mesir pada tahun 1930-an dan 1940-an, yang secara luar biasa terjadi saat kepribadian politik dan propaganda Al-Banna menjadi sentral. Kekaguman dan apresiasi dari sejumlah politisi di antara para pemimpin dan pemikir pemerintah Mesir, misalnya, namun tidak terbatas pada, presiden Mesir pertama, Muhammad Naguib, setelah Revolusi Juli 1952, mengatakan: "Hasan Al-Banna adalah salah satu dari mereka yang tidak menyadari keausan ingatan mereka, dan lupa takkan mencapai dirinya, karena Tuhan mengasihinya. Ia tidak hidup untuk dirinya sendiri, tetapi hidup untuk orang banyak, dan ia tidak bekerja untuk keuntungannya sendiri, tetapi bekerja untuk kebaikan bersama."[361]

Bukti pentingnya kepemimpinan dalam kaitannya dengan struktur organisasi dan administrasi Ikhwanul Muslimin tidak lain adalah kematian Hasan Al-Banna yang menciptakan kekosongan organisasi di tahun-tahun berikutnya. Sebaliknya, Aparat Khusus sampai pada titik di mana Aparat Khusus memaksakan pendapatnya pada tingkat yang lebih tinggi dan mengendalikan keputusan yang menentukan terkait dengan masa depan politik kelompok tersebut.

6-3 PENDEKATAN PERTUKARAN SOSIAL- SOCIAL EXCHANGE APPROACH

Menurut pendekatan ini, struktur organisasi dan administrasi Ikhwanul Muslimin berhasil beradaptasi dengan lingkungan sosial, karena seperti disebutkan sebelumnya, bergantung pada pembangunan sistem jaringan jaminan sosial yang menjamin penetrasi kelompok ke dalam masyarakat. Peneliti Ziad Munson percaya bahwa "salah satu alasan utama keberhasilan struktur organisasi Ikhwanul Muslimin adalah pesan Islam yang dibawanya dan kemampuannya untuk beradaptasi dengan kehidupan sehari-hari orang Mesir."[362] Barangkali hal ini menjelaskan bagaimana struktur organisasi kelompok itu dibangun, di mana terdapat sub-unit per kelasnya: pekerja, petani, keluarga, pelajar, profesi, hubungan eksternal dengan dunia Islam, pendidikan

---

361.   Hasan Al-Banna .. pendiri Ikhwanul Muslimin, di link berikut: https://bit.ly/2LKfS7m.

362.   Ziad Munson, MOBILISASI ISLAM, op. cit.

jasmani, jurnalistik, dan penerjemahan; dengan melaksanakan banyak fungsi dan operasi Ini mereka dapat memberikan kontribusi untuk memberikan layanan kepada sebagian besar kelas masyarakat Mesir, terutama yang miskin dan terpinggirkan.

Menurut pendekatan ini, dapat dikatakan bahwa struktur organisasi dan administrasi mampu menangani output sosial dan ekonomi secara efisien, dengan memenuhi kebutuhan sosial banyak kelompok masyarakat Mesir, dan bahkan melampaui peran tradisional negara pada waktu itu, terutama di lingkungan miskin.

6-4   PENDEKATAN   KELEMBAGAAN-   INSTITUTIONAL APPROACH

Pendekatan ini berusaha menguji kekuatan organisasi dan struktur organisasi berdasarkan kriteria yang dikemukakan oleh Samuel Huntington: *Adaptability, Complexity, Autonomy, dan Coherence.*

6-4-1 UJI KRITERIA ADAPTASI: Struktur organisasi dan administrasi telah meningkatkan kemampuan kelompok untuk menghadapi tantangan yang dihadapinya sejak awal hingga saat ini. Tidak ada keraguan bahwa keberhasilan kelompok dalam aspek ini telah menambah pengalaman kelembagaan yang signifikan yang diperoleh selama beberapa dekade terakhir, dan ini konsisten dengan studi teoretis yang menunjukkan bahwa keberhasilan dalam beradaptasi dengan tantangan lingkungan (yang berasal dari dalam) membuka jalan bagi keberhasilan adaptasi di masa depan dengan tantangan serupa di kemudian hari. Dan semakin banyak tantangan yang dihadapi organisasi sosial, semakin tinggi tingkat adaptasi, dan misalnya, jika probabilitas keberhasilan adaptasi terhadap tantangan pertama adalah 50%, maka kemungkinan keberhasilan adaptasi pada tantangan kedua dapat mencapai 75%, dan dengan tantangan ketiga naik persentasenya mencapai 87,5%, dan dengan tantangan keempat mencapai 93,75%, dan seterusnya, dan ini berarti kemampuan organisasi untuk beradaptasi dapat diukur secara kasar sepanjang kelangsungannya.[363] Apalagi sejak lahirnya Ikhwanul Muslimin hingga pasca revolusi 30 Juni 2013 menghadapi banyak tantangan, baik terkait dengan penuntutan para pemimpinnya, penyitaan dana, pembubaran, pelarangan dan penggolongan sebagai kelompok teroris, berhasil diatasi sebagian dan gagal beradaptasi pada bagian yang lain.

Jika periode '30-an hingga akhir '40-an terdapat ekspansi kelembagaan yang luar biasa dalam struktur organisasi Ikhwanul Muslimin dan penyebaran cabang Biro Administratif di seluruh Mesir, serta perluasan lingkaran hubungan eksternal dan internasional bagi organisasi, maka tantangan terbesar yang dihadapi Ikhwan di era itu adalah keputusan Pemerintah Mesir membubarkan Ikhwanul Muslimin dan menyita properti mereka pada 8 Desember 1948, setelah kasus Jeep pada tanggal 15 November 1948 yang telah disebutkan sebelumnya, tetapi kelompok tersebut berhasil mengatasi rintangan ini dengan menerima kejadian ini dan mempertahankan statusnya di pengadilan dengan status tidak bersalah. 32 terdakwa, kecuali yang paling menonjol dari mereka, yakni Pembimbing Umum Hasan Al-Banna, didakwa dengan berbagai tuduhan, beberapa di antaranya mencapai hukuman mati,[364] tetapi terlepas dari skala rintangan ini, Ikhwanul Muslimin mengabaikan masalah ini dengan memutuskan semua tertuduh tidak bersalah sebagaimana dituduhkan, pula komisi dan pembimbingnya dari apa yang ditujukan kepada mereka, pada tanggal 17 Maret 1951.[365] Dengan demikian Ikhwan melanjutkan aktivitasnya pada tahun yang sama; sebagai hasil dari keputusan yang dikeluarkan oleh Dewan Negara, keputusan untuk membubarkan kelompok tersebut dan menyita propertinya yang tidak sah. Menarik untuk dicatat bahwa Ikhwanul Muslimin menghadapi tantangan lain, yaitu pembunuhan Pembimbing Umum Hasan Al-Banna pada 12 Februari 1949, tetapi kelompok tersebut dengan cepat mengatasi tantangan ini juga dengan memilih Hassan Al-Hudhaibi sebagai pembimbing umum setelah pemungutan suara di Dewan Syura Ikhwan.

---

363. Lihat: Cf. William H. Starbuck. "Pertumbuhan Organisasi. Dan Pengembangan," dalam James G. March, ed. Buku Pegangan Organisasi (Chicago: Rand McNally, 1965), hlm. 453: "Sifat dasar adaptasi sedemikian rupa sehingga semakin lama organisasi bertahan, semakin baik persiapannya untuk terus bertahan."

364. Kasus Jeep, situs Wikipedia Ikhwanul Muslimin, di tautan berikut: https://bit.ly/39tQjSr.

365. Sumber sebelumnya.

Kelompok ini menghadapi tantangan yang belum pernah terjadi sebelumnya selama rezim mendiang Presiden Gamal Abdel Nasser, seperti yang telah kami tunjukkan, tetapi kelompok tersebut berhasil menangani persyaratan tahap ini dengan berinvestasi dalam perbedaan intra-politik antara Mesir dan Kerajaan Arab Saudi untuk melarikan diri ke Kerajaan untuk melarikan diri dari Nasser. Ikhwanul Muslimin hadir di Arab Saudi untuk memperkuat propaganda dan posisi politik mereka, melalui kendali banyak dari mereka atas aspek pendidikan di universitas dan sekolah, khususnya pada dekade enam puluhan, tujuh puluhan dan delapan puluhan, serta mengendalikan sejumlah media, terutama pada masa pemerintahan Raja Faisal di Arab Saudi, dan perlu dicatat bahwa Ikhwan Muslim di Irak dan Suriah, dan karena perbedaan negara asal mereka dengan Arab Saudi, memanfaatkan perbedaan ini dan bergabung dengan anggota komunitas Mesir di Arab Saudi.[366]

Ikhwanul Muslimin telah menunjukkan tidak hanya kemampuan untuk beradaptasi dengan tantangan dan risiko yang memengaruhi struktur organisasi dan administrasi pada tahap ini, tetapi juga dalam menambahkan fondasi baru untuk kekuatan organisasinya juga, seperti peneliti urusan Islam, Abdullah bin Bajad Al-Otaibi, menunjukkan bahwa tujuan yang dicapai Ikhwan di Al-Muhajir, Arab Saudi atau lainnya, setelah krisis mereka, baik di Mesir atau negara lain, diwakili sebagai berikut: yang terpenting adalah menyebarkan dakwah Ikhwanul Muslimin dalam pemikiran dan organisasi, dengan mengontrol proses pendidikan, masyarakat amal, dan lembaga yang bersifat komprehensif, seperti lembaga Islam besar dengan peran politik dan penetrasi saraf ke seluruh masyarakat dengan berbagai cara.[367] Selama era mendiang Presiden Muhammad Anwar Sadat dan Muhammad Hosni Mubarak, Ikhwanul Muslimin mampu memanfaatkan peluang yang tersedia untuk itu secara luas, dan berkontribusi untuk membangun kembali struktur organisasi dan administratifnya, seperti yang kami sebutkan di bab ketiga dari studi ini.

366. Abdullah bin Bijad Al-Otaibi, Ikhwanul Muslimin dan Arab Saudi.. Imigrasi dan Hubungan, Pusat Studi dan Penelitian Al-Mesbar, Dubai, 16 September 2013, di link berikut: https://bit.ly/2Smy60B.

367. Abdullah bin Bijad Al-Otaibi, Ikhwanul Muslimin dan Arab Saudi, ibid.

Sementara banyak yang membayangkan bahwa kelompok tersebut akan dapat menggunakan Revolusi 25 Januari 2011 dalam memaksimalkan keuntungan dan mengembangkan struktur organisasi dan administrasi, namun gagal untuk mengelola fase pasca-revolusi dan beradaptasi dengan perkembangan yang disaksikan Mesir selama periode pemerintahan Ikhwan. Sampai jutaan orang Mesir memberontak melawan aturan Ikhwan.

Pengalaman kelompok tersebut dalam pemerintahan, di mana pemimpinnya Muhammad Mursi Issa al-Ayyat menjabat sebagai presiden pada 30 Juni 2012, menunjukkan kegagalan dan ketidakmampuan yang menyedihkan untuk beradaptasi dalam menghadapi tantangan dan bahaya. Dari vitalitas keberadaannya dan pengaruh sosialnya, ia sama sekali tidak memenuhi syarat untuk mengambil alih kekuasaan politik. Hal ini disaksikan oleh sebuah buku, yang diterbitkan pada tahun 2016 oleh penulis Amerika, Eric Trager, berjudul: *"Kejatuhan Arab: Bagaimana Ikhwan memenangkan kekuasaan Mesir dan kalah dalam 891 hari?"*,[368] yang menyimpulkan bahwa menjalankan negara, tidak seperti mengelola asosiasi amal, dan membangun struktur organisasi untuk sebuah partai, tidak akan layak dan bernilai politik dalam acara tersebut Menerapkannya pada hierarki negara sipil, terlebih lagi ideologi agama yang mengatur partai agama sangat sulit untuk berhasil memimpin negara sipil dengan konstitusi sipil, sehingga Ikhwanul Muslimin, setelah mengambil alih kekuasaan di Mesir, bertabrakan dengan penghalang konstitusi sipil Mesir, yang ideologinya bersinggungan banyak dengan klausul dan pasalnya, yang mendorong mereka untuk bergerak cepat menuju perubahan konstitusi di Mesir. Namun, oposisi yang meluas oleh sektor sipil besar dari masyarakat Mesir menggagalkan rencananya dalam konteks ini, dan ini merupakan indikasi kegagalan struktur organisasi untuk menyesuaikan dengan persyaratan Revolusi 25 Januari 2011, terutama karena keinginan Ikhwanul Muslimin untuk mengubah konstitusi untuk memaksakan identitas agama di negara Mesir terpenuhi. Dengan tentangan kuat dari sebagian besar kekuatan sipil dan arus, yang telah mengungkapkan kekhawatiran mereka bahwa identitas pluralistik Mesir akan berubah dan menjadi negara agama yang menyembunyikan

---

368. Ibrahim Al-Sayyad, Mengapa Ikhwan gagal memerintah Mesir?, Koran Al-Hayat yang berbasis di London, Edisi 22 Juni 2019.

"kewalian sang pembimbing" dalam bentuk "velayat al-faqih" dalam model Syiah Iran".[369] Itulah sebabnya koalisi oposisi utama di Mesir diumumkan pada hari Minggu 9 Desember 2012. Mereka menolak keputusan Presiden Mohamed Morsi untuk mengadakan referendum konstitusi dalam seminggu setelah tanggal tersebut, dengan mengatakan bahwa "referendum ini mengancam untuk mendorong negara ke dalam konfrontasi dengan kekerasan."[370]

Menjadi jelas bahwa Ikhwanul Muslimin berurusan dengan orang-orang Mesir setelah revolusi Januari 2011 sebagai anggota kelompok tersebut, dan seolah-olah hierarki Ikhwanul Muslimin benar-benar mengatur, karena Mohamed Badi', pembimbing umum Ikhwanul Muslimin, adalah pembuat keputusan pertama di negara bagian itu, dan bukan Presiden Morsi, dan ia menjelaskan sumpah dengar pendapat dan kepatuhan yang dilakukan setiap anggota kelompok kepada pembimbing umum, atas rangsangan dan paksaan, yang mengejutkan para pemilih yang tidak berafiliasi dengan Ikhwanul Muslimin. Saat itu, era kekuasaan Ikhwanul Muslimin di Mesir disebut sebagai "aturan pembimbing", mengacu pada pembimbing umum Ikhwanul Muslimin, Mohamed Badi', yang memandang Muhammad Morsi sebagai pengikut.[371]

Ketika Ikhwanul Muslimin mengambil alih kekuasaan di Mesir, mereka berusaha untuk membingkai struktur organisasi otoritas resmi negara dan menggantinya dengan hierarki struktur organisasi Ikhwanul Muslimin, di mana kekuasaan agama, hukum dan undang-undang secara eksklusif berada di tangan pembimbing, sementara otoritas resmi negara telah dikosongkan dari konten hukum dan praktis mereka. Kelompok ini juga gagal memberikan solusi yang efektif untuk masalah kehidupan yang dihadapi sektor luas rakyat Mesir, terutama dengan penurunan tingkat pertumbuhan, runtuhnya cadangan strategis mata uang asing dan kenaikan inflasi ke tingkat dimana harga dan pengangguran meningkat, dan Mesir menderita krisis harian dalam bahan bakar

---

369. Dr. Mustafa Al-Labad, Direktur Orient Center for Regional and Strategic Studies in Kairo, "The Ikhwan's Constitutiones Establish a Religious State and a Sunni Jurist State," sebuah wawancara dengannya, situs Jerman DW, di tautan berikut: https://bit.ly/2Zwv01k.

370. Hammam Sarhan, referendum 15 Desember 2012, bacaan kritis dari draf konstitusi Mesir yang diajukan ke referendum, di tautan berikut: https://bit.ly/2UwaCv1.

371. Ibrahim Al-Sayyad, sumber yang disebutkan sebelumnya.

dan energi setelah banyak yang berhenti. Dari pabrik semua produksi. Oleh karena itu, rezim "Ikhwan" bertabrakan dengan arus politik lain yang mewakili oposisi pada saat itu[372] karena ketidakmampuan kelompok untuk beradaptasi dan mengatur prioritas sosial, ekonomi dan politik sesuai dengan manfaat dan kepentingannya dalam masyarakat.

6-4-2 MENELAAH KRITERIA KEKUATAN "KOHESI DAN HARMONI" DALAM STRUKTUR ORGANISASI IKHWANUL MUSLIMIN, sesuai dengan sifat pekerjaan dan aktivitas yang dilakukan oleh kelompok, sebagaimana kelompok menunjukkan kohesi organisasi sejak tahun-tahun pertama berdirinya, terutama karena berfokus pada amal, dakwah atau kerja kemanusiaan. Artinya, perbedaan mulai tampak ketika kelompok tersebut terlibat dalam aksi politik, sehingga pengetahuan sejarah yang terkumpul tentang organisasi Ikhwan, sejak awal berdirinya hingga beberapa dekade yang lalu, yaitu sebelum seluruh kelompok terlibat dalam aksi politik, tidak mencatat pelanggaran besar yang melanda kelompok tersebut, yang merupakan perpecahan yang tajam. Di jajaran kepemimpinannya atau menurut opini publik basis populernya.

Ikhwanul Muslimin telah menyaksikan banyak kasus kurangnya "kohesi", namun nyatanya hal itu tidak secara signifikan memengaruhi kelangsungan kekuatan kelompok. Di antara manifestasi paling menonjol dari perbedaan pendapat yang disaksikan oleh kelompok tersebut pada tahap awal pembentukannya adalah karena faktor politik murni menuju kepemimpinan politik. Sebagaimana disepakati dalam laman resmi Ikhwan, Ikhwan Wiki, kasus yang paling menonjol muncul ketika pengaruh Ikhwanul Muslimin berkembang, meluas, dan meningkat, dan setelah Ahmed al-Sukkari menjadi wakil pembimbing umum (usianya sedikit lebih tua dari Al-Banna), yang menginginkan peran kepemimpinan di luar Al-Banna. Terdapat kesaksian yang mengatakan bahwa Al-Sukkari adalah pendiri sejati Ikhwanul Muslimin, terutama karena ialah yang mendirikan Perkumpulan Amal Hasafiyya, yaitu sebuah perkumpulan sufi, yang bertujuan untuk melawan kejahatan dan menghalangi para misionaris. Ia mengikuti pertemuan pertama Dewan Syura Ikhwan pada tanggal 15 Juni 1933, kemudian ia terpilih sebagai anggota komisioner Biro Bimbingan, dan setelah

---

372. Sumber sebelumnya.

Ikhwan pindah ke Kairo dan Markas Umum hadir di sana, ia terpilih sebagai wakil Imam Al-Banna pada tahun 1939, di samping menjadi kepala administrasi politik di surat kabar Ikhwanul Muslimin Daily. Al-Sukkari merasa bahwa dialah mesin politik kelompok ini, terutama karena ia dianggap sebagai pendiri Ikatan Ikhwanul Muslimin dan mitra sejati dalam kebangkitannya, dan bahwa Imam Al-Banna adalah bapak spiritual kelompok ini, sehingga ia bekerja demi menjadi pemimpin dalam acara, konferensi dan kesepakatan politik, dan bahkan ia merasa bahwa ia adalah pembimbing umum. Semuanya adalah untuk Ikhwan, jadi ia bekerja untuk memonopoli kepemimpinan ini, menantang Banna, dan melawan pembimbing.[373] Dalam hal ini, Abbas al-Sisi, mantan anggota Biro Bimbingan Ikhwanul Muslimin dan salah satu pendiri, mengatakan dalam komentarnya tentang berita pembukaan penyelidikan terhadap Ahmed al-Sukkari, ia mengatakan: "Suatu hari kami terkejut dengan pengumuman di penerbitan sejumlah majalah mingguan Ikhwanul Muslimin bahwa sebuah komite telah dibentuk untuk menyelidiki Ahmed Al-Sukkari, wakil pembimbing umum Ikhwanul Muslimin, dan anggota Ikhwanul Muslimin di mana pun tentu terkejut dengan berita ini, yang mereka perkirakan akan menyebabkan pelanggaran besar dalam kohesi kepemimpinan kelompok, menggambarkan keputusan ini sebagai "hasutan yang parah dan kejam di antara barisan Ikhwan karena musuh dakwah merebut kesempatan untuk menyerang kelompok dan membalas dendam padanya."[374]

Dan setelah pembunuhan Al-Banna, hingga hari ini, banyak perpecahan yang muncul yang memengaruhi kekuatan dan kekompakan struktur organisasi kelompok tersebut, tetapi tidak menyebabkan keruntuhannya. Revolusi 30 Juni 2013 adalah ujian yang jelas untuk koherensi struktur organisasi, yang tampaknya tidak dapat menangani berbagai akibatnya, dan bahkan terkena perpecahan yang jelas, karena dua blok yang berlawanan muncul dalam kelompok yang bersaing untuk mendapatkan pengikut dan pendukung dan hak untuk menggunakan nama organisasi, blok pertama mencakup Pimpinan kelompok yang sudah ada sebelum tahun 2013 ini diketuai oleh tiga orang,

---

373.   Ahmed Al-Sukkari, situs Wikipedia Ikhwanul Muslimin, di tautan berikut: https://bit.ly/2ZeGQ0a.

374.   Ahmed Al-Sukkari, sumber yang disebutkan sebelumnya.

yaitu Mahmoud Ezzat sebagai pembimbing umum yang tidak diketahui keberadaannya, Sekretaris Jenderal Mahmoud Hussein yang berdomisili di Turki, dan Sekretaris Jenderal Organisasi Internasional Ibrahim Munir yang berdomisili di London. Anggota blok ini masih menganggap Biro Bimbingan dan Dewan Syura sebagai dua badan sah Ikhwanul Muslimin, dan mereka percaya bahwa tidak mungkin mengadakan pemilihan internal baru mengingat lingkungan keamanan saat ini di Mesir. Dan mungkin hal terpenting dalam blok ini adalah ia mengontrol aset eksternal organisasi.[375] Sedangkan untuk blok kedua, membentuk struktur organisasi baru pada tahun 2014 dan mengonsolidasikannya pada tahun 2016. Blok ini awalnya terpecah di bawah komando Muhammad Kemal (yang kemudian terbunuh pada tahun 2016), Muhammad Taha Wahdan (yang kemudian dipenjara pada tahun 2015) dan Ali Battikh (yang telah menetap di Turki sejak 2015). Anggota blok ini bergantung pada sistem internal Ikhwanul Muslimin untuk menyatakan bahwa Biro Bimbingan dan Dewan Syura hanya berhak untuk bersidang dan bekerja kecuali setidaknya setengah dari pejabat mereka hadir. Dan karena masalah ini menjadi tidak mungkin setelah dalih terorisme tertuju pada Ikhwan yang dikeluarkan oleh pemerintah Mesir pada 25 Desember 2013, blok ini mengumumkan pembubaran dua badan lama dan mengadakan pemilihan umum di Mesir yang dimulai dari tingkat bawah ke atas untuk memilih dua badan baru pada tahun 2016. Blok ini juga mendirikan kantor di Turki untuk menjalankan urusan grup di luar Mesir, dan kantornya dipimpin oleh Ahmed Abdel Rahman.[376] Setiap blok sempalan mengecam dan mencemarkan nama baik blok lain sebagai unsur yang tidak sah dan menyatakan bahwa pejabat seniornya tidak lagi dari "Ikhwan", sehingga setiap blok memiliki juru bicara sendiri dan situs web khusus yang mengklaim sebagai perwakilan resmi (ikhwanonline.com dan ikhwanonline.info). Tetapi dua blok tersebut setuju bahwa pembimbing umum yang ada di penjara adalah pembimbing umum kelompok.[377]

---

375. Annette Ranko dan Muhammad Yaghi, sumber yang disebutkan sebelumnya.

376. Annette Ranko dan Muhammad Yaghi, sumber yang disebutkan sebelumnya.

377. Sumber sebelumnya.

Poin paling menonjol dalam perpecahan ideologis dalam kelompok Ikhwanul Muslimin yang sangat melanggar prinsip kohesi adalah pendirian tentang penggunaan kekerasan terhadap rezim Presiden Abdel Fattah El-Sisi, karena blok yang dipimpin oleh Mahmoud Ezzat menyerukan agar anggotanya berdamai, menekankan bahwa kelompok tersebut sudah terlalu merespons berupa banyak tindakan keras terhadap rezim. Sejarah panjangnya dilalui dengan berpegang pada strateginya yang terkenal, yaitu mengikuti pendekatan revolusioner dan non-kekerasan untuk menghasilkan perubahan bertahap dari bawah dengan mereformasi individu terlebih dahulu lalu kemudian ke masyarakat, hingga tujuan akhir mereka untuk mengubah sistem politik. Dalam kata-kata Mahmoud Hussein, "Perjuangan melawan tirani harus berakar pada perdamaian mutlak", bahkan jika itu menyebabkan "pelanggaran, penangkapan, pembunuhan, penyiksaan, dan penganiayaan."[378] Sementara blok lain mempertahankan pendekatan kekerasan, karena itu merupakan salah satu opsi yang mungkin dilakukan dalam menghadapi rezim. Memang, beberapa organisasi oposisi bersenjata telah muncul dari penggabungan antara anggota Ikhwanul Muslimin dan tokoh-tokoh lainnya, termasuk Lijan al-Muqawamah asy-Sya'biyyah dan gerakan al-'Iqab ats-Tsaury. Organisasi-organisasi ini menargetkan aparat keamanan dan infrastruktur lokal (seperti jaringan listrik). Bukti operasi gabungan antara anggota Blok Revolusi dan organisasi "Hasm" dan "Liwa al-Thawra", yang diklasifikasikan dalam daftar terorisme Amerika, tersedia. Selain peran yang dimainkan oleh ideologi blok revolusioner, desentralisasi struktur kepemimpinannya memfasilitasi pembentukan ikatan-ikatan ini, karena para anggota tidak perlu lagi mendapatkan izin sebelumnya dari pimpinan untuk bergerak di lapangan selama tindakan mereka sejalan dengan visi umum blok tersebut.[379]

---

378. Sumber sebelumnya.

379. Annette Ranko dan Muhammad Yaghi, sumber sebelumnya.

Judul video: Dua hari sebelum penangkapannya: Pertemuan pribadi dengan Dr. Abdel Moneim Aboul Fotouh, ketua Partai Kuat Mesir.

Pada tautan berikut:

https://www.youtube.com/watch?v=q_Jzpgl5Lsc

Abdel Moneim Abul-Fotouh, ketua Partai Kuat Mesir dan mantan kandidat politik presiden, percaya bahwa perkembangan kancah politik Mesir terkait organisasi Islam yang bersaing untuk kekuasaan merupakan ancaman bagi agama dan politik, termasuk Ikhwanul Muslimin, yang menjadi alasan kegagalannya dalam kekuasaan.

https://www.youtube.com/watch?v=q_Jzpgl5Lsc

Abd al-Moneim Abul-Fotouh, mantan anggota Biro Bimbingan dan salah satu kandidat dalam pemilihan presiden 2012, merangkum elemen esensial terpenting yang berkontribusi untuk menggoyahkan kekuatan kohesi organisasi dan mengguncangnya hingga tingkat yang sangat tinggi dalam Ikhwanul Muslimin, terutama setelah revolusi Januari 2011, **sebagai berikut**[380]:

- Organisasi Ikhwanul Muslimin melanggar tujuan pendidikan dan dakwah dasarnya, dan kepemimpinannya terlibat dalam persaingan politik dengan tujuan untuk mendapatkan kekuasaan politik dan mengubah negara sipil menjadi lembaga agama.

- Pimpinan Ikhwanul Muslimin, setelah tiba di kekuasaan politik melalui pemimpin Ikhwanul Muslimin Mohamed Morsi, mengecualikan oposisi, dan bahkan mengecualikan mereka yang tidak setia kepada Ikhwan.

- Negara adalah lembaga sipil yang resmi, dan tidak dibolehkan bagi organisasi keagamaan yang menjalankannya yang anggotanya terbatas pada agama atau sekte tertentu, sedangkan negara adalah hak dan milik bagi setiap orang, bagi umat Islam,

---

380. Al-Jazeera Live, wawancara dengan Dr. Abdel Moneim Abul-Fotouh, mantan calon presiden Mesir, di: https://www.youtube.com/watch?v=ag7QbqQ5pVM&t=2410s dipublikasikan pada 11 Feb 2018.

Kristen dan setiap orang Mesir, selain itu pihak mana pun harus merupakan lembaga resmi yang memuat komponen rakyat semua agama dan politik.

- Pimpinan organisasi Ikhwan tidak memiliki pengalaman politik dalam menjalankan negara, sejauh pengalamannya di bidang propaganda dan pendidikan, sehingga mendiang mantan presiden Mohamed Morsi dan pimpinan Ikhwan gagal total dalam mengelola penyelenggaraan negara.

- Pimpinan organisasi, terlepas dari aksesnya ke kekuasaan melalui pemilihan dan persaingan demokratis, menolak pilihan demokratis demi mengadakan penyeleksian demokratis lebih awal setelah kegagalan mereka dalam memerintah dan perebutan kekuasaan, karena kepemimpinan kelompok tidak percaya pada prinsip demokrasi.

- Pembangunan suatu negara di bidang manusia, perkembangan ilmu pengetahuan dan pendidikan bergantung pada penerapan prinsip-prinsip dasar demokrasi, tetapi organisasi keagamaan atau militer tidak dapat mencapainya.

6-4-3 UJI STANDAR KONTINUITAS DAN KOMPLEKSITAS, Ashoka Mehta menunjukkan bahwa rentang waktu dalam kehidupan organisasi sangat penting, dan sederhananya, semakin banyak usia organisasi atau prosedur (mekanisme) yang digunakan dalam kenyataan untuk periode yang lebih tua, tingkat sistem kelembagaan "pendiri" lebih tinggi. Semakin tua dan lama organisasi tersebut, semakin mampu mempertahankan kohesinya dan beradaptasi dengan perkembangan internal dan eksternal, dibandingkan dengan organisasi saat ini.[381] Berdasarkan hal tersebut, dasar yang turut mendorong tingkat kekuatan dan kompleksitas sistem kelembagaan Ikhwanul Muslimin sejak berdirinya pada tahun 1928 dan konsolidasinya seiring berjalannya tahun, sebenarnya telah dimulai dengan masa perpindahan penduduk dari pedesaan ke kota, yang merupakan masa pertumbuhan terbesar jumlah anggota Ikhwanul Muslimin dan perluasan jaringan organisasi mereka. Selain kemampuan kelompok untuk memberdayakan dirinya sendiri dengan menarik keahlian ilmiah untuk memimpin lembaga administratifnya, menurut laporan dan data Departemen Luar Negeri AS, Ikhwanul Muslimin memperluas jaringan administratifnya pada tahun 1949 dan memperkuat sistem

---

381. Lihat: Ashoka Mehta, dalam Raymond Aron, ed., World Technology and Human Destiny (Ann Arbor: University of Michigan Press, 1963), hlm. 133.).

kelembagaannya, karena sekarang memiliki sekitar 3.000 kantor cabang yang tersebar di seluruh Mesir.[382]

Lebih tepatnya, menurut teori Ashoka Mehta, Ikhwanul Muslimin telah berhasil dalam 21 tahun sejak didirikan untuk memperkuat kekuatan sistem kelembagaannya dan memperluas jaringannya yang tersebar di 300 kantor kompleks dan unit organisasi di seluruh negeri.

Meskipun struktur organisasi Ikhwanul Muslimin mengalami kemunduran besar pada era mendiang Presiden Gamal Abdel Nasser, terutama setelah upaya pembunuhan yang terakhir pada tahun 1954, oleh elemen-elemen yang setia kepada kelompok tersebut, namun yang terakhir mampu beradaptasi dan menjaga kapasitas kelembagaan, pengelolaan diri dan kemandirian di era dua presiden Muhammad Anwar. Sadat dan Muhammad Hosni Mubarak, meskipun dalam berbagai bentuk dan derajat, sebagai kekuatan kelompok dalam hal perencanaan, pelaksanaan, pembiayaan, menarik pendukung, memperluas jaringan kegiatan internal dan eksternal dan menyebarkannya menurut sistem kelembagaan yang kompleks, diperkuat dari waktu ke waktu karena margin gerakan yang disediakan olehnya sebagai hasil dari perbaikan hubungan dengan rezim Sadat dan Mubarak.[383]

Dapat dikatakan bahwa sistem kelembagaan mencapai puncak kekuatan organisasinya di seluruh Mesir pada tahun 2012, ketika ia mampu memaksakan dirinya dalam lingkungan revolusi kerakyatan pada Januari 2011, dan memobilisasi anggotanya serta berkontribusi sebagai kekuatan politik dalam memobilisasi rakyat dan memobilisasi mereka melawan apa yang tersebar di jalanan Mesir, pada saat itu, melawan rezim Presiden Hosni Mubarak yang digambarkan sebagai pelaku korupsi dan tirani, dan kekuatan sistem kelembagaan ditunjukkan oleh kelompok tersebut ketika berhasil mencalonkan pemimpin Ikhwan Mohamed Morsi sebagai presiden republik pada 24 Juni 2012

---

382. Situs resmi saluran Al-Jazeera, Ikhwanul Muslimin di Mesir .. Penuaan Bergulat dengan Waktu, oleh Khalil Al-Anani, disajikan oleh: Badr Muhammad Badr, di link berikut: https://bit.ly/2NX2bH3.

383. Fahd Nazer, Hubungan Saudi-Mesir di persimpangan jalan, Institut Negara Teluk Arab di Washington, untuk membangun jembatan pemahaman, di tautan berikut: https://bit.ly/2IDrEYn.

---

dan memenangkan 51,73% suara.[384] Namun pengalaman Ikhwan tidak bertahan lama. Setelah kejengkelan krisis energi, listrik dan jasa serta kenaikan harga komoditas sembako, yang menyebabkan wafatnya sekitar 30 juta warga Mesir (angka perkiraan) dalam demonstrasi aksi protes terhadap Presiden Morsi dan kelompoknya, setelah menolak untuk mengadakan pemilihan presiden baru, yang memaksa tentara turun tangan untuk menjaga perdamaian sosial, terutama setelah pidato panjang Presiden Mohamed Morsi pada 26 Juni 2013 beberapa hari sebelum Revolusi 30 Juni 2013, yang ia akui gagal secara bijaksana.[385]

<table>
<tr><td>

Judul Video: Kebangkitan dan Kejatuhan Ikhwanul Muslimin Mesir

Tautan berikut:

https://www.washingtoninstitute.org/policy-analysis/view/the-rise-and-fall-of-egypts-muslim-brotherhood

Masa depan Ikhwanul Muslimin tidak pernah bisa diprediksi. Barangkali "kelompok" tersebut akan kembali berkuasa kembali setelah melewati keadaan lesu, mirip dengan "Gerakan Ennahda" Islam di Tunisia. Amerika Serikat dan negara-negara lain tidak peduli tentang bagaimana keruntuhannya pada tahun 2013 mempengaruhi ideologi Ikhwan - tidak ada yang tahu apakah mereka akan menjadi gerakan sarat kekerasan, relatif tetap tanpa kekerasan, atau menunggu untuk bangkit kembali sampai terjadi sebuah situasi revolusioner di masa depan.

</td><td>

</td></tr>
<tr><td colspan="2" align="center">

</td></tr>
<tr><td colspan="2" align="center">

https://www.washingtoninstitute.org/policy-analysis/view/the-rise-and-fall-of-egypts-muslim-brotherhood

</td></tr>
</table>

---

384. Dr. Abdel Moneim Abul-Fotouh, Al-Jazeera Channel, sumber sebelumnya.

385. Al-Masria Channel, Teks pidato Presiden Mesir Mohamed Morsi, 28 Oktober 2013, di tautan berikut: https://www.youtube.com/watch?v=PTeyAFagda4.

Revolusi 30 Juni merupakan pukulan telak bagi Ikhwanul Muslimin, terutama setelah deklarasi otoritas peradilan Mesir pada tanggal 25 Desember 2013, bahwa Ikhwanul Muslimin adalah organisasi teroris, dan kemudian penyitaan aset dan properti kelompok tersebut di seluruh Mesir, sebuah tindakan yang bertujuan untuk secara permanen menghilangkan kelompok tersebut dan membatasi kapasitasnya dalam memobilisasi dan menggerakkan massa, dan inilah akibat lemahnya struktur organisasi kelompok mereka, sehingga gagal menjalankan urusannya selama periode ini.

Dimasukkannya Ikhwanul Muslimin dalam daftar terorisme memiliki implikasi yang sangat mengerikan bagi struktur organisasi kelompok tersebut. Hanya enam anggota Biro Pembimbing (otoritas eksekutif grup) yang dibebaskan dari hukuman penjara setelah diterapkannya undang-undang ini, dan tiga di antaranya berada di luar negeri. Demikian pula, hanya 14 dari 121 anggota Dewan Syura Komunitas (otoritas legislatif kelompok) yang boleh tetap bebas atau hidup.[386] Hal ini sangat memengaruhi prinsip kompleksitas kelembagaan organisasi karena runtuhnya struktur administrasi, yang selalu menjadi dasar yang kuat di mana kelompok tersebut mengandalkan kelanggengan kekuatan organisasinya di Mesir.

6-4-4 MENGUJI HIPOTESIS KEKUATAN (KEMANDIRIAN ORGANISASI) IKHWANUL MUSLIMIN: Hampir terdapat kesepakatan di antara banyak peneliti bahwa Ikhwanul Muslimin memiliki kemandirian institusional, terutama mengingat kemampuannya untuk menjauh dari pengaruh struktur sosial di sekitarnya dan faktor penentu perilaku eksternal. Di satu sisi, selain kemandirian finansial di sisi lain, karena sangat bergantung pada swadana, dan ini telah memberikan kebebasan gerak dan perilaku kelompok tanpa banyak tekanan atau ketergantungan.[387]. Namun, kemandirian finansial ini relatif menurun setelah Revolusi 25 Januari 2011, ketika kelompok tersebut mengandalkan terutama pada dukungan yang diberikan oleh Qatar dan Turki.[388]

---

386. Annette Ranko dan Muhammad Yaghi, sumber yang disebutkan sebelumnya.

387. Youmna Suleiman, The Institutional Structure of the Muslim Brotherhood: An Analytical Approach, sumber yang disebutkan sebelumnya.

388. Qatar menggandakan bantuan keuangan ke situs Mesir, Prancis 24, 9 Januari 2013, https://bit.ly/2ouWVxW.

Hal lain yang membantu kelompok dalam mendukung kemandirian kelembagaannya, adalah bahwa mekanisme dan prosedur yang rumit untuk menarik anggota dalam kelompok diselimuti kehati-hatian, ketepatan seleksi, dan melewati sejumlah tahapan dengan para pendukung menjalani masa uji coba, yang mengimunisasikannya dari penetrasi eksternal dan memperkuat kemandirian kelembagaannya.[389] Namun seiring berjalannya waktu, lambat laun komitmen terhadap langkah-langkah tersebut mulai berkurang, terutama setelah kelompok tersebut menjadi rentan terhadap bergabungnya berbagai faksi yang sangat berbeda dengan yang telah disebutkan sebelumnya. Akibatnya, itu memperluas kerangka tanggung jawab kelompok, dan menjaga kemerdekaan menjadi lebih sulit dari sebelumnya. Setelah Revolusi Januari 2011, jumlah mereka yang terlibat dalam pengorganisasian Ikhwanul Muslimin meningkat, terutama dengan pembentukan partai kelompok itu sendiri, Partai Kebebasan dan Keadilan dan asosiasi lain, dan kontrol kemandirian kelompok menjadi lebih sulit dari sebelumnya. Begitu pula dengan pendekatan politik yang dianut Ikhwanul Muslimin untuk memperoleh kekuasaan memaksanya untuk membangun aliansi dengan kekuatan politik dan struktur sosial baru, yang membuatnya melepaskan sebagian dari kemerdekaannya.

Ini bukan pertama kalinya Ikhwanul Muslimin menggunakan aliansi semacam ini yang mencapai kepentingan politiknya, bahkan jika itu mengorbankan kemandirian organisasi dan ideologisnya. Pada tahun 1984, Ikhwanul Muslimin bersekutu dengan Partai Wafd Baru, dengan daftar yang bersatu dalam pemilu, dan dalam pemilu 1987, Kelompok yang didirikan dengan kelompok-kelompok Islam "Aliansi Islam", yang termasuk (Ikhwan, Partai Buruh dan Partai Liberal) di bawah slogan "Islam adalah Solusi", dan memenangkan kemenangan besar yang menghasilkan 56 kursi, di mana Ikhwan memiliki 37 kursi, yang memberinya tempat pertama dalam barisan oposisi.[390] Lebih tepatnya, kemandirian organisasi yang mendahului revolusi 25 Januari 2011 sangat berbeda dari

---

389. Untuk informasi lebih lanjut tentang kompleksitas sistem birokrasi yang ketat dari Ikhwanul Muslimin, lihat: Eric Trager dan Marina Shalaby, sumber yang dikutip sebelumnya.

390. Hammam Sarhan, Kinerja Parlemen Deputi Ikhwan di Al-Mizan, 20 Oktober 2005, di tautan berikut: https://bit.ly/2mCZaPc.

setelah revolusi ini, karena menjadi sasaran guncangan struktural dan organisasi.[391]

6-4-5 UJI HIPOTESIS NEGARA PARALEL DALAM STRUKTUR ORGANISASI IKHWANUL MUSLIMIN: para pemimpin pendiri Ikhwanul Muslimin sejak awal sangat ingin membangun struktur organisasi dan administrasi kelompok sedemikian rupa sehingga keluaran material, intelektual, sosial, ekonomi dan politiknya sesuai dengan realitas lingkungan eksternal, di samping mengembangkan strategi dan program yang meningkatkan kemampuan struktur organisasi untuk menembus masyarakat dengan memainkan peran Sejalan dengan negara, terutama yang berkaitan dengan penyediaan beberapa layanan sosial dan mendirikan lembaga layanan. Abu Musab al-Suri, salah satu tokoh Ikhwanul Muslimin, menjelaskan bahwa kelompok tersebut didasarkan pada lima prinsip dasar, sehingga pengelompokan apapun tetap tidak lengkap tanpa komponen-komponen tersebut, dan berbeda dengan itu, Ikhwanul Muslimin bukanlah organisasi, melainkan pengelompokan manusia yang tidak ada gunanya. Adapun pondasi dalam membangun kelompok, dari sudut pandangnya adalah sebagai berikut[392]:

1. Keberadaan metode dan pemikiran.

2. Adanya kepemimpinan ilahi yang terspesialisasi.

3. Adanya infrastruktur ekonomi yang stabil dan mandiri.

4. Adanya rencana dan program atau yang disebut dengan "strategi".

5. Adanya audiensi dan kepatuhan untuk mengaitkan aturan dengan pimpinan secara legal.

Oleh karena itu, pembangunan struktur organisasi Ikhwanul Muslimin dirancang sedemikian rupa sehingga memungkinkan sistem birokrasi ini menggantikan

---

391. Youmna Suleiman, The Institutional Structure of the Muslim Brotherhood: An Analytical Approach, sumber yang disebutkan sebelumnya

392. Abu Umar Al-Kurdi, Foundations of Organizations Building, Ikhwanul Muslimin Wikipedia, 11/29/2014, di link berikut: https://bit.ly/2nq2EVp

struktur organisasi kelembagaan organisasi negara. Hal ini terbukti setelah Ikhwanul Muslimin menerima kewenangan pemerintahan resmi negara Mesir pada bulan Juni 2012, karena berusaha untuk "Ikhwan negara." Dengan memberdayakan para anggotanya di lembaga dan kementerian negara, dengan cara mengingat dokumen rahasia yang disiapkan oleh pemimpin Ikhwanul Khairat Al-Shater pada tahun 1992, yang merupakan rencana terpadu untuk memungkinkan Ikhwanul Muslimin menempatkan struktur organisasi dan sistem birokrasi bagi mereka di tempat sistem birokrasi lembaga resmi negara. Tentang pesan yang diharapkan untuk kelompok ini dalam pemerintahan, yaitu: "Memberdayakan agama Tuhan di muka bumi dengan bekerja untuk memastikan bahwa nilai-nilai, detail, fakta dan hukum Islam berjaya dalam realitas umat, individu dan institusi atas kehendak dan pilihan dengan kemampuan untuk melestarikan mereka dan mendukung upaya pemberdayaan di berbagai belahan dunia untuk mencapai persatuan, prioritas dan perbedaan umat Islam."[393] Apalagi, dokumen tersebut menekankan[394] :

1. Institusi yang memengaruhi negara secara umum termasuk di antara mereka yang dicirikan oleh efektivitas konfrontasi dan kemampuan untuk berubah.

2. Organisasi media dibedakan oleh kemudahan dan luasnya pengaruh, rentang waktu yang lama dalam pengaruh dan konfrontasi, kemampuan untuk menghasilkan perubahan dan efektivitas dalam konfrontasi.

3. Penetapan agama dibedakan menurut karakteristik lembaga media itu sendiri dan memiliki karakter tersendiri.

4. Lembaga peradilan yang dicirikan oleh efektivitas kemampuan untuk berubah dan menghadapinya.

5. Lembaga legislatif, dicirikan oleh efektivitas kemampuan untuk mengubah dan menghadapi gerakan. Mengenai bagaimana menghadapi pihak lain, Khairat Al-Shater dalam rencananya menekankan perlunya interaksi secara

---

393. Empowerment Plan 1992 .. Al-Shater berencana untuk menguasai Mesir, sumber yang disebutkan sebelumnya.

394. Sumber sebelumnya.

sadar dengan cara yang mengarah pada penahanan, koeksistensi, netralisasi, analisis efektivitas, atau koordinasi dengan pihak netral yang belum menentukan posisi mereka atau pihak yang mendukung pesan kita secara keseluruhan atau di beberapa bagiannya, asalkan kita ingat mampu menangani kasus alternatif secara bersamaan.

Rencana pemberdayaan yang dikembangkan oleh Khairat Al-Shater ini dapat dianggap sebagai sisi lain dari kebijakan "persaudaraan negara" setelah Revolusi 25 Januari 2011, yang ingin diterapkan oleh kelompok tersebut, tetapi itu adalah alasan di balik kejatuhan kelompok tersebut, karena mereka melompat pada konstanta negara dan mencoba membangun legitimasi baru yang sejajar dengan legitimasi negara.

Padahal, yang paling berbahaya dalam konteks ini adalah pada masa pemerintahan Ikhwanul Muslimin (2012-2013) menunjukkan adanya hubungan antara pimpinan organisasi dengan beberapa kekuatan Islam militan, seperti hubungan antara Ikhwanul Muslimin dan Negara Islam (ISIS) atau kemudian dengan "Wilayat Sinai". Rezim Mesir menganggap mereka teroris. Organisasi-organisasi ini terkait dengan kepemimpinan Ikhwanul Muslimin dengan ikatan ideologis dan jihadi yang kuat[395] dan penting untuk ditunjukkan dalam hal ini, bahwa pernyataan yang dibuat oleh pejabat Ikhwanul Muslimin Mohamed El-Beltagy, ketika ia berkata: "Operasi akan berhenti di Sinai pada saat Dr. Mohamed Morsi kembali berkuasa."[396] Ini adalah terjemahan aktual dari hubungan organik antara kedua organisasi, saat ia mengaitkan akhir operasi teroris di Sinai dengan kondisi Morsi kembali berkuasa, yang dipahami darinya bahwa operasi militer di Sinai adalah karena pemecatan Morsi.

Selain itu, Ikhwanul Muslimin mewakili inkubator populer untuk organisasi "ISIS", karena membenarkan perilaku kekerasannya di Sinai melalui lusinan pernyataan yang mendukung, secara langsung dan tidak langsung, untuk

---

395. Munir Adeeb, "Ikhwan" dan "ISIS" menghadapi ekstremisme di Sinai, surat kabar Al-Hayat di London, 5 Juni 2018.

396. Mounir Adeeb, sumber yang disebutkan sebelumnya.

operasi militer yang hanya memberontak terhadap sistem politik di negara itu. ISIS "lebih dekat dengannya daripada negara, lembaganya, dan masyarakat umum, itulah sebabnya taruhannya ada padanya.[397] Yang juga menimbulkan keraguan atas hubungan kontroversial ini, bahwa mendiang Presiden Mohamed Morsi menolak, ketika berkuasa, menandatangani putusan pengadilan terakhir mengenai eksekusi sejumlah pimpinan kelompok "Tauhid dan Jihad" yang merupakan inti organisasi Ansar. Yerusalem dan kemudian Wilayah Sinai. Meskipun mereka mengaku melakukan pembunuhan, putusan tersebut tidak diratifikasi sampai ia dicopot dari kekuasaan setelah Revolusi 30 Juni 2013.[398]

Berdasarkan penjelasan di atas, dapat dikatakan bahwa Ikhwanul Muslimin telah mampu beradaptasi sampai taraf tertentu dengan banyaknya krisis yang dihadapinya berkat struktur organisasi dan administrasi yang memungkinkannya untuk dapat menjalankan urusan kelompok melalui pimpinan baris kedua. Namun demikian, tahun di mana kelompok itu berkuasa di Mesir (Juni 2012 - 3 Juli 2013) adalah ujian yang sebenarnya bagi kelompok tersebut, menurut pendekatan sebelumnya. Struktur organisasi dan administrasinya tidak dapat memberikan keahlian yang diperlukan untuk menjalankan urusan negara Mesir, dalam indikasi yang jelas tentang Kelompok ini sudah kekurangan keahlian dan kader yang mumpuni untuk menangani urusan kenegaraan. Kelompok tersebut juga gagal menanggapi tuntutan banyak lapisan masyarakat, dan menyediakan kebutuhan pokok mereka, dan inilah salah satu alasan revolusi menentangnya. Kelompok ini juga tidak mampu mengatasi dampak yang ditimbulkan dari Revolusi 30 Juni 2013, dan menjadi sasaran perpecahan yang belum pernah terjadi sebelumnya yang sangat memengaruhi kohesi organisasinya.

---

397. Sumber sebelumnya.

398. Sumber sebelumnya.

BAB VII

STRUKTUR ORGANISASI IKHWANUL MUSLIMIN ANTARA KONTINUITAS DAN PERUBAHAN: VISI MASA DEPAN

Pendahuluan

Sementara Ikhwanul Muslimin bergantung pada struktur organisasi dan administrasi, karena merupakan dasar untuk pelaksanaan tujuan umum dari proyek sosial, politik dan ekonomi, dan telah memberikan perhatian yang besar untuk bekerja membangun struktur organisasi yang kuat, namun, terdapat perdebatan di antara para peneliti dalam literatur politik Islam tentang sifat dan peran struktur organisasi ini. Dalam sejarah grup, apakah ia berhasil menerjemahkan tujuan yang ditetapkan oleh pendiri grup, Hasan Al-Banna, atau apakah itu kelemahan fundamental yang membawa grup ke keadaan sekarang dalam hal fragmentasi, perpecahan, dan ketidaksepakatan yang mengancam keruntuhannya?

Dan karena membicarakan masa depan tidak dapat dilakukan tanpa memelajari situasi organisasi dan struktur administrasi kelompok saat ini, maka bab ini akan mencoba menganalisis kekuatan dan kelemahan struktur organisasi berdasarkan pengalaman organisasi dalam menghadapi berbagai krisis dan tantangan yang dihadapinya dari awal kelompok hingga tahap pasca. Revolusi 30 Juni 2013, yang dirujuk dalam bab ketiga studi, mengarah ke masa depan organisasi, dan skenario yang diharapkan untuk itu selama periode mendatang.

7-1 STRUKTUR ORGANISASI ... KEKUATAN

Ada dua arus yang berbeda dalam mengevaluasi struktur organisasi dan administrasi Ikhwanul Muslimin. **Gerakan pertama** percaya bahwa struktur ini adalah salah satu jaminan terpenting bagi pelestarian Ikhwanul Muslimin; kohesi, dan kelangsungan hidupnya selama beberapa dekade terakhir, dan hal ini disebabkan oleh komponen yang membedakan struktur ini, dan yang terpenting adalah[399]:

7-1-1 KARAKTER HIERARKI YANG KOMPLEKS, sementara grup mempertahankan struktur kepemimpinan hierarkis, dengan otoritas utama kembali ke Biro Bimbingan Umum dan Biro Bimbingan, jalur komunikasi internal organisasi tidak selalu mengikuti pola hierarki. Terutama karena kelompok melakukan perbaikan pada sistem komunikasi yang tidak bergantung pada model berjenjang dalam komunikasi vertikal dari atas ke bawah, melainkan menggunakan beberapa kerangka kerja yang memungkinkan pimpinan untuk terus menyiarkan dan mengalirkan informasi secara relatif terus menerus, vertikal dan horizontal. Metode ini telah diuji dan dicoba pertama kali pada era mendiang Presiden Gamal Abdel Nasser (1954 - 1970), namun diterapkan pada gelombang penangkapan kemudian juga pada masa pemerintahan rezim Presiden Anwar Sadat dan Hosni Mubarak. Oleh karena itu, Ikhwanul Muslimin telah mengumpulkan keterampilan yang memungkinkannya untuk mentransfer informasi antara anggota di penjara dan luar negeri atau di pengasingan, melalui jaringan horizontal kompleks yang bergantung pada hubungan pribadi, bukan hanya garis vertikal kekuasaan.

Kekuatan Organisasi Administratif Ikhwanul Muslimin

---

399.   Barbara Zollner, op. cit.

7-1-2 KONSTRUKSI YANG KOHEREN adalah salah satu perwujudan terpenting dari kekuatan organisasi. Kantor-kantor cabang di kota dan desa Mesir bekerja sama dengan pusat komando pusat di Kairo. Memang, sistem divisi telah membentuk struktur dasar dalam struktur organisasi sejak periode pertama didirikan, di mana Biro Administratif memainkan peran utama, dan bertindak sebagai penghubung antara basis organisasi anggota dan kepemimpinan pusat. Dalam kasus pembatasan negara, ada kerja sama dan komunikasi di dalam kelompok antara kantor cabang dan masyarakat, mencapai keluarga, unit organisasi terkecil. Hal ini memastikan bahwa struktur organisasi dan aktivitasnya tetap koheren dan harmonis, meskipun secara resmi dibubarkan oleh negara atau tunduk pada pemantauan berkelanjutan oleh dinas keamanan.[400] Struktur kelompok yang bersatu dan koheren ini membuat kelas ketiga dan anggota biasa menjadi sebagian dan meningkatkan kontak dengan kebijakan organisasi, yang memperkuat gagasan tentang tumpang tindih antara gagasan dan struktur organisasi, dan menjamin kesetiaan antara elemen organisasi Ikhwanul Muslimin.[401]

Terkait dengan hal di atas adalah kemampuan para pemimpin Ikhwan (baris kedua) untuk terus mengelola organisasi dan bekerja secara mandiri tanpa mengacu pada pemimpin pusat, seperti yang dikatakan oleh Essam Al-Erian, seorang pemimpin di Ikhwan, "Perkembangan penting terjadi pada tahun delapan puluhan dalam cara organisasi itu dikelola sendiri, karena mulai bergantung pada desentralisasi. Ide desentralisasi dalam manajemen dikemukakan pada tahun delapan puluhan sebagai sarana untuk mengembangkan efektivitas gerakan[402] terutama karena aturan organisasi telah menginstruksikan ideologi organisasi, tujuan, dan seruannya, selain berjanji setia Kesetiaan dan kepatuhan kepada Pembimbing Umum dalam kapasitasnya sebagai ketua kelompok, sehingga komitmen para pemimpin ini terhadap cita-cita yang ditetapkan oleh pendiri kelompok, Hasan Al-Banna, adalah yang

---

400. Ziad Munson, The Islamic Mobilization ... Theory of Social Movement and the Muslim Brotherhood in Egypt, Harvard University, Translations Series on the Ikhwan, Without History, hlm. 25-27.

401. Sumber sebelumnya, hlm. 31.

402. Ikhwanul Muslimin dan Mubarak, Bagian VI, Ikhwanul Muslimin di Era Mubarak .. Dari Penenangan ke Konfrontasi, situs web The Wiki Brothers, https://bit.ly/2o6EQGb.

menjamin secara khusus adanya peraturan yang dibedakan dengan loyalitas dan loyalitas, dan yang tidak tergantung pada bimbingan dari atas ke bawah selama krisis, sehingga ia dapat berorganisasi. Untuk terus bekerja untuk waktu yang lama tanpa instruksi harian dan arahan administrasi.[403]

7-1-3 KEMAMPUAN UNTUK MENYEBAR DAN MENEMBUS KE DALAM MASYARAKAT, Ikhwanul Muslimin membantu membangun keluaran organisasi sosial seperti perkumpulan, pusat kesehatan, masjid dan sejenisnya yang bersifat sosial yang mendukung tujuan umumnya. Mungkin ini menjelaskan bahwa, terlepas dari kritik yang diarahkan pada kinerja politik Ikhwanul Muslimin, Keberagaman aktivitas dan peran sosialnya selalu memotivasi dirinya untuk melanjutkan karirnya. Ammar Fayed, Akankah penghapusan aktivitas sosial Ikhwanul Muslimin di Mesir akan mendorong kelompok tersebut untuk melakukan kekerasan?[404]

Selama beberapa dekade terakhir, Ikhwanul Muslimin telah melalui suatu fenomena penting yang sangat berkontribusi pada perkembangan struktur organisasi dan administratifnya. Ini disebut "Kemenangan Ikhwan", karena kehadiran organisasi tumbuh di tingkat akar rumput untuk anak-anak kelas menengah ke bawah dan mereka yang kurang beruntung di luar Kairo, khususnya di pedesaan.[405] Fenomena ini telah memberikan kontribusi besar terhadap penyebaran kelompok di kota-kota kecil dan daerah pedesaan di seluruh Delta dan Mesir Hulu, yang mewakili basis kekuatan sebenarnya dari organisasi dan konstituen yang diwakili oleh para pemimpinnya.[406]

Pada saat yang sama, kekuatan jaringan sosial kelompok memainkan peran utama dalam kelangsungan dan kohesi organisasi, terutama karena jaringan ini mampu memberikan berbagai layanan kepada kelompok yang berbeda,

---

403. Barbara Zollner, op. cit.

404. Ammar Fayed, Apakah Tindakan Keras terhadap Ikhwanul Muslimin Mendorong Mereka Melakukan Kekerasan? Sumber yang disebutkan sebelumnya.

405. Ibrahim Al-Hudhaibi, The End of This Islamic Project: dalam pengeditan Muhammad Al-Sayyid Saeed, "What Future Awaits the Muslim Brotherhood," (Cairo Institute for Human Rights Studies, 2013) Issue (65-66), hlm. 79-80.

406. Ashraf El-Sherif, op.cit.

terutama kelompok miskin, dan dengan demikian menggandakan kemampuan organisasi untuk memobilisasi dan memengaruhi.[407] Namun, semua keluaran dan alat yang digunakan organisasi untuk memobilisasi dan memobilisasi telah sepenuhnya disita setelah organisasi tersebut dimasukkan dalam anggaran dasar terorisme dan pelarangan semua aktivitas sosial dan politiknya setelah Revolusi 30 Juni 2013, yang menimbulkan keraguan tentang kemungkinan organisasi tersebut kembali ke keadaan semula dan aktivitas sebelumnya dalam waktu dekat.

7-1-4 MENGONTROL KARAKTER KELUARGA DAN KEKELUARGAAN, sebagai salah satu alat penting dalam mengelola organisasi dan memfasilitasi komunikasi antar anggotanya, ada banyak sekali contoh ikatan keluarga dan perkawinan silang yang mengikat anggota Ikhwanul Muslimin bersama, dan ikatan ini menciptakan jaringan yang relatif tertutup dan memastikan bahwa mereka tetap ada. Ada sarana pertukaran yang andal, pada saat yang sama, hubungan pribadi dan keluarga ini merupakan jaminan terhadap upaya penetrasi dan potensi infiltrasi dan eksposur, terutama karena hubungan ini dilengkapi dengan penggunaan media sosial untuk menyampaikan informasi. Seperti situs jejaring sosial: Facebook, dan platform online seperti: web Ikhwan dan banyak saluran satelit yang mendukung kelompok tersebut, seperti: TV "Rab'a" atau "Al-Watan", dan platform lain yang melaluinya ide-ide Ikhwanul Muslimin disiarkan.[408]

7-1-5 MENGGUNAKAN TEKS-TEKS AGAMA DALAM MENJAGA PERSATUAN DAN KOHESI ORGANISASI. Ikhwanul Muslimin telah berhasil menghasilkan warisan sastra yang besar yang mempertahankan kesatuannya dari perbedaan atau perpecahan, dan telah menanamkan dalam hal ini banyak teks-teks agama yang termasuk dalam tahapan sejarah Islam yang berbeda, Semua teks agama yang terkait dengan persatuan komunitas Muslim dan penolakan perpecahannya dijatuhkan dengan sendirinya, dan mereka menegaskan prinsip mendengar dan ketaatan kepada kepemimpinannya dan tidak melanggarnya, sehingga menjadi dilindungi secara hukum dan intelektual, dan kurikulum

---

407.   Ziad Munson, sumber sebelumnya, hlm. 10-14.

408.   Barbara Zollner, op. cit.

Ikhwan, keputusan pendidikan, dan literatur mereka yang sering diisi dengan teks seperti hadits: "Siapa pun yang mati dan tidak memiliki baiat di lehernya, maka kematiannya adalah kematian seorang jahiliyyah," "Tangan Tuhan bersama jemaah," "Jangan terpisah dari jemaah," "Taati dan patuhi, bahkan jika perintah keluar dari seorang hamba Habsyi," dan "Siapa pun yang mematuhi amir, maka ia telah mematuhi saya." Kelompok ini menggunakan teks-teks ini untuk membangun komunitas terlebih dahulu dan untuk memastikan keberlanjutannya tanpa menyimpang darinya nanti. Kelompok tersebut juga telah merumuskan sejumlah literatur lain yang mengangkat pentingnya tinggal di dalamnya dan merongrong gagasan untuk meninggalkannya atau darinya. Nilai seorang anggota, tidak peduli seberapa tinggi, dalam komitmennya kepada kelompok (kelompok dengan ia dan orang lain, dan ia ada di dalamnya dan bukan dengan orang lain), dan komitmen hebat dalam menjaga kohesi organisasi grup, menegaskan prinsip ketaatan dan kepatuhan, serta tidak melanggar pemimpin organisasi dalam hal apa pun.[409]

Dalam konteks ini, sistem kesetiaan yang dibangun oleh pendiri kelompok, Hasan Al-Banna, dengan sepuluh pilarnya: "pemahaman, ketulusan, kerja, jihad, pengorbanan, ketaatan, ketabahan, ketidakberpihakan, persaudaraan dan kepercayaan" meningkatkan kohesi organisasi Ikhwanul Muslimin, terutama karena mengangkat nilai-nilai ketaatan, kesetiaan, disiplin dan komitmen, serta berkontribusi memasukkan anggota kelompok dalam struktur organisasi dan mengendalikan perilaku pribadi mereka agar tidak menyimpang dari prinsip umum kelompok atau menyimpang dari prinsip organisasinya.[410]

7-1-6 KEBERAGAMAN SUMBER PENDANAAN MERUPAKAN SALAH SATU KEKUATAN STRUKTUR ORGANISASI, sejak awal berdirinya grup ini menyadari pentingnya uang dalam mencapai penyebarannya melalui pembangunan sistem keuangan yang menjadikannya kekuatan ekonomi yang sangat besar di negara

---

409. Untuk detail lebih lanjut tentang aspek ini, Anda dapat merujuk ke: Hussam Tammam, Mengapa Ikhwanul Muslimin tidak terpecah? The Islamic Observatory, tanpa tanggal, melalui link berikut: https://bit.ly/2lQIdkB.

410. Ba Bakr Faisal Babiker, Dalam kritik terhadap konsep kesetiaan di antara Ikhwanul Muslimin (1), sumber sebelumnya.

yang menghadapi masalah ekonomi.[411] Kelompok tersebut mampu membangun sistem keuangan yang sangat kompleks dan sulit dilacak, yang mengarah pada pembentukan negara paralel di dalam negara bagian, yang menarik dan menarik lebih banyak orang miskin, dan bahkan menjangkau kelas menengah yang terbebani dan terbebani secara berlebihan. Grup ini mengandalkan pendanaannya pada banyak sumber, yang pertama datang langsung dari langganan anggotanya, di mana anggota Ikhwan wajib menyumbangkan 8% dari dana bulanan atau tahunan mereka.[412]

<table>
<tr><td>

Judul video: Menjelaskan Struktur Organisasi Ikhwanul Muslimin Bersama Al Muhairi

Pada tautan berikut:

https://www.youtube.com/watch?v=Kt_DxVtVc4c

- Mubarak Al-Muhairi mengatakan bahwa Komite Syariah Ikhwanul Muslimin menyeru para individu-individu untuk bersembunyi.
- Bahkan cabang Ikhwanul Muslimin di negara-negara selain Mesir mewajibkan anggota untuk membayar persentase dari pendapatan bulanannya antara 5% dan 7% kepada Ikhwanul Muslimin, sebagian dihabiskan untuk pengeluaran kelompok secara lokal dan sebagian lainnya digunakan untuk investasi melalui komite khusus.
- Mubarak Al-Muhairi berkata, "Kami tidak tahu ke mana uang yang dibayarkan anggota kepada kelompok itu diinvestasikan."

</td><td>

</td></tr>
<tr><td colspan="2">

</td></tr>
<tr><td colspan="2" align="center">https://www.youtube.com/watch?v=Kt_DxVtVc4c</td></tr>
</table>

Oleh karena itu, setiap Biro Administratif diberi mandat untuk mengelola kegiatan ekonomi di sektor terkait secara mandiri.[413] Yang kedua adalah bantuan luar negeri Qatar yang memberikan dukungan keuangan terbuka

---

411. Mahmoud Hussain, The Story of the Ikhwan's Economic Empire: Britain's No Man's Money at the First of the Poem, Sawt Al-Ummah Newspaper (Mesir) 1 Juni 2018, di link berikut: https://bit.ly/2KESF5d.

412. Investigating the Muslim Brotherhood Economy, https://bit.ly/2IKGcp3.

413. Struktur dan sumber pendanaan Ikhwanul Muslimin, 2011, https://bit.ly/2qoeOJ7.

kepada Ikhwan selama tahun-tahun ketika mereka berkuasa, berdasarkan kesadaran bahwa dukungan ini memainkan peran regional yang luas yang melampaui peran regional dari kekuatan regional tradisional. Qatar Charitable Foundation, yang didirikan pada tahun 1992, adalah antarmuka utama pendanaan Qatar untuk proyek-proyek Ikhwanul Muslimin di Eropa.[414] Pada saat yang sama, Turki memberikan bantuan kepada Mesir selama tahun pemerintahan Ikhwan sebesar dua miliar dolar, dan berusaha untuk menginvestasikan miliaran lebih banyak lagi di banyak sektor di Mesir, tetapi Revolusi 30 Juni 2013 menyebabkan penangguhan bantuan ini.[415] Dan yang ketiga adalah keuntungan yang dihasilkan dari investasi yang dilakukan oleh grup dan anggotanya di berbagai perusahaan dan institusi di Mesir dan di tempat lain.[416]

Video telah dihapus dari YouTube.

Ikhwanul Muslimin memiliki berbagai investasi di berbagai sektor ekonomi, seperti keuangan, real estat dan jasa, dan investasi grup hingga 2015 berkisar antara $400-$500 miliar, di mana $50 miliar berada di Mesir, sementara porsi yang dikelola Khairat al-Shater, wakil pembimbing umum Ikhwan, dari investasi ini berjumlah sekitar $ 25 miliar, menurut pernyataan Dr. Salah Judeh kepada Saluran Mesir Al-Asimah pada Agustus 2015.

https://www.youtube.com/watch?v=O2NtIkwZO5M

Sejumlah penelitian menunjukkan bahwa Ikhwanul Muslimin memiliki hubungan yang luas dengan bank dan lembaga keuangan Islam, yang tersebar di Mesir selama tahun 1980-an, termasuk Bank Al-Taqwa, yang didirikan oleh

414. Jonathan Spyer, Qatar's Rise and America's Tortured Middle East Policy, Agustus 2014, https://bit.ly/1qYxFKK.

415. Abdul Hamid Al-Ansari, "Motif Erdogan antara politik dan psikologis," surat kabar Al-Ittihad (Abu Dhabi), 8 Oktober 2014.

416. Jonathan Spyer, op. cit.

Youssef Nada, anggota Ikhwanul Muslimin di Bahama pada tahun 1988, dengan modal lebih dari $258 juta di negara bagian. Amerika Serikat, selain bank internasional di mana kelompok ini menaruh uangnya, mereka adalah bank, seperti: Societe Generale dan Bari Bahi di Prancis,[417] di mana grup menggunakan apa yang dikenal sebagai "tax havens", yaitu, negara-negara kecil yang dicirikan oleh sistem yang tidak memeriksa uang masuk dan keluar uang, untuk menjadikan surga ini tempat yang aman bagi grup untuk memfasilitasi pencucian uang, penggelapan pajak dan kegiatan keuangan yang mencurigakan lainnya.[418]

7-2 STRUKTUR ORGANISASI ... KELEMAHAN

Adapun kecenderungan kedua, struktur organisasi dan administrasi Ikhwanul Muslimin mengalami banyak kelemahan, mengingat beberapa faktor, yang paling penting adalah[419]:

7-2-1 AMBIGUITAS SEPUTAR SIFAT STRUKTUR ORGANISASI, karena kelompok tersebut bukanlah partai politik atau asosiasi sosial. Kelompok tersebut telah berkembang menjadi masyarakat tertutup hierarkis yang diorganisir menurut garis partai totaliter dan gaya kepemimpinan dan kontrol Bolshevik, dan kelompok tersebut masih percaya hingga saat ini dengan gagasan Quthb yang mengizinkan segalanya selama itu diperlukan untuk komunitas. Hal ini dapat menjelaskan pengabaian kelompok tersebut terhadap kekuatan politik dan arus yang mendukungnya setelah revolusi dua puluh lima Januari 2011, ketika mereka menyadari bahwa hal itu merupakan penghalang untuk mewujudkan impiannya tentang kendali mutlak atas kekuasaan dan kendali atas masalah-masalah di berbagai bidang. Pada saat yang sama, tidak ada batasan yang jelas tentang sifat peran kepemimpinan dalam struktur organisasi Ikhwanul Muslimin, pembimbing, misalnya, dan Biro Bimbingan yang terkait dengannya, meskipun mereka memainkan peran politik utama, peran ini

---

417. Muhammad Qayati, Sumber Pendanaan Ikhwanul Muslimin antara Bank Bahama dan Kerajaan Liechtenstein, 2012, di tautan berikut: https://bit.ly/2kbMNI.

418. Mahmoud Hassan, The Story of the Ikhwan's Economic Empire, sumber yang disebutkan sebelumnya.

419. Ashraf El-Sherif, op. cit.

---

tetap tidak terkendali dan di luar kendali konstitusi, dan apa artinya itu Memperhatikan bahwa pelaksanaan kekuasaan mereka tidak memerlukan tanggung jawab apa pun, dan berdasarkan prinsip bahwa "tidak ada otoritas tanpa tanggung jawab," ini tetap merupakan salah satu kekurangan yang dihadapi struktur organisasi kelompok.[420]

Pada saat yang sama, batas-batas yang memisahkan lembaga kelompok - menurut peraturannya - hampir tumpang tindih jika tidak tidak ada, misalnya, Dewan Syura kelompok hampir tunduk pada kewenangan Biro Bimbingan dan Mentor, sementara diasumsikan bahwa itu adalah badan legislatif dan pengawas atas pekerjaan mereka. Belum lagi tidak adanya teks tentang mekanisme akuntabilitas untuk Biro Bimbingan atau pembimbing umum kelompok.[421]

7-2-2 DOMINASI KARAKTER IDEOLOGIS ATAS GERAKAN DAN ORGANISASI, pada saat Ikhwanul Muslimin seharusnya meninjau banyak aspek organisasi dan administrasi selama pemerintahannya, dan bekerja pada restrukturisasi struktur organisasi dan membangun lembaga internal utama dalam kelompok, seperti: Biro Bimbingan, Dewan Syura Organisasi, Biro Administratif dan Dewan Syura Provinsi, dengan cara yang pertama memungkinkan untuk merumuskan kembali bobot organisasi dan sosial dalam kelompok di satu sisi, dan mendorong keragaman intelektual, ideologis dan generasi dalam Ikhwan di sisi lain, tetapi ini tidak terjadi. Diharapkan juga bahwa proses reformulasi hubungan antara lembaga pembuat keputusan dan implementasinya dalam kelompok akan berlangsung, serta mencapai tingkat keseimbangan antara lembaga-lembaga tersebut.[422] Namun, kelompok tersebut terus berputar dalam lingkaran setan stagnasi organisasi, dan mempertahankan strukturnya yang kaku, tidak meninjau prosedur, cara dan aturan promosi,

---

420. Ali Mabrouk, Masa Depan Ikhwanul Muslimin, dan Masa Depan Mesir, dalam pengeditan oleh Muhammad al-Sayyid Said, "Masa depan apa yang menanti Ikhwanul Muslimin?" (Kairo, Institut Kajian Hak Asasi Manusia Kairo, 2013) Issue (65-66), hlm. 120-121.

421. Untuk lebih jelasnya tentang aspek ini, kita bisa merujuk pada Khalil Al-Anani, The Future of Ikhwanul Muslimin Group between Marginalization and Conditional Inclusion, diedit oleh: Muhammad Al-Sayyid Said, "What Future Awaits the Muslim Brotherhood," (Cairo, Cairo Institute for Human Rights Studies, 2013), Issue (65-66), hlm. 42-43.

422. Sumber sebelumnya, hlm. 42-43.

---

sehingga menjadi lebih representatif dan transparan dari semua spektrum kelompok. Kebenaran dari masalah ini adalah bahwa masalahnya bukanlah kemungkinan untuk mengubah anggaran rumah tangga Ikhwan, karena ada konsensus dalam grup sejauh ada komite yang didedikasikan untuk ini disebut (Komite Anggaran Rumah Tangga), tetapi masalahnya terletak terutama pada sejauh mana setiap perubahan dalam daftar diterjemahkan ke dalam fakta organisasi yang memungkinkan restrukturisasi grup. Tidak hanya secara administratif, tetapi juga dari aspek pendidikan, ideologi dan politik. Meskipun proses restrukturisasi grup telah terjadi dalam beberapa dekade terakhir, hal itu pada akhirnya menyebabkan faksi tertentu mengambil kendali atas urusan, dan satu-satunya manajemen grup tanpa kontrol atau partisipasi nyata dari arus atau basis grup lain. Sejak akhir tahun sembilan puluhan abad terakhir, sebuah organisasi telah dikecualikan. Saat itu ia dikenal sebagai "gerakan reformis" di dalam Ikhwan.

Kelemahan Organisasi Administratif Ikhwanul Muslimin

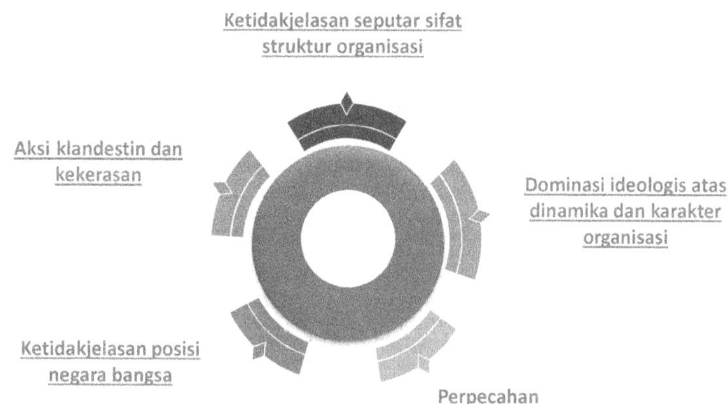

Dominasi kaum konservatif berdampak besar tidak hanya pada kebijakan dan keputusan yang diambil oleh kelompok selama kehadirannya dalam kekuasaan, tetapi juga pada tidak adanya visi kritis dalam kelompok, yang mencerminkan negatif pada struktur organisasi dan administrasi kelompok, karena hal ini menyebabkan dominasi kecenderungan zero-sum dalam cara kinerjanya. Kelompok dengan cara zero-sum game dalam konflik politik, dan identifikasi dengan kekuatan agama dan sosial konservatif yang mewakili dan masih menjadi beban wacana agama dan intelektual Ikhwanul Muslimin, seperti kekuatan Salafi dan beberapa simbol radikal, yang merupakan faktor-faktor yang berkontribusi pada jatuhnya kekuasaan Ikhwan.[423] Tidak diragukan lagi bahwa dominasi karakter ideologis atas organisasi dan gerakan kelompok telah menimbulkan kekecewaan di pihak berbagai aliran dan kekuatan politik, terutama setelah Revolusi Januari 2011, ketika kelompok tersebut menunjukkan wajah aslinya yaitu "persaudaraan negara" dan pemberdayaan elemen-elemennya, yang berujung pada bentrokan dengan berbagai kekuatan. Dan arus politik kemudian mengarah pada Revolusi 30 Juni 2013 yang menggulingkan kekuasaannya.

Keterkaitan antara struktur organisasi dan ideologi kelompok menjadi salah satu faktor di balik kegagalan organisasi menjalankan urusan kelompok pada pasca revolusi Januari 2011. Ketika mengumumkan pembentukan partai politik untuk terlibat dalam aksi politik, hal itu tidak sesuai dengan standar kerja partisan, melainkan seperti semacam penipuan. Untuk memberikan legitimasi "formalisme" pada keterlibatannya dalam tindakan politik, sementara ia tetap bias terhadap ideologi intelektualnya, menggunakan agama dan mempolitisasi untuk mencapai tujuannya, dan sementara partai seharusnya mempraktikkan politik sesuai dengan aturan formal dan hukum, ia bekerja sebaliknya, karena berusaha untuk menggulingkan struktur organisasi Inilah praktek di mana kelompok telah berhasil, dengan mengedepankan nilai-nilai ketaatan dan kepatuhan yang bersinggungan dengan realisasi nalar, dan ini berarti bahwa

---

423. Khalil al-Anani, The Future of the Muslim Brotherhood Group between Marginalization and Conditional Inclusion, sumber yang disebutkan sebelumnya, hlm. 45-46.

---

partai tidak lain adalah jembatan. Untuk menyeberang ke kekuasaan, dengan mempekerjakan dai dan kaum religius untuk melayani politisi.[424]

7-2-3 PERPECAHAN DIANGGAP SEBAGAI FAKTOR TERPENTING DARI KELEMAHAN ORGANISASI, terutama karena tidak terbatas pada individu, tetapi lebih pada masalah perpecahan faksi-faksi yang membentuk kelompok dan partai, yang melihat adanya cacat sistemik dalam kelompok atau kegagalan mencapai tujuan dan sasaran. Perpecahan yang dimulai dengan munculnya kelompok hingga pasca Revolusi 30 Juni menunjukkan adanya cacat yang jelas dalam struktur struktur organisasi kelompok, terutama yang berkaitan dengan sifat pengelolaan urusan kelompok sebagai metodologi dan metode kinerja dan kerja, karena didominasi oleh tirani kekuasaan absolut dan kurangnya ruang untuk perbedaan pendapat yang berlawanan[425] sehingga mendorong banyak pemimpinnya di masa depan untuk membelot dan mengkritik kebijakan publiknya, jika kewenangan absolut tetap tanpa payung akuntabilitas hukum.

7-2-4 KETIDAKJELASAN POSISI NEGARA NASIONAL. Ada orang-orang yang menunjukkan bahwa kekhususan struktur organisasi Ikhwanul Muslimin, yang ketat dan tertutup, telah menjadikan kelompok ini posisi khusus "super-hierarkis" yang tidak mempercayai negara nasional dan mengesampingkannya, dan inilah rahasia dari bentrokan yang sedang berlangsung antara kelompok tersebut dan sebagian besar pemerintah Mesir selama beberapa dekade terakhir. Mungkin ini juga menjelaskan mengapa kelompok tersebut tidak memuluskan kondisinya bahkan setelah berkuasa di Mesir, sehingga secara sukarela mempertahankan gelar kelompok terlarang, dan tetap berada di atas negara dan di atas hukum. Organisasi yang kuat dan tertutup dari kelompok tersebut memainkan peran utama dalam perasaan terasing dari sebagian besar rakyat Mesir dari kekuasaan kelompok tersebut, setelah kelompok tersebut memilih untuk berhadapan dengan negara dan masyarakat dengan logika pengucilan dan marginalisasi, terutama karena kelompok tersebut mengabaikan kekuatan spontan momentum kerakyatan yang bersimpati dengan organisasi,

---

424. Ali Mabrouk, The Future of the Muslim Brotherhood, and the Future of Egypt: A Previous Source, hlm. 122.

425. Khaled bin Suleiman Al-Adadh, Perpecahan ... sisi rapuh organisasi Ikhwanul Muslimin, situs web Q-Post, 14 September 2019, melalui tautan berikut: https://bit.ly/2kMp0PD.

dan inilah faktor utama di balik revolusi. Di pihak orang Mesir,[426] mungkin yang memperkuat kepercayaan pada kurangnya kepercayaan kelompok tersebut pada negara nasional, dan upayanya untuk mengatasinya, adalah kehadiran perpanjangan internasional dari kelompok tersebut dalam apa yang dikenal sebagai "organisasi internasional Ikhwan," yang merupakan salah satu dimensi krisis Ikhwan dalam pemerintahan, menantang negara-bangsa Mesir modern, dan menyarankan adanya hubungan internasional dan koordinasi dengan organisasi. Melampaui batas dan tidak memiliki status hukum, itulah yang mendorong banyak peneliti di gerakan politik Islam untuk mempertimbangkan faktor ini sebagai salah satu alasan utama cepatnya jatuhnya Ikhwanul Muslimin pada tahun 2013, terutama karena organisasi internasional tidak dianggap hanya sebagai faksi politik yang bermusuhan, melainkan sebagai entitas. Seorang transnasionalis menggunakan negara nasional untuk mencapai kesepakatan internasional juga, suatu hal yang menimbulkan keprihatinan pemerintah Mesir, yang mulai memperhatikan bahaya dari organisasi ini.[427]

Krisis ini muncul dengan munculnya Ikhwanul Muslimin. Hasan Al-Banna tidak puas dengan pembentukan organisasi lokal di Mesir, tetapi ingin berkembang di sejumlah negara Arab dan Islam, berdasarkan keyakinannya bahwa Muslim di mana pun merupakan satu bangsa, dan bahwa di antara tujuan kelompok tersebut adalah "pembebasan" Tanah air Islam berasal dari setiap sultan asing. "Dengan demikian, Ikhwanul berhasil mendirikan cabang untuk mereka di sebagian besar negara Arab atau mendukung gerakan yang setia kepada mereka, dalam upaya berikutnya mendirikan apa yang dikenal sebagai organisasi internasional Ikhwanul Muslimin, yang kemungkinan besar mencakup perwakilan dari sekitar 70 negara.[428] Kurangnya kepercayaan Ikhwanul Muslimin pada gagasan negara-bangsa menjadikannya alat di tangan Barat, terutama Amerika Serikat, untuk memberikan tekanan pada rezim yang berkuasa di negara-negara tempatnya berada, terutama Mesir. Dengan kata lain, Ikhwanul

---

426. Amr El Shobaki, Setelah jatuhnya Morsi, masa depan apa yang menanti kelompok itu? Sumber sebelumnya, hlm. 22.

427. Ahmad Abd Rabbo, sumber sebelumnya, hlm. 64-65.

428. Salah al-Din al-Gurshi, Islamis .. Kamar Sisyph jatuh lagi: diedit oleh Muhammad al-Sayyid Said, "Masa depan apa yang menanti Ikhwanul Muslimin?" (Kairo, Institut Kajian Hak Asasi Manusia Kairo, 2013) Issue (65-66), hlm. 99.

Muslimin telah berubah menjadi "kelompok fungsional" yang Barat dapat Ia mengandalkannya untuk menerapkan beberapa opsi dan taruhannya. Misalnya, namun tidak terbatas pada, pemerintahan mantan Presiden AS Barack Obama jatuh ke dalam perangkap khayalan Ikhwan bahwa kelompok tersebut adalah kekuatan yang menyerang di jalanan Mesir, dan bahwa pendukungnya berjumlah jutaan, dan oleh karena itu dapat menjamin Amerika Serikat untuk meningkatkan citranya di Mesir, selain melindungi kepentingannya, dan juga dapat memainkan peran yang sebelumnya dilakukan oleh organisasi-organisasi jihadis pada tahun 1970-an dan 1980-an atas nama Amerika Serikat ketika memastikan bahwa upaya dan kelelahan "bekas" Uni Soviet telah habis setelah pasukannya menginvasi Afghanistan. Itulah mengapa Amerika Serikat menggunakan Ikhwanul Muslimin sebagai salah satu alat tekanan terhadap rezim manapun di Mesir, agar tidak memberontak terhadap perputaran astronomi Amerika, yang secara jelas menunjukkan bahwa beberapa pemerintahan Amerika melihat Ikhwanul Muslimin, yang organisasi internasionalnya telah dikaitkan dengan kebijakan Barat, Gagasan tentang negara bangsa belum mapan dalam literatur dan praktiknya, pihak yang siap memainkan peran mendesak ini.[429]

7-2-5 TINDAKAN TERSELUBUNG DAN PENGEJARAN KEKERASAN, selama dekade pertama berdirinya Ikhwanul Muslimin, ia mengadopsi tindakan rahasia dan kekerasan terhadap lawan politiknya, dan selama tahun-tahun pertama di kota Ismailia ia memperhatikan sisi militer jihadis, percaya pada prinsip jihad yang didukung oleh agama Islam, oleh karena itu slogan tersebut Kelompok tersebut mengekspresikan dirinya dan tujuannya: "Tuhan adalah tujuan kami, Rasul adalah pemimpin kami, Al-Qur'an adalah konstitusi kami, jihad adalah jalan kami, dan kematian di jalan Allah adalah aspirasi tertinggi kami."[430] Dan slogan ini diterjemahkan ke dalam organisasi paramiliter yang didirikan oleh kelompok selama periode ini, yang paling menonjol di antaranya adalah: regu penjelajah, yang merupakan salah satu sistem tertua yang terbentuk sepanjang sejarah kelompok, dan seperti tim militer yang memenuhi gagasan jihad dalam

---

429. Ali Mabrouk, The Future of the Muslim Brotherhood and the Future of Egypt, Sumber sebelumnya, hlm. 125-126.

430. Hamada Mahmoud Ismail, sumber sebelumnya, hlm. 25-28.

Islam, dan aspek militer pelatihan ranger mencakup empat aspek: yang pertama di antaranya adalah formasi reguler dan penguasaan gerakan militer. Dan yang kedua adalah penggunaan senjata dan penembakan api dengan senapan dan seterusnya, kemudian permainan perang. Kemudian, pada tahap selanjutnya, kelompok tersebut mendirikan sistem batalion, dan setiap batalion terdiri dari empat puluh saudara, dan janji batalion ada pada Hasan Al-Banna, dan tidak melebihi tiga kata: "Aksi, ketaatan, kerahasiaan."[431]

Pembentukan Aparat Khusus pada tahun 1940 datang untuk mengkonfirmasi keyakinan kelompok tersebut akan pentingnya menggunakan kekerasan dalam mencapai tujuannya. Hasan Al-Banna termasuk di antara mereka yang antusias tentang gagasan sayap militer, berdasarkan pemahamannya sendiri tentang panggilan Islam, mengingat Islam adalah "doktrin dan ibadah, tanah air dan kebangsaan, agama dan negara, spiritualitas dan tindakan." Dan Al-Qur'an dan pedang. " Oleh karena itu slogan Ikhwanul Muslimin, yang terdiri dari Al-Qur'an dan dua pedang diselingi dengan kata "bersiaplah".[432] Hasan Al-Banna menegaskan dalam salah satu suratnya: "Tingkat kekuatan, kekuatan keyakinan dan keyakinan, diikuti oleh kekuatan persatuan dan hubungan, dan kemudian kekuatan lengan bawah dan tangan." Di tempat lain dalam pesan yang sama, ia menambahkan: "Ikhwan akan menggunakan kekuatan praktis di mana tidak ada orang lain yang akan menggunakannya, dan mereka akan jujur dan terus terang serta akan bersumpah terlebih dahulu."[433] Mahmoud Al-Sabbagh, salah satu pemimpin Ikhwan, menegaskan dalam bukunya (The Truth of Private Organization)[434]: "Anggota aparat memiliki - tanpa izin siapa pun - hak untuk membunuh siapa pun yang mereka inginkan di antara lawan

---

431. Yousry Al-Azbawi, "The Muslim Brotherhood" ... Truth, Origin, Order and Ideas ... (Episode One), Koran Al Khaleej (Sharjah), 5 Mei 2014.

432. Abdul Haq Al-Sanaybi, The Special Order or Secret Service: The Military Wing of the Muslim Brotherhood (Dubai, Al Mazama Center for Studies), 13 Desember 2016, melalui link berikut: https://bit.ly/2MIByEX.

433. Untuk pesan-pesan Hasan Al-Banna, Anda dapat merujuk ke: Pesan-pesan Asy-Syahid Imam Hasan Al-Banna, melalui situs Wiki Brothers: melalui tautan berikut: https://bit.ly/2jU09cp.

434. Mahmoud Al-Sabbagh, Kebenaran Organisasi Swasta dan Perannya dalam Dakwah Ikhwanul Muslimin, (Kairo, Dar Al-I'tissam untuk Percetakan, Penerbitan dan Distribusi, 1987), hlm. 429.

---

politik mereka. Seorang pembaca Sunnah Rasulullah dalam mengizinkan pembunuhan musuh Allah.

Kelompok ini terus melanjutkan pekerjaan klandestin dan melakukan kekerasan, dan ini jelas terlihat setelah revolusi 30 Juni 2013, ketika beberapa gerakan bersenjata yang berafiliasi dengan atau mendukung kelompok tersebut muncul, dimulai dengan "Brigade Revolusi" dan "Ajnad Misr", melalui "Brigade Helwan" Dan hingga gerakan "yang menentukan", yang menduduki puncak panggung selama beberapa tahun terakhir setelah serangan berturut-turut secara sporadis di seluruh negeri. Komunikasi pertama yang dikeluarkan oleh gerakan Hasm pada Juli 2016 adalah bukti kedekatan hubungannya dengan Ikhwanul Muslimin, seperti yang dikonfirmasi dalam pernyataan pertamanya bahwa mereka akan melancarkan operasi balas dendamnya terhadap apa yang disebutnya sebagai "kudeta militer terhadap Mohamed Morsi." Untuk mencoba memenangkan audiens baru dan menariknya, Hasm menampilkan dirinya sebagai perlawanan revolusioner dan gerakan bersenjata yang memutuskan untuk memulihkan revolusi 25 Januari dan tujuan serta pembalasannya atas darah para martir. Gerakan teroris tidak menyembunyikan dalam terbitannya bahwa ia adalah gerakan perlawanan bersenjata pada awalnya dan tanpa damai.[435] Beberapa organisasi oposisi bersenjata juga muncul dari penggabungan antara anggota Ikhwanul Muslimin dan tokoh-tokoh lainnya, termasuk "Komite Perlawanan Populer" dan gerakan "Hukuman Revolusioner", dan organisasi ini menargetkan aparat keamanan dan infrastruktur lokal (seperti jaringan listrik). Bukti operasi gabungan antara anggota Blok Revolusi dan organisasi "Hasm" dan "Liwa al-Thawra", yang diklasifikasikan dalam daftar terorisme Amerika, tersedia.[436]

---

435. "Hasm" merupakan lengan organisasi Ikhwan yang bertanggung jawab atas balas dendam terhadap Morsi. Surat kabar Al-Arab (London), 9 Agustus 2019.

436. Annette Ranko dan Muhammad Yaghi, sumber yang disebutkan sebelumnya.

Judul video: Live bersama Dr. Abdel Moneim Abul-Fotouh, mantan calon presiden Mesir.

Di tautan berikut:

https://www.youtube.com/watch?v=ag7QbqQ5pVM&t=2410s

- Abdel Moneim Abul-Fotouh, seorang pejabat Ikhwanul Muslimin, memperingatkan agar tidak menggunakan kekerasan untuk menghadapi otoritas dan menariknya mundur pihak-pihak yang terlibat, tanpa menyebut langsung nama Ikhwanul Muslimin.

- Abdel Moneim Abul-Fotouh menolak menyebut partai "Mesir Kuat" sebagai partai Islam, dan mengatakan bahwa pernyataannya tidak meniadakan fakta bahwa partai itu memiliki referensi agama.

- Penggulingan Abdel Fattah Al-Sisi akan melalui pemilihan dan pemungutan suara, bukan melalui kudeta.

https://www.youtube.com/watch?v=ag7QbqQ5pVM&t=2410s

Tahun di mana Ikhwanul Muslimin memerintah Mesir menunjukkan tingkat ketidakseimbangan dalam struktur organisasinya, yang membingungkan manajemen kelompok dan administrasi negara, dan akibat dari kegagalan itu adalah bencana, dan tampak jelas bahwa kelompok tersebut selama pemerintahannya tidak memiliki tingkat kompetensi minimum yang diperlukan untuk menjalankan negara, belum lagi kompetensi yang diperlukan. Hanya untuk menjelaskan dan mengungkapkan sifat dari proyek politik Islam yang ingin dilaksanakan, dan kelompok tersebut membayangkan bahwa mereka dapat mengontrol aparatur negara dan mentransfer kesetiaannya kepada kelompok tersebut, tetapi mereka bertabrakan dengan oposisi populer yang meluas yang mengarah pada akhir kekuasaannya.[437]

---

437. Muhammad al-Sayyid Saeed, "Masa depan apa yang menanti Ikhwanul Muslimin?" sumber yang disebutkan sebelumnya, hlm.. 10.

7-3 STRUKTUR ORGANISASI ... SKENARIO MASA DEPAN

Setelah lebih dari enam tahun sejak Revolusi 30 Juni 2013, yang merupakan pukulan berat bagi Ikhwanul Muslimin dan struktur organisasi dan administrasinya, pembicaraan tentang masa depan semakin menarik, baik di pihak peneliti dalam gerakan politik Islam, atau di pihak pusat penelitian dan studi Barat yang Ini mengikuti dengan minat Ikhwanul Muslimin, karena merupakan kelompok induk dari berbagai arus dan gerakan politik Islam di kawasan dan dunia.

Berbicara tentang masa depan struktur organisasi dan administrasi juga berbicara tentang masa depan kelompok, apalagi jika posisi sentral struktur organisasi dalam pemikiran para pemimpin kelompok sejak awal diperhitungkan. Masa depan ini tidak dapat dipisahkan dari perkembangan lingkungan internal dan eksternal juga, karena ada sekumpulan determinan atau faktor yang dapat memengaruhi jalan masa depan Ikhwanul Muslimin, dan dengan demikian struktur organisasinya, yang pertama adalah sifat dari kesepakatan pemerintah Mesir dengan kelompok tersebut, dan apakah anggaran dasar terorisme yang melarang kelompok tersebut akan tetap berlaku. Dan dengan cara yang mencegah kembalinya hasil material dan sosial Ikhwan dari kembali lagi dan mengatur ulang ke era sebelumnya, atau akankah pemerintah Mesir - seperti yang telah dilakukan pemerintah sebelumnya - cenderung menunjukkan semacam fleksibilitas dengan kelompok tersebut dan mengizinkannya lagi dengan margin gerakan yang memungkinkannya untuk berkumpul kembali? Kedua, sejauh mana rezim Presiden Abdel Fattah al-Sisi mampu mempertahankan legitimasi kuat yang diperolehnya setelah revolusi 30 Juni 2013, dan kelanjutan citranya sebagai "pahlawan penyelamat", yang melindungi Mesir dari kekuasaan "Ikhwan fasis" menurut istilah populer, terutama terkait dengan apa yang dimunculkan tentang keberadaan Dari kemarahan rakyat di pihak beberapa kelompok yang menyatakan ketidakpuasannya terhadap kebijakan reformasi ekonomi yang diadopsi oleh pemerintah Mesir, yang berujung pada peningkatan angka kemiskinan dan pengangguran di kalangan pemuda di Mesir. Dan yang ketiga adalah perkembangan lingkungan internasional, dan sejauh mana dukungan internasional yang berkelanjutan terhadap rezim Presiden El-Sisi, terutama oleh Amerika Serikat dan negara-negara besar Barat, yang memandang sistem ini sebagai faktor penting dalam menjaga keamanan dan stabilitas di kawasan Timur Tengah.

Faktor penentu ini akan sangat menentukan masa depan Ikhwanul Muslimin, dan kemudian struktur organisasi dan administratifnya, selama periode mendatang, dan bagaimanapun, ada beberapa skenario yang dapat ditimbulkan oleh struktur organisasi grup selama periode mendatang, yang paling penting adalah:

7-3-1 SKENARIO UNTUK KELANGSUNGAN HIDUP STATUS QUO (KEMUNGKINAN BESAR): apakah yang berkaitan dengan bentuk struktur organisasi dan hierarki tingkat kepemimpinan di dalamnya, atau yang berkaitan dengan sifat hubungan antara tingkat organisasi dan administrasi, atau berkaitan dengan penekanan pada hubungan antara sisi ideologis dan gerakan untuk melestarikan Tentang kohesi organisasi. Menurut skenario ini, struktur organisasi dan administrasi grup akan tetap sama, dengan fitur-fiturnya yang sebelumnya telah dirujuk dalam bab kedua studi, di mana otoritas pengambilan keputusan terkonsentrasi di tangan Pembimbing Umum dan badan utamanya. Menurut skenario ini, Ikhwanul Muslimin akan terus bergerak dalam lingkaran kemandekan intelektual dan organisasi, sebagai akibat dari ketaatan pada gagasan dan keyakinan yang sama berdasarkan pendengaran dan ketaatan, yang mencegah munculnya suara-suara baru yang menawarkan usulan untuk memulihkan kehidupan, vitalitas dan efektivitas struktur organisasi, untuk menyelamatkan kelompok dari dilema yang saat ini hidup.

Skenario ini adalah pilihan yang disukai grup pada tahap ini, di mana ia berusaha untuk mempertahankan sisa struktur organisasi dan administratifnya setelah pembatasan hukum dan tuntutan keamanan yang berdampak negatif terhadap struktur organisasinya. Untuk mempertahankan status quo, mereka telah menggunakan perangkat baru yang berkontribusi untuk membuat organisasi lebih fleksibel dan adaptif terhadap perkembangan situasi tidak hanya di Mesir, tetapi juga di lingkungan regional dan internasional, dan bukti serta data tentang hal ini sangat banyak, **mungkin yang paling menonjol dalam konteks ini:**

- Membiarkan pimpinan menengah dan bawah dalam struktur organisasi memiliki peran yang lebih besar dalam mengelola dan menjalankan urusan kelompok setelah penangkapan pembimbing dan pimpinan Biro Bimbingan setelah Revolusi 30 Juni, dan hal ini pada gilirannya menyebabkan putusnya hubungan hierarki dalam organisasi, serta pemberian kekuasaan baru kepada pimpinan menengah dan bawah di tingkat lokal, terutama dari Kaum muda di Biro Administratif di kota dan provinsi.

- Mempertimbangkan kembali fungsi komite dan Biro Administratif grup, karena sejumlah komite dilibatkan dan digabungkan untuk mengurangi kebutuhan pejabat dalam jumlah yang lebih besar, serta mengurangi komite aksi politik dan komite elektronik, terutama di gubernur, untuk menghindari kampanye keamanan dan pembatasan hukum yang menjadi sasaran grup setelah revolusi. 30 Juni 2013.

- Mengaktifkan peran beberapa komite, terutama yang terkait dengan dakwah, hak asasi manusia dan pekerjaan amal, terutama karena kerja komite-komite ini memastikan bahwa grup mempertahankan kehadirannya di masyarakat di satu sisi, dan terus memberikan bantuan kepada keluarga Ikhwan, terutama yang anggotanya telah ditangkap, di sisi lain.

- Membentuk entitas informal yang sejajar dengan departemen utama dalam struktur organisasi grup, seperti "Aliansi Nasional untuk Mendukung Legitimasi," "Mahasiswa Melawan Kudeta," "Penulis dan Penulis Melawan Kudeta," "Kolektor Melawan Kudeta," dan "Profesional Melawan Kudeta.", Dengan tujuan untuk mempertahankan grup dan mempromosikan perjuangannya di dalam dan luar negeri.

- Struktur hierarki digantikan oleh struktur cluster, di mana unit lokal dasar dalam komunitas (keluarga) telah dikurangi dari sekitar tujuh menjadi tiga anggota, dan komunikasi berlangsung melalui cara-cara yang kreatif dan lebih aman, seperti: pesan teks terenkripsi, media sosial, dan email, Ini karena takut akan tuntutan keamanan.

Selain hal-hal di atas, kelompok tersebut dapat bekerja untuk mengeksploitasi kondisi ekonomi yang sulit yang dialami oleh beberapa kelompok masyarakat

Mesir, dan bermain kembali sesuai dengan kebutuhan kelompok-kelompok ini, sebagai pintu masuk untuk menembus kembali tatanan masyarakat Mesir, dan kelompok tersebut mungkin akan meninggalkan oportunisme politiknya - bahkan untuk sementara - Untuk membuka diri terhadap kekuatan politik penentang rezim Sisi, dan untuk memperkuat hubungan organisasi dengan mereka untuk membentuk front persatuan melawan rezim.

Pada saat yang sama, kelompok tersebut dapat kembali ke praktik kerja klandestin, dan akibatnya kembali ke kegiatan ilegal yang tidak mematuhi hukum, selain mendukung organisasi bersenjata yang mengadopsi kekerasan dan terlibat dalam banyak tindakan teroris pasca Revolusi Ketiga Puluh. Mulai Juni 2013, dan menggunakan ini secara politis untuk mempermalukan rezim Presiden Abdel Fattah El-Sisi, dan mempertanyakan pencapaiannya di dalam negeri, terutama yang berkaitan dengan perang melawan teror.

7-3-2 SKENARIO PERPECAHAN ORGANISASI (MUNGKIN); hal ini didasarkan pada kegagalan kelompok tersebut untuk beradaptasi dengan perkembangan yang ditimbulkan oleh Revolusi 30 Juni 2013, yang menyebabkan pelarangan kelompok tersebut dan klasifikasinya di antara organisasi teroris, kemudian penyitaan dana dan mengeringnya berbagai sumber pendanaan, termasuk kegiatan amal dan ekonomi, dan kemudian melarang partai politik dari kelompok tersebut melalui keputusan pengadilan. Karena langkah-langkah ini adalah ujian kemampuan kelompok untuk kohesi dan beradaptasi, dan sementara beberapa melihat bahwa kelompok menunjukkan kemampuan terbatas untuk menghadapi tahap ini, bukti di lapangan menunjukkan tanda-tanda perpecahan organisasi. Tidak hanya itu, masing-masing kelompok memandang dirinya sebagai perwakilan sah kelompok dan menuduh kelompok lain tidak mengungkapkan prinsip dan tujuan kelompok. Indikasi lain dari perpecahan organisasi adalah masih adanya ketidaksepakatan antara banyak pemimpin kelompok di Mesir dan para pemimpin di luar negeri tentang bagaimana melakukan urusan organisasi dan menangani dilema yang dihadapi kelompok saat ini, karena tampak jelas bahwa Ikhwan di dalam, terutama mereka yang tergabung dalam gerakan Quthb Mereka menolak usulan dari pemimpin luar, dan terus bekerja untuk memperketat kendali mereka atas organisasi.

Namun, pembelotan semacam ini tidak dapat menyebabkan kehancuran total dari struktur organisasi grup, terutama jika diperhitungkan bahwa sejarah grup telah menyaksikan banyak perpecahan sepanjang sejarahnya yang panjang, dan itu tidak menyebabkan runtuhnya grup atau pembubaran struktur organisasi dan administratifnya, Perpecahan ini juga telah diatasi dan grup kembali ke struktur organisasinya, tetapi kelanjutan dari perpecahan ini dan pendalamannya di masa mendatang dapat melemahkan struktur organisasi grup, mengurangi perannya, dan mungkin runtuh.

7-3-3 SKENARIO PEMBENTUKAN STRUKTUR ORGANISASI BARU UNTUK GRUP (DENGAN PENGECUALIAN). Ini adalah skenario yang didasarkan pada reruntuhan organisasi saat ini, mengambil keuntungan dari kesalahan organisasi yang telah dialami grup selama era, dan bekerja pada "hidup berdampingan" dengan masyarakat, karena merupakan bagian yang tidak terpisahkan dari organisasi dan arus Berada di negara bagian, mematuhi hukum dan perundang-undangan, dan meninggalkan karakter "superior" yang merupakan salah satu ciri terpenting dari organisasi saat ini, terbuka terhadap kekuatan dan arus politik dalam masyarakat, menganut kondisi tindakan politik yang ditentukan oleh kerangka kerja dan hukum resmi, dan meninggalkan slogan-slogan kosongnya yang mencampurkan agama dengan politik secara berurutan Memenangkan dukungan massa, dan percaya pada gagasan negara bangsa, dan tidak berusaha untuk melampaui atau memainkan peran utamanya dalam masyarakat.

Pendekatan ini mengadopsi apa yang oleh beberapa dari mereka disebut sebagai "pemimpin reformasi" dalam Ikhwanul Muslimin, yang percaya bahwa tahapan saat ini membutuhkan kerja keras untuk membangun kembali organisasi, dan mendapatkan keuntungan dari pengalaman lain, terutama kasus Turki, dan mengikuti contoh pengalaman Partai Keadilan dan Pembangunan dalam membuka diri terhadap berbagai arus, seperti sufi, gerakan sosial dan keagamaan, dan menjadikan mereka sebagai inti dari organisasi baru.[438] Dalam konteks ini, seseorang dapat memahami pernyataan yang dikeluarkan oleh beberapa pemimpin Ikhwanul Muslimin pada tanggal 29 Juni 2019, kurang dari

---

438.   Ashraf El-Sherif, op.cit.

dua minggu setelah kematian Presiden Mesir yang terisolasi Mohamed Morsi, dan pada malam peringatan keenam revolusi 30 Juni, di mana ia menyerukan "penyatuan kekuatan revolusioner." Pernyataan ini juga mengungkapkan bahwa "kelompok telah melakukan banyak tinjauan internal, di mana mereka telah mengakui kesalahan yang dibuatnya selama revolusi dan fase pemerintahan, dan akan memungkinkan anggotanya untuk" terlibat dalam aksi politik dengan menyebar dengan partai dan gerakan yang bersinggungan dengan kita, "tanpa menyebutkan bahwa kelompok tersebut telah Fasad politiknya sendiri yang diwakilinya; apa yang bertentangan dengan kondisi sebelumnya yang sebelumnya membatasi kerja partai anggota ke Partai Kebebasan dan Keadilan, lengan politik kelompok tersebut, yang sekarang dilarang, yang muncul setelah revolusi Januari 2011.[439]

Namun, skenario ini tidak mungkin terwujud dalam waktu dekat karena banyak faktor, **yang pertama** adalah sulitnya kelompok Ikhwanul Muslimin mendapatkan dukungan populer untuk gagasan organisasi baru tersebut, terutama karena sebagian besar sektor masyarakat Mesir masih menganggap kelompok tersebut bertanggung jawab atas penyebaran terorisme, serta peningkatan kesadaran populer tidak hanya di Mesir, tetapi juga di Mesir. Di negara-negara Arab secara keseluruhan, proyek politik Islam berbahaya, dan kelompok di belakangnya. **Yang kedua** adalah bahwa kekuatan politik menahan diri untuk tidak masuk ke dalam organisasi atau pengelompokan Ikhwanul Muslimin, terutama bahwa kelompok tersebut meninggalkan semua orang setelah Revolusi 25 Januari 2011, dan berbalik melawan mereka dan mempraktikkan pengucilan dan superioritas terhadap mereka, dan ini akan melemahkan peluang kelompok untuk membangun aliansi atau masuk ke kemitraan baru karena kurangnya kepercayaan pada mereka. **Ketiga,** pembatasan hukum dan legislatif serta penuntutan keamanan mempersulit Ikhwanul Muslimin untuk bergerak membangun kembali organisasi baru, meskipun mengikuti kerangka kerja dan hukum resmi, karena pengalaman beberapa tahun terakhir dengan jelas menegaskan bahwa kelompok tersebut mempraktikkan "kesalehan politik" untuk melaksanakan rencananya, tanpa

---

439. Setelah kepergian Morsi, siapa yang akan membimbing Ikhwanul Muslimin di Mesir? British Broadcasting Corporation (BBC), 8 Juli 2019, https://bbc.in/2mXbCcw

---

perubahan apa pun. Dalam ideologi atau pandangan patronase terhadap kekuatan politik lain dalam masyarakat.

Bagaimanapun, Ikhwanul Muslimin sekarang hidup dalam krisis yang belum pernah terjadi sebelumnya dalam sejarahnya, yang dengan jelas tercermin dalam struktur organisasi dan administratifnya, yang menderita kelemahan parah, sementara perjuangan terus berlanjut antara apa yang disebut "gerakan reformis" dan gerakan konservatif (Quthb) di dalam kelompok, yang pertama berupaya membangun kembali struktur organisasi berdasarkan data baru yang dihasilkan oleh revolusi 30 Juni 2013, dan mendukung pernyataan yang disebutkan sebelumnya yang menyerukan keterbukaan terhadap kekuatan politik di masyarakat, sementara gerakan konservatif masih menolak untuk melakukan perubahan apa pun pada struktur organisasi saat ini. Ia menyatakan penolakan eksplisitnya terhadap pernyataan yang dikeluarkan pada malam peringatan enam tahun Revolusi 30 Juni 2013, dan bahkan menyangkal afiliasi penulis pernyataan ini ke Ikhwan, dalam indikasi yang jelas bahwa kelompok tersebut sekarang mengalami keadaan stagnasi, stagnasi dan kekosongan organisasi yang mungkin berlangsung selama beberapa tahun.

HASIL AKHIR PENELITIAN

Berdasarkan penjelasan di atas, hasil berikut dapat dicapai:

1. Struktur organisasi dan administrasi sangat penting bagi Ikhwanul Muslimin, karena ini adalah pilar dari proyek sosial, ekonomi dan politiknya, dan karena alasan ini pekerjaan untuk membangun struktur organisasi pusat yang ketat telah menjadi prioritas terpenting grup sejak didirikan oleh pendiri, Hasan Al-Banna, hingga baru-baru ini. Itulah sebabnya terdapat banyak perbedaan antara kelompok dan banyak partai pendukung pemerintah Mesir terpusat terutama pada organisasi dan bagaimana membatasi kemampuannya, karena itu adalah inti dari proyek intelektual dan politik kelompok dan fokusnya untuk pelaksanaannya di lapangan, apakah dalam kaitannya dengan kebangkitan kekhalifahan Islam, atau sehubungan dengan koordinasi dan kepemimpinan gerakan massa, dan untuk ini kelompok tersebut tertarik pada membangun jaringan jaminan sosial di mana mereka menembus ke dalam masyarakat, atau yang berkaitan dengan pemberdayaan kelompok di lembaga-lembaga negara, seperti yang diungkapkan oleh rencana pemberdayaan Khairat Al-Shater pada tahun 1992, dan pekerjaan mulai dilaksanakan setelah Revolusi 25 Januari 2011, sementara itu disebut "Ikhwan nasionalis". Namun rencana tersebut tidak berhasil akibat revolusi rakyat Mesir melawan kelompok tersebut pada tanggal 30 Juni 2013.

2. Ikhwanul Muslimin telah mengambil model organisasi yang ditandai dengan kompleksitas hierarkis dan jalinan unit-unit organisasinya, meluas ke masyarakat dengan basis dan elitnya, dengan tujuan mengubah keyakinan, tren individu dan kolektif, melalui program gerakan yang dilaksanakan oleh sejumlah komite dan departemen. Terlepas dari hierarki kewenangan administrasi dan organisasi, struktur eksekutif dan administrasi Ikhwanul Muslimin dirumuskan untuk meniru lembaga negara, karena biro bimbingan sejajar dengan otoritas eksekutif (Dewan Menteri), Dewan Syura menjalankan fungsi Parlemen dan paralel (otoritas legislatif), dan kantor kelompok administratif sama dengan gubernur, dan daerah yang batas-batasnya berlaku Dengan administrasi dan daerah pemilihan yang lengkap, dimana struktur organisasi Ikhwanul Muslimin menjadi identik dalam bentuk dan isi dengan struktur organisasi negara. Hal ini jelas terlihat setelah revolusi dua puluh lima Januari 2011, dan kedatangan kelompok tersebut ke kekuasaan di Mesir, ketika kepemimpinan Ikhwanul Muslimin mulai menggantikan

struktur organisasinya di otoritas negara dan lembaga resmi, di mana pembimbing Umum Mohamed Badi' menjadi penguasa negara yang sebenarnya, bukan presiden. Mohamed Morsi, yang dipilih oleh rakyat pada tahun 2012.

3. Pembimbing Umum Ikhwanul Muslimin memainkan peran yang efektif dalam struktur organisasi dan dinamika grup, dan setiap kali ia memiliki kepemimpinan yang karismatik, ia dapat meningkatkan kekuatan struktur ini, dan karakteristik ini dengan jelas diwujudkan oleh pendiri grup, Hasan Al-Banna, yang memiliki kemampuan besar untuk memengaruhi tingkat basis dan otoritas loyalis negara resmi, mulai dari monarki, bahkan setelah pembunuhannya melalui pesan dan pidato religius sebelumnya, dan tidak ada pembimbing lain setelah Al-Banna yang dapat memperoleh karisma yang telah dicapai untuknya, tetapi dalam semua kasus, pembimbing kelompok sangat dihargai dan dihormati oleh anggotanya dan menikmati kekuasaan yang luas tanpa Akuntabilitas sekecil apapun, dan mungkin inilah salah satu kelemahan yang menghambat struktur organisasi grup.

Tetapi dapat dipastikan bahwa karakteristik pribadi dari setiap pembimbing memiliki efek yang jelas pada struktur organisasi dan administrasi grup, terutama yang berkaitan dengan sifat interaksi dan konflik intelektual dan generasi di dalam organisasi. Dalam tahap pembentukan, fitur karismatik Hasan Al-Banna mendominasi pertimbangan organisasi dan kelembagaan, dan itulah sebabnya ketika ia dibunuh, sejenis peristiwa terjadi. Dari kekosongan organisasi, penggantinya, Hassan Al-Hudhaibi, tidak bisa mengisinya, apalagi dengan kelompok yang memasuki tahap bentrok dengan rezim mendiang Presiden Gamal Abdel Nasser. Namun, dengan asumsi pembimbing ketiga, Umar Al-Tilmisani, pemimpin kelompok, yang dikenal sebagai moderasi dan konsensus, fase baru dimulai dalam membangun kembali organisasi dan meningkatkan efektivitasnya dan integrasi yang lebih besar ke dalam masyarakat. Momentum reformasi dan ekspansionis Ikhwanul Muslimin berlanjut pada era pembimbing keempat, Muhammad Hamid Abu al-Nasr, yang mengikuti pendekatan Al-Tilmisani, dengan mengadopsi amandemen penting yang diwakili dalam daftar tahun 1994 yang memperkenalkan perubahan terpenting sejak berdirinya Ikhwanul Muslimin, yaitu menentukan jangka waktu pedoman, yang terbuka seumur hidup. Ini juga termasuk perubahan terkait organisasi global Ikhwanul Muslimin. Fase kelima yang diresmikan atas amanat Al-Mursyid Mustafa Mashhour (1996-2002), ditandai dengan pentingnya dan bobot faktor internal, terkait dengan keseimbangan kekuasaan, perbedaan keyakinan intelektual dan politik, dan karakteristik sosial dan demografis, dalam menentukan identitas pembimbing kelompok dan sifat kebijakan yang diambil, serta sifat amandemen hukum dan administratif. Tetapi jejak yang jelas dari Mustafa Mashhour adalah memperkuat arus Quthb dalam organisasi. Arus militan terus mendominasi Ikhwanul Muslimin selama periode singkat (2002-2004) di mana pembimbing keenam, Muhammad Maamoun Al-Hudhaibi, mengambil alih kepemimpinan kelompok, dan ia bahkan ꞌmembual tentang (rahasia) orde (rahasia) Ikhwan, dan menyatakan dukungan mutlaknya untuk organisasi dan partai militan di dunia Arab, Seperti: Hizbullah dan Hamas, yang merupakan indikasi jelas hubungan antara Ikhwanul Muslimin dan organisasi ekstremis di negara-negara Arab selama periode ini.

Dengan Muhammad Mahdi Akef mengambil posisi sebagai pembimbing ketujuh kelompok (2004-2010), keseimbangan antara apa yang disebut "gerakan reformis" dan arus Quthb dalam kelompok dipulihkan, terutama karena dikenal mengadopsi posisi moderat yang memuaskan semua pihak, yang bertujuan untuk mencapai koeksistensi antara dua arus utama ini. Pengaruh Akef yang paling menonjol adalah ia mencoba mendemokratisasikan praktik kelompok. Sementara mandat dari pembimbing kedelapan Mohamed Badi' (2010 - sampai sekarang) merupakan kembali ke arus garis keras, ia berafiliasi dengan sayap Quthb. Masa jabatan Mohamed Badi' menyaksikan perbedaan dan keberatan, karena suara-suara dari kalangan elit mencela metode pemilihan pembimbing dan anggota Bimbingan dan menganggap ini sebagai hasil seleksi dan bukan pemilihan dengan alasan bahwa pemungutan suara ini bertentangan dengan aturan internal Ikhwanul Muslimin, dan konflik-konflik ini meningkat setelah Revolusi 30 Juni 2013. Perpecahan mulai muncul, mengancam runtuhnya organisasi.

4. Keputusan politik utama, mengembangkan strategi organisasi yang komprehensif, dan mengelola sumber daya keuangan dalam kelompok sebagian besar masih terpusat di tangan para pemimpin yang lebih tua yang tidak ditangkap setelah Revolusi 30 Juni 2013, dengan generasi menengah diberi kelonggaran dalam posisi manajerial. Tingkat menengah dan kursi di komite teknis. Kelompok ini masih bekerja untuk memperluas ekspansi masyaraktnya melalui struktur administratifnya, tergantung pada sistem sentralisasi dalam perencanaan dan desentralisasi dalam pelaksanaannya dalam pelaksanaan operasinya, dan selalu cenderung ke arah politisasi yang lebih besar dari dimensi sosial, ekonomi dan budaya, yang meningkatkan rasa eksklusivitas, ketika membandingkan apa yang ditawarkannya. Kelompok tersebut merupakan salah satu layanan dan peran negara yang selama ini belum mampu memenuhi kebutuhan dan kebutuhan warga serta kehidupan dan kebutuhan sosialnya, terutama di daerah marjinal dan miskin.

5. Struktur organisasi dan administrasi adalah alat utama Ikhwanul Muslimin dalam mengembangkan masyarakat, baik di antara berbagai kelompok masyarakat, atau dalam perluasan geografis yang mencakup seluruh Mesir dengan kota metropolitan, pusat, desa dan desa. Struktur organisasi ini menghubungkan desa, kota, provinsi, ibu kota, tanah air Islam, karena membersihkan ruang. Laki-laki, perempuan, dan semua kelompok umur diperbolehkan untuk berpartisipasi dalam kegiatan kelompok dan program sosial dan keagamaannya secara bijaksana. Sungguh luar biasa bahwa Biro Administratif dan komite pusat melaksanakan tugas melatih dakwah kelompok dan memperluas basis audiensnya. Selain tugas administratif dan organisasinya, ia cenderung mempolitisasi pekerjaan sukarela dan administratif, untuk melayani proyek politik kelompok dalam memperoleh kekuasaan, dan ini menunjukkan bahwa struktur organisasi dan administrasi kelompok bekerja untuk menerjemahkan proyek kelompok di lapangan dan melalui pendekatan bertahap, yang awalnya didasarkan pada Penetrasi ke dalam masyarakat, kemudian memperkuat ikatan antara kelas menengah dan bawah dengan memainkan layanan dan peran sosial dengan memberikan bantuan kepada kelas-kelas ini, mengambil keuntungan dari beberapa pemerintah yang mundur dari menjalankan peran utama mereka, dengan tujuan menerjemahkan semua ini menjadi dukungan untuk proyek politik kelompok, baik melalui pendukungnya dalam pemilihan legislatif, atau pemilihan presiden yang mengikuti Revolusi 25 Januari 2011.

6. Keterkaitan antara struktur organisasi dengan aspek ideologi merupakan sesuatu yang direncanakan sejak awal berdirinya Ikhwanul Muslimin, karena disadari bahwa menjaga kekompakan dan kesinambungan struktur organisasinya membutuhkan kepercayaan terlebih dahulu pada ideologi kelompok dan nilai-nilai agama yang menyerukannya dan untuk kepentingan kekuatan organisasi, seperti nilai persaudaraan dan penyangkalan diri. Sebaliknya, kelompok tersebut telah menggunakan banyak teks agama dalam Al-Qur'an dan Sunnah yang menegaskan persatuan dan kekuatan organisasi di satu sisi, dan memperingatkan agar tidak keluar dan memecahnya di sisi lain, seperti yang disebutkan sebelumnya, dan ini jelas menunjukkan sejauh mana kelompok tersebut menggunakan agama dengan cara yang mencapai kepentingan publiknya, baik untuk tujuan organisasi atau politik.

7. Aparat Khusus adalah pilar terpenting dari struktur organisasi Ikhwanul Muslimin, dan alatnya dalam melaksanakan proyek politiknya. Pada 1940-an, ketika pendiri grup, Hasan Al-Banna, memutuskan untuk melibatkan

grup dalam pekerjaan politik, Aparat Khusus grup terlibat dalam banyak pembunuhan terhadap tokoh politik, seperti yang ditunjukkan. Untuk itu sebelumnya. Banyak penelitian menunjukkan bahwa pendiri kelompok tersebut, Hasan Al-Banna, dipengaruhi oleh organisasi fasis di Italia dan Nazi di Jerman, dan ia berusaha untuk mereproduksinya dalam organisasi ini, tetapi dengan karakter Islam, tidak hanya untuk menanamkan kekuatan dan kehormatan militer - seperti yang ia klaim - tetapi pada dasarnya menjadi senjata militer. Untuk grup yang membantunya mencapai tujuannya dan menyingkirkan lawan-lawannya. Pascarevolusi 25 Januari 2011, kelompok tersebut mengancam akan melakukan kekerasan lebih dari satu kali. Setelah penggulingan mendiang Presiden Mohamed Morsi, muncul banyak organisasi teroris pendukung kelompok tersebut, yang terlibat dalam banyak aksi terorisme. Oleh karena itu, ketika dikatakan bahwa Ikhwanul Muslimin adalah asal mula organisasi ekstremis dan jihadis lintas batas seperti Al Qaeda dan ISIS mendapatkan pendekatan ideologis dan ideologis mereka, ini tidak keluar dari kekosongan, melainkan dari organisasi militer yang dibentuk kelompok tersebut sepanjang sejarahnya atau mereka yang memisahkan diri darinya dan kemudian berubah menjadi aksi. Al-Askari dalam melaksanakan tujuan dan rencananya.

8. Unsur-unsur Aparat Khusus Ikhwanul Muslimin merupakan salah satu faktor utama lemahnya struktur organisasi kelompok dari awal berdirinya hingga saat ini, karena selalu berupaya memaksakan visinya sendiri tentang kerja organisasi dan administrasi, dimulai dengan campur tangan dalam memilih pembimbing kelompok. Secara khusus, seperti yang terjadi setelah kematian Hassan Al-Hudhaibi, dan melalui pelanggaran peraturan dan anggaran dasar untuk memaksakan visi mereka tentang organisasi, dan akhir dari pengecualian simbol-simbol yang disebut "gerakan reformis" yang kemudian memisahkan diri dari kelompok. Itulah sebabnya para peneliti dalam gerakan Islam menggambarkan Aparat Khusus sebagai "komponen sentral dan kerangka tertinggi" dalam struktur organisasi kelompok, di mana keanggotaan hanya terbuka untuk elit Ikhwanul Muslimin dari tatanan publik, tetapi dengan jelas mewujudkan kepentingan sentralnya dan sifat peran yang dimainkannya dalam menerjemahkan tujuan kelompok. Pada kenyataannya.

9. Walaupun kelangsungan hidup kelompok dan struktur administratifnya sebagian besar bergantung pada hubungan keluarga dan pribadi, dan ini terbukti dari berbagai tingkat kekerabatan dan perkawinan antar anggota kelompok, sehingga ada yang menggambarkan kelompok sebagai lebih dekat dengan keluarga atau klan tertutup, jenis hubungan pribadi dan keluarga ini Hal ini dianggap sebagai salah satu kelemahan utama dalam struktur organisasinya, karena menghalangi pemilihan kompetensi dan keahlian dalam mengambil alih dan menjalankan urusan organisasi, yang seringkali dipilih berdasarkan derajat kekerabatan, pertimbangan garis keturunan dan perkawinan, karena kelompok tersebut selalu lebih memilih orang yang dapat dipercaya daripada orang yang berpengalaman, dan ini mungkin salah satu dari alasan pemaparan kelompok tersebut setelah Revolusi 25 Januari 2011, ketika gagal menemukan kader yang memenuhi syarat untuk memimpin negara di tahun di mana ia mengambil alih kekuasaan, ketika kelompok tersebut menunjuk anggotanya di berbagai lembaga dan kementerian negara, tanpa memiliki keterampilan dan pengalaman yang akan membantu mereka untuk melakukannya, yang turut memperburuk masalah ekonomi dan sosial serta meningkatkan penderitaan banyak kelompok rakyat Mesir.

10. Struktur organisasi dan administrasi mencerminkan kurangnya kepercayaan Ikhwanul Muslimin pada nilai-nilai demokrasi, terutama mengingat dominasi pembimbing dan biro bimbingan atas keputusan organisasi, sebagai akibat dari budaya pendengaran dan kepatuhan yang dianut oleh elemen-elemen organisasi, dan yang mengabdikan ketaatan buta kepada pembimbing dan tidak mengulasnya dalam setiap keputusan. Ciri ini juga muncul dalam hubungan antara organisasi internasional Ikhwanul Muslimin dan cabang-cabangnya yang tersebar di banyak negara di dunia, yang berutang kesetiaan kepadanya dan tunduk pada keputusan dan arahannya bahkan jika bertentangan dengan kepentingan negara asalnya, yang menegaskan pada saat yang sama, kurangnya kepercayaan Ikhwanul Muslimin pada negara nasional, Dan itu menimpanya jika bertentangan dengan kepentingan organisasi. Indikasi lain dari tidak adanya demokrasi adalah dominasi Ikhwan Mesir atas Dewan Syura Ikhwan, yang seharusnya mewakili semua negara dengan cabang-cabang kelompok, sesuai dengan Pasal 19 sistem umum kelompok, yang menegaskan pentingnya keterwakilan regional yang seimbang dalam dewan.

11. Meskipun ada banyak variabel yang telah memengaruhi struktur organisasi dan administrasi grup, yang paling penting adalah apa yang dapat kita sebut sebagai "pandangan fungsional" grup, baik oleh beberapa pemerintah Mesir berturut-turut yang dulu melihat grup sebagai "tembok pembatas" terhadap penyebaran beberapa arus. Seperti komunisme di era mendiang Presiden Anwar Sadat, dan arus ekstremis dan jihadis seperti di era mendiang Presiden Muhammad Hosni Mubarak, atau oleh

Amerika Serikat dan kekuatan Barat yang terkadang memandang kelompok tersebut, apalagi pascaperistiwa 11 September 2001, yang bisa terbentuk. Tidak hanya itu, tetapi perluasan organisasi internasional di Barat juga merupakan produk dari pandangan fungsional ini, sebagaimana pengalaman beberapa tahun terakhir menunjukkan bahwa organisasi internasional Ikhwan - dengan berbagai cabangnya - telah digunakan sebagai faktor penekan terhadap Rezim Mesir dalam berbagai periode, yang paling menonjol adalah periode pasca-9/11, dan periode mantan Presiden AS Barack Obama, yang mengambil posisi untuk mendukung Ikhwanul Muslimin, terutama setelah "Revolusi Mentah" Q. dua puluh Januari 2011. " Pandangan fungsional dari beberapa pemerintah Mesir dan kekuatan Barat ini memberikan banyak kesempatan yang membantu kelompok tersebut mengembangkan struktur organisasi dan administrasinya, dan telah menjadi - melalui jaringan sosialnya yang tersebar di Mesir dan beberapa negara Arab - bersaing dengan negara dalam menjalankan tugas-tugas dasarnya, terutama yang berkaitan dengan peran sosial. Yang paling berbahaya, struktur organisasi dan administrasinya telah menjadi "entitas paralel" dengan negara, dan bertindak dengan logika dan alatnya sendiri. Bahkan, terkadang berusaha mengesampingkan peran utama negara, dalam hal layanan sosial yang diberikan kepada anggota masyarakat.

12. Struktur organisasi dan administrasi Ikhwanul Muslimin menunjukkan kemampuan untuk beradaptasi, melanjutkan dan kohesi, baik dalam kaitannya dengan kronologis usia organisasi yang masih berlanjut hingga saat ini, terlepas dari krisis struktural yang dideritanya, maupun kemampuan beradaptasi dalam menghadapi tantangan dan risiko tergantung pada perkembangan kedua lingkungan tersebut. Internal dan eksternal, atau yang berkaitan dengan kemampuan organisasi untuk bertahan dan kohesi (parsial) saat ini, terlepas dari kenyataan bahwa organisasi telah terpapar sejak Revolusi 30 Juni 2013 terhadap guncangan paling serius yang mengancam kelangsungan dan kohesi organisasi, telah berhasil mengembangkan mekanisme baru untuk menangani persyaratan tahap ini, untuk bertahan dari apa yang tersisa. Dari struktur organisasi grup. Namun, struktur organisasi kelompok tersebut sekarang menghadapi krisis paling serius dalam sejarah kelompok, akibat penangkapan anggota Biro Bimbingan dan Dewan Syura, yang merupakan dua badan kolektif tertinggi dalam struktur organisasi, dan pemerintah menguras sumber daya keuangan kelompok dan membatasi pergerakannya untuk menembus masyarakat dengan cara yang belum pernah terjadi sebelumnya. Ini berkontribusi pada peningkatan isolasi kelompok dalam masyarakat, dan penurunan dukungan di antara kelas menengah dan bawah, yang telah bertaruh di masa lalu, untuk meningkatkan kehadiran dan penetrasi ke dalam masyarakat.

13. Skenario masa depan tentang bagaimana Ikhwanul Muslimin berurusan dengan struktur organisasinya antara kelangsungan struktur organisasi saat ini yang tidak berubah, untuk bergerak dalam lingkaran kemacetan intelektual dan organisasi dan

mengadopsi agenda politik yang sama yang diadopsi selama tujuh puluhan abad terakhir, dengan kembali sekali lagi ke penetrasi serikat profesional dan serikat mahasiswa dan promosi program-program sosialnya, memanfaatkan kondisi kehidupan yang sulit dari beberapa kelompok masyarakat Mesir, yang diakibatkan oleh program reformasi ekonomi di Mesir, dan di antara ajang adaptasi dan adaptasi dengan perkembangan pasca-30 Juni 2013, melalui pengembangan mekanisme organisasi baru yang mengatur urusan kemasyarakatan, Berfokus pada pengelolaan krisis yang dihadapinya di dalam negeri di satu sisi, dan bekerja kembali untuk menghidupkan kembali peran organisasi internasional di luar negeri di sisi lain, bertaruh pada transformasi di lingkungan regional dan internasional yang memungkinkannya untuk kembali menjalankan perannya dalam masyarakat, atau untuk berpartisipasi dalam proses politik sebagai sebuah partai. Aktif dan berpengaruh, dan adegan perpecahan organisasi akibat pergulatan berkelanjutan antara apa yang disebut "gerakan reformis" dan gerakan konservatif, membuat struktur organisasi dan administrasi berada dalam kondisi vakum, bahkan tidak lumpuh, dalam menangani krisis yang dihadapi kelompok tersebut pasca-30 Juni 2013.

14. Berdasarkan data saat ini, yang menunjukkan bahwa rezim Sisi masih menikmati dukungan besar di dalam dan luar negeri, dan pada saat isolasi Ikhwanul Muslimin semakin dalam sebagai akibat dari proyek politiknya yang merupakan ancaman bagi negara nasional, dan dengan penurunan pengaruh kelompok dan kegagalan taruhannya untuk kembali ke wewenang sebagaimana terlihat dari hasil pemilihan presiden di Tunisia yang berlangsung pada September 2019, di mana Abdel Fattah Moro, calon dari Gerakan Ikhwan Ennahda, kalah, kelompok tersebut kini menghadapi krisis struktural, administrasi, dan intelektual yang paling serius sejak awal, yang mungkin berlangsung bertahun-tahun, karena krisis ini tidak terbatas pada perbedaan belaka. Di antara para pemimpin kelompok saja, tetapi mungkin yang paling berbahaya, hal itu terkait dengan proyek kelompok, yang secara jelas tampak mewakili proyek yang sejajar dengan negara juga, bahkan melampaui itu, seperti yang telah disebutkan sebelumnya.

DAFTAR PUSTAKA

PERTAMA: REFERENSI DALAM BAHASA ARAB

Dokumen:

1. Ketertiban Umum Ikhwanul Muslimin, di tautan berikut: https://bit.ly/2krGQri

2. The General Order of the Muslim Brotherhood pada tahun 1994, Wikisource, di tautan berikut: https://bit.ly/2lTnStS

3. Kumpulan Hukum dan Peraturan Administratif hingga 1944, di situs web Wiki Brothers, di tautan berikut: https://bit.ly/2LLx9yw

4. Bylaws of the Muslim Brotherhood (1948), situs Wiki Brothers, di link berikut: https://bit.ly/2nKpqaQ

5. Bylaws of the Muslim Brotherhood (1951), situs Wiki Brothers, di link berikut: https://bit.ly/2puTuro

6. The Global List of the Muslim Brotherhood (1994 AD), situs Wiki Brothers, di link berikut: https://bit.ly/2M6xP29

7. Daftar Umum Ikhwanul Muslimin (2009), situs Wiki Brothers, di link berikut: https://bit.ly/2lGY9EL

8. Daftar Global Ikhwanul Muslimin pada tahun 1994, Wikipedia, situs web Ikhwanul Muslimin, https://bit.ly/2M6xP29.

9. Daftar Umum Ikhwanul Muslimin (Mei 2009), Wikisource, pada tautan berikut: https://bit.ly/2nMVDhD

10. Regulation (1982 AD) General Order of the Muslim Brotherhood, situs Wiki Brother, di link berikut: https://bit.ly/2krGQri

11. Hukum pertama Ikatan Ikhwanul Muslimin di Ismailia, ensiklopedia resmi sejarah Ikhwanul Muslimin, Wikipedia Ikhwan, di tautan berikut: http://goo.gl/Dla0Oj

12. The Law of the Muslim Brotherhood in Shibrakhit (1930 CE), situs Wiki Brothers, di tautan berikut: https://bit.ly/2oNQcPW

Buku:

13. Ahmed Ban, The Muslim Brotherhood and the Plight of Homeland and Religion (Kairo: Al-Mahrousa Center, 1015).

14. Ahmed Hassan Al-Baqouri, "Remains of Reminiscence," (Kairo, Pusat Penerjemahan dan Penerbitan Al-Ahram, 1988).

15. Ahmed Adel Kamal, Poin di Atas Surat: Ikhwanul Muslimin dan Orde Khusus, (Kairo: Al-Zahraa untuk Media Arab, 1987).

16. Ahmed Abd Rabbo, Tiga skenario untuk masa depan Ikhwanul Muslimin, diedit oleh Muhammad al-Sayed Said, "Masa depan apa yang menanti Ikhwanul Muslimin," Issue (65-66), (Institut Kairo: Studi Hak Asasi Manusia, 2013).

17. Olivier Roy, The Experience of Political Islam, Edisi ke-2, (London: Saqi House, 1996).

18. Hossam Tamam, "Memoar Abdel Moneim Abul Fotouh: Seorang Saksi Sejarah Gerakan Islam di Mesir 1970-1984" (Dar Al-Shorouk: Kairo, 2010).

19. _____, Transformasi Ikhwan .. Disintegrasi Ideologi dan Akhir Organisasi, Edisi ke-2, (Kairo: Perpustakaan Madbouly, 2010).

20. Hasan Al-Banna, Kumpulan Pesan Imam Hasan Al-Banna, (Kairo, Dar Al-Da`wah, 1984).

21. _____, Catatan Panggilan dan Pengkhotbah (Kuwait: Perpustakaan Afaq, 2012).

22. Hassan Emad Makary, Leila Hussein El-Sayed, Komunikasi dan Teori Kontemporer, (Kairo: Rumah Lebanon Mesir, 2006).

23. Hamada Mahmoud Ismail, Hasan Al-Banna dan Ikhwanul Muslimin antara Agama dan Politik 1928-1949, (Kairo: Dar Al-Shorouk, 2010).

24. Abdullah Muhammad Abd al-Rahman, Sosiologi Ekonomi, (Alexandria: House of Knowledge, 2003).

25. Rafik Habib, sebuah visi masa depan politik Ikhwanul Muslimin, dalam: Editing oleh Amr Al-Shobaki: The Crisis of the Muslim Brotherhood, (Kairo: Al-Ahram Center for Political and Strategic Studies, 2009).

26. Said Hawwa, In the Horizons of Teachings: Sebuah studi tentang cakrawala panggilan Ustadz Al-Banna dan teori-teori gerakan di dalamnya melalui pesan ajaran, studi konstruksi yang sistematis dan terarah (dn, dt).

27. Samir Hegazy, Dictionary of Contemporary Literary Criticism Terminology, (Kairo: Madbouly Library, 1990).

28. Suzan Harfy, "Orde Khusus dan Negara Ikhwanul Muslimin," (Kairo, Merit Publishing House, 2013).

29. Konsultan Tariq Al-Bishri, tentang masalah Islam kontemporer, Fitur Umum Pemikiran Politik Islam dalam Sejarah Kontemporer, Edisi ke-2 (Kairo: Dar Al-Shorouk, 1996).

30. Abdullah Al-Nafisi, "Ikhwanul Muslimin di Mesir: Percobaan dan Kesalahan," dalam: Gerakan Islam: Visi Masa Depan - Makalah dalam Kritik Diri (Kuwait: Afaq untuk Penerbitan dan Distribusi, 2012).

31. Abd al-Rahim Ali, Ikhwanul Muslimin dari Hasan Al-Banna sampai Mahdi Akef (Kairo: Pusat Penerbitan Al-Mahrousa, Layanan dan Informasi Pers, 2004).

32. Amr El Shobaki, setelah jatuhnya Morsi, masa depan apa yang menanti kelompok ini? Dalam editorial Muhammad al-Sayed Said, "Masa depan apa yang menanti Ikhwanul Muslimin," (Institut Kajian Hak Asasi Manusia Kairo, 2013).

33. Ali Abdel Halim Mahmoud, Metode Pendidikan untuk Ikhwanul Muslimin: Studi Sejarah Analitik, Edisi ke-4 (Mansoura: Dar Al-Wafa untuk Percetakan, Penerbitan dan Distribusi, 1990).

34. Memoar Ali Ashmawi, Sejarah Rahasia Ikhwanul Muslimin, (Kairo: Dar Al-Hilal, 1993).

35. Fahmi Salim Al-Ghazwi, Pengantar Sosiologi, (Amman: Dar Al-Shorouk untuk Penerbitan dan Distribusi, 2006).

36. Muhammad Habib, "Kenangan Dr. Muhammad Habib: Tentang Kehidupan, Dakwah, Politik dan Pemikiran" (Kairo, Dar Al-Shorouk, 2012).

37. Muhammad al-Demerdash, Political Islam from the Year of the Community to the Rule of the Community, (Kairo: Sama House for Publishing and Distribution, 2015)

38. Muhammad al-Ghazali, tengara kebenaran dalam perjuangan Islam kontemporer kita (Kairo: Dar al-Kutub al-Haditha, 1963).

39. Mahmoud Al-Sabbagh, Kebenaran Organisasi Swasta dan Perannya dalam Advokasi Ikhwanul Muslimin, (Dar Al-I'tissam untuk Percetakan, Penerbitan dan Distribusi, Kairo, 1987).

40. Mahmoud Abdel Halim, "Ikhwanul Muslimin... Peristiwa yang Membuat Sejarah Menjadi Visi dari Dalam, Bagian Pertama 1928-1948, (Alexandria, Dar Al Dakwah untuk Percetakan, Penerbitan dan Distribusi, 1994).

41. Hala Mustafa, "Negara dan Gerakan Oposisi Islam Antara Penenangan dan Konfrontasi di Era Sadat dan Mubarak" (Kairo: Pusat Penelitian, Pelatihan, Informasi dan Penerbitan Al-Mahrousa, 1995)

42. Hisham Al-Awadi, "Perjuangan atas Legitimasi ... Ikhwanul Muslimin dan Mubarak 1982-2007 (Beirut: Pusat Studi Persatuan Arab, 2009).

43. Nabil Abdel Fattah, Laporan tentang Status Keagamaan di Mesir, Edisi Keempat, (Kairo: Pusat Kajian Strategis Al-Ahram, 1995).

44. Nikola Timashev, Teori Sosiologi, Sifat dan Perkembangannya, Diterjemahkan oleh: Mahmoud Odeh dan lain-lain, (Alexandria: University Knowledge House, 1999)

45. Yasser Helmy El-Shaer, Sejarah Hitam Grup antara Yudaisme Hasan Al-Banna dan Masonry of the Ikhwan (Kairo, Rumah untuk Penerbitan dan Distribusi, 2018).

Terbitan berkala:

46. Osama Al-Ghazali Harb, Partai Politik di Dunia Ketiga, No. (117), (Kuwait: A World of Knowledge, Dewan Nasional untuk Kebudayaan, Seni dan Sastra, 1987).

47. Sameh Eid, "The Muslim Brotherhood: Empowerment between Theory and Practice" (Dubai: Al-Mesbar Center for Studies and Research, 2019), di tautan berikut: https://bit.ly/2loZJLY

48. Sekelompok Peneliti, The Ikhwan After the Fall: Reconfiguring and Exploiting Alliances, (Dubai, Al-Mesbar Center for Studies and Research, 2019).

49. Sekelompok Peneliti, Ikhwan Diaspora: Pengantar Studi Organisasi Internasional, (Dubai: Pusat Studi dan Penelitian Al-Mesbar, 2019).

50. Haitham Muzahim, "The Muslim Brotherhood from the Secret Organization to the Presidency of Egypt (1928 - 2012)", Majalah Sho'on Al-Awsat, Beirut, Vol. 22, No. 142, 2012.

koran dan majalah:

51. Tamer Wagih, "Khairat Al-Shater... Jalan menuju pemberdayaan dimulai dengan uang dan organisasi," surat kabar Al-Masry Al-Youm (Kairo), 8 Mei 2012.

52. Jalal Aref, The Ikhwan and the Mullahs adalah dua sisi dari satu fasisme, Koran Al-Bayan (Dubai), 13 Mei 2018.

53. Khaled Al-Ghanami, "Saudaraku," Dia Tidak Tahu, Koran Al-Ittihad (Abu Dhabi), 15 Juli 2019.

54. Rafik Habib: The Ikhwan and the Organization, Koran Al-Wasat (Tunisia), 8 Februari 2018.

55. Mr. Yassin, The Ikhwan's Rule in Egypt: A Political Failure and a Historical Fall, Al-Hayat Newspaper, Edisi 4/8/2013.

56. Abdul Hamid Al-Ansari, "Motif Erdogan antara politik dan psikologis," surat kabar Al-Ittihad (Abu Dhabi), 8 Oktober 2014.

57. Maher Hassan, mereka membunuh Perdana Menteri Ahmed Maher Pasha, situs web Al-Masry Al-Youm, Minggu 19-2015, di tautan berikut: https://bit.ly/33PQnsU

58. Muhammad Mubarak Juma, (Jangan bicara tentang Iran .. tanpa "Ikhwan")!, Gerbang Al Ain (Abu Dhabi), 14 Desember 2017, melalui link berikut: https://bit.ly/2nMxrfv

situs web:

59. Ibrahim Zahmoul, The Muslim Brotherhood, Historical Papers, di tautan berikut: https://bit.ly/2kbmv9k

60. Ibrahim Youssef, "Perpecahan paling menonjol dalam sejarah Ikhwanul Muslimin, Mei 2015, situs web Masr Al-Arabia https://bit.ly/2lVnQ4O

61. Abu Al-Ela Madi, The Organizational Status of the Muslim Brotherhood Movement, Al-Jazeera Net, di tautan berikut: https://bit.ly/2ktAurh

62. Abu Al-Ela Madi, "Professor Mustafa Mashhour (2) - Personalities I Know (1977-2017)," 9 Desember 2018, situs web Al Wasat Party, di tautan: https://bit.ly/2QJY9ll

63. Ahmed Al-Jadi, mentor Ikhwan 5: Mustafa Mashhour .. Apakah dia diam-diam berpartisipasi dalam pembunuhan Sadat? 2018, https://www.aman-dostor.org/11907

64. ____, Abdel Hakim Abdeen ... menantu Hasan Al-Banna dan pemilik skandal terbesar dalam sejarah grup, situs Aman, November 2018, tautan berikut: https://bit.ly/2oYoBv9

65. Ahmed Salama, Muhammad Anwar Sadat dan hubungannya dengan Ikhwanul Muslimin, di tautan berikut: https://bit.ly/2k4Xwo2

66. Ahmed Shousha, Mustafa Mashhour .. Sebuah versi dari biografi Mujahid "1".

67. Ahmed Merhi, The Brotherhood's Empire ... Dari Banna Piasters ke Al-Shater's Billions, 2013, di tautan berikut: https://bit.ly/2lQfqeE

68. Ikhwanul Muslimin antara Abdel Nasser dan Sadat, di tautan berikut: https://bit.ly/2lDpuaP

69. Ikhwanul Muslimin di Era Mubarak.. Dari Penenangan ke Konfrontasi (Bagian Sebelas), di link berikut: https://bit.ly/2m5qzbH

70. Ikhwanul Muslimin dari asal-usulnya hingga solusi, di tautan berikut: https://bit.ly/2kabiGh

71. The Muslim Brotherhood and the Rise to the Abyss (1) Penipuan dan terletak di atas alat Ikhwan, Februari 2015, di tautan berikut: https://bit.ly/2kPuEk9

72. Eric Trager, An Overview of Some Ikhwanul Muslimin Leaders in Egypt, The Washington Institute for Near East Policy, 4 September 2012, di tautan berikut: https://bit.ly/34imUJa

73. _____, Nancy Youssef, Michel Don, The Rise and Fall of the Muslim Brotherhood in Egypt, The Washington Institute for Near East Policy, November 2016, di tautan berikut: https://bit.ly/2ZiHIwH

74. Ikhwan terpecah … akankah kelompok teroris terkikis di diaspora?! 2019, https://bit.ly/2mlDdn2

75. Anette Ranko dan Muhammad Yaghi, Extremism and a Structural Divide in the Muslim Brotherhood in Egypt, The Washington Institute for Near East Policy, 5 Maret 2019, melalui tautan berikut: https://bit.ly/2jZH7kX

76. Ideologi, Organisasi dan Ideologi Ikhwanul Muslimin, Bagian Kedua, di tautan berikut: https://bit.ly/2jUq8jQ

77. Ba Bakr Faisal Ba Bakr, mengkritik konsep kesetiaan di antara Ikhwanul Muslimin (1), Al-Hurra Channel, https://arbne.ws/2o0ZJzL.

78. "Bertahan Meskipun Ditindas: Bagaimana Ikhwanul Muslimin Mesir bertahan dan bertahan?", 18 Maret 2019, Carnegie, di tautan: https://bit.ly/2nBNSv8

79. The Muslim Brotherhood Organization, situs Marifa, https://bit.ly/31f2Apj

80. Ikhwan jatuh, tetapi tetap ada, di tautan berikut: https://bit.ly/2n48ewy

81. Perkembangan kehidupan partai di Mesir, Layanan Informasi Negara, https://bit.ly/2BjTkW5

82. Hussam Tamam, "Ikhwanul Muslimin … Hasutan Organisasi!", Laman web Observatorium Islam, tanpa tanggal, melalui tautan berikut: https://bit.ly/2ln8Zjl

83. _____, Kepimpinan Ikhwan Baru: Implikasi dan Batas Perubahan, Carnegie Endowment for International Peace, 17 Februari 2010. Melalui tautan berikut: https://bit.ly/2lS6OEs

84. Hossam Al-Haddad, "Mamoun Al-Hudhaibi, Pembimbing Keenam Ikhwan", portal gerakan Islam, 28 Mei 2019, di tautan berikut: https://bit.ly/2oQq46O

85. _____, "Hassan Al-Hudhaibi, Pembimbing Kedua", laman portal pergerakan Islam, Agustus 2019, di tautan berikut: https://bit.ly/2MicSj8

86. _____, "Umar Al-Tilmisani .. Mujaddid Shabab Al-Jamaa", 22 Mei 2019, di tautan berikut: https://bit.ly/2k9cDNj

87. _____, "Mustafa Mashhour, dan Pemulihan Aparat Khusus dan Organisasi Internasional Teroris", 2019, di tautan berikut: https://bit.ly/2mLr4rX

88. "Mayjen Hussam Sweilam menulis: Hubungan rahasia antara Ikhwan dan Freemasonry," 19 Juli 2017, laman web Al-Wafd, di tautan: https://bit.ly/2nBvGll

89. Hossam al-Hindi, "Setelah dokumen Hamas, apa yang tersisa dari organisasi internasional Ikhwanul Muslimin?" 2 Mei 2017, laman web Suara ULTRA, https://bit.ly/2mYXf79

90. Hassan Al-Banna, Risalah "At-Ta'lim", laman web Ikhwan Wiki, di tautan berikut: https://bit.ly/2meCPXL

91. _____, Pesan Persidangan Kelima, 4/1/2003, di tautan berikut: https://bit.ly/2F4PhjQ

92. _____, Majalah Al-Nazir Edisi 1, 30 Mei 1938, melalui tautan berikut: https://bit.ly/2m7TXhJ

93. Hussein Abdel Hussein, "Kesalahan Morsi dan Kekaburan 'Ikhwan'", laman web Al-Hurra, 25 Juni 2019 melalui tautan berikut: https://arbne.ws/35tiT5k

94. Rencana Ekspansi 1992.. Al-Shater berencana untuk menguasai Mesir, Portal Gerakan Islam, 19 Januari 2015, di tautan berikut: https://bit.ly/2lx9V4Y

95. Khalil Al-Anani, "Pengikisan Naratif 'Ikhwan' Totaliter dan Kejatuhan 'Islamisme Ortodoks'", 2014, https://bit.ly/2Mo7m0T

96. _____, "Mubarak dan Ikhwan ... Tiga puluh tahun pengalaman", Pusat Kajian Al Jazeera, 13 Oktober 2011, di tautan berikut: https://bit.ly/2S4PWW3

97. Rehab al-Din al-Hawari, "Keputusan untuk membubarkan Ikhwanul Muslimin bukanlah yang pertama .. tetapi yang terakhir," 2 September 2013, di tautan: https://bit.ly/2n0u3gA

98. Surat-surat Hassan Al-Banna ... Perintah untuk menaklukkan dan menghancurkan dunia, Q-Post, 7 April 2019, di tautan berikut: https://bit.ly/2m0ZeYo

99. Surat-surat Imam Syahid Hassan al-Banna, laman web Ikhwan Wiki, di tautan: https://bit.ly/2kzrjWf

100. Pesan Persidangan Kelima, di tautan berikut: https://bit.ly/2F4PhjQ

101. Rafiq Habib, "Ikhwan dan Strategi Organisasi", 11 Agustus 2010, di tautan berikut: https://bit.ly/2mfdrkl

102. Al-Zubayr Mahdad, "Kemampuan tasawuf untuk pekerjaan politik", di tautan berikut: https://bit.ly/2KPYZKV

103. Zakaria Sulaiman Bayoumi, "Ikhwanul Muslimin antara Abdel Nasser dan Sadat: dari Mansheya hingga Al-Mina 1952-1981", 9 April 1987, di tautan berikut: https://bit.ly/2lDpuaP

104. Dia Rashwan, "Ikhwanul Muslimin Selepas Mashhour, Al-Shahid untuk Kajian Politik dan Strategis", tanpa tanggal, di tautan berikut: https://bit.ly/2n4puB

105. Abd al-Rahman Yusef, "Penempatan semula Ikhwanul Muslimin (3-5) ... Struktur organisasi dan penyelarasan internal", 9 Juli 2015, di tautan berikut: https://bit.ly/2kanV43

106. Abdel-Moneim Mahmoud, "Ikhwan dari Baiat Kubur ke Baiat Rawda", Oktober 16, 2010, laman web Masress, di tautan berikut: https://bit.ly/2nB2FGt

107. Issam Abdel Shafi, "Ikhwanul Muslimin ... Gagasan untuk masa depan", di tautan berikut: https://bit.ly/2FaOPAw

108. Aql Mohamed Ahmed Ibrahim, "Konsep Struktur Peluang Politik dan Evolusi Pergerakan Sosial", di tautan berikut: https://bit.ly/2TRBrXr

109. Ammar Fayed, "Adakah penghapusan kegiatan sosial Ikhwan di Mesir mendorong mereka untuk melakukan terorisme?" Brookings Institution, 23 Mac 2016, boleh didapati di: https://brook.gs/2E7wSSa

110. "Kajian hukum asas Persatuan Ikhwanul Muslimin pada 1351 Hijriah 1932 Masehi", laman web Ikhwan Wiki, di tautan: https://bit.ly/2lJrHle

111. Hukum Ikhwanul Muslimin (1951), di tautan berikut: https://bit.ly/2IGX1Rx

112. Lima Prinsip, laman web Wikipedia Ikhwanul Muslimin, di tautan berikut: https://bit.ly/2ma8pFZ

113. Muhammad Hamed, "Organisasi Khusus Ikhwanul Muslimin ... buaian organisasi teroris", laman web Berita Al-Bawaba, 24 Mac 2015, melalui tautan berikut: https://bit.ly/2JhQ0zM

114. Muhammad Kayati, "Sumber Pembiayaan Ikhwanul Muslimin antara Bahamas Banks dan Principality of Liechtenstein", 2012, di tautan berikut: https://bit.ly/2kbMNIx

115. Mahmoud Hassan, "Kisah Imperium Ekonomi Ikhwan: Uang Haram Inggris adalah Tujuan Utama", Surat Khabar Sawt Al-Ummah (Mesir), 1 Juni 2018, di tautan berikut: https://bit.ly / 2KESF5d

116. Pembimbing pertama dan pengasas Ikhwanul Muslimin, laman web Ikhwanul Muslimin, di tautan berikut: https://bit.ly/2klFQF3.

117. Pembimbing Keempat Ikhwanul Muslimin .. Tuan Muhammad Hamid Abu Al-Nasr, di tautan berikut: https://bit.ly/2kDumwN.

118. "Hassan Al-Hudhaibi … Pembimbing Kedua Ikhwanul Muslimin", laman web Wikipedia Ikhwanul Muslimin, di tautan berikut: https://bit.ly/2nUAWkb.

119. Mustafa Hashem, "Ikhwanul Muslimin dan Pertempuran Generasi, Carnegie Endowment for International Peace, 29 Januari 2015, di tautan berikut: https://bit.ly/2kzA1ns

120. Struktur Organisasi Ikhwan, di tautan berikut: https://bit.ly/2krOXWz

121. Sarana Pendidikan Ikhwan pada Musim Panas, 2019, di tautan berikut: https://bit.ly/2kCpsQz

122. Yasser Fathy, The Muslim Brotherhood and the January Revolution, A Reading of Role Transformations from Pride to the Unknown, Egyptian Institute for Studies, 10 September 2019, di tautan berikut: https://bit.ly/2lNyvys

123. Yomna Suleiman, The Institutional Structure of the Muslim Brotherhood: An Analytical Approach, Egyptian Institute for Studies, 4 Februari 2017, melalui link berikut: https://bit.ly/2NLw62T

124. Visi Khairat Al-Shater tentang pentingnya struktur organisasi grup, Anda dapat merujuk ke tautan berikut: https://www.youtube.com/watch?v=bFCiZ_vmIPc

125. Al-Sindi, Amir of Blood - adegan dan detail baru tentang pembunuhan Konselor Ahmed Al-Khazindar di saluran DMC.

126. https://www.youtube.com/watch?V=yJfUspyvX0w

127. Muhammad Mahdi Akef dalam sebuah wawancara dengan Al-Hiwar TV pada program "Reviews", episode pertama direkam pada Maret 2008, https://www.youtube.com/watch?v=94raQc5BAco

KEDUA: REFERENSI DALAM BAHASA ASING

Buku:

1. Ashoka Mehta, in Raymond Aron, ed., World Technology and Human Destiny (Ann Arbor: University of Michigan Press, 1963.

2. Barry Rubin, The Muslim Brotherhood, the Organization and Policies of a Global Islamist Movement, New York, Palgrave Macmillan, 2010.

3.   Hoveyda, F., "The Broken Crescent: The Threat of Militant Islamic Fundamentalism", Praeger Publishers (2002).

4.   Max weber, Economy and Society, edited by Guenther and Claus Wittich, Berkely, Los Angeles, London, University of California press, 1978.

5.   Meyer D. and S. Tarrow (eds.), Towards a Movement Society? Contentious Politics for a New Century, (Rowman and Littlefield, Boulder: CO, 1998).

6.   Olivier Roy, l'echec de l'Islam politique, Le seuil, Paris 1992.

7.   Samuel P. Huntington, "Political order in changing societies, Seventh printing, (New Haven and London, Yale University Press, 1968).

8.   William H. Starbuck. "Organizational Growth and Development," in James G. March, ed.• Handbook of Organizations (Chicago: Rand McNally, 1965.)

Periodicals:

9.   Nazih N. M. Ayubi, "The Political Revival of Islam: The Case of Egypt", International Journal of Middle East Studies, Vol. 12, No. 4 (Dec 1980), pp. 481-499

10. Ajay Kumar Yadav, SOCIAL MOVEMENTS, SOCIAL PROBLEMS AND SOCIAL CHANGE, Academic Voices, A Multidisciplinary Journal, Volume 5, NO. 1, 2015, p. 2.

11. Ashraf El-Sherif, The Muslim Brotherhood and the Future of Political Islam in Egypt, carnegie middle east center, OCTOBER 21, 2014, https://bit.ly/2k1aZ06

12. Barbara Zollner, Surviving Repression: How Egypt's Muslim Brotherhood Has Carried On, carnegie middle east center, MARCH

13. Barbara Zollner, Surviving Repression: How Egypt's Muslim Brotherhood Has Carried On, carnegie middle east center, MARCH 11, 2019, https://bit.ly/2kpFNYT.

14. Carrie Rosefsky Wickham, The Causes and Dynamics of Islamist Auto-Reform, ICIS International 6, no.2, Winter 2006.

15. Debbie H. Martin, Ann C. Macaulay, and Pierre Pluye, can we Build on Social Movement Theories to Develop and Improve Community-Based Participatory Research? A Framework Synthesis Review, American Journal of Community Psychology, 2017, https://bit.ly/2jXOdGr.

16. Ziad Munson, ISLAMIC MOBILIZATION: Social Movement Theory and the Egyptian Muslim Brotherhood Forthcoming in The Sociological Quarterly, January, 2002.

Websites:

17. Ahmed Mahfooz, THE THEORY OF BUREAUCRACY OF MAX WEBER... MERITS AND DEMERITS, https://bit.ly/2Mwy33H.

18. Ahmad an-Najmee, Al-Ikhwaan Al-Muslimoon, Madeenah, 12th May 2005, https://bit.ly/2VJW5tv.

19. Ammar Fayed, Is the crackdown on the Muslim Brotherhood pushing the group toward violence? 2016, https://brook.gs/2Z4eCoP

20. Ashley Crossman, Political Process Theory, February 13, 2019, https://bit.ly/2qtFSuO.

21. Barry Rubin, THE MUSLIM BROTHERHOOD: THE ORGANIZATION AND POLICIES OF A GLOBAL ISLAMIST MOVEMENT, https://bit.ly/2mo6H41.

22. Christian Fuchs, The Self-Organization of Social Movements, 11 May 2006, https://bit.ly/2Zaa154.

23. D.G. Green, T.G. Leishman, Self-Organization, 2008, https://bit.ly/2U2IKf7.

24. Derrick Purdue, Civil Societies and Social Movements...Potentials 2007, https://bit.ly/2IS8Cxe.

25. Edwin A. Locke, Research in the Sociology of Organizations, https://bit.ly/2Hoo6B0.

26. Egbert Harmsen, Islam, civil society and social work Muslim Voluntary Welfare Associations in Jordan between Patronage and Empowerment, https://bit.ly/2MDqubB.

27. ELI LAKE, Déjà Vu in Cairo, 2011, https://bit.ly/2oDcowi.

28. Federico Gaon, Hasan Al-Banna: Reformist or fundamentalist? https://bit.ly/3024oSV.

29. Gamal Essam El-Din, The Brotherhood's secrets, 31 Jul 2019, https://bit.ly/2yIxYRt.

30. Hanspeter Kriesi, Social Movements in Interaction with Political Parties, October 2018, https://bit.ly/2Z73uHy.

31. History of the Muslim Brotherhood, A Report by 9 Bedford Row, 2 April 2015, https://bit.ly/2IPjsPx.

32. Ida Bary, Women's Political Participation in Muslim Brotherhood between the Hammer of Ambiguity and the Anvil of Inclusion- moderation: The Case of Egypt and Tunisia, https://bit.ly/2ylgSsQ.

33. Investigating the Muslim Brotherhood Economy, https://bit.ly/2IKGcp3.

34. Israel Elad-Altman, The Egyptian Muslim Brotherhood After the 2005 Elections, 2006, https://bit.ly/2kZLD3b.

35. Jonathan Spyer, Qatar's Rise and America's Tortured Middle East Policy, August 2014, https://bit.ly/1qYxFKK.

36. Jurgen Willems & Marc Jegers, Social Movement Structures in Relation to Goals and Forms of Action: An exploratory model, https://bit.ly/2mOFP9X.

37. Linda Herrera and Mark Lofty, E-Militias of the Muslim Brotherhood: How to Upload Ideology on Facebook, 2012, https://bit.ly/2LScZDm.

38. Nader Habibi, The Economic Agendas and Expected Economic Policies of Islamists in Egypt and Tunisia, 2012, P.4, https://bit.ly/2kbOUMu.

39. Matthew A. McIntosh, The Sociology of Social Groups and Organization, March 8, 2018, https://bit.ly/2TQla4h.

40. Muhammad Chami, EGYPTIAN MUSLIM BROTHERHOOD ORGANIZATION SOURCES AND ACTIVITIES, https://bit.ly/2pvnSCO.

41. Paolo Gonzaga, Egypt, The Muslim Brotherhood at a Crossroad, 23 September 2015, https://bit.ly/3336Jhv.

42. Paul Bremmer, DHS whistleblower: Why did Obama form 'alliance' with Muslim Brotherhood? 2016, https://bit.ly/2IKiX7d.

43. PATRICK MEIER, My Thoughts on Gladwell's Article in The New Yorker, Part 2, https://bit.ly/2pyfOjX.

44. R. A. Dello Buono, Reimagining Social Problems: Moving Beyond Social Constructionism, https://bit.ly/2kOhRLf.

45. Rami Dabbas, Barack Obama's Support for the Muslim Brotherhood, 2019, https://bit.ly/2PFBGms

46. Robert Dailey, Organizational Behavior, Edinburgh Business School, Heriot-Watt University, https://bit.ly/2kPMnbO.

47. Roberta 'Garner, Mayer N. Zald, Social Movement Sectors and Systemic Constraint: Toward a Structural Analysis of Social Movements, https://bit.ly/2kr5QPd.

48. Roel Meijer, THE MUSLIM BROTHERHOOD AND THE POLITICAL: AN EXERCISE IN AMBIGUITY, https://bit.ly/2wOMPch.

49. Rose Ngozi Amanchukwu, Gloria Jones Stanley, Nwachukwu Prince Ololube, A Review of Leadership Theories, Principles and Styles and Their Relevance to Educational Management, 2015, https://bit.ly/30zwULS.

50. Sarah Tonsy, Territory and Governance: the Arab Republic of Egypt between two historical political actors, 2017, https://bit.ly/33J9PIE.

51. Sheri Berman, Islamism, Revolution and Civil Society, https://bit.ly/2PBjCO2

52. Social movement, New World Encyclopedia, https://bit.ly/2lXTNJI.

53. Sociology of Organizations, https://bit.ly/2U2REcu.

54. Steven Brooke, U.S. Policy and the Muslim Brotherhood, 2015, https://bit.ly/2VM6KUQ.

55. The remarkable unity displayed by the Muslim Brotherhood is no accident, Egyptian researcher on Islamist Movements, https://bit.ly/2lhzxm6.

56. The structure and funding sources of the Muslim Brotherhood, 2011, https://bit.ly/2qoeOJ7.

57. The structure and funding sources of the Muslim Brotherhood, the Meir Amit Intelligence and Terrorism Information Center, On 10 July 2011, https://bit.ly/2qoeOJ7.

58. Thorsten Hoffmann, THE MUSLIM BROTHERHOOD IN EGYPT: PURSUING MODERATION WITHIN AN AUTHORITARIAN ENVIRONMENT, https://bit.ly/2nTmJUF.

59. Umar al-Tilmisani, https://bit.ly/2kMPPTN.

60. Why Egypt's Muslim Brotherhood Needs to Transform to Survive, https://bit.ly/2HqYcg3